영원한 땅

영원한 땅

영원한 땅

초판 1쇄 펴낸날 2019년 03월15일

글쓴이 방의석
펴낸이 박일용
펴낸곳 늘푸른소나무

등록일자 2018년 02월 21일
등록번호 제25100-2018-000017호
주소 서울시 노원구 동일로 208길 20
전화 02-3143-6763
팩스 02-3143-3762
E-mail asokapa@naver.com

ISBN 979-11-963602-6-9 (03810)

영원한 땅

영원한 땅

머리말

68년 kbs 라디오 방송국 드라마작가 추식 선생님은 드라마 소재素材를 가지고 찾아간 저자에게 저자가 작성해서 제출한 테마와 스토리 모두를 검토 하신 후 농촌아이들의 어려움은 잘 알고 있지만 드라마 하기는 어렵다고 하셨다.

아무리 일류목수라도 엉터리 목수가 이미 만들어 놓은 의자를 다시 뜯어서 훌륭한 의자로 만들지는 못 한다고 하셨다. 저자에게 일류목수가 되어서 그 좋은 소재를 작품화 하라고 하는 가르침만 받게 되었다. 그 당시 저자의 나이18세 온갖 노력 끝에 1편 〈물을 수 없는 죄〉는 83년 발간하고 2편 〈이천년 오월〉은 85년 발간하여 대학 도서관에 배포하였던 바 3편 〈영원한 땅〉은 당시 정부에서 집필정지를 내려 지금에야 발간하게 되었다는 걸 밝힌다. 50년을 걸쳐 만들어진 한권에 책은 추식 선생님의 바람대로 명작으로 이루어졌으면 좋았겠지만 저자의 무능력으로 인해 졸작으로 완성 되었다.

세태를 보는 관점은. 최고의 지성知性인들이 꿈꾸는 사회도 있지만 무지無知한 생生들이 보는 예상도 있다고 본다. 서동書童들에게 지표指標가 되었으면 하는 게 아니고 사회학 연구에 있어 한 단편적斷片的 참고가 되었으면 하는 게 저자에 바램이다.

2018년 8월29일

저자 방 의석

〈지난 줄거리〉

1편

물을 수 없는 죄

정훈과 영철은 소백산 기슭에 산골에서 태어났다. 당시에 농촌에 아이들은 하나같이 집을 떠나 도시로 나가야 했다. 그 많은 아이들이 살아갈 환경이 못 되는 사정이 있어서다. 부모님들은 집에 살림을 거두며 이어갈 아이 하나 외에는 다 도시로 떠나 살아가기를 바랐다.

그래서 영철이도 정훈이도 도시로 갔다. 정훈이는 서울로 가서 아파트 공사장에서 잡부 일을 했다. 영철은 대기업 회사에 경비직원이 되어 일하면서 사회적 일에 많은 관심을 가지고 활동도 한다. 나중엔 제품포장 반장으로 승진도 했다. 그러던 중 영철은 회사 회장아들이 교통사고로 죽게 된 걸 구해서 회장으로부터 큰 액수에 보상을 받는다. 한편 정훈은 겨울이 되어 아파트 공사장에 일이 없어서 친구들과 하숙집에서 쫓겨 날 처지가 되는데 하숙집 꼬맹이 예쁜이가 저금통을 털어 사주는 빵을 먹다 서러움에 복받쳐 무작정 열차를 타고 서울을 떠나게 된다.

정훈은 우연히 열차에서 안동에 부농 정선달을 만나 일꾼을 약속하고 선 세경을 받아 서울로 친구들을 찾아갔다. 그러나 친구들은 모두 하숙집에 없었다. 차라리 감옥에 들어가 살겠다며 죄를 짓고 경찰에 붙들려 가 있었다.

정훈은 약속대로 농부를 찾아가 머슴살이를 하고 친구들은 형刑을 산다. 그런데 엉뚱하게도 정훈이의 연인 연이가 고향에서 올라와 영철이를 찾았다. 영철은 난감해서 회장아들 서 영묵에게 연이를 비서로 채용해 주기를 부탁한다. 허나 회사 회장아들과 사랑에 빠지게 되는 연이가 걱정스러운 영철은 자기에 돈을 정훈이에게 주면서 연이를 데리고 고향으로 돌아가라고 한다. 하지만 정훈은 같이 연이를 좋아하고 있는 고향에 동네 친구 동원이를 찾아서 연이를 고향으로 돌아가도록 해주기를 바라기만 한다. 영철은 할 수 없이 연이에게 정훈이가 부자 집에 데릴사위가 되었다고 속이고 연이를 고향으로 돌려보냈다.

정훈은 머슴을 살면서 주인집 둘째딸 윤정이와 재미있는 나날을 보내다 홀연히 그 집을 나와 방랑하다 눈길에서 죽는다.

'인생은 사는 거지 연명은 아니야'

정훈이의 생각이었다. 영철은 정훈이의 마지막 부탁을 들어주기 위해 자기가 가진 돈 전부를 정훈이의 하숙집 친구들이 교도소를 출소하기를 기다려 나누어 줬다. 자신이 데리고 있던 고아들을 대신 키워주기를 부탁하면서.

1983년 5월

2편

이천년 오월

연이는 고향에서 동원이와 목장을 하며 잘 살고 있고 영철은 자주 고향을 찾아 그들을 골려준다. 연이의 아이 한韓이와 서회장의 딸 영미의 아이 수이를 보살펴 주며 영철은 은퇴한 서 회장님과 김 지한교수를 남한강 강가에 촌락에다 편안히 모신다. 그러는 중 윤정은 국회의원을 거쳐 최초에 여대통령이 되고 사회는 경제적 큰 어려움에 처한다. 국가 미래를 위한 정 윤정 대통령의 정책들은 정치인들의 반감을 사고 윤정은 대통령은 사임하고 고향으로 돌아간다. 서 영묵은 정치에 꿈을 접고 교수가 된다. 영철은 서울을 떠나 마음먹었던 악단 일을 시작한다.

1985년 10월

차 례

첫사랑

1

진 고개 가는 길

진부 읍내를 벗어난 버스는 곧 월정사 입구로 접어들었다. 멀리 오대산 산맥능선들이 아침 골안개 위로 길게 누워있다. 한반도 등줄기 백두대간은 높게 또 길게 남쪽으로 뻗어내려 영서와 영동을 갈라놓고 있다. 길고 길어서 진고개라고도 하는 진 고개는 백두대간을 넘어가는 고개 중에 하나다. 험하기가 설악산 쪽의 미시령 한계령에 못지않다.

"노인봉 가시나요?"

버스가 월정사 입구를 지나자 옆자리의 젊은이가 배낭에서 스틱을 분리하며 말을 건넨다. 영철은 보고 있던 지도책을 접어 배낭에 집어넣었다.

"네 …… 주문진 가는 길에 소금강 계곡이 그렇게 좋다고 해서 한번 가보려고 합니다."

"처음이시군요?"

"일상에 쫓기다 보니……"

대화를 이어가면서 젊은이는 영철이의 턱수염에 관심을 보인다.

"아, 이거…… 돈이 없어 이발을 좀 못했더니 많이 자랐네요."

"아, 아니요. 수염이 참 잘 어울려요."

"고맙습니다."

"어디서 오셨는데 이렇게 일찍 도착 했습니까?"

"아니요. 여기 진부에서 숙박 했습니다."

"여행 겸 산행 참 좋습니다. 우린 학생 때 많이 했어요."

"……"

"많이 다니셨겠네요?"

"네. 좀 다녔습니다. 집 떠나서 이러고 다니는 게 십년이 다 되는 거 같네요."

"십년이요? 집에서는 많이 기다리실 텐데……"

"히히. 기다리는 사람도 없습니다. 영혼도 자유스런 홀로인생이니……"

"떠돌이 싱글 맨? 그 거 청춘들이나 하는 건데요?"

"재미로 하는 건 아니고. 남은 인생 이렇게 사는 거지요."

이천년 후부터 국제적인 무역 마찰과 늘어난 청년 인구 증가로 실업자가 백만 명이 넘는다고 한다. 일하지 못하고 놀고 있는 청춘들. 그들에겐 가정이 이루어지기 어렵다. 그래서 그렇다고 했다. 홀로 무작정 여행이나 다니는 청춘 싱글 맨 들. 그들 속에 간혹 끼이는 황혼 싱글맨도 하나 이상할건 없다.

"재미있는 산행 하십시오."

"좋은 산행 하시오."

정상 휴게소에서 젊은이와 헤어진 영철은 매점에서 간식거리를 조금 챙겼다. 산행에서는 비상식량이 필수다. 노인봉으로 오르는 등산로엔 아직 겨울기운이 많이 남아있다 오월은 계절적으론 늦은 봄이지만 이곳은 아직 초봄이다. 마른 억새줄기 사이사이에 야드리 한 풋 싹들. 막 돋아나는 싸리나무 새순들.

"반갑습니다."

"좋은 산행 하십니다."

영철은 앞에 가고 있는 등산객을 지나칠 땐 등산 멘트를 잊지 않았다. 산행의 예의는 가벼운 인사다. 비록 초면이라도 산행에서는 실례가 아니다.

"꺽정이 아저씨. 나 힘들어 죽겠어요. 좀 매달려 가면 안돼요?"

"……?"

젊은 여인 둘과 같이 앞에 가고 있던 여자애가 지나치는 영철의 배낭끈에 매달렸다. 언니인 듯 숙녀 티가 채 가시지 않은 여인이 난감한 표정이 된다.

"힘센 황소 한 마리 대령 하옵니다. 공주마마."

"꺽정아저씨, 쌩큐"

영철은 힘들어 하는 여자애를 위해 산을 천천히 올라갔다. 그 바람에 주위 전경을 살펴보는 여유가 생겼다. 봄비 온 뒤 씻어놓은 연잎같이 깨끗한 하늘에 조각구름들. 그 아래 등산로가 폐세 된 황병산에는 마른억새들이 산등성이를 누렇게 덮고 있다. 정상까지는 한참을 더 걸려서 도착 했다 노인봉 정상은 협소했다. 편하게 앉아서 점심 먹을 공간도 마땅찮았다.

"꺽정이 아저씨 짱! 아저씨 때문에 쉽게 올라왔네."

"공주님 때문에 즐거운 산행 했사옵니다."

"난 안 다정. 주문진에 살고 있고 중2, 아저씨는?"

"이 아저씨는…… 대한민국에 살고 있고, 그냥 이 땅에 떠돌이 악사"

"악사?…… 아저씨는 딱 보니까 멋쟁이, 재미있는 친구"

"친구……?"

"만난 거 정말 반가워 아저씨"

"왜?"

"악단 멤버는 다 내 친구. 새로운 친구는 더 환영"

깜찍하게 손을 내미는 아이. 영철은 아이에 손을 잡고 아이가 흔드는 대로 한참을 가만히 아이에 얼굴을 쳐다봤다.

"나 예뻐서 그러지 아저씨?"

"미안…… 내가 숙녀의 손을 너무 꼭 잡았군"

영철은 손을 놓고 다시 한 번 아이를 바라봤다. 크고 까만 눈. 볼수록 예전부터 눈에 익은 그 눈이다.

"아저씨, 하모니카도 잘 불어?"

"조금……"

아이가 배낭에서 하모니카를 꺼내서 내민다.

"난 내 하모니카 있어.

"아저씨 18번 1 2 3 . 한번 연주 해 봐"

"악단 멤버 심사?"

"내 친구 될 자격 심사야"

"다정이의 친구 초대를 아저씨도 환영"

추가열의 〈소풍 같은 인생〉, 아이는 멀찌감치 바위위로 가 앉아 깜찍한 모습으로 감상할 준비를 한다.

~너도 한번 나도 한번~

~누구나 한번 왔다가는 인생~

~바람 같은 시간이야~

~멈추지 않는 세월~

~하루하루 소중하지~

~미련이야 많겠지만~
~후회도 많겠지만~
~어차피 한번 왔다 가는 걸~
~붙잡을 수 없다면~
~소풍가듯 소풍가듯~
~웃으며 행복하게 살아야지~
~웃으며 행복하게 살아야지~

영철은 〈소풍 같은 인생〉에 이어 〈청춘〉 민지의 노래 〈 초혼〉을 차례로 불었다. 산위에서는 기압이 낮아서 관악기를 불기는 힘들다. 영철의 연주 내내 턱을 괸 체 까만 눈을 말똥말똥 거리며 연주자를 응시하기만 하는 꼬마 심사원. 영철은 연주를 끝내고 엑스를 해보였다. 심사원에 반응이 없자 영철은 단소를 꺼내 〈철새는 날아가고〉를 다시 불어 보였다.

"……?"
"……"

이 세상에 태어난 건 몇 억 만분의 일 에 행운이고 좋은 친구를 얻는다는 건 평생의 행운이란다. 또 그 인생에서 사랑을 하고 있다면……, 세상에 제일 멋있는 왕관을 쓴 것이다. 어린 꼬마의 마음도 못 얻는 가 아이는 별로라는 듯 턱을 고이고 앉아 물끄러미 연주자를 바라보기만 한다.

그러나 엉뚱하게도 반응은 주위에 등산객들에게서 나왔다. 박수와 함께 앙코르를 연발하는 관객들, 영철은 일어나 사방으로 허리

굽혀 감사를 표했다.

"감사합니다. 감사합니다"

몸짓의 연주 멘트까지. 연주자는 언제고 관객의 반응에 죽고 산다. 꼬마심사원은 연주자에 하는 매너를 한참 보고 있다가 일어나며 엄지 척을 했다.

"아저씨, 연주 느낌 있어 좋아! 잘 해봐요, 우리"

"어?……"

"우리 아빠가 면접 때 하는 멘트 예요"

"아빠가 밴드마스터?"

"회관을 운영해요"

"공주마마……, 아니 다정이 친구. 나를 부탁해. 보답으로 광어회를 사겠네. 친구"

"우리엄마가 횟집하고 있어요."

"와! 나는 오늘 행운의 친구를 만났네."

등산인은 조용한 시간들의 산행을 즐긴다. 등산 매너에는 주위를 소란스럽게 하지 않는다는 거 그건 무언에 철칙이다. 연주로 주위를 소란스럽게 한 걸 영철은 아이와 함께 사과했다.

"죄송합니다. 죄송합니다."

"멋진 오디션 이었어요"

"놀라워요. 악보도 없이 하는 연주"

"감사합니다."

아이의 일행은 한 참후 정상에 도착했다. 아이는 일행에게 영철을 친구라며 소개한다.

"떠돌이 악사야. 내 친구"

"우리 애가 많이 귀찮게 했을 거예요."
"아닙니다. 동생이 참 재미있습니다."
"동생 요? 후후후……"
"……?"
"제 딸아이예요."
"네!?"
나이가 서른도 안 돼 보이는 젊은 여인이다. 영철은 양녀가 아닐까 생각을 해봤다. 아까 엄마로 생각 했든 분은 이모라고 했다.
"이쪽은 안 예쁜 엄마. 여기는 옥이 이모"
"이렇게 만나서 기쁩니다. 이모님. 그런데 다정이는 이렇게 미인이신 엄마를 안 예쁜 엄마라고 할까?"
"아이참. 이름이 예쁜이니까 안 예쁜이죠."
"아 그래서…… 안 다정이니까 엄마도 안 예쁜?"
"점심같이 해요. 혼자이신 거 같은데"
"감사합니다. 이모님"
등산에서 점심시간은 또 등산인 들에게 즐거운 시간이다. 저마다 맛있는 음식을 준비 해 와서 일행들과 나누어 먹는다.
"많이 드세요. 엄마가 만든 초밥은 별로지만 이모가 만들어 온 문어회는 최고의 영양식 이래요."
다정이의 자충우돌 속에 점심시간이 즐겁다.
"꺽정이 아저씨 오늘부터 내 음악선생이야. 하모니카 기타 색소폰 다 가르쳐 줘야 돼요. 아빠 회관 밴드 팀에 일 하면서"
"다정이가 인사팀장?"
"내 말이면 우리아빠는 무조건 통과. 통과"

"악기는 왜?"

"나중에 밴드마스터 할 거예요."

"쉽지 않을 텐데……"

"알아요."

후후후. 꺽정씨 앞날이 많이 걱정 되네."

이모의 걱정에 모두들 한바탕 웃었다. 점심을 먹는 도중에도 영철을 알아보는 등산객이 더러 있어 캔 맥주와 과일을 가져다주곤 했다. 지난 십여 년을 전국 안 간곳이 없고 업소일은 기회만 주어지면 했다. 언제나 잘 손질해 달고 다니는 텁수염에 악보 없이 연주를 하는 색소폰 연주자여서 업소 출입을 하는 고객이라면 다 알아본다. 때로는 시골 장터에서 공연을 하곤 해서 시장에선 장사꾼 할머니들도 알아본다.

"언제 어디서 들어봐도 마스터님 연주는 심금을 울립니다."

"떠돌이 악사님 최고. 특히 악사님 행사 멘트는 철학적이라 좋아요."

"감사합니다. 알아봐 주셔서"

사실 영철이의 행사 멘트는 다 서영묵이의 철학을 도용한 속언俗言이다.

-다 가지려 마라 욕심 많은 당신을 진심으로 사랑 할 사람은 없을거다.

-그대 슬퍼하는가? 행복하게도 그대는 슬퍼할 자유를 가졌군.

-그대는 세상에 불만이 많군. 세상에 사는 게 싫어서.

그 어떤 명언도 선교사가 하느냐 약장수가 하느냐에 따라서 감동도 주고 공감도 느끼게 한다. 똑같은 차 조심 하라는 말도 아내가 하면 잔소리고 미스 김에게서 들으면 감동이다. 모든 사람이 교과서처럼 살면 최상의 사회는 되겠지만 삶의 재미를 꼭 엄숙한 절간이나 예배당에서 찾을 수 만은 없다. 음악도 등산도 인생에 있어 또 하나의 활력소인지도 모른다.

"보아하니 그렇게 능력이 꽝인 분은 아닌 거 같은데 이렇게 혼자 다니실까?"

이모가 조금은 의심스럽다는 듯 그랬다.

"첫사랑 찾아다니고 있습니다. 남은 세월……"

"아. 그런 사연이……"

"네……?"

"아 요즘은 건듯하면 살다말고 떠나버리고 그런다 하잖아요."

"……?"

"어지간하면 그만 포기하고 새 출발 하시는 게 좋을 거예요. 떠난 사람은 몸만 떠나지 않아요. 마음도 떠나요."

"아하…… 이모님은 달아난 마누라. 아니 그 첫사랑을 얘기 하시는 거네."

"세상에서 젤 처량한 신세가 도망간 마누라 찾아다니는 남자 신세라고 했어요. 이리 멋있는 남자를 누가 버렸을까?"

"이모님은 안 그래도 불쌍한 인생을 더 서글프게 하십니다."

"아직 아주 간 인생은 아닌 거 같은데…… 어 하다보면 청춘 끝나요. 새 사랑 찾으세요."

"이모님 말씀 내 가슴을 이렇게 콱 콱 찌르네요."

가슴을 쾅 쾅 치며 눈물까지 글썽이는 영철을 가엾게 바라보는 이모와 예쁜 여사. 영철은 아이만 앞에 없다면 울컥 눈물을 쏟고 말았을 거다. 이 가슴에 이렇게 간절한 그 여린 사랑을…… 그 애타는 짝사랑을. 그 끝없는 첫사랑을 그들이 어찌 알리요.

"꺽정이 아저씨. 아저씨는 지금부터 이 다정이 첫사랑이야."

"어?……"

숙연한 분위기 탓인가. 다정이의 깜짝 행동에 모두들 웃지도 못했다. 영철은 한참동안 다정이가 내민 손을 잡아주지도 못하고 예쁜 여사를 멍하니 쳐다봤다. 그러나 아이엄마는 놀라는 기색도 없다.

"아이를 울릴 거예요?"

"……?"

"다정이 울라고 그러네. 후후후"

이모까지 알 수 없이 싱글거리며 아이를 놀리자 영철은 엉겁결에 아이의 손을 잡았다.

"다정이 어머니 이럴 땐 다정이가 예쁘다고 꼭 안아줘야 합니까. 아니면 한 대 쥐어박고 혼 내켜야 합니까?"

"아저씨, 이세상이 아저씨에게 채워주지 못하는 것 그 나머지는 이 다정이가 채워 줄 거야."

"어랍쇼. 그건 임마! 어른들의 작업 맨트야"

"호호호"

"우리 다정이 첫 번째 첫사랑은 제 아빠였고 두 번째는 음악선생이였나?"

"이젠 밤길 지켜줄 덩치 아저씨네. 후후후"

"이모! 난 지금 진짜야."

"그래 진짜지. 그 엄마에 그 딸 아니랄까봐. 니 엄마는 초등학생

때 첫사랑이었던 그 송아진가 망아진가 하는 오빠를 아직도 못 잊어 저러잖니. 뭐. 하모니카 소리만 들려도 뭐 그 때 생각이 나서 속알이 을 한 다나 어쩐다나"

"사실 아까 꺽정씨 하모니카 연주 들으면서 그 오빠 생각이 나서 혼 났어 언니"

"이~그. 이 만년 철순이"

"언니는 철순이 아닌가. 초등학생 때 삼촌이 첫사랑이었다면서"

"다정아. 대체 철순 이는 뭐고 이모에 첫사랑은 또 뭐가 그렇게 얄궂냐?"

"아이……아저씨. 철순이는 철없을 때 하던 순진한사랑. 얄궂은 이모의 첫사랑은 동화童話"

"아하. 그런 거구나. 그런데 다정아……"

"네?"

"다정이 는 첫사랑이 짝사랑이라는 걸 모르지? 아주 가슴 아프고 슬픈 사랑?"

"알아요. 엄마가 얘기 해줘서. 이루어지지 않는다는 것도……"

"그래 다정이도 잘 아는구나. 다정이는 똑똑하니까 첫사랑 같은 건 나중 나중에 해. 알았지?"

"나 아저씨 좋은데"

대신 아저씨가 기타 가르쳐 줄게"

"싫은데"

2

노인봉이 노인봉으로 불러진 유래는 평창 땅 진부 장평 사람들이 강릉이나 주문진 시장으로 장을 보러 다닐 때 그 질고 긴 진고개를 넘어 다닐 때 석양에 비치는 산 봉오리가 누런 억새 잎으로 뒤덮여 꼭 머리털 쉰 노인네 같아 노인 봉으로 불러지게 됐다고 한다. 진부 땅 사람들이 진고개를 넘어 주문진 어시장을 가려면 집에서 첫닭이 울 때 출발해서 다음날 첫닭이 울 때 집으로 돌아올 수 있었다고 했다. 지금도 진고개를 넘어 연곡으로 내려가는 꼬불꼬불한 도로는 차량으로 넘어도 힘든 험한 고개다. 영철은 소금강으로 내려가는 하산 길에서 천안에서 왔다는 대학생들과 만나 얘기를 나누게 되었다. 영철이가 천안에서 밴드마스터 할 때는 중 고등학교나 다녔을 아이들이다. 녀석들이 신기하게도 영철을 알아보고 알은 체를 했다.

"-마스터님 라이브 공연 보러 다니다 선생님한테 걸려서 죽도록 맞았습니다."

"짜식들. 아주 문제아들이었네."

"-전설의 밴드마스터. 황돌이 한진이……"

"오래전 얘기구나. 내가 그때 친구가 하는 업소 일을 좀 도와주고 있을 때야."

"-지금도 미인 기타리스터 한진이는 유명합니다."

"-마스터님 연인이었다는데……"

"옛날 청춘시절에…… 힘이 부쳐서 물러섰지만"

“-더 막강한 상대의 태클로……?”
“뺏겼지. 그 못된 놈한테”
“서울에서 날리던 도장 사범님도 못 당하는 대단한 적이 있었네요.”
“그놈이 어떤 놈인지 너희들도 아는 놈”
“-우리가 안다면…… 재벌가 2세, 아님 3세요?”
“그래. 너희들 배낭에 꽂혀 있는 책의 저자 놈”
“-네?……”
“-서 영묵 교수님이요?”
“-말도 안 돼”
“너희들 서 영묵 교수가 좋으니?”
“-우리가 유일하게 공감하는 논설을 많이 발표하시는 교수님입니다. 특히 〈영원한 땅〉은 요즘 우리의 논제論題가 되고 있어요.”
“-궁금해요. 아무리 국내 굴지屈指의 재벌가 이세라지만 예능여인이 끌리는 남자는 마스터님 같은 야성남이지 서 교수님 같은 준재俊才는 아닌데”
“한때는 친구였어. 서 영묵이란 청춘과”
“-청년 국회의원 때요?”
“그전에…… 얘기하면 길고. 그런데 너희들 야영장에 가면 텐트 칠거지?”
‘-네”
“우리 남자들끼리 얘긴데 따로 따로?”
“-……?”
“아니, 남자들은 남자들끼리 여자들은 여자들끼리?……”

"-……

"내가 묻는 의도가 좀 이상 했나?"

"-네"

"텐트에서 어떻게 밤을 보내나 묻는다면?

"-더 이상하죠."

"그럼 짝짝이 저마다 한 텐트 속에서?……"

"-하하하하. 다 아시면서"

"뭘? 만지고 노는 걸?"

"-에이 마스터님이야말로 선수 중에 선수이시면서"

"내 얘기는 너희들이 존경한다는 그 서 영묵교수 그 친구 청년시절 얘기야. 너희들 같은 청춘에 남녀가 호텔방에서 밤새 얘기만 하다 나왔다면?……"

"-우린 그랬다간 그날로 아웃이죠. 여자친구에게 그동안 즐거웠어 한마디 듣고. 그냥 탁. 한마디로 짤리는 거죠."

"-동아리 그냥 내리 까일 걸요."

"-맹탕이라고 불어버리기라도 하면 완전 끝장나는 거고요."

"그래 바로 그거야"

"-그럼 서 교수님이 그때 까였나요?"

"-흥미로운데요."

"내가 서 영묵 그 친구가 그때 호텔방에서 뭘 어떻게 했는지 그걸 알아내는 방법을 가르쳐 줄게"

"마스터님 악취미요?"

"아냐, 너희들이 이번 여행에서 서 영묵교수와 만날 기회를 만들어 줄려고 하는 거야"

"서 영묵교수님의 교양강의 직접 듣기가 얼마나 어려운데요?"
"걱정 마. 그 폰 이리 줘봐"
"……?"
영철은 슬슬 작전을 꾸미기 시작했다.

3

소금강계곡은 설악산 천불동계곡이나 수렴동 계곡같이 기암괴석으로 이루어진 긴 계곡이다. 등산인 들이 계곡에 바위길 등산로를 오르내리며 때론 너무 힘들어 지친 몸을 계곡의 차가운 물에 발을 담궈고 앉아 쉬었다. 가곤 하는 지루하기도 한 계곡이기도 하단다. 그래도 여기 강원도에 산과 계곡은 거의 기암괴석에 바위들과 소나무들이 있어 그렇게 또 지루하지만도 않게 볼거리가 많다 한 폭에 산수화 같은 바위산. 계곡에 맑은 물. 저마다 다른 수종이 숲을 이뤄서 계절에 상관없이 이곳 오대산 소금강계곡은 등산인들은 물론 관광객들에게도 아주 좋은 탐방코스다. 영철은 일행과 함께 계곡바위에서 쉬며 지난얘기들로 사는 얘기들로 같이 떠들면서 쉬기도 하고 간식을 나누어먹기도 하며 지난날들을 조용히 돌이켜보는 산행을 했다. 지금은 대학교수로 바쁜 나날을 보내고 있는 서영묵. 지나온 그 시간 속에 그와는 너무 많은 일이 있었다.

-우리는 악연이야 ! 그 죽일 놈의 악연 때문에 내 청춘은 깡그리

날아갔지-

천안에서의 그 일들은 결정적이었다고 늘 푸념을 해댔다. 그 망가지자고 했던 그날의 그 여인. 그 여인이 서영묵이에겐 첫사랑이었다는 걸 영묵은 한참 후에 알게 됐었다. 지금 이 천안에서 온 아이들이 가지고 있는 논문집. 〈영원한 땅〉은 사실 알고 보면 그날에 일이 만든 작품인지도 모른다.

(상략)

-우리는 지금2010년을 지나며 무었을 지키려 하고 있나? 땅인가? 우리 민족인가? 우리국민 인가?

-우리가 지금 산을 허물어트려 바다를 메우고 해서 땅을 넓히는 건 무었을 위한건가? 늘어나는 5천만 6천 만의 그 인구, 때문에?

-통일은 조건 없이 해야 된다고 한다.

-남해고속도10번. 영동고속도50번. 다음은 150번 200번 고속도로, 그것을 위해서?

-아니면 나중에 아이들이 동해 7번 국도로 부산에서 두만강까지 자전거를 타고 갈수 있게 해 주려고?

-우리가 묘향산 칠보산 백두산 등산을 가기위해서?

-우리는 우리를 위해 그 어떤 어려운 일도 하려고 한다.

-공산주의라도 괜찮다 통일만 된다면. 〈민족주의의 견해〉

-자유만은 그 어떤 것을 위해서도 포기 할 수 없다. 〈인본주의人本主義의 견해〉

우리의 땅 독도는 풀 한포기 나무한그루 제대로 자라지 못하는 작은 섬이지만 우리는 절대 포기 못 한다 우리의 땅이기 때문이다.

마찬가지로 중동의 골란고원은 황무지지만 목숨 걸고 서로 싸우며 지키려한다.

한반도는 누가 뭐래도 자유대한민국의 땅이다.

또 〈조선민주주의 인민공화국〉의 땅이기도 하다.

대한민국은 유엔군 미군 수 만 명이 희생하여 지켜준 국가다 〈조선민주주의인민공화국은〉은 또 당시 중공군 수 십 만 명을 희생시키며 지금의 중국이 지켜준 나라다. 우리의 독립은 우리가 싸워 이겨서 된 것이 아니다. 분명이 한다면 중국도 조선도 미군과 연합군이 싸워서 찾아준 국가이다. 그것을 우리는 독립이라 한다. 청나라는 중국이 되었고 조선나라는 조선으로 한국으로 나누어졌는데 그것을 다시 하나로 합쳐 그 어떤 이름의 나라로 만들겠다고 서로가 노력 한다고 한다. 과거 이 땅은 고구려 백제 신라였는데 고려로 되었고 고려는 다시 조선으로 그 이씨조선은 한국과 김씨 조선으로 다시 갈라졌는데 그 분단은 안 되는 것이고 분단 된 체 살아서는 안 되는 이유가 원래가 하나였기 때문에 그렇단다. 오래전 몽고의 칭기즈 칸은 현재의 중국 땅을 다 점령하여 통치하였는데 현재의 몽고국은 중국을 되찾으려 하지 않는다. 왜 우리는 조선과 옛 고구려 땅이었던 중국의 일부분까지 우리의 것이었다 하는가. 그것은 중국의 동북공정도 인정한다는 그것인가?

(중략)

국가는 국민의 생명과 재산을 보호한다. 또 국민의 미래를 위해 최선을 다한다. 동서독은 서로가 원해서 통일을 했다. 그래서 합의 통일이다 그들은 그래서 평화통일이라 하지 않는다. 우리한반도는 서로가 통일을 원하지 않는다. 만약 이 상태에서 우리가 통일을 진행한다면 수백만 명의 국민이 생명을 잃을 수 도 있고 수천만의 국민들이 재산상의 불이익을 받을 수 도 있다. 현재보다 얼마만큼 더 잘 살 수 있어서 하는 통일이고 후손에게 어떤 희망을 주기위한 통일인가? 자유사회의 통일을 원하지 않는 북조선. 공산사회의 통일은 결코 않겠다는 자유대한이다.

합의통일이 이루어질 수 있는 그날이 올 때까지 우리는 기다려야 한다. 만약 우리가 서로 무력으로 통일을 할 때 우리 한민족은 멸망하게 된다. 다만 이 한반도의 땅 만은 그대로 남아 있겠지만.

(하략)

우리가 연어들의 그 희생적 죽음의 여행처럼 희생하여 통일을 이룬 결과가 폐허가 된 이 땅이고 그 옛날처럼 중국의 관리를 받는 불완전 국가라면 그건 결코 우리가 후손을 위한 거라 말 할 수 없을 것이다. 미래는 국제화시대고 세계화 시대다. 민족주의의 고립된 국가관을 가져서는 안 된다. 우선은 한국은 한국으로 조선은 조선으로 민족관렴 버리고 국민만을 위해 인민만을 위해 저마다 잘 살 수 있는 환경을 후손에게 남겨주는 것이 지금 이 시대를 살고 있는 우리의 책무責務다. '인간은 살아가는 과정이 전부다. 죽음에 대가로 훈장을 주는 것은 그 인생을 모욕하는 거다.' 현제 살아가고 있는 국민들의 삶을 그대로 두는 것이 최선이다. 국민을 위한다는 미명하에 정부가 강요하는 모든 동조적 정책을 반대한다는 서영묵교수의 인본주의.

민족을 위해, 나라를 위해 그 많은 희생과 더 많은 고통을 감수하라는 국가제일주의 적 정책. 조선은 여지 것 그렇게 하여왔고 앞으로도 그럴 거다. 우리는 민생 제일주의 적 사고로 국가 경영을 하여서 세계 속에 일원이 되어야 한다는 서 영묵교수의 지론. 연어의 죽음으로 얻어지는 산란이 자연적 과정이듯 인간도 자연적인 정상적 삶으로 후손을 가능케 한다는 자연 순리적 견해다.

-후손을 위해 사과나무는 심어라. 다만 그 사과나무를 심을 땅을 사기위해 자기 몸을 저당 잡히진 마라-

초등학생도 아는 얘기다.

4

~언젠가 가겠지 푸르른 이 청춘~

~지고 또 피는 꽃잎처럼~

~달 밝은 밤이면 창가에 흐르는~

~내젊은 연가가 구-슬퍼~

~가고 없는 날들을 잡으려 잡으러~

~빈손 짓에 슬퍼지면~

~차라리 보내야지 돌아서야지~

-그렇게 세월은 가는 거야-

그렇게 세월은 가는 거야.〈산울림의 청춘〉

영철은 남자아이들과 헤어져 이번엔 여자아이들과 계곡에서 쉬며 하모니카로 여자아이들의 신청곡들을 불어주다 서 영묵을 생각했다. 생각하면 생각할수록 인연 아닌 필연의 인과였다. 고향선배 성훈형의 대학친구인 서 영묵. 그와는 친구처럼 지냈다. 영철의 도움으로 서영묵이가 목숨을 구한 것이 그냥 우연이라 모두들 알고 있지만 영철로서는 절대 실패할 수는 없는 목숨을 건 구조작전이었다. 그 후에 일들은 공동의 의기투합이었다. 서로가 말은 하지 않아도 서로의 생각을 아는~

"마스터님하고 있으면 심심할일 없겠어요."

"그거 너희들 작업 맨트니?"

"후후후"

"내가 너희들하고 놀고 있는 거 보며 속 타는 재들 봐라."

"재들 다 땜방 친구들이예요. 신경 안 써도 돼요."

"땜방?"

"아이 땅콩이요. 심심풀이……"

"무료 경호 팀요. 후훗"

"저 친구들은 목숨 걸 텐데?"

"우리한테 목숨 거는 애들 많아요."

"너희들 나중에 결혼하려면 고민깨나 하겠다. 고르느라"

"결혼을 왜 해요?"

"왜 하다니? 애 낳아야지?"

"애는 왜 낳아요?"

"애는 왜 키워요?"

"그래도 결혼은 해야지. 자子고로 가정은 천하지대본이다. 몰라?"

"결혼 그거 꼭 해야 되요? 혹 마스터님 같이 땡기는 남자라도 있으면 모를까"

"후후후"

"흐흐흐"

"이놈들 봐라. 그건 우리 같은 예능인들이나 하는 단어야"

"뭔 재미로 살아요? 재들 기타도 제대로 못 쳐요"

"노래방 가면 책을 읽죠"

"이놈들아. 좋은 직장 들어가기 위해서 공부에만 매달리다보면 잡기雜技엔 좀 무딜 뿐이야. 그래서는 아니지만 대략 공부 못하는 애들이 노래는 더 잘해"

"우린 영혼도 자유스럽고 싶어요"

"재미있는 인생은 저마다 달라. 요리 잘하는 남자가 최고일수도 있고 돈을 잘 벌어 오는 남자가 제일이기도 해. 또. 뭐 일을…… 잘…… 하던가"

"마스터님 지금 19금을……?"

"아, 아냐! 난 돈을 잘 벌어오는 남자가 최고다 그 얘기지. 일을 잘해서 돈을 잘 벌어오는 그런 친구. 즉 경제만이 살길이다 뭐 그런 건전한 얘기"

"에이…… 다 아는데"

"그런 얘기는 중딩들 데리고나 하세요."

"그래 알았다 알았어. 나도 너희들 데리고 인생 지루하게 하는 어른인척은 싫다"

"마스터님! 이번엔 재미난 얘기 해주세요."

"곤란해 다 19금 얘기라서. 대신 괜찮은 남자 고르는 거, 그거 얘기해줄게"

"……?"

"남자친구와 같이 하루 밤을 지내는데……"

"……?"

"일단 방에 들어가면 침대로 가지 말고 소파로 가 나란히 앉는 거야……"

"……?"

한참 남자친구가 설렐 때 슬그머니 그의 무릎을 베고 눕는 거야"

"가만있지 못 할 텐데요?"

"졸린다면서 가만히 두라고 부탁하고 잠이 든 척 하고 있는데……"

"……?"

"그랬을 때 한 시간도 못 기다리는 친구는 여자 친구를 진짜 사랑하지 않는다고 볼 수 도 있고, 세 시간 이상을 기다리면 진짜 사랑하는 거라 볼 수 있다는 거야. 만약 여자 친구가 잠을 깰 때 까지 기다리는 남자. 그런 남자가 있다면……"

"……?"

"……?"

"누가 채 가기 전에 얼른 잡아 결혼해"

"후후후 어디서 들은 얘기 같은데요?"

"너희들 내가 아주 재미있는 휴가 만들어 줄게. 너희들도 서 영묵 교수 알지?"

"얼짱 교수님요?"

"우리 애들 중에 광팬도 많아요."

"그 교수님 만나게 해줄게"

"에이 방송강의나 들을 수 있는 접근불가 교수님 이예요."

"그 교수님을 만나는 것 보단 나훈아를 만나는 게 쉬울 걸요?"

"사실은 옛날 내가 청춘 때 너희들이 사는 천안에서 당시 백수였던 서영묵이란 청춘과 좀 놀은 적이 있어. 그래서 난 유일하게 그 친구에 아주 야릇한……"

"……?"

"……?"

"신체적 비밀을 알고 있지"

"뭔데요?"

"톡에 올리면 난리 나겠다."

"맹탕"

"네! 교수님이요? 씨 없는 수박이 아니고 기능 불不요?"

"에이 뻥이다."

"아님 말고도 요즘은 큰데 가요."

"그럼 그 제보자에 내 신상명세서를 첨부 해. 천안에 밴드마스터 황 영철 이라고. 별명은 황 돌이"

"마스터님. 친구에 약점은 무덤까지 숨겨서 가는 건데요."

"알지만……, 또 대중의 알권리도 있는 거야"

"혹시 마스터님 그때 친구에게 애인 뺏겼어요?"

"와. 너희들 눈치 구단이구나."

"이제와 복수에다 한풀이?……"

"어떻든 너희들이 올린 톡을 보고 화가 나서 그 친구 여기로 씩씩대며 달려오겠지. 나를 죽여 버리겠다고……, 그러면 너희들은 서 영묵교수를 만나 확인을 하는 거야. 맹탕인지 맹물인지. 히히히"

영철은 반신반의하는 여자아이들을 뒤로하고 이번엔 남자아이들에게 갔다.

"너희들 여자친구 붙잡고 싶지?"

"연애학 대선배님의 노하우 따로 있습니까?"

"간단해. 텐트 안에서 무릎 베어주고 팔 베게 해주고 재우는 거야. 여자친구 몸엔 손도 까닥하지 말고. 그러면 감동한 여자 친구는 그대로 영원히 내 꺼. 히히히"

"……?"

"……?"

"……녀석들 오늘 밤 무릎 좀 저려봐라. 히히히……"

영철은 잔뜩 심술을 부리다 일행에게로 돌아왔다.

"첫사랑 삐쳤어요. 아까부터 저렇게……"

"다정이가요?"

영철은 이모가 가리키는 물가 너럭바위로 갔다. 다정이는 입을 삐쭉이며 영철을 모른 척 한다.

"물이 참 맑구나. 우리 다정이 모습 같다."

"……"

"맑고 맑은 계곡 수. 얼굴이 그대로 비치는 거울 수. 고요하게 고여 있어 고요 수네"

"……"

"다정이는 다정해서 안 다정이가 아니고 다 다정이. 엄마는 너무 예뻐서 안 예쁜 여사가 아니고 다 예쁜 여사래요. 이 아저씨는 오늘 다정 이를 만나 너무 좋아요. 나의 첫사랑은 언제나 16살……"

"난 열다섯이야."

"나 죽는 날까지 나의 첫사랑은 열여섯 살 소녀"

"난 열다섯 살 이라니까"

"다정이 드럼 칠 줄 안다고 했지 다정아. 오늘 아빠 회관에서 우리 라이브공연 하자. 다정이 는 드럼, 나는 색소폰"

"응 아저씨. 아빠한테 말해서 준비 해 달라고 할게"

금방 신나 하는 아이. 영철은 아이가 옛날에 데리고 있던 아이를 많이 닮아서 너무 귀여웠다. 지금은 희미한 모습만 남아있는 아이들. 그 아이들도 잘 컷 다면 지금쯤 서른 살이 넘은 젊은이가 되어 있을 거다. 영철은 옛날 그 아이들을 데리고 유원지에 가서 놀 때처럼 물장구를 쳐 다정이가 물벼락을 맞게도 하고 매달 리는 다정이를 물에 빠치는 시늉을 해 아이가 비명을 지르게 하기도 했다. 그리웠다. 보고 싶었다.

"일 났네. 일 났어. 미녀하고 야수도 아니고. 큰애 작은애가 사귀네 사귀어"

둘이서 다정히 손을 잡고 쉼터로 돌아오자 옥이 이모가 끌끌 혀를 찻다.

"우리 다정이 오늘 신났네. 첫사랑도 만나고 음악선생 싸부도 만나고"

달려와 매달리는 딸아이가 귀여워 죽는 안 예쁜 여사. 시원한 쉼터에서 얘기꽃을 피우는 등산인들 속에 그들도 서로의 사는 얘기도 하고 우스갯소리로 한바탕 웃기도 하며 만남을 즐거워했다.

"다정이 어머니께서는 딸아이를 한강다리 아래서 주어오기라도 한 거겠죠. 아니면 철없는 여고생이 일을 저질렀던가?"

"그것도 18살 여학생이……"

"언니!……"

안 예쁜 여사 기겁을 해서 이모에 입을 틀어막는다.

"뭐가 있긴 있네. 있어……, 얌전한 고양이가……?"

"소금강이 좋아서 서울에서 맨날 놀러 내려오던 철없는 여학생이……"

"언니야……"

"뭐 내가 없는 걸 지어내는 것도 아닌데"

"다 언니 땜에 내 신세 요 꼴 된 거잖아"

"이그, 자기가 좋아 한밤중에 쳐들어간 건 어쩌구?"

"언니! 끝. 끝!"

"오……? 다정이 어머니 완전 부뚜막 올라갔네 올라갔어"

영철의 놀림에 안 예쁜 여사 어쩔 줄을 모른다.

"그 바람에 다정이가 하늘에서 뚝……"

"……?"

"일은 자기가 다 저질러 놓고. 언니 난 몰라 ! 몰라! 울고불고?……"

"아하……19금이 결국"

파란 하늘 . 모두가 이 계곡의 아늑함에 취해 잠시나마 갈 길을 잊는다. 쪽빛 하늘과 아찔하게 솟아있는 바위들. 그 틈에 작은 소나무들. 영철은 순박하기만 한 이모와 서울 에서 이곳 주문진으로 시집을 와 살면서 유일하게 등산을 취미로 살아간다는 안 예쁜 여사의 그 얘기들을 들으며 일상의 무료함이 얼마나 사람들에게 우울함을 주는지 다시 한 번 느끼게 됐다. 그 일상의 바쁜 저마다의 시간들. 그 시간은 일이다. 사람들은 어쩌면 일만으로는 만족 못하는 그 무엇이 또 있어야 되나보다.

"첫사랑님은 계속 그 말라죽을 놈의 첫사랑 찾아 삼천리 하실 건 감요?"

"이모님. 그 말씀은 한없이 고마운데 이제 와서 그만두려니 너무 아쉬워요.

"그 죽일 놈의 첫사랑 멀쩡한 인생 아주 쫑 내버려요 아주……"

"팔자소관요. 그 죽일 놈의. 첫사랑 다 업봅니다. 죽일 놈의 업보"

"첫사랑님의 사랑 찾기는 어쩌면 행복 찾기 인지도 몰라 언니, 그러지 못하는 사람도 많잖아"

"자기처럼? 그놈의 송아지가 죽었다 해도 찾을 걸"

"……?"

이모의 놀림에도 예쁜 여사는 웃지 않고 먼 하늘만 바라본다. 영철은 그러는 예쁜 여사의 그리움이 느껴지고 느껴진다. 한낮에 따사로운 햇살 속에 아쉬운 시간들은 갔다. 이제 그 단조로운 일상으로 다시 돌아갈 시간이다. 모두들 하산 길을 재촉한다. 지루하도록 길고 긴 소금강 계곡이다. 그래서 웃자고 장난소리도 하게 된다.

"이모님 사실은 제가 주문진을 찾아가는 건 이 떠돌이 인생의 생계도 생계지만 어떤 한 녀석을 찾기 위해서입니다. 예전에 내가 데리고 있던 애들이 있었는데 아 이놈들이 내가 잠시 집을 비운사이에 있던 돈을 다 갖고 튄 거예요 .최근에 그중에 한 놈이 여기 주문진에 살고 있다는 걸 알게 됐어요."

영철의 애기를 일행들은 그냥 재미있게 들어준다.

"통 커 보이는 첫사랑님이 그러시는 걸 보니 적은돈은 아닌 것 같네요?”

“당시에 빌딩 몇 채는 살 수 있는 큰돈 이였어요.”

“어머! 그렇게 큰돈을?”

“내 이 녀석들을 붙잡기만 하면 그냥 목을 확 비틀어!……”

“첫사랑님은 지금 남의 얘기처럼 하는 거 알아요? 혹시 집에 두고 온 그 금송아진 아닌 가 몰라? 후훗!”

“이모님! 이놈이 형편없다는 건 맞지만 그런 사기꾼은 아닙니다.”

“자기야 우리 재미있으라고 하는 얘기 같은데 쫌 장단 좀 맞추고 해”

“후후후, 언니 진짜일거야 아마”

“호호호 난 아저씨가 하는 얘기는 다 믿을래”

다정이도 덩달아 영철이 에게 매달리며 그런다

“아저씨 그렇게 안 해도 멋있어. 아저씨는……”

그들은 한참을 더 걸어 만물상 앞에 도착했다. 소금강이 다 아름다워도 만물상이 여정을 마무리 한다,그들은 물론 모두들 잠시 한동안 발걸음을 멈춘다. 연인들은 사진촬영으로 또 시간 가는 줄 모른다.

“다정아 ! 여기 또 왔다. 다정아 니 엄마 바람난 곳”

“아저씨! 여기가 어딘 줄 아세요? 우리엄마아빠 테이프 끊은 곳이래요.”

“테이프는 무슨 순진한 우리 껌투리 강제 키스 당한 곳이지”

“아이고야! 다정아 넌 절대 엄마는 닮지 마라”

“아저씨. 다정이도 중2 거든요. 알건 알거든요?”

'그 완전 풍기 물란 아가씨는 지금 얼굴이라도 쫌……?'

그러나 감회에 젖는 건지 안 예쁜 여사는 무표정 하게 만물상만 그윽이 올려다 볼 뿐.

"엄마, 엄마. 다 예쁜 우리엄마"

"내가 다정이 때문에 추억 속에도 좀 못 빠지지"

딸아이라지만 친구 같다. 껴안고 모녀는 볼을 맞대기도 하며 포즈를 취한다. 이모는 사진촬영을 해 주면서 계속 투들 거렸다.

"아이고 멋대가리 한 개 없는 우리 오징어씨. 내 오늘 집에 안 간다. 첫사랑씨 하고 회관에서 올나이트 할 거야. 오늘부로 오징어대가리는 아웃!"

"언니 결국 터졌네. 터졌어! 오징어 형부 완전 오리 알 돼 버렸대요. 야하게 안 놀아주는 남자, 일 만 하는 남자는 컷!"

"이모라면 최고의 싱어로 콜!"

"야호! 그렇다면 나도 우리 껌투리 오늘로 캇! 언니와 같이 간다."

"그렇다면 이 첫사랑도 그 얼어 죽을 놈의 그 첫사랑과는 끝! 우리는 간다!"

영철이 는 이모와 파이팅을 했다. 다예쁜 풍기 물란 과도 파이팅.

"……그런데?…… 껌투리 오징어?……"

영철은 다정이하고도 파이팅을 하다 깜짝 놀랐다. 주문진에서 찾아볼 친구가 오징어고 만나고 싶은 아이가 껌투리다. 아까부터 껌투리의 모습을 많이 닮은 다정이라 느꼈었는데…… 다정이가 껌투리의 아이?……

"아저씨. 아저씨도 같이 사진 찍어"

영철은 다정이가 이끄는 데로 만물상 앞에서 포즈를 취하며 아주 난감하게 된 걸 느꼈다. 괜한 장난소리를 해서 벌어진 일이다. 반갑고 기쁜 만남보다 수습 할 생각에 잠시 멍했다.

"다정아? 오징어는 뭐고 껌투리는 누구니?"

'아이! 아저씨는. 지금 여기 정신 줄 놓은 두 미인들에 남편 분들 별명요"

"뭐라고……? 그럼 다정이 니 아빠가 진짜 껌투리?"

"네. 우리아빠 눈이 특이하게 까매서 어릴 때부터 껌투리 로 불렀다고 해요"

"얏! 얏! 야호……"

"……?"

"……?"

영철이가 갑자기 배낭을 벗어던지고 이쪽저쪽 앞차기 옆차기를 하며 주위를 뛰어다니자 일행 은 잠시 영문을 몰라 멀뚱히 쳐다봤다.

"야호! 잡았다. 잡았어. 다정아! 아저씬 이제 부자야! 부자. 도둑맞은 그 돈 만 찾으면……"

"……?"

"떠돌이악사는 끝! 일류회관을 꾸며서 밴드마스터를…… 다시시작 하는 거야! 야호!'

"……?"

"내 이 도둑놈들을 그냥! 그런데……?"

영철은 목을 비트는 시늉을 하다말고 다정이를 쳐다봤다.

"……"

"아저씨가 아까 했던 얘기가…… 그럼 진짜……?"

“가만, 가만 정리……. 정리……일단 침착하게…… 침착하게”

“아저씨……”

처음엔 어리둥절하든 이모와 예쁜 여사도 상황을 파악하고 그 자리에 맥없이 주저앉았다. 다정이도 불안해서 엄마한테 가 매달렸다.

“일이 이렇게 될 줄은…… 아까 얘기했던 옛날에 내가 데리고 살았던 아이가 껌투리고 그 껌투리를 꼬덕여서 돈을 훔치게 한 못된 형아가 오징어 그놈 맞습니다.”

“……?”

“그렇다고 아무리 내가 폭력 행사야 하겠습니까. 걱정 마시고 내려가십시오. 이모”

“……?”

“……?”

“대신 두 분을 인질로 삼아 그 못된 둘을 도망 못 가게 할 생각이니 두 분은 지금부터는 절대 집으로 연락 하지 않기 바랍니다.”

“아저씨……”

“다정아……아빠를 미워하진 마. 아빠는 그때 너보다 어린 아이였어”

“아저씨……우리아빠 어떡해?”

“이 아저씨한테 혼나야지. 아무리 다정이가 예뻐도 안 돼. 아저씨는 지금 화가 많이 났거든. 그리고 이모님은 남편 오징어 한테 뭐 들은 얘기 없습니까?”

“조금 이상하긴 했어요. 서울에 큰 부동산업 하는 사람이 재산을 숨기려고 맡긴 돈이라며……”

"아 네. 그렇게 했을 겁니다. 참 아까 산에서 안 예쁜 여사님 송아지를 안다고 하셨는데. 그럼 안 예쁜 여사님이 그 때 그 하숙집에 꼬맹이 예쁜이?……"

"마스터님이 송아지 오빠를 어떻게?"

"아하. 이제야 알겠네. 그 때 하숙집에 아주 귀여운 꼬맹이가 아주 못된 오빠들을 모르고 따라다녔다고 하더니……"

"그 오빠들을 욕하진 마세요. 마스터님. 그 오빠들은……"

"송아지오빠가 첫사랑이여서 그렇다면 알겠습니다. 그 하숙집엔 다섯 놈에 나쁜 오빠들이 있었는데 그때 그 나쁜 오빠들이 내가 데리고 있던 꼬맹이들을 꼬덕여 돈을 훔쳐 달아났습니다. 난 지금부터 그놈들을 다 찾아가서 그 돈을 찾고 또 혼내 줄 생각입니다. 이제 한 놈은 찾았고 다음번엔 대관령에 산다는 감자란 놈을 찾아서 혼내킬 겁니다."

"아저씨. 우리 대관령에 할아버지가 감자라고 하던데……?"

"뭐?……그럼 옥이 이모 첫사랑 삼촌이 감자?…… 다정아 그럼 막내라는 꼬맹이…… 아니 삼촌이 그기에 있을 텐데?"

"대관령 막내삼촌 강릉에서 대학 다니시는데……"

"대학을?"

"삼촌 강릉대학 교수님요"

"하! 그래…… 요놈들이 아주 제대로 놀고 있네. 내 돈 훔쳐다 그 애를 대학에 보내서 교수를 만들었단 그 말이지"

"아저씨……"

"아 참. 다정이 넌 먼저 저기 저 언니들 따라 먼저 내려가. 아저씨는 어린아이 까지 인질로 잡는 악한은 아니란다."

"아저씨. 엄마하고 이모가 너무 놀라서 힘들어 해요. 내가 대신 인질 할게. 보내줘 요. 네?"

"안 돼. 어린아이를 인질로 잡으면 아저씨가 큰일 나"

영철이가 목 베는 시늉을 하자 다정이 는 아예 영철의 허리에 착 달라붙어 떨어지질 않는다.

"아저씨. 응?"

"아무래도 안 되겠다. 아저씨 인질작전은 포기. 다 내려가세요. 나중에 회관에서 만나기로 합시다. 다정이 때문에 아저씨가 참는 거야."

영철은 일행을 먼저 보내고 좀 더 계곡에 정경을 감상하고 싶어 천천히 걸었다. 산행은 건강을 위해서이기도 하지만 자연 속에 살고 있다는 기쁨을 느끼고 싶은 마음이 있어서이기도 했다. 그래서 사람들은 혼자서도 산행을 한다고 했다. 나무와 바위들 풀과 꽃, 고요함과 하늘, 상큼한 향기들. 그 많은 것들을 다 가슴에 안을 수 있고 느낄 수 있다. 일상日常의 시간 속에서 한편에 영화를 보 는 것은 감동이지만 잠시의 그 시간에 자연여행은 삶에 희열이기도 했다. 영철은 많은 상념想念에 빠져 걷느라 날이 어두워지는 것도 모른 체 솔밭 속을 천천히 걸었다.

"아저씨……"

"다정아 너 안 내려가고 여기서 뭐해?"

길가 바위에 우두커니 혼자 앉아있는 아이를 보고 영철은 깜짝 놀랐다.

"아저씨 다정이는 이제부터 아저씨의 영원한 인질이야"

"뭐?"

"아저씨……"

"임마! 인질극이 연극놀이니? 너 때문에 아저씨는 잘못하다간 돈은커녕 꽥하게 돼"

"난 이거 사용 안 할 거야."

다정이가 목걸이를 벗어 들어보였다. 비상호출기다. 지금은 아이들에게 모두 비상호출기가 착용 되어있다. 만약 지금이라도 다정이가 호출기를 작동하면 위치추적과 함께 금방 구출 작전이 시작 될 거다. 하나뿐인 아이들이다 아동 인질범에겐 관용도 정상참작도 없다. 특히 아이들의 인질은 극형이다. 영철은 등산객들도 거의 떠나간 계곡 길을 천천히 걸으며 일부러 다정이 에게 냉정하게 굴었다. 소금강주차장까지는 아직 멀다. 그러나 빨리 이곳을 벗어나고 싶지 않은 건 조용한 시간이 좋아서이고 암벽의 그 경관들이 석양에 비 칠 때 그 경이로움이 발길을 자꾸 멈추게 해서였다. 앞에서 팔딱이며 걷던 다정이가 자꾸 말을 건다.

"아저씨? 아저씨 첫사랑은 어떤 분이었데?"

"……?"

아주. 아주 예뻤을 거야?"

"……"

"아마도 아저씨 바람피우다 들켰을 거야"

"……?"

"아저씨는 멋있어서 첫사랑 속을 많이 썩였을 걸? 뻔해, 뻔해"

"임마! 시끄러. 포로는 적군에 잡히면 무조건 조용히 한다. 지금부터 그 입은 내가 명령 할 때까지 딱. 다문다. 난 무서운 대장이다 지금부터"

"킥! 하나도 안 무서운데?"

"명령이다. 인질은 지금부터 조용히 간다."

"헤 헤헤헤……"

머리꼬리를 나풀대며 팔딱이는 다정이, 영철은 우연히 이렇게 다정이를 만난 것도 껌투리의 아이인 것도 너무 감동이었다. 이렇게 만나지 않았어도 언젠간 만나게 될 아이인데.

"아저씨……?"

"왜?……"

"아저씨 정말로 우리아빠 가진 거 다 뺏을 거래요?"

"물론이래요"

"…… 아빠 큰 일 났네. 아빠 회관이랑 엄마 회집 다 어떡해……"

"……?"

"아저씨?…… 나 아저씨 따라가서 아저씨 하녀 할게. 우리아빠 가만두면"

"뭐! 하녀?"

"응 아저씨가 하라는 건 다 할 거야 뭐든지"

"……?"

"빨래도 밥도 설거지도 청소도…… 그리고 또……"

"……?"

"첫사랑도 안 할 거야. 그냥 아저씨 하녀만 할 거야 하녀만"

"임마! 아저씬 집도 없어. 그리고 집이 있다 해도 너 같은 까불이를 누가 데려다 일을 시키니? 청소는 고사하고 내가 니 양말 빨아 신켜야 될 걸"

"그럼 어떡해 우리아빠 ……"

"넌 도둑놈인 아빠가 밉지도 않니? 그런 아빤데 왜 그런 걱정을 해?"

"아저씨…… 어릴 때 내 별명이 뭔지 알아? 아기공주야."

"말썽공주는 아니고?"

"아빠가 좋은 일을 많이 해서 나를 그렇게 모두 엄청 귀여워했대. 내 친구들은 다 나하고 노는 걸 젤 좋아해. 아빠는 돈이 많아 우리한테 여행도 많이 시켜 주거든."

"이런. 이런 나쁜 놈! 그 돈이 다 내 껀데."

"아저씨……우리아빠는 운동선수야, 태권도 유도 축구 테니스 다 잘해. 예전 어릴 때 같이 살던 형이 가르쳐 줬대. 또 실내 음향기기 설치를 잘하는데 그것도 그 형이 학원에 보내줘서 배운 거래. 가만히 생각해보니까……"

"……?"

"아저씨잖아."

앞서 가다말고 돌아와 매달려 애처롭게 쳐다보는 다정이. 영철은 가만히 석양이 바위산 기슭에 물들어가는 하늘을 바라봤다. 그 어린 날 아버지는 석양이 곱게 물든 하늘을 바라보며 영철이에게 할머니의 어린 날을 얘기 했다. 그 애처로운 얘기들을…….

5

"아부지! 그 새끼가 애들한테 또 그랫단 말야?"

"그래도 그렇게 때리면 안돼"

"씨!"

영철이는 오늘도 학교에서 돌아오는 길 아버지에게 붙잡혀가서 혼났다. 읍내 해방이하고 또 한판 붙었기 때문이다. 저희 할아버지가 이름을 그렇게 지어서 해방이인 해방이는 같은 학년 2반이다. 1반은 남자 반 3반은 여자 반. 2반은 남녀 합반이다. 영철은 여자애들에게까지 짜식이 그런 소문을 내서 맨날 놀림 깜이 되는 자신이 죽기보다 싫었다.

"니네 할머니는 일본놈 노리게였대"

"얼래 꼴래 ! 얼래 꼴래"

영철이는 4학년이 되면서 하기 싫었지만 체육부에 들어갔다. 일대일로 맞붙으면 깸 거리도 안됐지만 읍내 애들은 떼거리로 덤벼서 만만찮았다. 유도부에서 전국체전까지 나가자 애들이 예전처럼 함부로 무시하지 못했다. 그동안 꾹 참았던 울화를 속 시원하게 맛짱 떠는 걸로 푼다며 해방이을 체육관으로 불렀다. 그리곤 죽어라고 팼다. 다시 도전해오 면 또 패고.

"한번만 더 주둥이 까면 죽여 버릴 거야"

"철아"

"예"

"너 장기 둘 줄 알지. 그 장기는 초나라 한나라 싸움이다. 아주오래전 중국에는 초나라장수 항우가 한나라와의 싸움에서 싸움마다 이겼는데 마지막 싸움에 져서 나라는 망하고 자신도 죽었다. 천하에 제일가는 힘쎈 항우장사가 진건 우습게도 퉁소 소리 때문이라고 한다. 한나라에 꾀 많은 장량이라는 사람은 한밤중에 피리소리로 초나라군사들을 고향에 처자식들 생각이 나게 만든 거야. 그 애절한 피리소리는 초나라 군사들에게 고향생각이 나게 만들어서 도망치게 한거라고 해. 아무리 싸움을 잘해도 다 이길 수는 없다. 이길 라면 상대의 마음을 얻어야 해"

"……"

"너희들처럼 맨 날 편 갈라 싸움만 하면 또 우리나라는 일본이나 그 어떤 다른 나라한테 또 나라를 빼앗기게 될 거야. 만약 너희들이 나중에 나라를 지키지 못하면 니 누이동생들이 할머니처럼 나뿐 사람들한테 또 끌려갈 수 도 있고 나중에 너희들 딸들도 그렇게 될 수 있어"

"……?"

"해방이 그 애 작은할아버지는 일제치하 때 일본순사한테 몽둥이로 맞아서 세상을 떠나셨다. 저 동구 밖 〈종대거리〉 느티나무에 묶어놓고 동네사람이 다 보고 있는데 무지막지 하게 개 패듯이 두드려 패서 돌아가시게 한 거야. 독립운동 하는 독립군들 도왔다는 죄목이야. 너희 할머니를 앞뒷집에 살면서 무척 좋아했었는데…… 흠.

잠시 목이 메 어 말을 잊지 못하는 아버지. 영철이도 동구 밖 느티나무 밑에서 장기를 두며 할아버지들이 하는 얘기를 들어서 잘 알고 있다. 아버지에게 강들에 논 두어 마지기라도 사드린다며 동네

구장이 권하는 데로 일본사람들이 하는 광목공장에 동네 어린처자들이 일하러갔다는 걸. 그런데 그 어린 열다섯 여섯에 소녀아이들이 일본군의 전쟁터에 끌려가 노리개가 되었다는 걸. 그중에 할머니도 끼었었다는 걸"

"너들은 꼭 알아둬야 한다. 그 옛날 임진 왜난 때는 동인서인 당파싸움으로 왜적을 막지 못 해 착한 백성들이 다 죽고 다 뺏겼다는 걸. 또 한일합방 때는 청나라 편으로 친일 쪽 으로 재상들이 서로 갈라서서 나라가 망했다는 걸"

"……"

"그때 열여섯 살 이었던 해방이 작은할아버지는 자기가 좋아하는 여자애가 자기아버지를 위해 멀리 떠나자 가만있지 못하고 나라 찾는 독립운동에 뛰어들었다가 목숨을 잃었는데 그 모든 게 나라를 잃은 탓이지 누구에 잘못은 아니다. 그 여자애는 말 할 수 없는 고초를 격고 고향으로 돌아와 동네 소년아이였던 니 할아버지와 사셨어. 니 할아버지도 그 여자애를 좋아 했던 거야"

"……"

"철아"

"예"

"해방이 하고는 앞으로 싸우지 말고 잘 지내라"

"예"

"너희들이 싸울 상대는 이 땅에는 없다"

"예"

"아버지가 철이 너한테 벌을 줄려고 이 책을 사왔다. 열 번을 읽어라. 도산 안창호 선생 책이다"

"예"

〈애국애족〉 알 수 없는 낱말 이었다. 영철이 는 초등학교를 졸업할 때까지 열 번을 채우지 못했다.

"아저씨…… 나 다리아파!"

다리를 절룩이던 다정이가 길옆 바위에 걸터앉으며 얼굴을 찡그린다. 그사이 주위가 많이 어 둑 해 졌다. 주차장까진 좀 더 가야한다.

"많이 아프니?"

"응……"

영철은 아이에 종아리에 물파스를 뿌려주며 상태를 살폈다. 쉬어서 갈 수 밖에 어쩔 수 가 없다. 애처롭게 마음을 달래고 있는 작은 아이. 다리가 아픈 게 아니고 마음이 아픈지도 모른다. 그렇게 자랑스럽던 아빠가 도둑이라니.

"다정아. 아저씨한테 한번 안겨 볼 래?"

"아저씨!"

"예쁜 다정이……"

"아저씨는 내가 안기고 싶어 하는 걸 어떻게 알았어?"

아주 먼 옛날에 아이들이 있었다. 막내와 왕눈이 그리고 꺼투리. 그 아이들은 잠자며 잠꼬대를 했다. 그날 있었던 일들을. 결코 엄마는 찾지 않았다. 아주 조그만 아이들이. 영철 은 무릎을 꿇은 채로 한동안 와 안기는 아이를 포근히 안아주었다. 이 어린 아이들에게는 없어야한다. 그 옛날에 어린 소녀도 그 어린아이에 죽음도.

"다정이 업고가야겠다."

"아저씨……내가 업히고 싶어 하는 건 또 어떻게 안대?"

영철은 이미 어두워진 길을 더듬거리며 조심스럽게 걸었다. 헤드 램프를 꺼낼 맘은 없었다. 아이는 지쳐 잠이 들었나보다. 주차장에 희미한 불빛이 멀리 보였다.

6

"형아! 우리 가기 싫다."

"껌둘아. 형이 이제 니들하고 더 같이 살수 없데이"

"와?"

"형이 일하러 멀리 가기 됐다. 중동으로 돈 벌러 가기로 했다."

"안 가 믄 .안되나?"

"친구들 하구 약속이 다 됐다. 니들 내가 다시 돌아 오믄 꼭 찾아 갈 테니 께 걱정말구 그 형 아 들이랑 잘 있어야 된 데이"

"씨! 난 안 갈기다."

"왕눈아……"

멀리 남산타워가 눈발 속에 흐릿하다. 옥수동 고개 길에 버스가 갤갤 대는 소리도 뜸해진 한 밤. 영철은 아이들과 이별을 했다.

"형아! 연이누나는 나중에 우리 어떻게 만나? 우리 보고 싶으면 누나 여기로 올 긴데?"

막내가 책가방을 챙기다말고 울먹인다. 중학교 들어가며 한결 의젓해진 아이들이였지만 유난히 막내는 누나를 그리워한다. 잠시였지만 연이는 아이들과 늘 잘 놀아주고 해서 아이들이 못잊어 한다. 아이들이 누나를 보내고 나서 밤새 훌쩍이는 걸 영철은 달래지도 못했다. 이제 그 정겨웠던 이 산동네 판자 집 합동가족도 내일이면 이별이다. 오래잖아 이곳도 개발되어 아파트 지대가 될 거다.

"왕눈이는 나중에 자장면 뽑는 주방장 돼야 돼? 형아 공짜로 자장면 배터지게 먹여 줄 거라 했으니께"

"나 형아가 중동 가서 돈 많이 벌어오면 형아 하고 자장면 집 차려서 돈 벌 거야.

"그래. 왕눈이는 주방장. 형아는 자장면배달 신나겠다. 그럼 왕눈이는 학교 마치는 데로 꼭 주방장 하고 음…… 막내는 공부 많이 해서 선생님 되고, 껌투리는 요즘도 맨 날 청개천가서 라디오 만드는 거 배우니?

"응, 이젠 앰프도 만들어"

"그래, 내가 껌투리 널 데리고 갈 형아 한데는 니가 전자공부 계속할 수 있도록 해 달라 부탁 해 났데이"

"형아, 돌아오면 우리 꼭 찾아와야해?"

"형아!"

"형아……"

전국으로 뿔뿔이 흩어져 가서 살아야 할 아이들. 다음날 아침 강남터미널에서도 아이들은 그랬다. 꼭 찾아와 달라고. 영철은 따로 그들을 만나 아이들을 부탁했다.

"내가 부탁 하는 건 나중에 아이들이 크게 잘 되게 해달라는 게 아냐. 사는 동안 잘 지내도록 해달라는 것 그것뿐이야. 이 돈은 내

단짝친구 정훈이가 자네들한테 주라고 부탁해서야. 자네들이 송아지라고 하는 그 친구야. 만약 노름을 해서 탕진하거나 여자들하고 노느라 다 써버리면 그땐 나를 바로 만나야 할 거야. 저애들은 내가 중동으로 돈 벌러 간 줄 알고 있을 거니까 절대 모르게 하고.
영철은 그들이 부르는 대로 오징어 땡감 감자 고구마에게 준비한 통장을 하나씩 줬다. 교도소를 출소하여 막막한 그들은 영철이의 제안에 너무 감격하여 목숨 걸고 약속을 지키겠다며 연신 고개를 숙였다. 그들이 상상도 못할 그 큰돈.

"그럼 그동안 우릴 속여 왔던 거래요?"
"속인 건 맞지만 사실이기도 해. 난 언제라도 그 사람이 찾아오면 그때 그 사람이 준 돈에 몇 배를 돌려주겠다고 생각하고 있었어"
오달수는 놀라 입을 다물지 못하는 아내 옥이에게 지난일 들을 얘기하며 껌투리의 어깨를 감싸 안고 위로했다.
"동식아…… 형아가 이제야 널 찾아 왔구나. 형아가 중동으로 돈 벌러 가지 않은 걸 형아가 그때 너한테 얘기하지 말라고 했어. 형아는 그때 아주 큰일을 하려고 너희들과 헤어졌다는 걸 나도 나중에야 알게 됐어. 형아는 방송에도 한번 나온 적이 있었는데 다행이도 동식이 너는 못보고 지나갔더라. 형아 가 국내에 있으면서 너를 안 찾는 걸 알았을 때 니가 많이 섭섭해 할 것 같더라. 그래서 얘기 안했다.
"형아! 형아……형"
동식이가 더 참지 못하고 어두운 등산로를 뛰어가려고 그러자 달수가 말렸다. 당장 보고 싶은 심정은 이해하지만 둘을 어두운 곳에서 보게 할 순 없었다.

"그런데 언니야. 그 첫사랑님 왜 우리한테 그런 거짓말을 했을까?"

"장난친 거야. 우리는 그 첫사랑에게만 속은 게 아니고 저 못된 도둑들 둘에게도 속았잖아"

"뭐야? 서울에 돈 많은 사람이 재산을 숨기기 위해 여기 주문진에 투자한 거라고요? 형부! 아니지 오징어 씨!"

"그런데 왜 둘은 아까부터 자꾸 그 사람을 첫사랑님이라고 하냐?"

"……"

"……"

그들은 그렇게 한참을 더 기다려 어둠속에 나타나는 손님 아닌 손님을 맞이했다.

"다정아!"

"제 좀 봐? 아예 첫사랑한테 업혔네, 업혔어"

"형아……"

"너! 껌투리?"

영철은 업힌 채 자고 있는 아이를 엄마한테 안겨주곤 막 바로 껌투리에게 달려들었다. 둘은 누가 먼저랄 것도 없이 한 덩어리가 되어 주차장이 좁다고 돌아쳤다. 그렇게 껴안고 돌다 바닥에 넘어졌다. 그들은 넘어진 진채 이번엔 주차장 바닥을 이리저리 뒹굴어 댔다.

"이 짜식! 너 오늘 죽었다"

"형아!"

다정이는 잠이 덜 깬 채 멍하니 그러는 둘을 바라보다 급기야 울음을 터트렸다.

"아저씨…… 아저씨, 아빠 가만 둔다 그랬잖아. 아저씨……"

모두들 그러는 둘을 쳐다보며 눈시울을 훔쳤다. 헤어진 지 이십여 년이다. 밤새 저러고 있대도 하나 이상 할 건 없었다. 그 옛날에 아저씨와 아빠에게 어떤 가슴 아픈 일이 있었다는 걸 알 리 없는 다정이만 자꾸 울먹댔다.

"아저씨……"

풋사랑

1

K대 강의실.

정치학과 신입생들은 아까부터 진땀을 빼고 있다. 강의를 듣는 것이 아니고 토론에 참여하고 있어서다.

"귀군들은 지금 대학大學수업을 받으러 온 것이 아니다. 대對 학學을 연구하려 하는 것이다 귀군들은 이미 최고의 선생님들께 최고의 기초교육을 받았다. 더 이상의 교육은 무의미하다. 이제부터는 모든 문제에 대한 대처의 방책과 모든 사물에 대한 분석과 연구 또 예상되는 상황에 대처할 합리적 방향이다. 나는 학문 이론에 대하여서는 귀군들의 선배다. 더 발전된 미래관에서는 결코 아니다. 우리는 오늘 국가경영에 대한 연구를 하는데 있어 나보다 더 나은 후배들의 생각을 알아보려한다. 기존 모든 정치학은 기초 일뿐 지표는 아니다"

학생들은 교탁을 옆으로 치우고 의자를 끌어다 놓고 마주 앉는 교수를 걱정스럽게 쳐다봤다. 장기전으로 가는 강의시간. 학생들은 지루한 강의시간을 걱정하기 전에 긴장을 하지 않을 수 없다 언제와 꽂힐지 모르는 질문.

"자리정돈은 됐겠지? A10 B라인은 9 C8 D10 자기번호 다시 한 번 확인 한다."

"네!"

서 영묵 교수. 정치는 그 가치를 미래에 두고 있어 소중하다는 지론. 정치가 이상理想을 추구하면 국민은 더 많은 희생을 감수해야

하고 현실만을 추구하면 국민은 편안하나 미래의 준비가 부족하게 된다는 논리.

텃논 서마지기 사기위해 식솔들 보리죽만 먹고살아야 했다면 이상이고.

사흘건너 떡쌀 담그고 열흘이 멀다 술 담가서 잔치벌이면 집안화목하고 식솔 배불러서 좋은데 앞날에 살림거덜 나지 않을까 하는 것.

"그럼 먼저 변화하는 앞으로의 국제정세에 대처하는 귀군들의 생각은 어떤지 그걸 알아보자. 우선 원론적이다. A6 에게 묻겠다. 인류가 지구상에 존재 가능 할 시간은?"

"핵전쟁이 발발하지 않으면 천년은 가능하다 볼 수 있습니다."

"매우 희망적이군. D1 어떻게 생각하나?"

"인간人間은 무리의 이익을 위해 국가 자존自尊을 지킨다는 이유로 언제라도 전쟁을 시작할 수 있다고 봅니다. 백년도 어렵다고 생각됩니다."

"절망적이군. 결국 같은 결과론이다. 핵전쟁이 없을 때에만 생존가능 한 것이니"

"……"

"그래, 인간은 그런 심리적 이유로 경제적 이유로 또는 자연적 질병관계나 기후에 의한 농산물 생산 불가不可로 멸망할 수도 있다. 천년을 위해 백년을 위해 우리는 무엇인가 해야 하는데 어떤 자세로 어떤 노력을 할까? D2는 어떤 노력을 할 생각인가?"

"자기자리를 지키는 것이 최선입니다."

"D2는 일단 현명한 생각이다. A3는 어떤 노력을?"

"민족주의는 세계평화에 위협이 될 수 있으니 지양하도록 각국이 협력 하는 것입니다."

"좋은 생각이다. B1 생각은?"

"종교적인 갈등은 민족 간 국가 간 세계평화를 위협하는 암적 존재가 되어 온지 오래입니다. 각국이 더 많은 외교적 노력을 하도록 해야 합니다."

"그래도 세계평화는 수 천 년 전보다는 많이 양호해 졌다고 볼 수도 있는데 C4의 생각은?"

"C4입니다. 봉건왕조시대는 영토 확장을 위해 끝없는 전쟁을 하여 평화로운 시대가 거의 없었다고 할 수 있지만 지금은 모든 국가가 확실한 국경선을 유지하고 있어 비교적 안정된 질서 속에 평화로운 세계가 유지될 것이라 봅니다."

"귀군들의 생각은 핵전쟁만 없다면 현재의 국제상황이 최고라는 것인데 동감이다 그러면 다음으로 우리가 연구할 문제다. 향후 우리 한국이 조선과 중국, 일본에 대하여 어떤 외교정책을 세울 건가 하는 거다. 좋은 생각이 있는 군君은 손을 들고 자기생각을 정립시켜 본다."

"D7입니다. 먼저 한반도는 하나라는 생각을 버리는 것입니다. 그동안 한국은 조선을 민족이라고 규정하고 끝없는 짝사랑을 하여왔지만 조선은 그 짝사랑을 즐길 뿐 화답하지 않았습니다. 한때 하답한 시기가 있었는데 그건 풋사랑일 뿐 참사랑은 애초부터 없었다고 할 수도 있습니다. 손은 잡데 키스도 포옹도 안 된다고 하는 건 진정한 사랑의 마음이 상대에겐 없었던 거라 볼 수 있습니다. 만약 있었다고 한다면 왜 우리는 다 벗고 보여주는데 상대는 가슴은커녕 신발속도 안보여줄까 하는 것입니다. 우리에게 안길지 중국으로 틸지 우리는 모릅니다. 사랑의 법칙엔 버릴 줄 아는 행동도 있습니다."

"불확실한 사랑은 지속 할 이유는 없다는 거군 . 반론을제시할 군은?"

"A7입니다. 우리 남한이 버린 조선은 중국에 편입됩니다. 삼천리 한반도 우리가 지키지 못하면 후손에게 반 토막에 이 땅을 남겨주게 됩니다."

"늙어죽을 때까지라도 그 짝사랑은 계속 되어야한다는 것인데. 누가 또 다른 생각을 제시해 볼까? 어……그래 A8. C5. C5부터"

"부자 집으로 장가를 가면 처가 집 도와주기위해 보너스 쪼갤 일은 최소한 없습니다. 평생 처가댁 상 머슴꾼이 되는 건 괜찮겠지만 내 집구석까지 거덜 나는 건 안 됩니다. 조선은 민족이라는 이름을 팔아 경제적 도움을 한국에 끝없이 바랄 겁니다. 친정만 챙기는 며느리 끔찍하다고 어머니가 하신 말씀을 따라 나는 망해가는 집구석에 애와는 사귀지 않을 생각입니다."

"C5는 인정머리하나 없군. 이 자리에서 토론에 참석하고 있는 여학생들은 절대 참고하도록"

"커피는 혼자 마셔라. 오늘 부터 요 베이비!"

"마마보이 베이비! 용기 가상타 야!"

"그~만 그만. 조선이 가난한건 사실이지만 자국을 감당 할 수 있는가 없는가. 그것이 더 중요하다. 우리 한국도 지금 자국을 감당할 능력이 있나 그 판단도 우리에겐 지금 필요하다 과연 우리한국은 부자고 조선은 꼭 가난하다 단정할 수 있나 하는 그것이다. 그럼 A8의 생각을 들어보자."

"조선을 조선인에게 관리토록 하는 건 중국에 방식이고 조선이 끝없이 중국에 비호를 받고 보호를 받는 것은 조선인에 바램입니다. 조선이 한국과 통일하면 자유진영이 되는 것인데 과연 중국이 용인 할까요? 조선을 포기 할까요? 짝사랑의 달콤한 상상에 빠져있는 한국은 그런 생각을 못합니다. 사랑하는 척 하는 애, 그 연기에 빠져 헤매 다 나중에 정신 차리고 나면 좋은날은 다 가고 남은 건 하나, 커피 값도 없는 신세가 된 놈이 다른 놈의 품에서 행복한 그 애를 보게 되는 거지요"

"A8은 당한 경험이 있는 것 같군 그 쓰라린 경험을 들어 볼 수 있을까?"

"교수님의 풋사랑 얘기가 더 재미있을 것 같은데요"

"내 풋사랑? 무슨 풋사랑?"

"톡에 올라와 있습니다."

"교수님, 젊은 날에 연애는 말짱 풋내기 사랑이었다고요?"

"우리는 지금 신성한 수업 시간에 쓸데없는 연애 얘기나 하고 있다. 반성하자"

"교수님께서는 그렇게 여유만만 하시진 못할 것 같은데요"

"많이 심각합니다. 아주 많이…… 교수님이 곤란하시게 됐습니다"

"친구 분이 폭로하셨는데 해명이 더 힘들겠습니다. 하~하하"

"하하하"

"하하하"

"친구?……"

"제보한 친구 분이 황 영철이라고 합니다."

"교수님께서는 톡을 안 보신다고 하시는데 꼭 보셔야 할 것 같아요."

"우리의 수업을 방해하는 놈은 어떤 놈이던 내 친구 아니다 무시하고 우리의 수업 계속한다."

"10분 휴식 신청합니다."

"5분만요? 해명 하실 시간을 드립니다."

"하~하 하하하하"

"후후후~훗"

"나의 과거사는 한 점 부끄럼 없다. 무시하고 간다. 그러니까 정치의 요점은 현안을 즉시 해결하기 전에 한발 물러서서 멀리를 내다보며 처리하도록 하는 것이 더 현명하다는 그것이고, 또 귀군들이 장차 국정운영을 하며 토론으로 합의하여 최선의 선택을 한다면 그것이 가장 합당한 처리방식이 될 거라는 거다."

"……?"

"뭐냐! 너희들 표정은?"

저희들끼리 킥킥거리는 놈들에 아예 폰을 열어놓고 들여다보고 있는 녀석에 수업이 더 이상 어려웠다. 영묵은 영철이놈이 또 엉뚱한 장난을 시작한 건 짐작 했지만 신경 쓰기 싫었다. 그동안 한두 번 당한 게 아니다.

"강의시간에 폰은 꺼두라고 했다. 너희들 오늘 학점 없다."

"결강처리 하세요. 교수님"

"대신 해명 바랍니다. 킥~킥"

"이번엔 또 어떤 악풀이냐 내가 좀 인기는 있나보다. 누가 읽어봐라.”

“괜찮으시겠어요. 교수님!”

헤헤거리는 여학생들. 그중에 하나가 폰 속에 내용을 히죽대며 읽어내려 간다.

〈서영묵 교수.

그의 청춘시절은 참으로 안타깝게도 남자로서는 부실했다고 해야만 하는 이유. 현재도 그렇다. 그를 흠모하는 그 많은 여인들은 이유를 모른 채 거부당해야 하는 그 이유. 과연 그 이유는 뭘까? 그것은 서 영묵교수가 대학을 졸업하고 한동안 무의도식하며 빈둥거리던 시절 그 시절에 있었던 그 일주일간의 어떤 여인과의 풋사랑이 그 해답이다. 서로는 그렇게도 사랑에 빠졌었는데 왜 결혼하지 못하고 헤어졌을까? 왜 그 여인은 잘난 남자 능력 있는 남자 서 영묵을 버렸을까? 말하지 못할 무엇이 분명 있는데 그 여인은 끝내 밝히지를 않는다. 더 의심스러운 건 그 일이 있은 후 서 영묵은 정치가의 길로 들어서 국회의원으로서 좌충우돌 했는데 그의 미친듯이 입법 활동을 했던 그 이유는 또 어떤 이유일까? 아마도 엉뚱하게 온 정력을 사회활동에 쏟은 건 자신의 성적불능에 반사작용은 아니었을까? 집에서 쓸데없는 남자는 외부에서 정상적 남자보다 더 능력을 발휘한다고 한다. 참 안타까운 서 영묵이의 청춘이고 현재의 서 영묵교수의 삶이다. 강의시간에도 강의는 잘 하겠지만 유머라곤 하나 없는 재미없는 교수라고 생각된다. 여학생들에겐 암컷남자. 참으로 지루한 강의시간일 텐데. 어떻게 그 시간들을 견딜지……〉

"그만! 지금 모두 폰은 끈다, 제군들이 꼭 원한다면 해명 하겠다."

"일주일간의 러브요?"

"자세한 설명바랍니다."

"내가 누구처럼 바지를 벗어 보인다 할 수도 없고 참……"

"괜찮은데요. 후~후후후"

"실증實證은 어떻게요 교수님?"

"19금 싫은 여학생은 나가라 자유 시간 주겠다. 들어올 땐 커피 한잔 부탁한다."

"다 듣고 교수님과 커피한잔 하러 가고 싶습니다."

"교수님께서는 자신의 생리학 증명서를 가지고서 저희들을 설득하시기보다 더 확실한 해명을 하실 기회를 드리겠습니다."

"……?"

"대표론 제가 참여 하겠습니다."

여학생들의 얄궂은 몸짓. 자유스런 아이들이다. 영묵은 아이들에게 좋은 교훈이 될 것 같아 그때의 일을 얘기해 줄 작정으로 모두에게 편한 시간을 마련했다.

해명이던 변명이던 하는 쪽은 진실이라고 우긴다. 거짓은 나중에 들통이 나겠지만 우선은 모면이다.

"19금도 빼시지 마시고요. 킥"

2

90년. 4월에 피는 벚꽃은 화사하고 황사가 없는 오늘은 맑기만 하다. 그러나 거리는 어두웠다. 80년대. 민주화의 함성은 드높았고 90년대는 직장인들의 임금투쟁이라고 할 수 있는 노사분규가 시작되고 있었다. 군사정권의 연장이라고 할 수 도 있는 노태우정권 엉뚱하게도 기업들이 희생양이 되었다. 국민들에게 무엇인가 풀어줘야 하는데 마음 놓고 노동자들이 자기들 권리를 주장할 수 있게 묵인하는 것이었다. 외자유치로 꾸려가는 기업들이다 그것도 단기외채 비중이 높은 위험한 기업운영이었다. 영철은 각색의 깃발들이 거리를 뒤덮고 있는 거리를 천천히 차를 몰며 영묵형님이 왜 저렇게 또 두문불출 할까 생각했다 연이가 떠났을 때 일시적으로 허탈감을 느껴 그랬던 건 이해할 수 있었다. 자기스스로 결함 있는 남자로 소문내어 그 집요하고 복잡한 상류층 〈결혼거래〉 틀을 벗어나 편하게 지내는 건 알 수 있었지만 진짜 사랑의 감정을 어쩌지 못해 연이를 집에까지 데리고 들어갔을 땐 영철도 적잖이 당황했었다. 저마다의 사랑은 의도적이 아닌 우연히 자기도 몰래 생겨나는 거라 책임을 묻기 아주 곤란하다고 했다. 약혼자의 변심. 아내의 배신. 애인의 결별통보, 같은 그 많은 남녀 간 사랑 사연들이 웃긴다고 생각해 보곤 했었는데 막상 연이의 일이 되고 보니 아주 남감 해졌다. 연이는 영묵형님과 함께하면 안 되는데 그렇게 되어가고 있었다. 급기야 영철은 회장님이 주신 그 포상금(사례금)을 들고 정훈을 찾아갔다. 연이를 빨리 데려가라고 재촉하는 영철에게 놈은 한가하게 〈인생은 사는 거지 연명은 아니야〉타령만 하고 있었다. 다행히 연이가 정훈이가 바라는 대로 고향으로 돌아가 모든 게 일단락되었지만 그 와중에 난생처음 사랑을 키워가던 영묵형님만 상처를 입게 되었다. 그 일시적 허탈감은 아직도 가슴에 많은 상처를 주고 있는 것 같다. 거기다 연이의 애인 정훈이가 죽은 이유까지 알게 되었으니.

"왜 또 찾아와서 그러나? 이번엔 또 뭘 가지고 나를 골탕 먹이려고?"

찾아간 영철에게 불만이 많다.

"이렇게 서재에 쳐 박혀 살면 뭐 되는 게 있나요? 풋사랑 아저씨"

"참사랑 못하게 막은 건 어떤 놈이더라"

"그때 해운대 호텔방에서 연이와 단둘이 있었을 때 형님은 왜 가만히 있었대요?"

"……"

"연이가 옷을 안 벗었나요?"

"……"

"사랑이던 일이던 형님처럼 그렇게 엉거주춤 하면 아무것도 이룰 수 없어요. 지난일 다 떨쳐 버리고 바람이나 쐬러가요. 연이가 형님을 좋아했는데도 형님은 잡지 않은 거죠. 사랑을 찾아가던 일을 찾아가던 방구석에서 나와야 뭐가 되죠."

할 수 없이 영철을 따라 나온 영묵은 경부고속도를 달리는 차안에서도 불만이 많다. 재벌가 아들도 때론 마음대로 안되는 게 있나보다.

"지금부터 형님은 내 친구가 되는 겁니다. 그리고 신분은 고학생이고요 이름은 없고 닉네임으로 풋사랑 씨"

"……?"

"야! 풋사랑친구"

'짜식이 막나가네?'

"그 왕자병은 오늘로 던져 버려 친구야!"

"너 성훈이 놈한테 이른다."

"그건 안 돼 형님"

"지가 필요할 땐 형님이야"

'아무튼 우리는 지금부터 즐거운 청춘을 찾아 간다 친구를 위해. 친구의 해방을 위해!'

'어디로 가는데?'

"재벌가 아들 서영묵이라는 애 죽이러. 풋사랑이라는 멋진 애 만들러 간다."

"야! 그거는 마음에 든다. 고맙다 친구! 그런데 친구 이름은 뭐냐?"

'마스터. 밴드마스터"

"음악도 하냐?"

"최고의 연주자지 색소폰연주자"

"밥은 안 굶겠다."

"짭짤해"

"그동안 직업 바꾼 게 그럼 업소 운영?"

"친구 놈이 천안에서 클럽운영 하는데 도와주고 있는 중이야"

"야! 그럼 이쁜 애들 많이 있겠다."

"당연하지. 괜찮은 애도 있어. 고학생 풋사랑 친구가 좋아할 애들"

"고학생이 머니가 어디 있나?"

"걱정 마. 공연비는"

"공연비?"

"공개적으로 하는 연애 비용을 그렇게 불러. 자 이거면 충분해 한 주일 정도"

영묵은 영철이가 건네는 봉투를 꺼내보며 어이없어했다. 10만 원권 수표로 삼백.

"이거 대학 등록금 일 년 치야?"

"만약을 위해 가지고 있어. 꼭 현금, 만 원짜리로 바꾸어서 사용해"

"됐어 난 진짜로 고시생 할 거니까"

"용돈이야 있겠지만 비상금은 바람피우는 남자에게 필수야. 들키지 말고"

"결혼도 안한 자유인이다. 무슨 바람."

"한 가지 주의할건 사랑은 하되 상대의 사랑은 원하지 말 것"

"내 맘이야"

"그놈의 왕자병"

그러나 영철의 염려는 한낮 기우였다. 배짱 있는 남자들도 처음엔 쫄아서 제대로 박자를 못 맞춘다. 시끄러운 드럼소리. 어지러운 조명 속에서 영묵은 〈주유천하〉를 멋지게 불러 제꼈다. 이어 앵콜까지 받아 남진의 〈님과 함께〉을 무난하게 소화했다, 생긴 게 신성일 동생같이 생겨 손님들에겐 물론 업소 애들에게도 인기다. 기타리스터 진이가 특히 관심을 보인다. 나중엔 같이 싱어를 하며 즐기기도 한다.

"마스터 쟤 어디서 꼬여왔어?"

"왜? 싱어로 써먹게?"

"아줌마들에게 시달릴 걸"

"웬 걱정".

"애가 괜찮은데……"

"관심 꺼라. 고苦생이야. 고시준비생. 친구지만 허당이야. 전망 있겠니?"

"고학생? 고학생 치곤 자신감이 좀 있어 보이는데. 마스터 같이"

"애가……? 진이 넌 또래 애들은 별루면서"

"그건 그래 매달리는 거 질색이야"

자정이 넘어 멤버 교체가 이루어지자 영철은 영묵을 데리고 클럽을 나왔다. 술이 좀 많이 취한 상태다. 실수가 염려되어 더 홀에 둘 수가 없었다.

"올나이트 하면 안 될까? 마스터……? 어이 마스터"

"풋사랑씨! 설익은 도둑질. 날밤 까는 거 모른다더니…… 그만 숙소로 고!"

"저 싱어. 저 애 불러. 같이 숙소로 가자."

"뭐야? 그새 둘이 짝짜꿍 한 거야?"

"내가 좀 작업을 걸어봤는데 아주 괜찮아"

"미치겠군"

영철은 몸도 제대로 못 가누는 영묵을 차에 태우고 진이를 불렀다. 망가져도 세상이 다 알게 망가지면 안 되는 거다. 천안바닥에서 진이를 모르면 샌님이다.

"마스터 어디? 소풍?"

"야! 너들 나 몰래 뭐 했지?"

"키스"

"또?"

"포옹"

"본사람?"

"바보야 우리가"

"우리……? 됐고! 빨리 타. 멀리 간다."

"애는 벌써 떨어졌네……"

술에 지치고 마음의 갈등에 지쳐서 뒷좌석에 널 부러진 영묵.

"마스터 동해바다 가자 해돋이 보러"

한밤중 영동고속도는 오가는 차량도 뜸했다. 영철은 천천히 어두운 밤길을 달리면서 조금 걱정이 되는 걸 애써 내색 않으려 애썼다. 진이가 빠져나간 클럽은 자리가나도 보통 나는 게 아닐 꺼다. 모든 손님이 진이가 옆에서 도와줘야 홍이 난다. 싱어로 반주로 격려로 진이는 없으면 안되는 깨소금 같은 존재다. 삼사일 그이상은 절대 안 된다는 곰이다. 업소 지배인으로서 곰은 이제 손님들에게 꽤나 시달릴 거다.

"참내! 남 속 타는 줄 모르고 잘도 논다."

뒷좌석에서 진이 무릎을 베고 누워 코까지 골며 자고 있는 영묵. 뭐가 그리 좋다고 자는 놈의 얼굴을 가만히 내려다보는 진이. 아까 있었던 일들이 지금 생각 해 보면 어이가 없었다. 그놈의 왕자병이 언제나 문제다. 모두들 영묵이의 신분이 들통이라도 날까봐 얼마나 조마조마 했는지 모른다.

"우리가 이 세상에 태어난 건 억만 분의 일의 행운이고 우리가 일을 하고 있다는 건 몇 만 분 지 일의 주택복권에 당첨된 거나 마찬가집니다. 만약 여러분이 지금 사랑을 하고 있다면 그건…… 그건! 여러분은 이미 왕관을 쓰고 있는 겁니다!"

"……"

"일하고 계신 여러분 존경합니다. 후손이 보릿고개를 겪지 않도록 해주신 여러분 사랑합니다."

"……"

"일하지 않는 자 먹지도 말라 했습니다. 일하지 않는 사람은 놀 자격도 없습니다. 이 자리에 계신 여러분께서는 오늘 하실 일을 다 마치시고 오셨습니다. 그래서 여러분은 더 즐겁게 노시고 즐기셔야 합니다. 그런 여러분을 위해 저의 둘도 없는 친구 밴드마스터가 여러분에게 한턱을 쏘기로 했습니다. 이 시간 이후에 술값은 밴드마스터가 낼 것입니다. 여러분! 우리 모두 마스터를 위해 건배!"

"우리의 밴드마스터를 위하여!"

졸지에 통 큰 밴드마스터가 된 건 좋은데 엉뚱하게도 희고 제친 건 정신 나간 영묵이었다. 테이블마다 서로 불러서 금방 만땅으로 취했다. 허풍은 또 가관이다. 비록 지금은 고학생이지만 나중에 국회의원이 되어 찾아뵙겠다는 둥 장관이 되어 오겠다는 둥. 지배인 곰이 억지 기분을 내느라 고생바가지하고.

"진이야! 저 친구 좀 사무실에 갔다 가둬라!"

"재미 있구만 왜 그런데?"

"임마! 그럴 일이 있어"

"오늘따라 왜 오빠들답지 않게 그런데……"

진이는 영묵을 사무실로 끌다시피 데리고 들어와 못나가게 하느라 진땀을 뺏다. 커피를 타 주는 진이에게 연신 작업 멘트를 날리는 영묵.

"내가 본 싱어 중에는 최고였어"

"감사합니다."

"좋은 친구 되고 싶어지네."

"……"

"참. 나는 고학생이라 자격이 없겠다 미안"

"그건……"

"만약 나를 친구로 받아준다면"

'……?'

"이세상이 그대에게 채워주지 못하는 그 나머지를 내가 채워 줄 거야."

"피"

"아! 나도 사랑하고 싶다. 나는 언제 왕관을 써볼까 그 언제"

"웃겨……"

"이름 물어봐도 될까? 난 풋사랑이야."

"진이"

"진이. 이름이 더 예뻐"

"피……그냥 예쁘다 하면 안 되나……"

"정말 이대로 헤어지기는 싫은데……"

애절한 눈빛. 한참을 말없이 다 마신 커피 잔을 내려다보다 쓸쓸히 일어나 사무실을 나가는 못된 남자. 진이는 그의 뒷모습을 바라보다 더 참지 못하고 달려 나가 붙잡아 세웠다. 그리곤 눈싸움.

"……"

"……"

같이 있으면 한없이 편할 것 같은 남자. 같이 있으면 한순간도 외롭지 않을 수 있을 것 같은 남자. 그래서 살며시 다가가 안기고 싶어 그 앞에 가만히 서 있었다. 얼마나 시간이 흘렀는지 모른다. 무얼 하고 있는지도 몰랐다. 한없이 포근한 느낌만. 끝없이 달아오르는 느낌만.

"사춘기 애들도 아니고…… 나 참"

"우리가 뭐 잘못한 거 있어 오빠?"

"임마! 누가 그렇대. 진이 네가 걱정이 되니까 그렇지"

"왠 걱정?"

"아무튼 조용히 휴가 보내. 등산배낭이랑 등산화는 다 챙겼으니까, 선글라스는 꼭 쓰고"

"고마워 마스터"

"곰은 삼일 이상은 안 된다고 했는데 내가 우겨서 한주일 휴가야."

"오빠가 그동안 잘 챙겨줘서 난 여지 것 편했어. 오빠 아니었으면 난 오래전에 끝났을 거야."

"짜식. 진이 넌 마음만 먹으면 지금이라도 편한 생활 할 수 있어 임마"

"오빠는 맨 날 편하게만 사는 거야. 좀 멋지게 사는 게 없어. 치!"

"그래 멋지게 살도록 하자. 멋진 밴드마스터도 되고, 멋진 남자도 사귀고"

"후후후 오빠"

“……?”

“우리 웃긴다. 우리가 연인사이라는 걸 천안 바닥 사람들 다 아는데”

“임마! 그건 어디까지나 보호막이라 그랬지”

“오빠 진짜는 아냐? 후후”

“내 첫사랑만 아니람 널 챙겨 줄 수도 있지만……”

“오빠 첫사랑은 정말 대단해 오빠에 그 마음까지 꽉 잡고 있는 거 보면”

“내 첫사랑은 모두를 행복하게 해줘. 진이도 그래. 진이는 만인을 행복하게 해주는 재주가 있어. 진이가 어느 한사람을 위해서만 사는 건 정말 아까워”

“오빠도 그래. 오빠가 첫사랑에만 빠져 사는 건 아까워 후훗”

“관두자. 정들자는 것도 아니면서”

“후후후. 진짜 우습다 오빠”

“참내……”

“많이 궁금해진다. 오빠 첫사랑”

“임마! 알려고 하지 말랬지”

“오빠 속은 아무리 생각 해봐도 모르겠어. 단짝 친구는 첫사랑 때문에 죽고 오빠는 첫사랑 때문에 죽지도 못한다니”

“……”

“그런데 이 친구는 왜 풋사랑이야?”

“하는 짓마다 죄 시원찮아서 내가 그렇게 불러. 연애도 마찬가지야. 전에 좀 좋아하는 애가 있었는데 깨졌어. 바보처럼 굴다가”

“아닌데……”

"학교 친구들 사이에선 또 맹탕으로 소문이 나서 여자 친구도 하나 없어. 제 입으로 나발을 불고 다녔다고 그랬어. 무슨 꿍꿍인지는 나도 몰라"

'재미있는 친구네"

"그런데 이 친구 어디가 그렇게 맘에 드니?"

"잘 생겼잖아"

"웃기지마 너한테 잘난 놈이 어디 한둘 대시 했니?"

"나도 모르겠어. 아까 노래 할 때 〈주유천하〉를 부르는데 감정이 있어. 한이 서려있는 게 한없는 외로움 같은 게 느껴지기도 하고 꼭 안아주고 싶은 그런 감정"

"모든 남자들이 진이 너를 그런 감정으로 대하는 걸 가끔 나는 느껴. 이 친구가 널 좋아하는 건 하나 이상 할 게 없는데 진이가 그런 감정을 느끼는 남자가 있다는 건 좀 이외다."

"나도 지금 내가 왜 이러는지 모르겠어. 오빠……"

어두운 밤길을 달려 속초에 도착한 건 새벽이 다 되어서였다. 영묵은 차가 설악산입구 관광호텔에 도착해서야 잠에서 깨어났다. 영철은 둘을 올려 보내고 체크인을 했다. 일정한 거리를 두고 뒤따라온 차에서도 곧이어 아이들이 내렸다. 서회장님이 보낸 애들이다. 영철이로서는 더 이상 신경 쓸 일이 없었다. 등산로 어디에도 그들이 따라가 있을 거다. 어두운 밤길을 차를 달려 돌아오며 영철은 콧노래를 흥을 댔다.

"……풋사랑이 참사랑 되면 첫사랑도 끝사랑 될 날 있을 거야."

3

〈한국의 장래에 대한 연구〉

한국은 민족중흥의 기치아래 6ㅇ년대 후반부터 산업화의 길에 매진했다. 거기에 우리 일본이 적극 협력한 건 분명한 사실이다. 한국은 대일청구권으로 필요한 재원을 마련했다. 일본은 기술이전에도 적극동참 했다.

농업분야는 수원의 농업 진흥청에서 품종 개량사업에 협력이 있었고 공업은 창원마산 지역의 수출 공단에서 제조설비 등 많은 공업화의 기초분야에 기술이전이 있었다. 후에 있었던 포항제철 울산자동차등 중공업분야에도 일본은 어느 나라보다 많은 협력을 했다.

70년대 한국은 〈한강의 기적〉 이라는 경의적인 발전을 이룩했는데 우리일본의 협력은 절대적이었다 할 수 있다 생산설비를 거의 우리일본의 협력으로 했다고도 할 수 있다. 그런데 문제는 80년대에 격변이다. 모든 계획이 계속되어야하는 근대화가 중단되거나 변경되었다는 것이다 특히 산업화의 추진에 있어 탁월한 두뇌가 필수인데 그 인재들은 당시 버마의 아웅산 테러로 다 잃다시피 되었고 그 공백을 군 출신 비경제인 들이 장악을 하게 되었는데 여기에서 모든 문제가 발생되었다 볼 수 있다.

군사독재정권에 선심정책은 그동안 추진해오던 미래를 위한 규제정책과 억제정책이 한꺼번에 풀려버렸다는 것이다.

정치에 민주화 대신 경제의민주화는 기업의 무분별한 투자로 이어지고 외자는 감당 할 수 없는 단기성 차입으로 금융에 위기를 조장하고 있다고 볼 수 있다.

또 인구 억제정책이나 고질화된 관혼상제의 낭비성 병폐를 개선하는 건 미래적인 것이다.

국민 사회생활을 바로잡는 선진화의 기초가 되는 탁월한 정책인데 그것들이 한꺼번에 백지화 되거나 폐기 되었다. 인구문제도 마찬가지다. 장래 후손들에겐 최소한의 기회조차 남겨 주지 않는다고 할 수 도 있는 한국의 인구정책. 인구밀도 80명의 중화인민공화국은 한 가정 한자녀의 정책을 실시하고 있는데 한국은 그 몇 배인 400명의 과잉인구를 가지고도 인구문제를 문제시 안하고 있다. 중공의 인구정책은 백년대계를 위함이다. 반면 한국은 10년 계획도 없다. 중공의 동북공정도 결국은 한반도의 지배이다. 그 관철되는 때가 50년 후든 100년 후든 그것은 아무상관 없다. 다만 한국은 그러한 우려에 대한 대책이 없다는 것이다.

중공의 미래정책은 하나같이 현명함에 극치다. 우리가 두려움을 느낄 수밖에 없는 이유다. 현재 한국이 미개인 사회처럼 무계획적 국가운영을 하고 있는 것과는 아주 대조적이다. 국가 기본정책은 미래적이어야 한다. 무계획은 나중에 무대책의 결과를 야기한다.

우리 일본은 서로 간 수백만 명의 인명을 희생시키면서 태평양전쟁을 치룬 미국과 재빨리 동맹을 맺어 국가장래안전을 도모했다. 즉 100년의 계획이고 1,000년의 약속이다. 그러나 안타깝게도 한국은 우리 일본과 손잡고 국가안위를 도모하지는 않을 거다. 사실상 중공의 관리하에 있는 조선은 끝임없이 민족을 내세우며 한국에게 우리 일본과의 근접을 방해하고 있다 거기에 또 한국의 지식인들이 상당수 동조하고 있다. 조선과 한국이 통일되면 궁극적으로 민족통일이며 또 중국과 대륙을 자유왕래하며 사이좋은 이웃으로 지낼 수 있을 거라는 바램이다.

여기서 중요한건 한국이 자유국가 유지라는 그것 하나만으로 민족통일을 거부해야 하는 것 인데 그것은 어렵다고 봐야한다. 어떤 결정적 순간에 한국의 정치가들이 반민족자가 되면서 반통일적 인사로 낙인찍히면서 자유대한을 고수 할 수 있을까 하는 거다.

중공의 사회주의는 가까운 시기에 결코 민주주의로 변화하지 못한다고 봐야한다. 통제 불능은 그들에게 있어 최고의 경계대상이기 때문이다. 그렇다면 조선은 중공이 버리지 않는 한 사회주의에서 벗어날 수 없다고 봐야한다

만약시 어느 순간 한국이 민족을 위해 사회주의로 통일을 추진한다면 그때는 우리일본에 있어 최악의 상황이 된다. 즉 어떤 일이 있어도 한국과 조선은 자유사회로의 통일은 거의 불가능 하다는 걸 우리일본은 인정하지 않을 수 없다. 결코 조선은 스스로 한국으로의 귀속을 원치 않을 것이고 중공은 그것을 좌시 않을 거라 보기 때문이다.

우리 일본으로서는 한국이 현재같이 선진화된 나라로 제자리를 굳건히 지키고 있는 걸 항상 원한다. 하지만 지금의 한국은 위기를 스스로 만들고 있다. 80년대부터 시작된 군사 정권은 민주화를 기원하는 국민들의 바램을 억압하며 국정을 운영하였는데 그중에 가장 우려되는 게 정권에 대한 반감이 국가에 대한 반감으로까지 발전되고 있다는 거다. 국민들의 애국심이 사라지는 사태는 일시적인 거라 할 수 있지만 아예 애국하는 쪽을 어용적인 것으로 몰아

가는 사회분위기는 큰문제가 아닐 수 없다.

나라를 사랑하자는 건 비웃음의 대상이고 국가는 국민에게 있어 조롱의 대상이 되어버렸다. 국민들이 모두 국가를 조롱하면 국가의 적敵은 국민에게 호감을 받는 사태가 벌어 질 수 있다. 즉 조선의 선동에 반감을 안가진다는 것이다. 오히려 정부가 지향하는 그 모든 것에 반감부터 가진다는 것인데 군사적으로 대치하고 있는 조선을 적대시 하는 것조차 못마땅하게 보는 것이다. 국가경영으로 볼 때 최악의상황이다. 어쩌면 국민은 나중에 국기에 대한 경례도 안하고 애국가도 부르지 않게 될 수 있다는 거다. 국가를 사랑하지 않는 국민. 미래를 위한 정책을 세우지 않는 정부. 아이들에게 자국의 나쁜 면만 가르치는 나라. 그러는 나라는 50년도 넘기지 못하고 사라질 수 있다.

〈하략〉

"꽤 많은 연구가 있었군. 놀라워"

한참을 검토하던 이한박사가 영철을 보고 손을 저어보였다.

"박사님께 보여드리고 싶었습니다. 제가 데리고 있던 아이들이 우연히 습득한 건데 중요한 정보라도 있나싶어 제가 번역을 부탁했습니다."

"우연은 아니겠지?"

"사실은 일본인들이 회사 기밀을 수집하고 다닌다는 정보가 있었습니다. 그러는 그들을 뒤 쫓다 공황에서 출국직전 슬쩍했습니다. 우리아이들이 소매치기 전문이어서 쉬웠습니다."

"자네는 치밀하게 준비했겠지"

한성구릅에 경제연구소 소장인 이한박사는 전에 영철이 근무하던 회사의 이사진에 한사람이다. 〈오천년을 위한 모임〉의 임원진에 한사람인 공장장의 고향선배라서 영철은 공장장을 따라가 자주 만나보곤 했었다. 영철의 뜻을 알고 나서 이한 박사는 모임에 많은 도움을 주고 있다. 나라의 장래를 생각하는 모임. 오천년을 위한 모임은 각 분야의 사람들이 같이한다.

"요즘은 영철 군이 어떻게 지내고 있나 궁금해서 내려왔는데 뜻밖에도 아주 중요한 그들의 연구서를 보게 됐어"

"안 그래도 박사님을 찾아보고 싶었는데 잘 오셨습니다. 박사님께 꼭 여쭈어보고 싶은 문구 가 있어서요."

"말해보게"

"우리가 후손에게 최소한의 기회도 안주게 될 거라는 그 말의 뜻은 우리가 지금 무언가를 해야 하다는 것 아닙니까? 그걸 알고 싶었습니다."

"역시 자네다운 생각이야. 자네들의 오천년을 위한 모임이 하고 싶은 일이기도하지. 이 답답한 사무실에서 그 답답한 얘기를 하게 하지는 말게. 나가지. 내려 온 길에 독립기념관이나 가볼까?"

"그렇게 하십시오. 점심은 병천에 가셔서 순대 국을 드시도록 준비하겠습니다."

"순대 국? 좋아! 소주도 한잔 하면서. 허허허. 순대 국 좋아.

"동동주도 있습니다. 하하하"

영철은 이한박사를 모시고 독립기념관 입구에서 차를 내려 걸었다. 느티나무 새순들이 연녹색으로 봄볕에 포근했다. 중앙분리대 철쭉들은 빨갛게 만개했다. 건국기념관이냐 독립기념관이냐 광복

기념관이냐. 말도 많든 기념관. 독립기념관 개관 당시에는 전국에서 관람객들이 몰려 복잡하였었는데 요즘은 한산한편이다.

"우리나라 기업사회는 일류는 아니지만 그래도 잘 꾸려가고 있다 할 수 있어. 하지만 정치사회는 아냐. 삼류에도 못 미쳐"

"……"

"그런데 그걸 지적할 지식인은 없어. 물론 정치가도 없지. 불과 몇 명의 패거리 때문에 몇 만 명의 떼거리 때문에 모두 입을 닫지 시달리기 싫어서"

"……"

"자네는 지금 아이들 걱정만 하고 있나?"

"좀 관심을 가지고 있을 뿐입니다."

"아이는 키우지도 않으면서?"

"……"

"위장 애인 놀이나 하고?……"

"……"

"아내는 금목걸이를 간절히 원하는데 아이를 위해 맨 날 적금만 넣을 생각만하면 아내한테 버림받지. 우리나라는 미래정책을 세우긴 어려워"

"……?"

"세계 모든 나라가 한 가정 한 자녀 정책을 실시하면 우리도 따라서 할 수 있지. 일본이라는 나라는 초등교육에 나라사랑을 중점적으로 가르치지 않는다하지. 우리는 하고 있어. 프랑스는 인구감소 정책보다 증가 정책이 더 필요해. 우리도 일시적으로 필요 할뿐 영원히 계속 해야 하는 건 아냐. 우리도 나중엔 인구 증가정책이 필요할 때가 있을 거야. 차를 운전할 때 커브길이 나타나면 핸들을 돌리지. 승객 중에 누군가가 핸들을 못 돌리게 하면 차는 낭떠러지로 굴러 모두의 생명이 위험해 질 거야. 그런데 그 일본연구원들의 보는 관점은 운전수가 핸들을 제대로 돌릴 줄 모른다는 거야. 그래서 사고는 필연적이라는 거고"

"만약 후손들에게 최소한의 기회를 주지 않으면 어떻게 됩니까?"

"지금처럼 인기영합작전의 정책이 계속된다면 국가부채는 후손들에게 감당할 수 없는 짐이 될 테고 과잉인구로 실질적 청년구직인구가 몇 백만 명이 넘어 사회는 정상사회를 유지하기 어려울 거야"

"경제는 지금 최고로 발전되고 있다고 하는데요?"

"부자집 아이가 돈쓰는 것만 안다면 무의미하지. 후손이 살아갈 사회는 풍요로울 수 있겠지만 모든 청년들이 직장에서 일하고 사는 사회와 대다수 청년들이 직장 없이 살아가는 사회는 다르겠지. 평생을 일하지 못하고 살아간다면 그 인생은 어떠할까? 가정을 가지지 못하고 일생을 살아간다면 그들의 심정은 어떨까?"

"우리 밴드는 최고가 될 때까지 연습을 하고 또 합니다. 해서 안 되는 건 없다고 하는 게 우리의 생각입니다."

"아주 좋은 사업 철학이네. 자네는 독립기념관을 올 때마다 무슨 생각을 하나?"

"우리의 후손에겐 그런 일이 없게 해야 된다는 그런 생각을 합니다. 누구라도 그런 생각을 한다고 봅니다."

"꼭 그러지는 않을 거야. 옛날에 그런 일이 있었구나. 할 수도 있고 분개하고 투쟁의식만 고취시키다 돌아가기도 하겠지. 독도 문제에 그래서 더 민감해 지고. 영철이 자네를 볼 때마다 느끼는 건데 자네는 좀 지나치게 사회에 관심이 많아"

"……"

"자네 할머니가 위안부로 끌려갔다가 오셨다고 했지?"

"네"

"분개한 마음에서 생긴 사회에 대한 관심은 아닌 것 같은데?"

"어릴 때 제가 좀 말썽을 많이 피웠었나 봅니다. 아버지는 저에게 그럴 때마다 벌로 책을 읽게 하셨어요. 안창호 선생님의 애국애족에 대한 책과 히틀러의 나의투쟁 같은 민족에 대한 책이요. 그러다 보니 사회에 관심이 좀 생겼습니다."

"도산선생님의 그 책을? 어린나이에 이해하기는 좀 어려웠을 텐데?"

"열 번을 읽었습니다."

"물론 위인전도 읽었을 테고?"

"아버지는 저에게 벌을 줄때마다 새로운 책을 가져다 주셨는데 주로 위인전이었어요. 안 읽고 읽었다고 거짓말 했을 땐 다시 읽게 하셨어요. 삼국지의 오호대장이 누구누구냐고 물었을 때 유비 관우 장비 황충 마초라고 했다가 혼나고 열두 권을 다시 처음부터 읽기도 했습니다."

"이제야 자네 생각을 알겠네. 세상에 내세우지 않는 자네들의 오천년의 모임은 좋은 모임이네."

매표소 밖 주차장에서 거대한 기념관 지붕을 바라보며 이한박사는 자꾸 좋은 모임을 칭찬했다. 공장장이 곰과 함께 차를 대기시켜 놓고 찾아왔다. 이번에도 공장장이 박사님을 모시고 내려 온 거다.

"선배님은 영철이만 편애 하시지 말고 후배도 좀 챙기십시오."

"가전제품만 고집하는 후배 놈 하곤 할 얘기가 어디 있어야지."

"아! 참. 회장님께 선배님 연구서 건의 드렸습니다. 반도체산업 무선통신사업 시장조사 당장하고 대대적으로 가전에서 첨단산업 설비투자로 간다고 하셨습니다."

"그러면 이제 후배 모가지는 댕겅인가? 진작 잘랐어야지. 서회장님은 인정이 너무 많아 탈이야 탈"

"선배님! 제가 짤리면 고향에 먼저 내려가 자리 잡겠습니다. 진도 앞바다에서 낚시 배 하나 띄워 놓고 선배님 내려오기만 고대하고 있겠습니다."

"아예 악담을 해라 얼른 짤리라고"

점심을 먹으러 병천으로 가는 길. 곰은 아직 진이와 연락이 안 된다며 걱정을 한다. 벌써 닷 새가 지났다. 영철은 조금 더 기다리자고 하면서도 내심 궁금하기도 했다. 무었을 하던 대충인 영묵이다. 그래서 풋사랑이고. 서회장님은 그런 아들이 못마땅해서 몇 번 영철에게 상의를 하신 적이 있다. 그래서 이번에 바람 쐬러 천안까지 내려오게 했는데 좀 이상하게 되어가고 있다.

"반장. 서 대리는 어다 가져다 팔았나? 데리고 내려왔으면 잘 데리고 있어야지. 영 보이질 않네"

공장장은 아직도 전에 회사에 근무할 때의 그 직함 서 영묵 대리다. 이제 곧 처남이 될 귀하신 몸. 기어이 공장장까지 영묵의 행방을 살피려고 한다. 보아하니 영미가 오빠를 궁금해 하는 거다.

"공장장님은 반장이고 대리고 다 짤라 놓고 아직까지 반장 대리입니까? 그건 그렇고 공장장님은 요즘 사업 잘 되고 있습니까?"

"반장이 바라는 대로 잘 되겠지"
"불만 있습니까?"
"나도 반장처럼 자유스런 영혼이고 싶네. 투명 유리창은 싫어. 알면서 약 올리나?"
" 우리업소로 내려오십시오. 가끔 자유스런 영혼끼리의 만남을 주선하겠습니다."
"투명 유리창은 어쩌고?"
"불쌍한 영혼을 위로합니다."
"내 독신주의가 망가 라 지는 걸 좋아 할 놈도 있겠지 아마"
'나는 절대 아닙니다."
청춘은 자유스럽고 싶다. 하지만 그 많은 올가미가 기다리고 있다. 무한한 능력의 소유자 들 얘기일 거다.
'더울 때 벗을 수 있는 자 더워도 벗을 수 없는 자 차이는 틀(굴레에 있다'
서회장님은 지금 공장장을 절대 포기 못하실 거다. 최고의 능력을 가진 인재다, 딸아이의 장래도 회사의 장래도 다 최고라야 한다. 영철은 모임의 일원으로서도 공장장은 좋았지만 같이 음악실에서 색소폰을 배우며 취미생활을 즐길 때 항상 자유스런 영혼이 좋았었다. 때로 회장님 댁을 방문하면 예민한 두뇌에 걸맞지 않게 색소폰이나 하모니카를 불며 즐거운 시간을 만들 줄 아는 남자. 영미는 아빠의 바램 도 바램 이지만 삶의 멋을 가질 줄 아는 남자라 같이 시간을 보내곤 한단다.
"공장장님 이번인사개편에도 사장 배지 못 달면 여기로 내려오시죠. 까짓 색소폰 연주자만 해도 생계엔 지장 없습니다. 맨 날 저처럼 자유스런 영혼으로 사는 게 소원이라면 서요?"

"이 세상이 그렇게 쉽기만 하면 얼마나 좋겠나. 틀에서 벗어나 살 수만 있다면"

"똑같은 일에도 공장장님은 그 신제품에 목을 매고 살아야 사는 거 같죠. 그런 걸 팔자라고 하던가요?"

"그 말이 정답. 요즘은 벽걸이TV 개발에 목숨 거는 재미로 사는 놈이야. 또 다음번엔 어떤 걸로 살지 모르지. 휴대폰?"

"서 영묵 대리가 그 틀을 벗어나 자유스런 영혼으로 살고 싶어 하는 이유를 알겠습니다. 영미씨 한테 가서 얘기하십시오. 오빠는 찾지 말라고. 이 세상 여인들을 다 사랑하며 사는 자유스런 영혼으로 살기로 했다고요. 이 세상 모든 걸 다 사랑하며 사는 자유로운 영혼으로……"

4

"죄송합니다. 이렇게 찾아오시게 해서"

"자네가 보고 싶어서 왔네."

그날 밤. 영철은 천안 업소로 찾아온 서회장님 에게 자초지종을 설명하면서 일일이 보고 안 드린 걸 새삼 후회했다. 아들에게 거는 기대는 접었지만 아들의 장래 가정생활에는 여느 부모와 다를 게 없었다.

“그래. 잘 지내고 있는 것 같아 보이는데……뭐 어려운건 없고?”

“너무 많은 도움을 받고 있습니다.”

잠시 사무실을 둘러보다 소파에 앉아 영철을 가까이 불러 편한 자리를 만드는 서회장님이다. 금방 다정한 이웃집 아저씨가 되는 서회장님.

“이 사람들은 내가 온다는 걸 알면서 올라갔나?”

“회장님이 저를 편하게 보시도록 해준다며 올라 가셨습니다. 영묵형님 일이 궁금하실 거라고 하 면서……”

“우리 경호원 애들이 아주 죽을 지경인가보네. 설악산에서는 공룡능선을 넘어가지를 않나 대청봉에서 텐트치고 야숙을 않나. 강릉 경포대를 자전거 타고 다니질 않나.”

“많이 걱정되시겠지만 그냥 잠시 내버려두셨으면 합니다.”

“그래서 애들 불러들이라고 했네.”

“제가 찾아가 보겠습니다.”

“버려두라면서? 허허허. 아주 좋은 아인가보네. 영묵이가 아주 정신을 못 차릴 만큼”

“그냥 잠시 만나는 아입니다.”

“내가 바라는 건 영묵이 그놈이 내 곁을 떠나지 않는 거 그것뿐이야. 그 아이가 누구든 어떤 아이든 그놈이 웃고 지낼 수 있는 아이면 돼”

“……”

“이름이 진이라고?”

네. 한 진이입니다.”

“이번에는 잘되겠지?”

"아직은……"

"혼자는 안 돼. 자네가 도와주게"

"……"

"먼저 집에까지 데리고 온 그 연이라는 아이는 정말 아까워. 우리는 그때 기대를 많이 했었는데. 이번에도 자네만 믿어 봐야지 어쩌겠나. 자식 놈 걱정하는 못난 애비가 남 에 일인 줄 만 알았는데……"

"진이는 형님 짝으론 좀 결함이 있습니다."

"신체적으로?"

"그건 아닙니다."

"남편이 있나?"

"아 아닙니다."

"그럼 뭐가 문제야? 둘이 저렇게 좋아 난린데"

"아이가 하나 있습니다. 남편은 중동에 파견 근무 중 현장사고로 사망했습니다."

"그건 결함이 아니고 그쪽 사정이지 남이 먹던 젓가락으로 밥을 안 먹겠다면 주머니에 젓가락을 넣고 다녀야지. 영묵이에게는 더 많은 사정이 있잖나"

"잘 알겠습니다."

"만약 영묵이놈이 내 곁을 떠나면 난 자네를 가만두지 못 할 거야. 내 곁에서 고생하기 싫으면 알아서 하게나"

서 회장은 사업방해 안한다고 바로 돌아갔다. 서 회장을 배웅하고 들어오며 곰이 고개를 갸웃거린다.

"진이가 문제야 문제"

"왜? 우리사업에 차질이 생겨서?"

"그냥 풋사랑으로 끝나면 아무문제가 없을 텐데"

"저들 맘이지 우리 맘은 아니잖아?"

"넌 남의 얘기하듯 하냐? 지금 진이가 없는 빈자리가…… 정말 죽을 맛이다 죽을 맛"

"다 키워놓으면 집나가는 애들이잖아 알면서 뭘"

"찾아가봐야 되는 거 아냐?"

"두고 보자고. 남 깨 쏟아지는 애정행각에 재 뿌릴 맘은 없다."

진이가 없는 라이브는 이미 김 샌지 오래다. 온갖 서비스로 손님들을 달래보지만 노래 할 맛 을 잃어버린 단골 고객들이다. 한잔에 술도 분위기에 취한다는 술꾼들이다. 그나마 영철이의 색소폰 독주가 있어 분위기를 이어간다. 그렇게 죽을 맛인 걸 아는지 모르는지 약속했던 한주일의 휴가를 다 채우고 나타난 진이.

"내 자리 남겨 둔 겨?"

"……"

"나 짤렸어? 마스터오빠"

"……"

"에이. 곰 오빠. 또 삐쳤네. 삐쳤어?"

어이없기는 영철이도 마찬가지였다. 수학여행이라도 다녀온 거 마냥 더 활발해진 진이다. 곰은 한동안 멀뚱히 진이의 얼굴만 쳐다봤다.

"준비 하겠습니다. 리허설 스텐바이 합시다."

"진이야. 숨 좀 돌리고. 금방 도착하자마자 뭐냐?"

"버스는 손님을 기다릴까요. 시간을 기다릴까요. 고객을 최우선으로 모시지 않는 업소는 망 하겠지요. 마스터!"

"……?"

"……?"

지배인 곰의 궁금증은 안중에도 없다는 듯. 스테이지에서 돌아치는 진이. 영철은 전보다 더 활발해진 진이가 무언가 숨기고 있는 걸 느꼈다. 영묵이와는 터미널에서 헤어졌다고 했다. 같이 사무실로 와 그간에 일을 미안하다 할만도 햇것만은.

"마스터오빠! 이따 일 끝나고 면회 좀 해"

"뭐 선물이라도 사왔냐?"

"받을 일은 했구?"

"야! 따지려고 한다면 난 사양. 난 지금 양쪽에 타켓이다."

"줄게 있어"

"뭘?"

언제나 예쁜 모습을 보여주는 진이. 돌아온 진이는 더 예쁘다. 긴 머리칼을 뒤로 묶어 올린 모습은 아직도 소녀티를 벗어나지 않은 상큼함이 있다. 아무튼 진이는 업소에 마스크다. 노래를 마친 손님을 최고라고 추켜세우며 한 번씩 안아주면 누구라도 반쯤 가버린다. 늦게까지 일을 한 진이는 사무실로 들어오자 그대로 녹다운이 됐다. 영철은 커피를 타서 주곤 진이의 얘기를 들었다.

"오빠. 나 풋사랑 더 안 볼래"

"……?"

"내 마음 아무래도 감당이 안 돼. 나 다 버리고 영묵오빠한테 올인 하면 안 되잖아?"

"왜? 능력이 없어서?"

"영묵오빠의 앞날에 내가 있으면 안 될 거야."

"뭐야! 둘이 깜빡 죽으면서 무슨 투정이야? 고시생 앞날이야 뻔한 거 아냐. 넌 꼭 잘나가는 남자를 찾는 건 아니잖아. 그런 남자들이야 너한테는 늘려있는데"

"내가 가진 것 그 모두가 그 사람 앞에서는 아무것도아냐 아무것도……"

영철은 다가와 어깨에 기대고 가만히 하는 진이의 울적한 모습을 바라보다 화를 냈다. 좀 잘난 척 해도 되건만"

"영철오빠 나 오빠 하자는 대로 다 할게. 색소폰도 배우고 드러머도 할게. 오빠 뒤를 이어 서 밴드마스터도 할 거야."

"진이 너 자폭하는 거?"

"아냐 오빠. 가만히 생각 해 보니 풋사랑은 그 사람이 아니고 나였어. 난 그냥 자기도취에 빠져 더 나아지는 걸 생각하지 않았어. 자기개발도 모르고 사는 등신으로 살았어. 오빠……"

"둘이서 그동안 애인놀이는 안하고 인생놀이 했니?"

"그 사람 하고 싶어 하는 것 조금이라도 도와주고 싶어 이것 전해줘"

"임마! 그동안 화장품도 안 사 쓰면서 모은 그걸?"

"오빠가 잘 알아서 하겠지만 난 그 사람을 위한 게 없어. 우린 나중에 멋있는 모습으로 만 날 거야. 아주 좋은 친구로"

5

앞날을 예측 못하고 사는 사람일수록 앞날을 기대하며 살아간다고 그랬다. 진이의 변신은 영철이도 지배인 곰도 예측 못했던 일이었다. 진이의 활약으로 업소는 나날이 활기에 넘쳐 갔다. 영철이가 없어도 업소운영에는 하나 지장이 없게 되어갔다. 영철에겐 뜻밖에 행운이었다. 홀가분하게 벗어날 수 있게 되어서다. 떠날 준비를 하고 있는 영철에게 곰이 기한을 정하자고 했다.

"1년?"

"아무 때 라도 싫증나면 올게"

"그놈의 역마살! 전국투어 좋아하다 개고생에 골병든다. 한 바퀴 하고 얼른 와라"

"죽지 않았으면 보게 될 테고……"

"아주 이별가를 불러라 불러"

"영묵형님 만나보고 떠날 거야. 진이 잘 보살펴 줘"

"너처럼 보호자노릇은 못한다. 아예 밖으로 못나가게 아이를 데리고 들어오라 해야겠어"

"친정 식구까지 같이 살게 가까운 곳에 거처를 마련해"

"그래야 되겠어. 서회장님께는 어떻게 얘길 할 거야?"

"알아서 할게"

무더워지는 7월이 다 되어서 영철은 영묵을 찾아갔다. 여행에서 금방 돌아왔다며 반갑게 맞이하는 영묵. 예전에 풀죽은 모습은 아니다. 친구들도 만나고 성훈형도 찾아보고 왔단다. 서재에 틀어박혀 있던 옛 모습이 아니다.

"돌아와서 또 도 닦고 있는 줄 알았는데……"

"길이 아니야 아무리 생각 해 봐도"

"형님에게 언제 길이 있었다고?"

서재에서 나와 넓은 정원을 걸으며 예전과 많이 달라진 영묵을 보며 진이의 그 변신을 생각해 봤다. 분명 둘에겐 무언가 있는데 알 길이 없다.

"나 진이와 같이 있으면 안 되겠지? 세상에 관심 딱 끊고?"

"세상에 관심 끊은 거 아니었나?"

"맘은 있는데 잘 안 돼"

수목원이나 같이 잘 꾸며진 정원. 벤치에 앉아 바라보는 석양이 곱다. 도시의 소음만 없다면 산사山寺에 고요함일 거다. 영철은 한 사람에 뜻을 알아가려고 애써보지만 군주론이니 국부론이니 하는 영묵의 얘기에는 공감하기에 너무 거리가 멀다. 키 큰 나무들 속 정원에 앉아 물들어가는 하늘을 바라보며 알아들을 수 없는 영묵의 얘기를 들었다. 그 한동안.

"진이와 같이 지내며 형님하고 싶은 일 하면 되겠네. 남들도 다 그렇게 하드만은"

"내가 영철이 아우처럼 자유스럽다면 아무문제가 없겠지"

"업소에서 고객을 상대로 하는 내 일을 얘기하나본대 난 날마다 수 백 명의 적과 수 십 명의 친구로 전쟁을 한 다 구. 뭐가 자유스럽고 쉬운데"

"정치는 수백만의 친구와 수천만에 국민과의 전쟁이야"

"……?"

"우리는 그동안 김 교수님의 미래학을 연구 했어. 성훈이도 나도 다들 필요성은 알지만 실현이 불가능 한 거야. 군주론엔 통제의 시스템이 있고 국부론엔 적용의 법치가 있지. 지금은 자유론에 입각해 추진하는 설득적 성과물이야. 국민은 우선 자신들의 이익에 부합하지 않으면 저항해. 미래를 위한 오늘의 희생은 용납되기 어려워"

"후손에게 최소한 극복할 여건은 마련한다는 뭐 그런 거?"

"영철아우가 그걸 어떻게……?"

"나 참. 뭐 그런 걸 가지고 장황하게 쯧 쯧!"

"……?"

"여기 이 연구서에 다 있더만"

영묵은 잠시 영철이가 건네는 서류를 살펴보다 할 말을 잃고 멍하게 하늘만 쳐다봤다. 그 한참동안.

"……?"

"진이만 사랑하지 풋사랑님. 그 진이 아이까지 걱정하는 건 좀 오버 아닌가"

"……?"

"아. 잘 모르겠는데 그 연구서에 있다고 했어. 우리가 이대로 무계획적 무대책적으로 가다가 는 어린아이들이 외국으로 돈 벌러 가야 될 거래. 진이 애 아직 못 봤지? 이름이 지나 인데 엄청 귀여워. 지나를 데리고 놀러 다니면 하루 종일 심심한줄 몰라. 세 살인데 벌써 노래도 불러 〈날 보러 와요 날 보러 와요〉. 풋사랑형님. 그럼 잘 해보시고요. 이 못난 아우는 그만 떠납니다. 전국 유람을 하러. 잘난 풋사랑님 지금처럼 계속 그놈의 노름판 구경만 하고 있던

가. 아예 한자리 차고 앉아 깡그리 망가지던가. 다 버리고 아버지에게 며느리 하나 구해드리고서 효도나 하며 살던가…… 맘대로 하시고. 이거는 진이의 선물.

"……?"

"형님 같은 한참 정신 나간 고학생한테 학비 대주는 여인은 아마 그 뭐에 꽂혔을 거야. 뭔 지는 몰라도 하~하~하"

"……"

6

"자, 나의 청춘은 이렇게 망가졌다 .어찌 해명은 됐나?"

"……"

"……"

"그래 내 친구가 나에게 악플을 달은 건 나의 청춘을 망친 그 미안한 마음에 그랬을 거야. 그러니까 이것으로 끝. 연구 계속하자"

"알맹이는 쏙 빼고 포장만 보여 줍니까 교수님?"

"일곱 날 일곱 밤을 얘기 해 주셔야 해명이 됩니다."

"교수가 강의시간에 학생들에게 교육적이 아닌 야한 얘기를 하면 퇴출이지"

"연애학도 연구 대상입니다. 특히 교수님의 특이한 청춘시절은"

"그건 귀군들의 상상에 맡기고. 귀군들에게 내가 해 줄 수 있는 얘기는 그때 그 일로 인해서 나는 결심을 하게 되었다는 거다. 나의스승이며 우리의 스승인 김 지한 교수님의 미래학을 실현시키기 위해 우리는 최선의 선택을 했다. 그 결과는 귀군들이 판단할 문제지만 그때의 한 가정 한 자녀 계획적 인구 법으로 20년 후의 오늘에서 대량大量 실업失業사태만은 막았다고 할 수 있다 본다. 한 마을 농업인 수십 명으로 짓던 농사 나중에는 트랙터 콤바인 이앙기 등 기계화로 한사람이 할 수 있다. 수백 명의 공원工員이 일하든 가발공장 도자기공장도 자동화설비가 되어 단 몇 명의 숙련공만 필요해. 생산적 사회는 여유롭지만 소비적 사회는 언제나 위태롭다. 땅을 묵혀 두고도 살아갈 수 있는 농사꾼의 여유. 공장설비중 일부가동으로도 사업체 운영이 가능한 경제는 우리 스스로 마련할 수 있는 것이다 미국이나 캐나다 호주의 그 여유가 왜 우리에겐 사치인가.

"B2입니다. 교수님. 그 국가경영논리는 당연한 것입니다. 그 정책논리를 세우는데 결단 같은 것이 왜 필요 했습니까?"

"……?"

"-D5입니다. 그 일본 연구인들의 논리와 그때의 교수님 견해는 동일했습니까?"

"-A7입니다. 그때 교수님의 생각 같은 그 정책들이 만약 실현되지 않았다면 오늘의 경제사회 상태는 어떤 상태가 되었을까요?"

"먼저 B2의 질문에 답이다. 보리밭에 사과나무를 심으면 후손들이 많은 수확을 얻어 잘 살 수도 있겠지. 대신 당장은 가족들이 보리농사를 못 지어 굶주리게 된다. 가족들의 희생을 강요하며 미래 후손을 위하는 건 가장家長의 판단 이전에 선택의 기로에 임하기 때문이다. 한 가정의 자녀를 강제함에 있어 우선 그 정당성이다. 또 합리적인가 하는 것이다. 다음 D5의 물음에 간단히 답한다. 동일했다. 마지막으로 A7의 물음에는 답이 없다는 거다. 우리를 끝없이 유혹하는 양시론 양비론은 약자의 변명에 불과한 거라고 하겠다. 이상! 이시간의 정치학 연구는 마친다."

"교수님! 교정에 나가셔서 특강요?"

"커피타임요?"

교정에 벤치에서 수강생들과 커피를 마시며 서영묵 교수는 청년 시절이 일생에 있어 가장 소중하다는 그걸 강조했다 지난 후에야 모든 걸 알게 되는 인간이라는 것도.

"여기 있는 여학생들은 꿈이 다 정치인?"

"외교관요"

"정치부 기자요"

"국회의원 보좌관요"

"남자친구들이 좋아하는 직종은 아닐 텐데?"

"상관없어요. 걔네들 입맛 맞출 생각은 아예 없거든요."

"엄마 아빠가 손자 손녀 보긴 참 어렵것다."

"교수님 처럼요?"

"실패한 이 나의 인생 거울로 삼아 너희들은 성공하도록"

"교수님의 실패한 청춘을 듣고 결정하면 안 될까…… 요?"

"가서 너희들 남자친구나 만나서 놀도록"

"교수니~임~"

"어떻게 암岩남자 교수님을 꼬셨는지 그 여인의 수완을 알고 싶어요?"

"따라해 볼 라 구 ~ 요, 흐~흐".

"둘이 대청봉에서 밤하늘별을 세어보며 놀다 텐트 속에서 얼어 죽을 뻔한 얘기는 해 줄 수 있다."

"에이~"

"별만 세었나요? 밤새도록~"

그날 밤 설악산에 도착해서도 영묵은 술이 덜 깬 채 진이에게 끌리다시피 호텔방으로 가서 침대에 엎어졌다. 그리고 바보 되어 진이가 하는 걸 누운 채 멀뚱히 바라보았다.

"고객님……?"

"……?"

"지금 이 시간부터는 고객님을 왕처럼 모시겠습니다. 무었을 원하시는지 어떤 걸 하고 싶은지 말씀만 하십시오."

욕실에서 나와 목욕가운을 걸친 그대로 눈앞을 이리저리 포즈 잡으며 장난치는 진이. 젖은 머리칼이 생그럽다. 영화 속의 아주 야한 속옷 바람의 여주인공처럼 계속 생글대는 진이다.

"아! 더 야한 그림을 원하시는군요. 왕자님?"

스르르 목욕가운을 내리는 진이. 영묵은 정신이 번쩍 나서 달려가 가운으로 진이의 맨몸을 감 싸 안고 침대에 안아다 눕혔다. 그냥 무작정 같이 있고 싶은 진이다. 이러는 건 그리고 있던 그림이 아니다.

"공주! 많이 취했구려. 잠시 기다리시오 내가 재워줄 테니"

영묵은 정신없이 샤워를 하고 침대로 가서 진이를 무릎에다 눕혔다. 그리곤 아직 젖어있는 머리칼을 쓰다듬었다.

"너무 사랑스럽소. 공주"

"왕자님 지금 사극 찍습니까. 어서 애정에 표현을……"

"잠시 눈을 감고 있어보시겠소 공주. 많이 피곤한 거 같으니 편히 쉬시오. 나는 공주가 잠들 때까지 공주 얼굴이나 실컷 보겠소."

"그럼 왕자님 손이라도 잡고서 이렇게……"

영묵은 진이에게 손을 내주고서 무릎에 누워 편안히 잠든 진이를 내려다보다 스르르 자기도 몰래 잠이 들어 버렸다. 다음날 새벽 써늘한 기운에 잠이 깬 영묵은 기절하도록 놀랐다. 진이가 등산 배낭을 꾸리며 창문을 활짝 열어놓고 있었다.

"공룡능선 넘어 대청봉 일박 할 거야. 빨리 일어나 준비 하세요 왕자님. 식당에가 아침 먹으면 즉시 출발!"

"공룡능선! 그 험하고 힘든 코스를 진이하고?"

"어허 왕자님친구. 걱정 마세요. 업혀 가자고는 안할 테니"

"고3 때 선생님하고 넘어가다 힘들어 죽을 뻔 했다~구……"

"그럼 혼자 다녀 올 테니 친구는 쉬고 있어"

전문 산악인들에게도 공룡능선만은 조금 주저되는 코스다. 설악동에서 마등령으로 올라가서 넘어가도 천불동계곡을 거슬러 올라가 회운각에서 마등령을 향해 넘어와도 힘들기는 마찬가지다. 거기다 회운각에서 중청대피소까지 올라가는 오르막 등산로는 아주 죽을 맛이다. 그 코스를 겁도 없이 가겠다는 진이다. 영묵은 대학 때도 친구들과 몇 번 가봐서 겁날 건 없었지만 진이가 걱정됐다. 그 조그만 몸으로 10k가 넘는 배낭을 짊어지고 공룡능선을 넘어간다고 한다. 간단히 아침을 먹고 양폭대피소를 향해 걸으면서 영묵은 연신 죽었다를 속으로 복창했다.

"죽어도 진이 널 혼자는 못 보내지. 사나이가……"
"칫! 안 따라온다 했음 그냥 패싱이지 뭐"
"장비는 언제 이렇게 장만 해왔나 공주님친구?"
"내 애인이 준비 해 준 거"
"뭐야! 양다리?"
"그런 건 그냥 모른 척 넘어가 친구"
"야. 이거 나에게 투쟁의식을 고취시키네."
"오늘 등산에서 벌벌 되면 아웃 되는 거"
"체력 테스트라면 걱정 마. 갑종 일급. A"
"길이 멀면 서두르지 않고 산이 높으면 쉬어서 오르지 친구. 큰소리로 짖는 개는 겁이 나서라는데……"
마등령을 오르는 등산길은 가파르고 멀다. 앞에서 천천히 걷는 진이는 등산 초보가 아니다. 마등령까지 5시간. 공룡능선 4시간. 회운각에서 대청봉이 3시간 합계12시간 그걸 알고 있는 눈치다. 아침시간에 서늘한 기운이 감도는 등산로에서 영묵은 만난 지 불과 하루도 채 되지 않은 진이가 낯설지 않은 게 한편으로 이해가 안 되기도 했다. 아주 친한 옛 친구처럼 편했다.
"영묵씨 힘들면 쉬어가"
"진이는 이것저것 다 프로다. 선생해라. 선생"
"선생하다 짤렸어. 오래전"
"뭐하다?"
"풍기문란 죄"
"문제가 많았군."
"친구들하고 라이브에가 놀았는데 교감선생님한테 딱 걸린 거야. 징계위원회에 회부 돼서 3 개월 정직처분"

"난 지금 그런 애와 놀고 있는 거네"

"영묵씨는 샌님?"

"거리가 멀지 중학 때부터 연애질로 밤을 새웠지"

"난 지금 싸가지가 노란 애와 뭐하고 있는 거야"

"앞으론 잘 할 거야. 진이와 같이 가는 길이라면"

"칫! 완전 선수"

끝없는 농담 속에 등산길은 즐겁다. 모르는 사람끼리도 일행과도 자연 속에서 삶에 일상을 벗어나니 우선 그냥 좋다. 진이도 지금 휴가를 즐기는 거라 했다. 그렇게 장난으로 산행의 느낌으로 시간은 잊혀지고 5시간의 목표 일차목적지 마등령에 도착했다 간식을 먹으며 영묵은 진이의 무거운 배낭을 걱정했다. 올라간 만큼 내려가고 내려간 만큼 다시 올라가야 하는 악마의 능선. 공룡능선에 길은 멀다.

"영묵씨 저 능선을 넘어 회운각에 도착하면 선물을 줄 거야. 아주 기쁜 선물"

"기대 하겠어. 아주 달콤한 진이의 키스"

"참 잘난 것도 없이 맨 잘난 척만. 라면국물에 그거 한잔"

"아 그걸로 족! 출발"

큰소리는 힘이 딸 릴 때 나오는 거다 공룡능선에 중간 봉. 눈앞을 콱 막아선 고지의 암벽. 길도 없을 것 같은 허리길. 하나 힘 안들이고 사뿐 사뿐 앞서가는 진이를 따라가며 거친 숨을 몰아쉬는 못난 남자. 여유롭게 스냅사진을 찍으며 가는 잘난 여인.

"진이야 넌 나 같은 못난이가 왜 좋니?"

"잘난 거 하나 없는데 잘난 척 해서. 영묵오빠는 왜 내가 좋은데?"

"이제야 오빠네. 진이는 아주 잘났으면서 하나 잘난 척을 안 해서"

"후후후"

"하하하"

산행에서는 얘기 속에 빠져서 걷다보면 힘든 것도 잠시 잊어버린다.

7

힘들어하는 영묵이를 위해 피리를 불어주는 진이.

-언젠가 가겠지 푸르른 이 청춘-

-지고 또 피는 꽃잎처럼-

뒤따라오던 젊은 남녀 산악인들이 같이 쉬면서 진이의 연주를 감상 했다.

"여자 친구가 음악을 아주 잘하네. 행복하시겠어?

나이가 좀 들어 보이는 여자 분이 영묵을 보고 웃으며 그랬다. 남자들은 동생뻘 되는 듯 어리다 군대를 갓 재대했는지 빡빡머리도 하나 있다.

"싱어로 일하는 친굽니다. 기타리스터 겸"

"뒤따라오면서 보니 아직 사귀는 사이 같든 데. 나중에 결혼하면 심심하지 않아서 좋겠어요.

"워낙 잘나가는 친구라 결혼까진…… 지금 땜 빵 친구로 등산친구로 지내면서 작업 중입니다."

"왜요? 아주 여자 친구들이 좋아할 타입 인데"

"제가 아직 고생(고시준비생)이거든요."

"그러고 보니…… 등산복은 얻어 입은 것같이 좀 작고 크고 그러네. 후훗!"

"남동생들인가 본데 저 친구들은 등산복도 안 입고 산엘 왔네요?"

"극기 훈련 중이예요. 유도부 훈련생들 요"

"사범이시군요?"

"네"

"내 친구도 사범인데. 황 영철이라고"

"황 영철이요? 대한체육관 코치?"

"네. 어떻게 그 친구를……?"

"그 친구 잘 알아요. 경호팀으로 활동하면서 만났었던 친구예요"

"아. 반갑습니다. 여기서 이렇게 만나다니. 난 영철이 그놈 하곤 죽이고 살리는 사이 입니다."

영묵은 손을 내밀고 반가워하는 여 사범의 손을 잡고 흔들어 댔다.

"불패의 영웅 황사범의 친구로는 좀 걸맞지 않는데 아무든 반갑네요."

"제가 좀 약질이죠?"

"아녜요. 대단해요 그 야영 장비를 지고 공룡능선을 넘는다는 게"

"대청봉까지 갈려면 죽은 목숨입니다."

"잘됐네요. 우리도 오늘 중청 대피소에서 야영 할 작정인데. 같이 가요."

"아휴!"

"사범님……"

중청에서 야영소리가 나오자 훈련생들이 죽는시늉을 한다. 억 소리 나는 코스를 이미 알고 있는 눈치다. 아직 대학 재학 중의 나이들이다. 죽은 목숨은 마찬가지다. 다시 시작 되는 산행. 영묵은 사범과 영철이에 대해서 많은 이야기를 했다

"황 사범은 어떤 단체 일원인걸로 알고 있어요. 국제정보팀까지 있다고 하죠. "난 그냥 술친구 놀이 친구라 그 친구에 하는 일에 대해서는 잘 모릅니다."

"그냥 술친구로 지내는 게 좋아요"

여 사범은 영묵에 배낭 짐을 훈련생들에게 나누어지게 했다. 회운각까지의 등산길은 험하지만 눈에 들어와 보이는 정경들이 힘든 걸 잊게 한다. 영묵은 진이와 때로 야한 포즈까지 취하며 여 사범에게 사진촬영을 부탁하곤 했다. 산에서는 모두가 자기 나름대로 산행에 느낌도 가져보고 또 명상에도 잠겨본다. 멀리 서부능선이 파란 하늘아래 잘 그려진 수채화처럼 펼쳐져있고 수렴동 계곡은 연녹색에 바다로 길게 이어지고 있다. 회운각에서 라면은 언제나 꿀맛이다. 능숙하게 코펠을 사용하는 진이는 아무래도 전문 등산인이다. 여 사범이 진이와 소청봉으로 오르는 가파른 길을 앞서

올라가며 영묵에게 천천히 오라고 했다. 입산금지가 풀린 지 얼마 안 되는 등산로에는 등산인 들이 많다. 영묵은 그 등산객들 틈에서 훈련생들과 여자친구 꼬득이는 얘기로, 군 생활 얘기로 히득대며 힘든 걸 잊었다. 젊음은 그리도 앞날이 좋다. 무언가에 몰입 할 수 있어서. 저 높은 산을 오르면서 오르고 있다는 것이 그냥 좋고, 돌아가면 할 일이 있다는 게 좋고. 만약 돌아가서 할 일이 없는 젊음이라면 지금 저산을 오르는 게 무슨 의미가 있을까. 자기의 인생 비전이 없는데 이 시간들이 어떻게 즐거울 수 있을까. 영묵은 미래의 젊은이들도 지금 이 훈련생들처럼 활기에 넘쳐 살아갈 수 있어야 되는데, 하고 생각도 해 봤다. 그동안 서재에 틀어박혀 앨빈 토플러의 제3의 충격도 물결도 해답이 아니라는 걸 알았고 〈분노의 포도〉는 미래의 현실이 될 수도 있다는 판단이 서는 걸 어쩌지 못해 서글픈 마음이다. 미래설계보다 현실을 수습하기에도 정신을 못 차렸던 그동안에 새 군사정권이다. 외적충격을 대비 할 준비는 커녕 내적 갈등으로 밤낮을 지새우는 사이 준비의 시간은 거의 다 허비되어가고 남은 건 아무것도 시도 할 수 없는 현실만 눈앞에 장벽처럼 막혀져있다. 미래, 승전을 향한 병사의 마음이라면 용기가 저 고지를 뛰어오르게 하겠지만 패전을 예감하는 병사는 그 무엇도 신나는 게 없다.

8

"미인이네. 남자들이 꽤나 귀찮게 하겠어?"
"사범님 몸매 정말 죽여주는데요."
"진이 씨는 〈고생〉을 좋아할 타입이 아닌데"
"고학생이지만 귀여운 데가 좀 있는 친구예요."
"싱어를 한다고?"
"클럽 밴드 소속 이예요."
"인기 많겠어. 맨 날 신나는 시간?"
"업소 운영을 위해 오빠들의 단속 장난 아네요. 남자친구 하나 못 만들어요."
"그럼 저 애는?"
"대장오빠 친구라 특별 휴가요"
"임무의 하나는 아닐 테고"
"그런 거 없어요. 풋사랑 놀이요. 후후"
"좋겠어. 참사랑으로 가도 괜찮겠어. 맹탕은 아닌 것 같은데"
"인생 지루하게 살 친구는 아닌 것 같아요."
"사람 볼 줄 아네. 저 친구 수재야. 내가 잘 아는 친구를 알고 있더라고. 그 친구에 친구라면 아마 빈둥이는 아닐 거야. 최소한……"
소청봉에 먼저 도착한 진이는 여사범과 일행을 기다리며 봉정암으로 내려가는 길을 내려다 봤 다. 대학 때 동아리 애들과 오르며 까불던 백담사 계곡, 백담사에는 만해 선생의 유적이 있다.

-나는 나룻배 당신은 행인
-당신은 나를 흙 묻은 발로 짓밟고 지나갑니다.
나는 당신을 안고 갑니다.
나는 당신을 안으면 물이 깊던 물이 얕던 물살이 거세던
나는 당신을 안고 건너갑니다.
당신은 물만 건너면 뒤도 안돌아보고 그냥 가십니다.
당신이 안 오시면 나는 밤이나 낮이나 당신을 기다립니다.
당신은 언젠가 다시 오실 줄 만 은 알아요.
나는 밖에서 눈비를 맞으며 날마다. 날마다 낡아갑니다 당신을 기다리며-
〈나룻배와 행인〉 -만해 한용운-

홍성에서 태어나 백담사에서 수행을 한 만해선생은 고향땅 시골 학교 선생이었던 아버지에 표상이었다. 진이는 만해선생의 〈님의 침묵〉도 그 어떤 시도 어린 날에 읽었지만 이해를 못했었다. 사고로 남편을 잃고 딸아이와 살며 조금씩 외로움을 느낄 때는 만해선생의 시詩들이 가슴에 와 닿기도 했다. 33인의 독립운동가의 한사람이었던 만해선생, 그의 시는 너무 서정적이다.

"이건 극기 훈련이 아니고 유격이네. 유격, 돌격! 고지탄환!"

녹초가 된 훈련생들과 영묵은 아예 소청봉 땅 바닥을 내 땅처럼 안고 늘어졌다.

"사범님 돌아가면 훈련생 기권 할 랍니다."

"나 두요. 난…… 정말 네발 다 들었어요."

"진이씨. 우리 이 남자들 버리고 갑시다. 아무리 봐도 쓸 대가 없

는 남자들 같아"

"아깝지만 그래야 될 것 같네요. 영묵오빠! 빠이빠이"

소청봉에서는 막 바로 대청봉이다. 기어가도 반시간이다. 체력이 바닥난 등산인 들에겐 평지 같은 짧은 구간도 죽을 맛이다. 평소 운동 부족은 산행에서 여지없다. 대청봉으로 합류하여 인증샷 찍고 중청대피소의 야외취침 준비. 세상을 내려다보는 더 높은 정상에서 저녁노을을 바라보는 행운은 그냥 얻어지는 건 아니다. 모두가 석양을 바라보며 한동안 말을 잊었다.

"훈련생! 모두 집합!"

"넷!"

"기권 할 선수는 오색약수로 하산한다. 실시!"

"기권을, 기권 합니다."

"그래"

"-네!"

"그러면 얼어 죽지 않을 준비를 한다. 어둡기 전에 텐트를 쳐라."

"넷!"

텐트가 셋. 반찬 없는 하얀 쌀밥만도 너무 맛있다. 모여서 저녁식사를 마치고 모두들 제자리를 찾아들어 갔다.

"이렇게 해보는 건 첨이라……"

영묵이 텐트 문 앞에서 엉거주춤 하자 진이가 안으로 잡아끌었다.

"안 얼어 죽으려면 들어오지. 왕자님"

"……"

영묵은 군대서 야외 숙영도 했었지만 고지의 야영은 첨이다. 비

좁은 텐트 안. 둘은 자연스럽게 가까이 붙어서 누웠다. 허락된 만남. 처음 만나면서부터 가슴이 뛰는 걸 어쩔 수 없어 안아버린 사이. 그러나 지금은 성스러운 산속이다.

"잠이 잘 안 오네."

"그러게"

"영묵오빠 어렸을 때가 많이 궁금한데……?"

"시시해서 재미없어"

"재미있어 할 게"

"집에서 쫓겨난 얘기?"

"완전 꾸러기였네 오빠"

"쬐끔은……"

"난 아주 많이…… 그래서 쫓겨났었지만"

"야. 진이는 어릴 때 완전 껌 씹은 거야?"

"아버지 몰래 미인대회 나갔다 들통 나서 20살 때 꼼짝 못하고 시집갔고 남편이 건설회사 근무 중 중동에 파견되었는데 사고가 있어 돌아오지 못하게 되었고. 보상비 어려운 시댁에 다 드리고 나와서 딸아이와 살고 있어. 난 아름다운 사랑 같은 건 모르고 살고 있습니다. 오빠의 풋사랑 상대로는 좀 부족? 후후후"

"인간적 모범. 진이의 예쁜 모습 이유가 있었네."

"친구들하고 클럽에 놀러갔다 밴드마스터한테 스카우트 되어서 싱어로 활동하고 있는 중에 지금 나는 어떤 못된 남자를 만나 그렇게 소중하게 생각하는 일까지 걷어치우고 지금 이렇게 망가지고 있답니다."

"그런 진이에게 난 나의 모든 걸 걸고 싶네."

"오빠! 그 멘트 상습적이지?"

"첨인데"

"완전 선수. 완전 사기일거야"

"증명을 어떻게 한데 나의 순수를"

"내 애인 한 테 나중에 따질 거야."

"애인! 또 애인이야?"

"밴드마스터 영철오빠가 내 애인"

"……?"

"나를 지켜주는 남자. 모든 늑대들한테서 지켜주는 위장 애인"

"아하! 그래서…… 이제부턴 내가 지켜줄게"

"감동. 진짜 사랑하고 싶네. 오빠를"

"최고의 선택"

"완전 왕자 병이네. 하는 거마다 후후후"

"진이한테 잘 보이려고 잘난 척 좀 히히히".

"키스"

"다르건……?"

"숙소로 가면……"

해발 1500고지는 한여름에도 밤이면 10도까지 내려간다. 지금 같은 5월에는 아직 응달쪽에 덜 녹은 얼음이 남아있다. 비좁은 텐트 속에서 추위를 견딜 준비가 아직 안 되어있는 영묵을 진이는 몸으로 위로했다.

"오빠가 집에서 쫓겨난 건 중3?"

"중1"

"땡땡이 좀 깔 때네?"

"친구들과 몰려다니며 놀아 됐지"

"……"

아버지는 사람 만든다며 하나있는 아들 과감하게 버렸지. 난 집에서 쫓겨나 아버지 죽마고우 단짝친구 집에서 자랐어. 그 친구가 김 지한 교수님.

"실천미래학을 펴내신 박사님?"

"음. 난 그 교수님에게 세뇌되어갔고, 나중에 나는 기로에 서게 되었지. 조그마한 사업을 하는 아버지를 도우며 평범한 가정인으로 사느냐 아니면 그 험한 바닥에서 사는 정치인이 되어 사회인으로 살아가느냐 하는 걸 결정해야 했어. 그러고 있는 나를 영철이가 불러내서 지금 내가 여기에 있는 거고"

"……"

"머리도 식힐 겸 바람이나 쏘이자고 그랬는데. 이렇게 진이같이 멋있는 친구를 만나게 해서 나에겐 더 큰 고민거리를 하나 더 안겨주고 있네."

"……?"

"그냥 다 버리고 진이와 이렇게 놀러나 다니고 싶다. 그냥……"

"……"

"그러면 나에게 따라다니는 닉네임 풋사랑도 끝"

"오빠하고 난 지금 사랑놀이 하는 거잖아. 우리는 그런 거…… 아닌데……"

"내가 재미없는 애라는 건 알아"

"선수. 완전 선수"

"진심"

"오빠는 내가 왜 그렇게 좋은데?"

"나를 죽을 때까지 심심하게 하지 않을 거 같아."

"피~ 또 각본에 있는 멘트"

"내 인생 재미있는 건 하나도 없어. 사회를 위해 일한다는 건 나에게 성취감은 주겠지만 행복한 나의 인생은 보장 해주지 않아. 내 인생 아주 처절히 망가지는 거야. 그런 내 인생을 진이는 재미있게 해 줄 것 같군."

"또 작업 멘트?"

"진심. 또 진심"

"못 믿어. 아무래도 못 믿어"

"내 인생 후회 없이 살고 푼데……, 진이…… 랑"

"우리는 업소에서 일하며 나중에 후회는 않도록 열심히 최선을 다해 살아. 낮에는 식당에서 서빙일도 하고 시간 아르바이트일도 해. 업소에서는 때로 고객들과 공연도 나가. 애인 돼주는 대가는 일반 일 보다 큰 수입이야. 우리에겐 편하고 고고孤高한 그런 것들은 사치야. 나중에 후회를 남기는 쪽은 일을 하지 않은 쪽이라고 생각해요 인생초보님"

"……"

"최소한 후회는 남기지 마샴, 오라버니"

"진이만 잡으면 후회를 안남길거 같네. 히~히~히"

"또 감동 오빠가 원하는 건 다 해주고 싶어. 후훗!"

"작업 성공"

"킥킥킥"

"자 이제 해명 끝"

"……"

"주말들 재미있게 보내도록. 나 같은 이 멍청한 풋사랑은 최소한 되지 마라. 특히 남男 연구생들. 여인은 기다려주지 않는다는 거 명심해라."

"교수님. 설악산 등산 같이 가 주세요. 저랑"

"임마! 남자 친구나 빨리 만들어 힘센 놈으로"

스스럼없이 장난치는 여女연구생들. 서 영묵 교수는 생글대는 아이의 이마에다 꿀밤을 하나주고 바삐 교정을 나왔다. 이번에야 말로 영철이놈을 찾아가서 따져야 할 것 같았다. 망가진 청춘을 책임지라고……

참사랑

I

예전엔 동해안 하면 오징어 명태였다고 한다. 오징어하면 주문진이었고. 동해안 3대 어항하면 묵호 주문진 속초였고 그 많은 수산물 중에 고등어 꽁치도 특히 많이 잡혔는데 왜 주문진 오징어는 그리도 유명했는지. 영철은 연곡 해변을 거닐며 그 옛날의 항구를 떠올려 봤다. 아주 조용한 해변에는 지금처럼 관광객도 해수욕을 즐기러 온 사람들도 많지 않아서 더 고요한 정경이었을 것이라 생각됐다.

"사부! 사부님!"

어느 사이 또 찾아 나온 다정이다. 잠깐만 안보이면 찾고 난리라며 투덜대는 안 예쁜 여사다. 어제 밤 공연에 그 많은 사람들과 즐거운 시간을 가지느라 정신이 없는 중에도 다정이는 무대 뒤에서 떨어지질 않았다. 영철이가 색소폰으로 흘러간 옛 노래를 연주하면 객석은 쥐죽은 듯 조용했다. 애절하게 넘나드는 곡조. 끊어질 듯. 이어지는 선율. 알토의 장점은 음률을 자유자재로 변화시킬 수 있다는 거다. 영철은 어디에서나 그 업소 일 시작하는 첫날밤에 연주로 이미 객석 모두를 매료시켰었다. 그 여러 곳의 지역 업소. 영철은 가는 곳마다 인기 연주가였다. 그리고 멘트. 서 영묵을 흉내낸 그 멘트들.

"이 세상에서 제일 잘난 남자는 아내를 지루하게 안하는 남자라고 하지요. 그럼 세상에서 가장 아름다운 아내는 어떤 아내일까요?"

"남자를 외롭게 하지 않는 여자!"

"여기 외로운 남자들이 많군요. 평소에 좀 잘하시지. 아무든 여기에 오신 모든 외로운 남자들을 위해! 또 한곡을 드립니다. 김 성환의 〈인생〉"

~세상에 올 땐 내 맘 대로 온 건 아니지만은~

~이 가슴엔 꿈도 많았지~

밤이 깊도록 계속되는 라이브. 영철은 일부러 다정이를 외롭게 했다. 큰아빠라고 부르라고 하는 아빠 말은 아예 들은 척도 안 한다.

"사부님 기타연습 할거야."

달려와 매달리는 다정이. 출장 나갔다 한참 만에 돌아온 아빠나 되는 것 같이 다정이는 영철이을 떨어질 줄 모른다. 영철은 할 수 없이 연습실로 가 다정이 와 마주 앉았다.

"코드잡고. 눈은 악보를 본다."

"헤헤. 아직 잘 안 되는 걸"

"아무래도 안 되겠다. 너 가서 잘 때 쓰는 눈 가리게 가지고와"

"그건 왜……?"

"임마! 싸부가 시키면 시키는 대로 해야지 말이 많다. 빨리 가서 갖고 와"

영철은 다정이에게 악기 다루는 걸 가르치며 먼저 소질이 있는가 그걸 챙겨봤다. 그동안 밴드 아저씨들에게 조금씩 배워둔 게 있어 전자 오르간은 곧잘 다루었다. 영철은 다정이 에게 깜깜이를 씌워

놓고 코드를 잡고 치는 연습으로 들어갔다.

"아이. 사부가 안보이잖아"

"A마이나 세 번 D마이나 두 번. 열 번을 반복 한다"

"아이. 그 정도는 다 해"

"열 번"

"알았어"

"소리가 시끄럽다. 좀 예쁘게 칠 수 없니?"

"사부는 지금 내 얼굴만 쳐다보고 있지?"

"나는 지금 눈감고 다정이의 기타연주만 듣는다"

"거짓말"

"그대로 한 시간을 연습한다. 큰아버지는 안 예쁜 여사 좀 보고 온다"

'아이. 엄마는 지금 식당에서 바뿐데……"

"갔다 와서 볼 거다 제대로 연습 했는지"

"싫어 나 두 갈래"

"다정아?"

"응"

"나는 다정이가 기타 잘 치는 밴드마스터가 되는 걸 가르치고 있는 게 아냐. 예전에 영국에는 4인조 보컬이 있었는데 비틀즈라고 그들은 무대를 뛰어다니며 기타를 쳐댓어. 기타가 내 손이고 발이어야 되. 기타가 악기여서는 안 돼. 큰아빠 친구 중에 아주 유명한 기타리스터가 하나 있는데 다정이가 연습을 잘하면 그 선생님을 초대해서 그 선생님의 연주모습을 보게 해줄게"

"정말!"

"참말"

"알았어, 사부"

벗었던 깜깜이를 다시 뒤집어쓰는 다정이. 영철은 다정이가 진이의 연주를 보고 어떤 각오를 할까 생각 해 봤다. 연주자는 명연주에 다시 자극을 받아 자기발전을 한다고 한다. 진이의 기타연주는 잘 해서라기보다 리듬을 타고 노는 재주가 특기다. 아주 오랜만에 연락을 한 영철에게 당장 달려오겠다는 진이다. 서 영묵교수도 도착할 때가 됐다. 10년이 넘어 만나는 그들은 어떤 만남을 할까 궁금하기도 했다.

"안 예쁜 제수씨 부탁이 있습니다. 아주 어려운 건데"

"이 세상을 다 원해도 들어드리겠습니다. 아주버님"

"우리 그 호칭 좀 빼면 안 될까요?"

"껌툴씨가 형아를 섭섭하게 하면 가만 안 있을 건데요. 직원 부르듯 황 밴드라고 할까요?"

"좋아요. 담박에 거리감 없잖아요. 다 예쁜 님"

"뭐예요 부탁 하실 건?"

"그러니까…… 그게……"

"마스터님도 망서릴 일이 다 있네요. 그 많은 관객 앞에서도 거침이 없으신 분이"

"애인이 올 텐데 숙소를 좀 마련해야 될 것 같아요. 모텔에 재우려면 신경이 좀 쓰여서……"

"어머나! 그 첫사랑 분 찾으셨네요?"

"아끼는 후배예요. 사랑은 안하는 애인"

"사랑 않는 애인?…… 그런 것도 있어요?"

"있어요. 아주 옛날부터"

"첫사랑도 있고 따로 애인도 있고 아주버님은 바람둥이……?"

"아무튼 숙소를 집에다 좀 마련 해주셨으면 합니다. 딸아이와 같이 올 겁니다."

"알 수 없어요. 아주버님 생활. 가정까지 버리고 여행 다니시는 거"

"나중에 예쁜님 에겐 다 얘기 할게요."

"송아지오빠 소식도요?"

"그 짜식 부자 집 양아들로 들어가 잘 살고 있으니까 그만 잊어요."

"껌투리가 때로 나를 외롭게 할 때는 송아지오빠가 생각나곤 해요. 송아지오빠는 너무 다정했어요. 어렸을 때지만 그런 감정 느껴본 적 단 한 번도 없었어요. 나중에 나 크면 꼭 찾아오겠다고 했었는데……"

눈가에 이슬이 맺히는 안 예쁜님. 영철은 안 예쁜님의 그 마음을 짐작하고도 남았다. 정훈이 는 머리칼을 좀 길게 늘어트리면 보는 사람이 헷갈릴 정도다. 여자인지 남자인지 구별이 잘 안되던 어린 날에 정훈이. 여자아이들은 정훈이와 말 한마디만 나눠도 감동을 했다. 그래서 연이는 행운의 여학생이었다. 정훈이는 오직 연이에게만 관심이 있었다. 그 어떤 아이와도 어울리지 않던 기남자(계집애 같은 남학생)였다. 다정한 눈빛으로 우선 웃어주며 대하는 머슴애를 여학생들은 너무 좋아했다. 놀아 줄 땐 여자애들은 거의 정신을 못 차렸다. 거기다 성적은 항상 상위권. 선생님들에게도 귀여움에 대상이었다. 그런 정훈이가 서울에서 아파트 건설현장을 다니며 하숙집 꼬맹이 예쁜이를 데리고 다니며 아름다운 꿈을 꾸게 했단다. 멀리 청평 유원지로 용인 민속촌으로. 어린 예쁜이 마음에다 그리움을 남기고 떠난 하숙생. 그 하숙생은 아직도 안 예쁜 여사에 마음속에 그리움으로 남아있다.

"그 송아지오빠한테는 애인이 있었는데"

"알고 있었어요. 그 때. 아주 예쁜 여자를 그려놓고 나한테 그랬어요. 고향에 두고 온 애인이라고"

청평 유원지 까지는 버스로 한 시간이 더 걸렸다. 송아지오빠를 따라 일요일 소풍을 나온 예쁜이는 마냥 신났다.

"송아지오빠! 우리 보트 타?"

"겁 않나니?"

"응. 겁 안나 송아지오빠가 있는데 뭐"

"오빠는 헤엄도 잘못 치는데?"

"괜찮아 오빠하고 같이 빠져죽는 데 뭐"

"나두야. 예쁜이 하고 같이 빠져죽는다면"

"헤헤 우리엄마 맨날 나보고 나가죽어라 그러는데 복수하는 거야. 헤헤헤"

"하하하하. 오빠두 집에서 맨날 혼나 아버지한테. 죽든 살던 나가서 살라고 하는 아버지한테 복수 하는 거야. 히히히"

"오빠 애인 많이 울겠다. 오빠가 죽으면"

"괜찮아. 그 애는 예뻐서 좋아하는 애들이 많아. 나 없어도 걱정 없을 거야."

"송아지오빠?"

"응?"

"나 하구 그 언니 하구 둘 중에 누가 더 예뻐?"

"누가 더 예쁘긴. 예쁜이가 더 예쁘지"

"야! 나 두 송아지오빠가 젤 좋아"

예쁜이는 보트를 타고서도 송아지오빠 무릎에 앉아 지나가는 보트에 손을 흔들며 즐거워했다.

"송아지오빠 나중에 그 언니한테 쫑나면 나 찾아와"

"뭐하게?"

"결혼하게"

"예쁜이가 결혼할 때쯤이면 오빠는 아저씨가 됐을 건데?"

"할아버지라두 괜찮아 오빠"

"집에 돌아가면 우리 둘이 결혼하는 거 엄마한테 한번 물어 보자"

"안 돼! 송아지오빠, 그건 송아지오빠하구 나하고 만에 비밀"

"알았어, 예쁜이 하고 오빠 만에 비밀"

아주 무서운 예쁜이 엄마가 둘이 이러는걸 알면 예쁜이는 아마 맞아죽을 거다.

다른 애랑 간다면 어림도 없다.

아침에 집을 나올 때 지독하기로 소문난 하숙집아줌마는 예쁜이에게 백 원이나 되는 큰 용돈을 다 챙겨 주셨다. 공사판에서 잡부일하며 살아가고 있는 애들. 시골 각지에서 올라온 애들은 하숙집에서 늘 구박덩어리다. 몸이 좀 약한 감자 우악스런 땡감 약아빠진 고구마. 잘 웃기는 오징어. 참해서 얻은 별명의 송아지. 그중에서 예쁜이는 송아지오빠를 많이 좋아 했다.

"우리 그림 그리러가자 저 버드나무 숲이 좋겠다."

“난 송아지오빠를 그릴래.

“난 그럼 예쁜이를 그려야겠다.”

시원한 가을날에 유원지는 놀이 나온 소풍객들로 떠들썩하고 또 소란스러웠다. 한쪽에서는 술취한 사람들의 싸움이 있는지 큰소리가 나고 놀러 나온 아가씨들의 까르르 웃음소리 남자들의 휘파람 소리도 들린다. 한적한 버드나무 숲에서 예쁜이는 그림을 그린 답시고 송아지오빠 얼굴만 빤히 쳐다봤다.

“예쁜이 그림 안 그리고 뭐해?”

“응. 그리고 있어 오빠 얼굴”

“어디다?”

“마음속에”

“하하하 예쁜이 너 또 장난만 치지?”

“송아지오빠는 종이에 내 얼굴 그려, 난 머릿속에다 송아지오빠를 그릴께. 그런데 저 아저씨들이 시끄럽게 해서 잘 안 돼”

“내 친구가 있었으면 당장 해결할 건데”

“송아지오빠 친구 중에 깡패 있어?”

“운동선수야. 한꺼번에 다섯 명하고 싸워도 이겨”

“와. 완전 짱이다”

“학교 다닐 때 우리 동네 여자애들한테 장난치던 꾸러기 애들 거의 반 죽여 놨어. 그때 읍내 까불이 애들 꼼짝 못하게 만들고 그랬었어.”

“송아지오빠는 쌈하지 마”

“왜?”

“다칠 거야. 힘이 없어서”

"그치만, 우리 예쁜이를 누가 건드리면 내가 가만 안둘 걸"
"송아지오빠! 난 송아지오빠가 젤 좋아. 진짜, 진짜"
예쁜이는 그림 그리고 있는 송아지오빠 목에 매달려 떨어질 줄 몰랐다. 예쁜이는 송아지오빠가 다 그린 그림을 받아들고 입을 삐쭉이 내밀었다.
"나 아니잖아?"
"고향에 두고 온 오빠 애인"
"치! 나 그린다 해 노 콘?"
"예쁜이는 너무 예뻐 그릴 수가 없어. 나중에 예쁜이가 커서 좀 미워지면 그때 그려 줄게"
"진짜?"
"응"
"나 진짜야. 송아지오빠만 좋아 할 거야."

"완전선수, 선수"
영철은 연신 혀를 찾다. 안 예쁜 여사는 얘기를 끝내고 잠시 회상에 잠긴다.
"쬐꼬만게 완전 연애 박사네 연애박사"
"송아지오빠가 그때 말한 운동선수 친구가 그럼 아주버님이었네요?"
"정훈이 그 친구가 뭐가 그렇게 좋았는지 궁금합니다. 제수씨?"
"언제나 다정한 웃음으로 대해 줬어요. 누구한테도 화내는 걸 한 번도 본적이 없었어요. 날이면 날마다 짜증만 내는 엄마 무섭기만 한 아빠. 난 그래서 그런 송아지 오빠가 좋아졌었나 봐요"

"짜식 완전 양다리였네"

"가끔 저녁 먹고 나면 마당 들마루에 모여앉아 놀았는데 그럴 때 송아지오빠는 하모니카를 불어 줬어요. 〈섬마을〉〈고향에 봄〉〈매기의 추억〉같은 걸. 그럴 때 모두들 즐거웠어요. 엄마도 그러고 놀 땐 아무소리 안했어요. 다른 때 같았으면 공부해라 숙제해라 난리였을 텐데.

"제수씨. 혹시 이 하모니카요?"

영철이가 안주머니에서 하모니카를 꺼내서 보여주자 안 예쁜 여사가 깜짝 놀란다.

"그거 송아지오빠 거 맞는데……한쪽에 나사가 빠져나가 구리전선을 까서 조여 묶었어요."

"짜식. 부자 집에 가 살게 되니까 이런 고물딱지는 필요 없다며 버리려는 걸 내가 달랬어요. 친구 꺼라 간직하고 싶어서. 제수씨가 이젠 가지세요. 여직까지 가지고 있길 잘 했네요."

안 예쁜 여사는 하모니카를 받아들고 말없이 한참을 들여다보다 도로 내민다.

"아주버님 불어주세요. 아무 거라도……"

영철은 하모니카를 건네받아 진미령의 〈미운사랑〉을 불었다.

~남몰래 기다리다가 가슴만 태우는 사랑~

~어제는 기다림에 오늘은 외로움 그리움에 적셔진 긴 세월~

~이렇게 살라고 인연을 맺었나 차라리 저 멀리 둘 걸`~

~미워졌다고 갈 수 있나요 행여나 찾아 올 가 봐~

~가슴이 사랑을 잊지 못해 이별로 끝난다 해도~

~그 끈을 놓을 순 없어 너와나 운명인거야~

1절 2절 슬픈 곡조에 애절한 연주. 마주앉아 듣고 있는 안 예쁜 여사도 식당에서 손님 맞을 준비를 하던 직원들도 조용히 감상에 젖는다. 영철의 연주가 끝났어도 한동안 아무도 움직이지를 않았다. 여사장님의 처음 보는 우울한 모습.

"마스터님 연주 최고! 명연주였어요."

안 예쁜 여사의 엄지가 높이 올라가자 모두들 박수와 함께 탄성이 터졌다.

"고마워요. 아주버님. 우리에게 아주버님이 있어서……"

식당을 나와 해변가을 거닐며 영철은 안 예쁜 여사의 얘기를 듣기만 했다. 아직 피서 철이 아니라서 조용한 해변이다. 간간이 손잡고 거니는 청춘들의 모습들이 아름답다.

"송아지오빠는 떠나면서 나를 처음으로 꼭 안아 줬어요. 아무 말 없이. 아까 송아지 오빠가 나를 찾아오겠다고 한건 내가 지어낸 얘기요. 송아지오빠가 떠난 뒤 그해 겨울 어느 날 오빠들이 찾아왔어요. 성탄절 특사로 가석방된 오빠들이 집으로 돌아간다고 했어요. 모두들 이상하리만치 즐거운 표정들이었어요. 맨 마지막으로 오징어오빠와 감자오빠가 왔어요, 그때 껌툴이를 처음 봤어요. 중학생 교복을 입고 있었는데 나한테 얄밉도록 무관심 했어요. 송아지오빠에 비하면 하나 멋대가리 없는 쬐고만게 약 오르도록 얄밉게 굴었어요."

"……"

"감자오빠는 조카라며 같은 또래의 여자분과 같이 왔어요. 지금 오징어오빠의 부인인 이모예요. 이모는 아무에게도 하지 않은 얘기를 나에게 해줬어요. 내가 껌투리 하고 결혼을 한 후 얼마 되지 않아서 다정이를 낳았는데 산후조리를 해주며 심심해하는 나를 위해 많은 얘기를 해주셨는데 서울에서 식모살이 한 얘기였어요. 이모네는 대관령고개 아래 횡계리에 살았어요. 감자오빠는 지금도 그곳에 감자농장과 무, 배추농장을 크게 하고 있어요. 아주버님이 그때 주신 그 돈 덕분이래요. 그때 이모는 근처에 큰 농장을 하고 있던 서울사람네 집으로 식모살이를 갔었는데 어린나이에 그 큰집에 많은 일을 혼자 하느라 잠도 제대로 못 잤다고 그랬어요. 그러고 지내기를 몇 년. 이모가 열여섯 살이 되던 어느 날밤 고등학생인 그 집에 손자가 고단해서 정신없이 자고 있는 이모 방에 식구들 몰래 들어왔대요."

"……"

"그리고 얼마 안 있어 그 집 막내아들인 대학생까지 교대로 들어오곤 했다고 그랬어요. 이모는 고향집에 빚을 갚으러 온 거라 꾹꾹 참고 견디어야 했대요. 감자오빠는 어느새 그런 모든 걸 눈치 채고 빚을 갚을 돈을 벌겠다며 서울로 올라와 우리 집에서 하숙을 하며 그 오빠들과 어울려 같이 지내게 되었던 거구요."

"……"

"아주버님이 주신 그 돈으로 감자오빠는 서울사람네 빚을 갚고 조카인 이모를 고향으로 데리고 내려왔다고 했어요. 나중엔 그 서울사람들 농장을 다 사들여서 동네에는 지금 서울사람들 농장이 없게 되었대요."

"이모가 어린나이에 고생을 참 많이 했어요."

"이모가 도망치지 못하고 죽지도 못한 건 고향에 있는 가족들 때문이었대요. 고향집에서는 아무것도 모르게 이모는 사흘이 멀다 하고 잘 있다는 안부 편지를 보냈고요. 아주버님은 모르실거예요. 여자는 죽는 거보다 싫은 게 자신이 원하지 않는 사람과 하는 거예요. 아주버님의 도움이 아니었다면. 아마 지금 이모는 이 세상 사람이 아닐지도 몰라요. 이모는 몇 번이나 죽으려고 약을 먹었는데 그때마다 삼키지 못하고 뱉어 버리곤 했대요. 옥이 이모는 아주버님의 도움으로 자신이 살았다는 걸 알고 지금 얼마나 고마워하는지 몰라요. 아주버님이 원하는 건 다 들어 주시겠대요."

"이모님한테 찾아가서 맛있는 점심 만들어 달라고 할까요?"

"겨우 점심……?"

- 이 세상을 살아가며 외로움을 느끼지 않는 사람이라면 그는 마음을 버렸거나 잃었을 거다. 그도 아니라면 사랑을 주머니에 넣고 다니며 나누어 주는 천사 같은 사람이거나 -

- 살아가며 사람들은 어떤 틀에 자기를 구속 시켜놓고 하루 또 하루를 보낸다고 한다. 직장에서 일을 하던 자영업에 자유로운 일을 하던 그 일과 가정의 틀에서 벗어나기는 어렵다고 한다. -

- 인생은 내가 살아가고 있다 말하기는 어렵다. 너무 많은 것들이 나를 관리하고 있어서다 -

- 인생에 있어 휴가는 없다. 사람들은 모든 것에서 잠시 벗어나 휴식을 취할 뿐. 인생은 시작과 끝만 있는 외줄타기 광대인지도 모른다. 쉬었다가 가도되는 외줄타기는 없다 -

라이브에 오는 고객들은 대부분 일상에서 벗어나 잠시 휴식을 취하는 사람들이다. 그들은 직장인들이거나 주간 일을 마무리하고 집으로 돌아가는 자영업의 사업인 들이다. 또 하루 일을 마치고 집으로 돌아가는 길에 잠시 카페에 들려 동료들과 한 잔의 맥주와 커피를 즐기는 청춘들은 음악이 좋아서 분위기가 좋아서 들리기도 한다. 진이는 업소를 곰 오빠한테서 인수받은 후 모든 걸 셀프로 전환했다. 카운트에서 마실 걸 가져다 마시며 편안히 앉아 노래를 듣고 부르고 한다. 저렴한 비용으로 가족동반도 가능한 일상의 한 놀이터가 되도록 했다. 연인들이 즐길 수 있는 쉼터. 진이의 생각은 가족들의 쉼터였다.

"진이 너 잘 하고 있구나. 머니는 좀……?"

가까운 곳에서 단란주점을 하고 있는 곰 오빠는 진이의 사업을 걱정스러워 했지만 한편으로 잘 생각한 거라 칭찬도 했다. 지역에서 장기적으로 업소를 운영하려면 남다른 무언가가 있어야 한다. 어차피 간편한 노래방으로의 변화되어가는 과정에 있는 놀이 문화다. 아주 간결하게 밴드음악을 즐길 수 있는 라이브가 되어야 했다. 자기자리에서 신청곡을 접수시킬 수 있는 건 물론 편이시설에 이용이 또 간편해야 된다. 쾌적한 환경에서 정겨운 음악. 저렴한 비용으로 시간을 보낼 수 있는 사랑방 같은 장소.

"주유천하 하는 놈은 아직 소식 없니?"

"동해안에 있다고 연락 왔어 내일 한번 가 보려구"

"몇 년 만이야?"

"우리 지나가 열다섯 살이니까 십년이 넘었어. 지나가 세 살 때 떠났으니까."

"망할 놈 만나거든 정강이를 불나게 까줘라."

"도망간 애인은 만나면 엉덩이를 걷어차야 한다며?"

"안 찾아오는 애인은?"

"오빠. 잊혀진 여인은 그 남자를 잊어서 복수하는 거래"

"한번 찾아 가 봐"

"곰 오빠! 진이는 지금 사십이 넘은 할머니야. 찾아와도 못 봐"

"그래. 세월이 진이의 그 아까운 청춘을 다 가져갔네."

"오빠 그때 내 선택이 잘못 된 걸까?"

"넌 이제 와서 그걸 물어보니?"

"그래 오빠. 다 지난일이고…… 이제와 소용없는 건데……"

"진이야?"

"응?"

"전화상으로니까 얘길 한다. 네 얼굴을 보면서는 못해"

"……?"

"진이야…… 나도 그렇지만 영철이도 그랬어, 우리가 널 얼마나 소중하게 생각하고 그랬는지 알지?"

"너무 잘 알아 오빠들이 나한테 얼마나 많은 신경을 써줬는지. 일이 끝나면 아무리 피곤하고 바빠도 나를 집에까지 꼭 데려다 주고 했잖아. 영철오빠는 가짜애인도 되주고 후후후"

"이제 와서 물어보는 건데 정말 너 영철이 놈한테 처음부터 아무 감정 없었니?"

"오빠! 남편 잃고 혼자 지내고 있는 청춘이었어. 바래고 바라는 내 마음 모른척하는 영철오빠 얼마나 미웠는데"

"말을 하지"

"영철오빠는 첫사랑 생각을 너무하다보니 여자를 안을 마음이 안 나서 큰일 났다고. 했던 말은 기억나"

"그래……기억난다. 그 말"

"진짜 영철오빠 첫사랑은 어디 있는 거야?"

"글쎄…… 아직까지 찾아다니고 있는 것 보면…… 있기는 어디에 있는 거겠지"

"참네. 그렇게 오랜 세월 같이 지내면서 오빠들은 대체 뭘 하고 지낸 거야? 밤낮없이 붙어 다니면서 술만 마시러 다닌 것도 아닌 거 같던데?"

"예쁜 여자 숨겨두고 만나러 다녔지"

"치! 그 말을 믿으라고?"

"아무튼 영철이 그놈 첫사랑은 나도 몰라 짐작은 어렴풋이 가는 데가 있지만"

"뭐야! 더 궁금하잖아"

"그래 나중에 알게 되겠지. 진이 너 아직도 그 풋사랑 친구 사랑하는 건 맞구나?"

"난 외로운 여자잖아"

"만약 그때 진이가 그 풋사랑을 버리지 않았다면 그 풋사랑은 유명인사가 못 됐을 거야. 그 흔한 졸부拙夫나 됐겠지"

"……?"

"그 풋사랑이 국회의원 하겠다고 나섰을 때 생각을 해봐. 얼마나 많은 참새들 입방아가 있었니? 진이 네가 풋사랑과 같이 있었다면 또 널 가지고 온갖 소문을 만들어 냈을 거야"

"술집여자와 같이 산다고?"

"아무리 아름다운 로맨스도 정치판에서는 추악한 스캔들 돼. 풋사랑은 널 보호하기 위해 정치판을 포기 할 수도 있었어"
"오빠……"
"미안해 이런 얘기를 해서"
"내가 그렇게 자격이 없는 걸까?"
"자격? 아내의 자격? 임마, 이 세상 남자들은 누구라도 널 얻을 수 있다면 가진 거 다포기하고 달려올 거다. 내가 말할 수 있는 건 진이 넌 한 남자를 구했지만 그 남자는 세상을 구하고 있는지도 몰라"

2

모든 사람들의 하루는 새벽에 시작하여 해가지면 그날이 끝난다 했다. 역사는 밤에 이뤄진다고 하는 건 좋은 뜻은 아니다. 업소는 해가지고 어두움이 가리우면 그 역사를 시작한다. 전국 각지의 축제장마다 음악이 있고 노래가 있다. 그 축제장처럼 날마다 노래와 음악이 있는 세상은 라이브다. 야외든 실내든 같다. 지배인 겸 밴드마스터인 진이는 천안바닥에 유일한 여성 마스터다. 무명가수로 음반을 내도 손색이 없을 청아한 목소리의 싱어. 고객들을 위해 하는 진이의 행사 멘트로 일과는 시작된다.
"오늘은 특별이 고객 여러분께 밴드 봉사료를 안 받겠습니다. 밴드맨들에게 감사의 마음 부탁합니다."

"마스터! 멋져요"

"오늘도 수고하신 여러분께 음악으로 노래로 위로를 드립니다. 구창모의 〈희나리〉로 막을 열겠습니다. 오늘도 연인 분들이 많이 오셨는데 세월이 오래가면 애정도 희미하여 지고 마음도 멀어져 간다고 합니다. 그 말은 맞는 말 같아요. 저에게도 오래전 애인이 있었는데 떠나더니 나를 잊었는가 여태껏 돌아오지를 않아요. 또 어쩌다 마음을 준 연인이 하나 있었는데 소식도 없고요. 사랑은 간직하는 게 더 아름답다 하는데 저렇게 껴안고 있는 연인들을 보면 아름다운 거 다 소용없어요. 손을 잡고 있어야 느낌이 전해지죠. 키스를 하면 마음이 달콤해지죠. 또 안아주면 사랑이 생기죠. 희미한 느낌은 희나리가 되는 거죠 뭐. 자! 가자! 〈구창모의 희나리〉"

~사랑함에 세심했던 나의마음이 ~
~그렇게도 그대에겐 구속이었소~
~믿지 못해 그런 것이 아니였는 데 ~
~어쩌다가 헤어지는 이유가 됐소~
~내게 무슨 마음의병 있는 것처럼~
~느낄 만큼 알 수 없는 사람이 되어~
~그대 외려 나를 점점 믿지 못하고~
~왠지 나를 그런 쪽에 가깝게 했소~
~나의잘못이라면 그대를 위한~
~내 마음에 전부를 준 것 뿐인데~
~죄인처럼 그대 곁에 가지 못하고~
~남이 아닌 남이 되어버린 지금에~

~기다릴 수밖에 없는 나의마음은~
~퇴 색하기 싫어하는 희나리 갔소~

오랜 세월. 경륜이 있는 싱어 진이가 노래를 하면 어떤 곡이던 어떤 노래든 음감이 다르다. 타고난 목소리라지만 다른 누가 흉내 내기 힘든 음색이고 잘 갖추어진 싱어의 몸짓이다. 진이는 일을 끝내고 곰 오빠에게 업소를 부탁 했다. 떠날 준비를 하는 걸 보고 지나가 들떠서 난리다. 지나는 아빠를 보러 간다며 좋아 죽는다.

"엄마. 아빠 나 알아볼까?"

"넌 알아보겠니?"

"수염은 그대로일 거야"

"어디 차림새에 신경 쓰는 사람이니"

"멋대로 사는 건 아빠의 매력이라며"

"목욕이나 자주하며 사는지 모르겠다."

"엄마 같은 미인을 두고 아빠는 뭐하는 거야"

"첫사랑 찾으러"

"엄마보다 더 미인도 있나……"

회관은 주말을 맞아 동해안으로 나들이 온 여행객들까지 들이닥쳐 성황이었다. 주민들 중엔 젊은 청춘들이 관심을 가지고 많이 와서 즐겼다. 전국 어디에나 음악인들은 많았다. 껌투리는 그들을 위해 많은 노력을 하고 있었다. 지역의 일꾼은 물론 상가 발전을 위해 시청까지 찾아간다고 했다. 일에 파묻혀 사는 남편에게 자연이 불만이 쌓이는 안 예쁜 여사다.

“껌투리, 너 집에도 관심을 좀 가져라”

“형아. 우리 동네를 동해안 관광명소로 만들 거야. 꿈이 있는 해안 도시로”

“그래도 가정이 먼저지. 제수씨 외롭게 하면 안 돼. 서울에서 너 하나 보고 내려와 살고 있는데”

회관 일은 밤늦게 끝났다. 라운지에서 커피를 마시며 어두운 바다를 바라다보고 있으면 정말 휴양지다. 해안 솔밭에 텐트촌에서는 청춘들의 밤 시간이 정겹다. 도란거리는 소리는 해변백사장 파도소리와 어울려 하루가 지나감을 아쉽게 한다.

“꺽정씨는 정말 재주꾼이래. 나 그 나팔소리가 그렇게 간드러진 거 첨 알았대요.”

밤 장사를 일찍 끝내고 와 구경하던 오 달수가 옥이이모와 와서 같이 어울렸다.

“오징어씨 오늘은 밤고기 잡으러 안갑니까?”

“내 오늘은 안 갈래요. 우리 옥이하고 데이트 나왔구먼요.”

“마스터님 이제 아무데도 가지 말고 여기서 자리 잡아요. 저녁마다 마스터님 색소폰소리 들어야 잠 잘 것 같아.”

“옥이이모 거짓말 좀 그만하시지. 사실은 오징어씨 코고는 소리를 들어야 잠 잘 수 있는 거 아닌가?”

“둘 다면 더 좋지요. 후후후”

아! 걱정 말 어 우리 옥이의 소원이면 내 이 나팔씨 아무데도 못 가게 꼭 붙들어 둘겨. 이 회관을 주면 될 거 아녀?”

“당신은…… 동식이 줬잖어요”

“아. 나팔씨가 가지면 동식이는 더 좋지. 동식이가 형아랑 살 수 있게 되잖아. 동식이 니 생각은 어떠냐?"

"나두 형아가 이 회관 맡았으면 좋겠어"

"그럼 나는 밴드마스터 할 거야"

다정이가 영철이의 목에 와 매달리며 그랬다.

"다정이 넌 아빠보다 큰아빠가 더 좋니?"

"응. 이모"

"껌투리는 이제 어쩔까 하나있는 딸도 뺏겼네. 형아 한테"

이모 말에 모두가 한바탕 웃었다.

"말이 나왔으니 말인데 영철씨 우리가 어떻게 해주면 좋겠나? 돈이 필요하면 돈을 줄테고 집이 필요하담 집을 지어 줄 거래요"

"오징어님 그리고 이모. 나는 다 필요 없고 다정이만 양 딸로 데려갔으면 하는데……"

"다정이 는 좋겠다."

좋아죽는 다정이를 놀리는 이모, 안 예쁜 여사는 웃기만 한다. 껌투리는 형아 하고만 붙어있는 딸아이를 붙잡아 간다.

"형아 내꺼 다 가져도 좋아. 그런데 다정이만은 안 돼."

"껌투라 난 다 필요 없어, 다정이만 있음 돼."

"안 돼! 다정이는"

"형아는 다정이만 데려가고 싶어. 다정이만……"

다정이는 아빠한테 안겼다 큰아빠한테 안겼다 좋아죽는다. 영철은 예전에 어린 껌투리를 데리고 놀듯 다정이를 데리고 놀며 오 달수에게 한없는 고마움을 느꼈다. 껌투리의 앞날을 위해 해변가 땅을 싼값으로 사두어서 껌투리가 회관을 지을 수 있었다고 했다. 껌투리를 대학까지 보내준 것도 그렇고 지역 강릉대를 수석으로 졸업한 껌투리가 사회활동을 하는 것도 다 오달수의 뒷바라지가 있어서 가능했을 거다.

"다정아. 아빠가 죽어도 안 된단다. 큰아버지는 그냥 또 혼자서 떠돌이 악사나 해야겠다."

"싫어! 싫어!"

다정이가 제방으로 뛰어가 버리자 안 예쁜 여사가 남편에게 눈짓을 했다. 아빠의 사랑으로도 달래지지 않는 시기는 언제와도 온다. 아무리 아빠가 감싸 안아 주고 달래도 사춘기 딸아이는 마음속에 또 다른 사랑의 시작을 한다.

"마스터님은 아이도 안 키우면서 애들 맘을 그리 잘 안데?"

"저 녀석이 나를 닮아서 그런 거 같아요."

이모 말에 안 예쁜 여사 자진신고를 한다.

"난 그때 산에서 다정이를 처음 봤을 때 껌투리 어렸을 때 와 아주 똑같아서 깜짝 놀랐어요. 아무한테나 붙임성 있게 대하는 거 하며 속눈썹 까만 거 하며 말 잘하는 거 하며…… 남자아이라면 완전 껌투리였어요."

"그럼 다 알고 그런 장난을 친 거래요?

"다정이가 하도 예뻐서 골려주려고 그랬다가 혼났어. 이모. 제 아빠 어릴 때를 닮았는가 겁이 없어.

"첫사랑에 꽂 힌 둘 한텐 약이 없네. 약이 없어"

"참 언니. 첫사랑님의 첫사랑이 온 다 그랬는데"

"반가워라. 이제야 만나기 된 거래?"

"만나면 뭐해. 같이 자는 사이도 아니라는데……"

"그건 또 무슨 사랑?"

3

진이가 도착한건 밤이 늦어서였다. 안 예쁜 여사의 안내를 받아 숙소로 들어간 진이는 짐을 풀고 곧 해변으로 나왔다.

"지나는?"

"똑 떨어져 자"

"녀석 못 알아보게 컷 네"

"영점짜리 아빠. 반성은 좀 하는 겨?"

"맨 날 안고 그네를 타고 했는데……"

"이제 말해도 돼. 오빠"

"꼭 알려줘야 할까?"

"일부러 숨긴 것도 아닌데 뭐"

"아빠라고 알고 있던 아빠는 가짜고 진짜아빠는 이 세상에 없고……"

"지나도 이젠 다 컷 어 오빠"

"그래 지나가 놀라지 않게 차 차 말하자"

"그런데 오빠?"

"음……"

"우리 십여 년 만에 만난 거야"

"뭐? 그래서 뭐 우리가 끌어안고 키스라도 하고 그래야 돼?"

"참 내"

"끌어안고 키스 할 놈 저기 오네"

"……?"

어둠속에 나타나는 희나리. 영철은 마주보고 서서 움직이지 않는 두 어둠을 두고 자리를 떠났다. 그동안의 무거운 짐을 내려놓고. 어둠속에서도 하이야케 부서지는 해면에 파도는 끝없이 이어졌다. 그들의 마음들도 어둠속에서 더 하이야케 물결치며 깊어가는 밤을 새운다. 깊어가는 밤. 그 오랜 시간들이 아쉬웠던가! 두 어둠은 하나로 되어 떨어지질 못한다.

"……간직하기만 한 겨"

"……기다리기만 했니?"

"아직도 풋사랑이야…… 오빠?"

"이젠 참사랑 하면 안 될까…… 진이?"

"해도 돼"

"고마워 나 같은 놈에게 왕관을 씌워줘서"

- 너와 나는 사랑을 안고
사랑은 우리를 안고
먼 길을 돌아
이제 세상 끝에 와 있네.
이제 돌아갈 일도
찾아갈 그 무엇도 없이
그냥 그대로 나의 사랑 하나만 안고서.-

"저 친구들 오늘밤 안으론 안 떨어질 겁니다."

"그동안 못한 키스 밤새 다 하려나 봐요"

"제수씨는 저 친구들 사랑 이해가 됩니까?"

"이제야 알 것 같네요. 아주버님 첫사랑도"

"……"

"간직하는 사랑"

"예쁜이도 송아지오빠를 간직만 하세요."

"보고 싶어 하지도 말고……"

'기다리지도 말고"

"찾아오지 못 할 거니까……"

"돌아오지도 않을 거니"

"더 말하지 마세요. 아주버님……"

"껌투리가 예쁜이를 만난 건 행운이야. 이렇게 조용한 해변에 집을 짓고 살며…… 사랑도 짓고……"

"우리가 형아와 함께 살수만 있다면 더 예쁜 사랑의 집을 지을 수 있을 텐데"

"난 송아지처럼 아주 도망가진 않도록 해볼게요."

"사랑해요. 아주버님"

"나의 사랑하는 아우들이 있어 나는 행복하지요"

"아주버님 자기자랑 한번 해 보세요."

"히히히. 아무거나 다 잘 먹고 아무하고나 잘 어울리고……"

"그만두세요."

"사랑스런 제수씨 그만 들어갑시다. 저 친구들은 신경 안 써도 돼요."

"아주버님도 외로워 마세요. 기다리는 사람 하나 없어도……"

4

연곡 해변가에는 해송이 많다. 그 솔밭 야영장에는 야영하는 아이들이 피서 철이 아닌데도 많이 와서 놀고 있다. 천안에서 온 녀석들과 만난 영철은 어제 밤에 있었던 서 영묵의 심야 데이트를 얘기 해주며 녀석들에게 맛있는 점심을 사 줬다.

"맹탕인지 아닌지는 누구에게 물어 볼 거니?"

영철은 남자아이들에게 짓궂게 물었다.

"그럼 천안의 라이브 여왕님 한 진이가 서 영묵 교수님의 영원한 연인요?"

"두 분 맹탕이 아니란 걸 증명하려면 결혼해야 될 걸요."

"난 어제 밤 너희들 야영장 텐트 안에서 있었던 일이 더 궁금하다? 맹탕된 거 아닌가 하고?"

"죽는 줄 알았어요."

"지금도 다리 저려서 죽겠어요."

"히히히. 성공 했구나?"

"365일 땜 빵요"

"밤새워 얘기만 했는데도 왜 이상하지 않은지 모르겠어요."

"난들 알겠니. 안 해 봤으니……"

"하하하"

"하하하"

"서 영묵교수님 정치활동 때 임기 내내 특이했다는데 그것 좀 들려주세요."

"친구 험담 하는 것도 재미지만 너무하면 인신공격인데……"

"이번엔 듣기만 할게요."

"비밀스런 것도 괜찮아요."

여학생들에게 인기가 많은 서영묵이다. 어쩌면 인간다운 면이 있어서일 거다. 야영장 솔밭 그늘에서 간이의자를 깔고 앉아 영철은 여자아이들이 타주는 커피를 마시며 그때 기자회견장에 불려나간 영묵을 떠올려 봤다.

"나도 궁금한 게 있는데 너희들 남자친구 아직 이니? 땡빵?"

"후훗!……"

"잘해요. 후후후"

"좋겠다. 결혼해 그만. 엄마 아빠 속 그만 태우고"

조혼이 효도 중에 효도다. 보통인의 삶에 대학은 인생에 필수가 아닌지 오래다. 백사장에서 다른 팀 애들과 족구를 하며 놀고 있는 남자애들. 녀석들 다리에 쥐나는 거 참느라 고생께나 하나보다. 픽픽 쓰러지는 녀석들이 한결 의젓하다.

서 영묵이 국회의원이 되기 위해 치룬 곤욕은 한두 가지가 아니다. 거의 장관 임명동의 검증에 가까웠다. 재벌가 아들이 명예까지 탐한다고 하는 데는 답변자답변 자체가 문제가 되었다.

"후보자께선 정치학과를 전공하셨는데 그건 나중에 정치가가 되겠다는 게 목적이었는지?"

"육사에 지원한 친구더러 나중에 뭐하느냐 물었더니 군인 된다고 하더군요."

"왜 국회의원이 되려 하는지?"

"월급을 많이 준다고 해서요."

"하하하"

"하하하"

"재벌가 아들로서 야망을 가지고 정치에 입문 하는 것 아니냐고도 하는데?"

"아버지에 영향력을 발판으로 출세하려 한다는 걸 말함인지?"

"도움이 될 건 사실 아니겠습니까?"

"금전적 입니까?"

"그것도 포함 된다고 할 수 있습니다."

"기자님께서는 혹 기업이 기업가 개인의 것이라고 단정하고 하시는 말씀 같은데……제가 알기론 중소기업도 그렇겠지만 대기업은 회사 자금을 대표가 개인적으로 사용 못한다고 알고 있습니다. 저의 아버지가 경리장부에다 자식에 선거운동 자금 1억이라고 기재하고 저에게 갖다 줍니까"?

"……"

"기업은 만인에 것이고 만인을 위한 것이며 만년萬年을 위한 거라고 하는 데. 우리 아버지께서 일인一人을 위해 고맙게도 그러실는지……"

"……"

"우리 아버지께서 수 만 인의 국내외 주식 투자자들 수십만 명의 회사직원들을 배신하는 파렴치한 기업경영자가 될 수 있으실런지…… 선거자금을 여러분들이 궁금해 하시니 말씀드리지만, 저에 절친한 친구가 여자친구와 놀러 다니라며 준 돈 삼백만원. 여자친구가 학비에 보태 쓰라고 준 오백만원이 있고 그동안 제가 일해서 번 돈이 팔백만원 쯤 됩니다. 좀 적겠지만 저에 능력입니다."

"어떻게 벌었는지 묻는 게 지나친 것이 되겠습니까?"

"조금도 불쾌하지 않습니다. 있는 그대로 말씀드리면 시골 농가에 일꾼으로 일해서 받은 일 년치 세경과 각 곳에 공사 현장에서 벌은 돈입니다."

"대학원 때 재벌가 아들이 신분을 속이고 현장 작업 인부로 일했다는 건 알고 있습니다. 체험을 핑계 삼아 그렇게 한 행동이 위선僞善은 아닙니까?"

"현장에서 일해보지도 않고 현장 노동인들 처지를 대변할 수 있는 상상력이 없는 저에게는 선택의 여지가 없어 어쩔 수 없었습니다. 부자富者집 아이는 굶어죽어도 배 터져죽었다 한다는데…… 많이 부족한 인간이어서 체험으로 배운 것이라 보아주면 고맙겠습니다."

"……"

"짧은 인생 아닙니까. 등반가들이 암벽을 타면서 느끼는 스릴, 안 해 본 사람들은 모를 겁니다. 제가 대학 때 설악산 토암성 폭포를 암벽 등반하는 친구들에게 끼어 가 본적이 있었습니다. 등반은 거의 목숨을 걸죠. 위험해도 등산인들은 산림규제만 풀린다면 다 하고 싶은 토암성 폭포 등반입니다. 살면서 더 많은 삶에 과정을 접해보고 싶어 하는 그들 중에 하나인 저입니다. 저 이상한 괴물 아닙니다."

"끝으로 국회에 나가게 된다면 특별이 입안立案 하려는 법안法案이나 추진하고 싶어 하는 정책政策법안 같은 게 있으면 말씀 해 주시기 바랍니다."

"김칫국을 먼저 마시는 거죠? 기자 분들이 지금 이렇게 관심 가져 주시는 것도 저에게 특별한 배려를 해 주시는 겁니다. 일반 관심사 외에는 답변을 못 드립니다."

"완전 기자들의 성토聲討장이었던 것 같은데요?"

"재벌가 아들에겐 애정보다 적대감이 있지. 이유도 없이……"

"방송 드라마가 세뇌시킨 대중의 선입감요?"

"서 영묵 교수님 국회의원 때 국민 대 고발사건은 코미디였다는데 괴물 적인 사고思考 아녜요?"

"상식常識 을 벗어난 의원에 폭거야."

"거기다 그 긴 세월 연인을 무작정 방치하고 기다리게 한 건 인간적으로 용서 못해요.

"너희들 실망이 컸구나?"

"재벌가나 유명인들의 인격 무시는 흔한 일이지만 서 영묵 교수님이 그런 건 이해를 못하겠어요. 미래적 인간적 자연적 사고思考의 인본주의人本主義 사상思想을 역설力說하면서……"

"다 너희들을 위해서 그런 건데?"

"네?"

"……?"

"너희들이 초등학생이었을 때 일이야. 부모님들이 미래사회를 위해 인구문제를 등한시하고 국가 재정이 파탄 나는 채무국가로 가는 사회는 아이들의 행복한 삶을 저버리는 것이라는 논리論理. 현실 우선적 정책만을 펴는 정부를 지지하는 당시의 국민들을 비판한 서 영묵의원의 편은 아무도 없었다. 지금 너희들이 모두 일자리 찾아다니지 않을 수 있다면 그건 당시 서 영묵의원에 선견先見적 미래정책 덕이겠지. 일자리 하나를 두고 수십 명이 경쟁하는 사회는 후진국적 국가겠지."

"정치가라면 당연히 다 그렇게 하는 것 아녜요?"

"……"

5

오징어에 선견지명은 놀라웠다. 연곡지역의 땅 주문진 해변가의 땅 을 당시 닥치는 대로 사들여 껌투리가 숙박시설을 짓고 회관을 지어 관광시설로 이용하게 해 주었단다. 영철은 해변에 만들어진 시설을 돌아보며 오징어에게 마음속으로 한없는 고마움을 느꼈다.

"잘하면 해양 관광지로 되겠다."

"우리지역도 속초나 낙산지역 같이 발전 될 수 있어."

"꿈이 있으면 살맛도 나지".

"그래서 형아을 여기 주문진에 붙들어 둘 생각이야. 내 꿈이 바로 형아 하고 사는 거 거든"

"언제는 연이 누나하고 떼거리로 사는 거라며?"

"형아……"

"왜?……"

"우리는 그때가 젤 재미있었어. 막내하고 왕눈이 하고 연락하면서 아직까지 그때 얘기 해. 연이 누나 구하면서 죽을 번 한 거. 누나랑 형아랑 바닷가로 놀러 다닌 거"

"임마! 그때 너희들 다 죽이는 줄 알았어."

"연이누나 구할 때?"

"그래. 그 짜식 들 겁나는 게 없는 조직이라고"

"그래도 형아 한텐 어림도 없었어. 우린 빼돌리기만 했는데 뭐"

"이제 생각해보면 그때 너희들이 정말 큰일 했어 연이누나 구한 것도 그렇고 또 그 일본인들 서류 빼내서 가져 온 것도 그렇고. 그때 그걸로 우린 큰 덕을 봤거든"

"겨우 종이쪼가리 몇 장뿐인 걸 가지고"

"그래 그놈의 종이쪼가리가 어떤 놈 죽여 놨지. 그런데 다정이는 연습안하고 어디 갔냐?"

"손님 애하고 바닷가 갔어. 구경 시켜준데"

"응. 지나하고"

"형아 보고 아빠라는데 어떻게 된 거야? 형아는 혼자라며"

"전에 같이 일하던 밴드 멤버 딸. 지나 아빠는 지나가 태어나기도 전에 죽엇거던. 형아가 귀엽다고 맨 날 데리고 놀았더니 나 보고 아빠라고 해"

"형아는 가짜아빠네. 두 분은 참 잘 어울려"

"깔끔한 친구들이야"

"깔끔하면 형아지. 우릴 맨 날 목욕탕으로 끌고 가서 우리가 얼마나 싫었는데"

"임 마! 초등학생 놈들이 로숀 처 바르고 댕긴 건 어쩌고.

"우리가 그랬나?"

"이 짜식 봐라. 완전 오리발이네"

"히히히"

"왕눈이랑 막내도 잘 있지?"

"막내는 감자 형아 하고 대관령에서 채소농사 지어. 전부 기계로 하니까 힘 안 들어. 고랭지 엇갈이 배추농사 수입이 대단해"

"왕눈이는?"

"무안에서 고구마 형아 하고 호박고구마 농사지으며 과채류 전국도매상 하고 있어. 상주 땡감 형아 것도 가져다 팔아준대 땡감 형아 상주서 과수원 크게 한데. 배 과수원"

"다행이다. 다 잘 하고 있어서"

"형아 여기 왔다고 하면 다들 달려 올 건데"

"나중에 찾아볼게"

"이거 형아 밴드수임료"

"임마! 형아는 톱이야"

"최고의 대우야 형아는"

"그거 제수씨 드려 오늘 애들 점심 사줬는데 외상 했어"

"그럼 이거는 보수가 아니고 형아 용돈"

"제수씨 몰래 주는 거지?"

"예쁜이 형아 속옷 사러 시내 갔어. 뽀록내기 없기야"

"알았어. 저녁때 해변에서 라이브콘서트 가능 하겠니?"

"형아 가 그럴 거 같아 벌써 다 준비 시켰어"

"이 친구들 축하 해 줘야지"

"최고로 해줄 거야. 형아가 하는 일이니까"

"껌투리 넌 형아 가 필요 할 땐 언제나 곁에 있거든"
"그만 !그만"
형아가 슬슬 닦아오는 걸 눈치 챈 껌투리는 사무실 밖으로 줄행랑을 쳤다. 붙잡히면 항복해도 목조르기는 한참 더 계속 될 거다"
점심때가 다 되어 가는데도 나타나지 않는 주인공들. 영철은 지나를 찾아 해변 백사장으로 나왔다. 지나는 다정이와 백사장을 거닐며 놀고 있다.
"지나야!"
"아빠!"
달려와 매달리는 아이들.
"큰아빠"
"오늘은 기타연습 좀 쉬어야 할 거 같다. 손님들이 오셔서 큰아버지가 정신이 없네"
"괜찮아 큰아빠. 나도 지나하고 놀고 싶어"
"그래 우리다정이 고맙구나. 지나가 심심 할 텐데 잘됐다"
"큰아빠 지나 오죽헌 보고 싶다는 데 같이 가"
"그래 나중에 같이 가자. 오늘은 큰아버지가 좀 바쁘니까"
"알았어. 큰아빠"
"다정이 먼저 들어가. 큰아버지는 지나하고 얘기 좀 하고 들어갈게.
다정이를 들여보내고 영철은 지나와 백사장을 걸었다. 지나하고의 만남은 너무 오랜만이여서 좀 어색하기도 했다 또 만나자 이별의 얘기를 해야 하는데 지나는 아직 어린애다. 그동안에 지난 일들을 어떻게 얘길 해야 될지 난감했다.

"지나 어제 처음 봤을 때 아빠는 깜짝 놀랬다. 난 지나 세 살 때 아가 모습만 기억하고 있엇거던"

"……"

"아빠가 지나 한테 많이 잘못한 거 알아 앞으론 아빠가 지나 한테 아주 잘 할게"

말없이 옆에서 걷기만하는 지나. 다정이와 같은 중 2다. 키는 엄마를 닮아 훌쩍 컷지만 귀여운 모습만 눈에 들어온다.

"아빠……"

가슴에 와 가만히 안기는 아이. 영철은 잠시 지나의 어깨만 두드려 줬다. 엄마의 그 지극한 사랑이 있어도 비어있는 아빠자리는 큰가보다.

"우리지나 아주 예쁘게 컷 네"

"아빠…… 나 어제 울었다"

"왜?"

"아빠가 안아주지 않아서……"

"참 그랬구나. 아빠가 엄마 땜에 정신이 없었나 부다. 미안"

"괜찮아 아빠. 이젠 아빠하구 이렇게 있을 수 있는 데 뭐"

"그래. 우리는 같이 있는 거야. 언제까지나 이렇게 같이.

"아빠 만나는 거 나 얼마나 설래 었는데"

"아빠도……지나가 얼마나 보고 싶었는지 몰라"

"아빠…… 그 턱수염 그대로네?"

"음……지나 생각나니. 아빠수염 잡아당기며 놀던 거?"

"응 난 아빠 얼굴보다 그 수염을 기억해"

"난 지나 업어주던 거. 종아리 휜다고 엄마는 못 업어주게 했었는데"

"아빠. 정말 보고 싶었는데……"

"그래 아빠가 지나 곁에 있어야 했는데…… 아무래도 아빠가 왜 집을 떠나있었는지 그걸 지나에게 얘기 해줘야 할 거 같다"

"응. 안 그래도 나 그거 엄청 궁금했어! 아빠"

"지나는 아빠가 어떤 얘기를 해도 엄마 아빠를 믿지?"

"응. 두 분이 헤어져 사는 거 이해할래."

"그래. 고맙다 엄마아빠를 믿어줘서"

영철은 잔잔히 밀려오는 파도를 바라보며 지나와 나란히 앉아 이야기를 했다. 가만히 고개를 숙인 채 듣기만하는 지나. 어린 지나가 알아듣게 조심스럽게 얘길 했지만 영철은 걱정이 되어 지나의 손을 꼭 잡아줬다. 이제 새 아빠가 생기는데 지나가 얼마나 혼란스러울까. 또 친아빠가 자기가 태어나기도전에 돌아가신 걸 알면 충격이 얼마나 클까. 아빠라고 알고 있던 그 아빠가 단순히 엄마를 지켜주기만 한 엄마의 형제 같은 친구였을 뿐. 아빠가 아니라는 걸 알았을 때 그 마음은 또 어떨까. 영철은 얘기를 끝내고 지나를 꼭 안아줬다. 가슴에 안긴 아이가 울어버릴 때 달래질 못하고 등만 토닥여 줬다. 무심하게 밀려왔다 쓸려가는 파도는 그대로인데. 오월에 하늘은 저렇게 맑기만 한데. 아이는 그 모두가 달라져도 너무 달라져 보일 거다.

"아빠……"

"그래 우리지나……"

"……나…… 아빠들 그냥 다 아빠 할래"

"그래. 우리지나. 우리는 다 지나를 함께 지켜 줄 거야"

"새 아빠 될 분 보고 싶어"
"그래. 우리 지나를 엄청 예뻐하실 거야"
"아빠처럼 멋있는 분?"
"아빠보다 백배 더 멋있는 분"
"빨리 보고 싶다"
"그런데 지나야?"
"응"
"그분 엄마아빠처럼 음악은 잘 못해. 아주 음치야. 엄마가 고운목소리로 부르는 노래 소릴 듣고 그만 반해서 엄마를 사랑하게 되었데"
"에게. 새 아빠 웃겨"
"진짜야"
"바보 같아"
"맞아. 지나 말대로 완전 바보야 바보"
호호호~ 호"
아! 하하하하"
서 영묵교수와 진이가 나타난 건 점심식사 시간이 한참 지나서였다. 천안에 대학팀들은 가지 않고 식당에 남아서 교수를 같이 기다렸다. 지나는 엄마와 함께 들어오는 새 아빠를 보고 놀란다.
"아빠. 저분 우리선생님이 말하시던 분이야. 방송에도 나오시는데"
"음. 교수야"
"우리선생님이 젤 존경하신다고……그러셨는데"
"우리는 그냥 모른 척하고 군기나 잡자"

"아빠. 안되겠어……그냥 통과시키자"

"왜?"

"군기 안 잡아도 잘하게 생겼어 아빠"

"뭐. 엄마를 많이 사랑하셔야 된다는 그 말 정도는 해야……"

자나는 영철의 코치는 듣는 둥 마는 둥 엄마와 손을 잡은 채 그대로 앞에 와서는 서 영묵에게 가서 안긴다.

"새 아빠……환영해요"

"고맙구나. 지나……엄마한테 지나 얘기 많이 들었다"

"만나게 돼서 기뻐요"

"나도 기쁘다"

인연은 어떻게 시작되던 사랑하는 마음이라면 행복하다고 했다. 가족이 되는 셋은 하나로 되어 서로 안아준다. 그동안의 일들을 영철에게 들어 알게 된 주위에 모두들은 박수로 축하를 해줬다. 점심을 먹고 나서 영철은 두 주인공을 밖으로 밀어냈다.

"우리 이제 축하 파티를 해야죠. 자. 모두들 해변으로 나가서 라이브 콘서트 합시다. 최고의 연주자 최고의 싱어를 환영합니다"

껌투리의 안내로 모두들 회관 앞 솔밭으로 나왔다. 영철은 야영장 아이들과 우선 축하곡을 시작했다. 〈원에이 티켓〉〈여행을 떠나요〉

~날 보러 와요 ~~~~

~외로울 땐 나를 보러오세요.

~쓸쓸할 땐 나를 보러오세요.

~언제든지 보러오세요~~오

음악이 있는 곳은 어디라도 즐겁다. 길거리음악도 유원지 즉석 라이브도 즐겁기는 마찬가지다. 그 옛날에는 풍물로 하던 걸 지금은 악기로 한다는 것뿐이다. 모두가 함께 어울려 노는 시간. 기타 치며 노래하는 진이를 보고 넋을 잃는 야영장 아이들.

지나와 함께 야영장 아이들과 어울려 춤추고 놀던 다정이가 정신이 없다.

"큰아빠. 큰아빠가 얘기한 기타리스트가 지나 엄마?"

"어떠니?"

"최고의 기타리스터야 큰아빠"

"큰아버지 수제자 중에 하나야"

"나도 저렇게 할 거야. 나중에"

"그래 다정이도 얼마든지 할 수 있어"

"큰아버지. 나 키보드 할게"

"그래. 협주 해 보자"

영철이도 색소폰으로 협주를 시작했다. 〈해변으로 가요〉〉 해변에 관광객들도 해변라이브에 어울려 즐거운 시간을 함께 갖는다.

~ 별이 쏟아지는 해변으로 가요~

~ 젊음이 넘치는 해변으로 가요~

~ 달콤한 사랑을 속삭여 줘요~

~ 연인들에 해변으로 가요~

~ 사랑이 넘치는 해변으로 가요~

~ 달콤한 사랑을 속삭여 줘요~

영묵은 딸아이 지나의 손을 잡고 춤추며 즐거워한다. 축제 아닌 축제는 어둠이 해변에 깔릴 때 까지 계속됐다. 나중엔 야영장 아이들도 서영묵도 노래를 합창했다. 영묵은 천안 여학생들과 합창을 하며 놀기도 했다. 그러다 여학생들이 영철을 놀렸다.
"마스터님 친구한테 애인 뺏긴 거 맞네요"
"우리 천안에서는 아직도 모두들 진이마스터 털보마스터님 연인으로 알고 있는데"
"결투를 신청해서 다시 뺏어올까?"
"당연하죠. 당장 뛰어요"
"까짓! 한주먹 거리지 뭐"
영철은 슬그머니 지나와 놀고 있는 영묵을 번쩍 안아서 둘러매었다. 깜짝 놀라 매달리는 지나.
"아빠! 왜 그래?"
"지나야. 새 아빠 군기 좀 잡아야 되겠다. 그냥은 못 넘어가지"
영묵을 가볍게 둘러맨 체 빙글빙글 돌아치는 영철. 그러나 그 장난은 금방 생각지도 않은 떼거리에게 제압당했다. 거꾸로 한 무리의 제복들에게 떠메져 솔밭 속으로 향했다. 공터에 팽개쳐진 영철은 이외의 광경에 잠시 할 말을 잃었다.
"회장님!……"
"오래만이야. 반장"
휠체어에 앉아 있는 서회장님. 옆에는 영미와 수이, 한이도 같이 있다. 은퇴 후 한이네 목장에서 노년을 보내고 계시는 서회장님이다 영철은 얼른 옷 매무새를 고치고 상황을 살폈다. 정체모를 딱새들. 그 안에 약돌이가 빙긋이 징그럽게 웃고 있다.
"난 반장을 믿고 있었네. 고맙네"
"회장님……여기를 어떻게 오셨습니까?"
"연이씨가 그만 가라고 해서. 영철이가 있는 곳으로"

"회장님 건강을 위해서는 충주호의 요양환경이 제일인데요"

"알아. 반장의 마음"

"회장님"

"당분간 반장 곁에 좀 있고 싶네. 잠시만이라도"

영철은 무릎을 꿇고 서회장이 내민 손을 두 손으로 잡았다. 영미가 미리준비 했던 건지 조그만한 예물케이스를 내민다.

"영철님 얘기는 나중에 하고 빨리 오빠한테 주세요. 청혼도 안하는 커플이 어디 있어요"

"알았습니다. 서 영미 대표님"

영철은 일단 축제장으로 갔다. 옆에서 생글거리는 약돌이에게 주먹을 번쩍 들어보였다. 약돌 이는 오늘의 두 주인공을 경호하기 위해 그때 설악산 대청봉에서 밤을 세우기 도 했었다.

"이따 봐 오늘 죽었어"

"그래 한판 붙어봐"

"반 죽여 놓겠어"

라이브는 축제장이었다. 생각지 않은 이벤트가 된 해변라이브. 이외의 행사에 또 모두들 박수로 축복을 해 줬다. 반지를 끼워주고 키스를 하는데 서투른 커플은 관객들을 웃게 만들었다. 갑작스럽고 혼란스러운 가운데서도 진이는 서회장님을 자연스럽게 대했다.

"이제야 뵙게 된 것 죄송스럽습니다.

"아니다. 그동안 너에게 신경써주지 못한 거 미안하다. 지금부터는 너에게 더 많은 기쁜 일들만 있게 해주고 싶다"

"고맙습니다. 아버지. 그러시면 저에게 아버지를 모시고 지낼 수 있는 기쁨을 주세요"

"그렇게 까지는 안 해도 된다."

"영묵씨 바램이고 저의 기쁨입니다. 아버지께서는 이제 우리를 버려두지 마셔요"

"고맙구나. 너를 만나게 된 거 우리에게 정말 큰 행운이다. 사랑스런 아가야"

"아버지 당분간은 이곳에 모시고 싶어요. 저의가 이곳에 준비를 했습니다. 아버지 편안히 계실 집 보러 같이 가세요. 아버지 불편스럽게 생각하시지 않도록 해변가에 아주 작은 집입니다."

영철은 껌투리을 돌아봤다. 뭔가 둘이 사라졌던 거 하며 껌투리가 두 사람과 많은 얘기를 하고 있는 게 좀 이상했었다.

"형아 있을 집 한 채 준비 했는데 그걸 지나네 살게 해 드렸어. 가만히 생각해 봤는데 형아는 우리 집에서 같이 살아야 될 것 같아"

"그거 진짜 네 생각 맞아?"

"아냐. 예쁜이 생각……"

"짜식 내 그럴 줄 알았다"

"형아 아침밥은 지손으로 꼭 챙겨 먹이고 싶데"

"껌투라"

"형아! 장난은 그만……"

또 슬슬 접근하는 영철을 피하는 껌투리.

"넌 글쎄 가만둘 수가 없다니까! 그냥은 못 넘어가지! 너 같이 못된 놈을 그냥 둘 순 없어"

"형아는 나한테 아니거던"

"너 오늘 죽을래?"

그 옛날이나 지금이나 영철의 장난은 심했다. 껌투리는 붙잡혀 죽는시늉을 하지만 목 감고 조이는 형아의 장난은 한참동안 계속됐다. 그 때 연이는 애들 그러다 죽이겠다고 같이 덤비곤 했었다. 서울에 그 옥수동 산중턱 판잣집. 열아홉의 나이에 형아 노릇하며 아이들 세 명과 지내던 때 그때는 행복한 시절이었다. 시골서 올라온 정훈이의 첫사랑 연이까지 끼어든 합동가족. 그렇게 지내며 또 영묵과 연이의 만남. 그 인연은 당시 방황하는 대학졸업생 영묵에게 그 많은 설레임과 안정감을 주기도 했었는데. 이젠 진이가 그것들을 이어가게 되었다. 연이와의 인연은 아쉽게 이루어지지 않았지만 그것은 그 많은 연유가 있어 어쩔 수 없었다. 허나 인연은 또 끝나지 않아 여지 것 연이는 충주 땅 자신의 집에서 서회장님 노년을 편히 모셔왔다. 진이가 이젠 그 역할을 하겠다고 한다.

"그래. 그래 알았다"

서회장은 오랜만에 아들과 며느리 깜을 양쪽으로 껴안으며 환하게 웃는다, 서 영미 대표는 영철에게 이렇게 모두가 여기로 모이게 된 상황을 설명하며 그때처럼 포옹을 해 줬다.

"오빠의 수호신. 결국 임무 완수네"

"될 때까지 하라며"

"그건 영철님이 면접 때 아빠한테 한 말이잖아"

"난 그 때 떨어진 줄 알았어. 무조건 될 때까지 하겠습니다가 왜 다른 회사 사훈이냐고?"

"내가 영철님에게 묻고 싶은 게 그때 그 말 이야. 그 말뜻이나 알고 한 건지?"

"아직까지 날 날라리로 본다는 거?"

"뭐…… 아닌가?"

"어휴! 허긴 내가 초등학교 때 한문 섞인 신문을 읽었다는 건 알리가 없지"

"특이한 사람. 알 수 없는 사람……"

"오빠 구출 작전 성공 했을 땐 볼에다 뽀뽀도 해 주더니……"

"더한 것도 해주고 싶지만 안 되는 거 알면서"

"남자 친구 공장장님은 잘 하고 계시겠지?"

"지금은 사장. 백점만 추구하는"

"그 백점짜리가 내 연적?"

"영철님! 그건 어디까지나 영철님 첫사랑 탓이거든. 백점짜리 탓은 아닙니다. 물론 내 탓도 아니고"

"그만 떨어지지 회장님 품신이……"

"지금 이 자리서는 회장 아냐. 날 떠난 남자 만나고 있는 여자"

하나 거리낌 없는 여인. 사회는 온갖 드라마로 뉴스로 재벌가 자녀들 싸가지 없는 걸 하루도 빠짐없이 부각한다. 그 산에 굽은 한 그루 나무는 그 숲의 모든 나무를 말한단다. 왜 서 영미회장은 더 멋있는 인생을 꾸미면 안 되는지.

"그럼 축제 같이 할래?"

"왜 안해야 되는데?"

"그런데 서 영미회장께선 어떻게 오빠 연인 만남을 알았데? 나만 알고 있었는데. 두 사람 여기로 오게 만드는 작전이 왜 노출됐지……?"

"오빠 곁에 정보원 심어논거 모르고 있지?"

"나 ~ 참……"

“십여 년 전 오빠 설악산에서 새언니 처음만남 있었을 때도 출동했었는데”
“난 회장님이 경호팀 보낸 거라 생각 했었지”
“그때 대청봉에서 우리팀장 얼어 죽는 줄 알았데.
“그 약돌이가 얼어 죽어? 그 독종 세상사람 다 얼어 죽고 난 뒤 마지막으로 얼어 죽을걸”
“참. 팀장은 영철님을 잘 아는 친구였었다고 했는데……”
“만나면 서로 죽이고 싶은 친구”
“그건 애정이지요. 영철님. 남녀 간인데”
“히히히”
“후훗. 은근이 샘나네”
서 영미 회장은 둘의 사이를 다 알고 있다는 표정이다. 라이브는 저녁시간이 되며 점점 더 열기가 올랐다. 서 영미회장은 영미라는 한 여인으로 밴드에도 합류했다. 평소에 틈틈이 익힌 색소폰연주는 합주도 가능했다. 손가방에 피스를 넣고 다닐 만큼 열심이다. 저녁은 이모와 안 예쁜 여사가 바비큐와 뷔페식으로 준비를 했다. 서회장도 관객석에서 연이의 아들 한이와 손녀딸 수이의 보호를 받으며 함께 즐거운 시간을 가졌다. 사관생도 한이는 멋있는 제복으로 다정이에게 호기심을 끌었다.
“오빠도 나와. 같이 놀아”
“미안. 오빠는 임무 수행 중”
“아이! 임무교대 할 팀 있어”
다정이는 영철이의 손을 잡아끌었다. 영철은 대신 회장님 옆을 지키게 됐다.

“수이생도 한이 생도 무게는 훈련시에나 잡고. 지금은 축하를 해야지”

영철은 수이와 한이를 나가서 즐기게 했다. 청춘들에겐 캠프파이어까지 마련된 자유 라이브 콘서트가 너무 즐겁다. 다정이는 사관생도와 같이 어울려 어쩔 줄을 모른다. 서 회장은 오랜만에 영철을 옆에 두고 많이 기뻐했다.

“반장을 내가 왜 좋아하는지 아나?”

“……”

“김 지한교수 때문이야. 자네의 하는 일을 보고 김 교수가 한탄을 했네. 일본인을 보는 것 같다고…… 그때 자네를 처음 만나 보고나서 그랬어.

“……?

“생각이 있는 청년을 본 건 처음이라고 했어. 영묵이를 데리고 키우며 영묵이를 사람으로 만드는데 십년을 공들였는데 자네에겐 그 십년이 필요 없다고 했지”

“그때 저는 김 교수님이 회장님 친구 분인 줄도 몰랐습니다. 제가 그때 교수님인 줄도 모르고 김 교수님 앞에서 막 떠들은 거 생각하면 지금도 얼굴이 확 달아오릅니다.”

“구심점求心點을 말하는 자네를 만난 건 행운이라고 했어. 장기판에 왕이 없어도 장기를 두고 있는 사람이 된 기분이었다고 했지”

“……?”

6

-미래는 오고 있는 게 아니고 만들어 가는 거야-

김 교수는 늦은 밤 시간에 서 회장을 보러 수원 공장에 내려왔다. 서회장이 며칠째 서울로 올라오지 않고 공장 연구실에 박혀 연구원들과 개발하는 제품을 체크중이라고 했다. 액정TV를 개발 중인데 극비라고 했다. 선진국에서도 아직 양산 체제에 이르지 못한 아주 획기적 제품이라 했다. 경비가 삼엄한 연구실 가는 길. 경비의 안내를 받아야 움직일 수 있는 곳이다. 경비반장을 따라 걷던 김 교수는 컴컴한 신축건물 야적장을 지나다 작업하는 인부를 하나 만났다.

"저렇게 야간작업을 시키는 건 좀 그렇군."

"아닙니다. 오늘은 야간작업 없습니다."

"저 인부는 그럼 뭔가?"

"아~ 네. 새로 입사한 경비직원인데 퇴근하라고 해도 저렇게 하고 있습니다. 호우주의보가 내린 것도 아닌데 하수구 점검 하겠다며 저러고 있습니다."

"경비 쪽에서 할 일은 아닌 것 같은데?"

"현장관리부서에서 벌써 다 점검하고 갔습니다."

"열성적인 친구군."

"특이한 신참입니다. 우수雨水관 맨홀 도면을 가져다 보기도 하고 출입차량 하부도 들여다보는 경비원은 처음입니다. 군대도 아닌데"

"그런가……? 나 저 친구 좀 보고가면 안되겠나?"

"그러십시오. 비서실에 좀 늦으신다고 보고 드리겠습니다."

"고맙네."

김 교수는 현장에 늘어놓은 시멘트 공 포대종이를 모아다 묶어쌓는 직원에게 가서 잠시 일하는 모습을 지켜보았다. 능숙한 솜씨였다.

"늦게까지 수고가 많군."

"……"

"아. 난 연구실에 친구 좀 만나러 온 사람이네. 호우주의보가 내린 것도 아니라는데 혼자 그렇게 애를 쓰고 있나?"

"……하늘도 믿을 수 없는데 기상대를 어떻게 믿습니까."

"……?"

공사현장 부유물은 빗물에 쓸려가 우수관 맨홀을 덮어서 종 종 침수사태가 발생한다. 그런 문제의 대비는 현장관리팀의 상시적 조치다. 장마철이 아니어서 시급하지 않은 것뿐이다.

"젊은 친구는 지금 보아하니 일하는 걸 즐기는 거 같으이."

"히히. 그런 게 아닙니다. 만약 오늘밤 폭우라도 쏟아지면 아래쪽 제품창고가 위험합니다."

"그건 그러네만 간혹 불의의 사고는 항상 있는 게지. 인력으로 못 막는 게 어디 하나 둘인가?"

"해도 안 되면 힘이 부족한 거겠지요. 애초부터 안 되는 건 없습니다."

"완벽적인 생활관이군."

"옛날 우리 고향에서 있었던 일인데요 , 해방 전후로 산에 수 백

년생 소나무를 많이 벌목 했어요. 장마철이 되어 벌목 중에 생긴 우죽羽竹들이랑 잔나무가지들이 떠내려 와 다리발에 걸리는 바람에 개울물을 걸쳐 막아서 큰 피해를 입었어요. 온 동네가 물속에 파묻히고 또 아래쪽 동네는 다리에 막혀 고여 있던 물이 다리가 무너지며 한꺼번에 쏟아지는 바람에 죄다 떠내려 간 일이 있었어요. 그런데 동네사람들이 그 난리통속에 뭐라고 했는지 아세요?"

"……?"

"동제洞祭를 잘못 지내서 이런 사단事端이 났다고 부정 탄 원인을 찾는다며 유사가 몸을 깨끗이 안했느니 제사음식을 만드는데 부정한 사람이 끼었느니 하며 동네가 한동안 시끄러웠어요. 참 희한한 일 아닌가요. 세 살 아이도 간단이 해결 할 수 있는 일을 하지 않은 동네 어른들이 장마에 집도 농토도 다 잃고 모여앉아 우리가 무었을 잘못한 결과인가 그 원인을 찾아 반성은 하지 않고. 참……"

"아하! 이제야 알겠네. 젊은이가 지금 혼자 왜 이렇게 애를 써는지."

"제가 좀 잘난 척을 했습니다. 하하하."

"그런데 궁금하군. 그때 일을 세 살 아이도 해결 할 수 있다고 했는데?"

"괜히 다 알고 계시면서……히히."

"내가 선생노릇은 좀 했지만 글쎄……"

"아이. 간단하죠. 성냥으로 불장난만 해도 다 해결이죠. 다 태워버렸으면 되잖아요."

"……?"

"선생님이시면 혹 인간 그레샴 법칙 아세요?"

"글쎄?……"

"닭이 먼저인지 달걀이 먼저인지는 요?"

"단정을 하면 안 되는 걸 말함인가?"

"닭이 먼저죠. 달걀이 먼저라면 아이가 엄마를 낳나요?"

"그레샴 법칙은 금화 백 원은 장롱 속에 주화 백 원은 시장으로 가는 것을 말함인데……"

"국민은 자신들을 위한 대통령을 뽑지 국가를 위한 대통령은 뽑지 않는다는 그런 거 아닙니까?"

"……?"

"아이는 용돈 잘 주는 엄마를 원하지 아이를 위해 통장에 저축하는 엄마는 좋아하지 않아요. 아이의 장래를 위한 엄마의 마음은 상관없어요."

"젊은이는 생각이 깊은 것 같군. 놀랍네."

"선생님과 이런 얘기 나눌 수 있어 감사해요. 저는 더 알고 싶어서 많은 사람들과 얘기 나누는 걸 좋아해요. 저의 병입니다. 고질병요."

"아니네. 그건 젊은이 장점이네."

"바쁘신데 저와 괜한 시간 낭비 하셨습니다. 제가 연구실로 안내해 드리겠습니다."

"아. 아니네. 젊은이 시간 괜찮으면 소주나 한잔 하세?"

"제가 모시겠습니다."

김 교수는 젊은이와 함께 포장마차에서 소주잔을 기울이며 젊은이들에 사는 얘기를 들었다. 생각 하고 있는 것들도 들었다. 농촌에서 올라와 서울에서 살아가는 청소년들에 대하여 관심이 많은 김 교수에게 젊은이는 많은 얘기를 해줬다.

"나는 김 지한이네. 젊은이는?"

"황 영철입니다."

"여자 친구가 많겠네. 씩씩해서."

"없습니다."

"여자애들이 많이 따를 타입인데……"

"저에겐 첫사랑이 있습니다. 아주 오래된 첫사랑입니다."

"아. 그랬군. 그런데 왜 없다고 그랬나?"

"여자가 아니거든요."

"무슨……?"

"아. 이를테면 짝사랑입니다. 상대는 저에 짝사랑에 꿈쩍도 안 해요. 저 혼자 좋아합니다."

"젊은이. 아니 영철군은 얘기 해 볼수록 점점 더 알 수 없는 얘기를 하는군. 첫사랑인데 여자가 아니라면……"

"남자요? 아닙니다. 그런 거."

"그 참……?"

"선생님은 친구 분 하고 엄청 친하신 것 같습니다. 밤늦게 회사까지 보러 오시니? 요즘 연구실은 정신차릴 틈도 없다 했습니다. 신제품 개발로."

"아주 친한 친군데 얼굴 못 본지 하 오래라……"

"저도 공장장님 못 본지 오래됐습니다. 같이 색소폰 배우러 음악실 다니거던요."

"좋은 취미생활이군."

"나중에 생계수단입니다. 저는."

"밴드마스터?"

"네. 선생님은 어떤 취미생활을 하십니까?"

"바둑이네. 그리고 등산."

"등산은 저도 좋아합니다. 등산은 혼자가 더 좋습니다. 가끔은 여자애들이 따라와서 골치지만."

"청춘은 참 좋은 거라네. 영철군은 여자들의 로망이겠어. 씩씩하니."

"여자는 때로 남자의 야망을 꺾기도 합니다. 선생님 어떤 여자가 제일 한심한지 아세요?"

"글쎄……"

"키스하면서 한눈파는 여자요."

"여자들은 항상 더 나은 걸 바라니까."

"자기에게 가장 소중한 남자 친구고 나중에 결혼하면 의지하고 살 소중한 사람이에요. 사랑 하는 척 하는 사랑은 언제나 한눈을 팔아요. 그런 여자는 결혼 후 남편을 날마다 구박하겠죠. 그래서 저는 결혼은 안 할 생각입니다. 왜 자기의 가장 소중한 모든 걸 위할 줄 모를까요. 그런 여자들은."

"연구대상이지 그런 여자들은."

"마음이 항상 콩밭에 가 있는 여자겠죠? 사랑하는 척하며 사는 여자는 자신도 불행하지만 남자도 불행하게 만들어요. 그런 여자를 알아내는 방법이 있어요."

"좀 알고 싶네. 집에 가서 한번 알아 볼 일이 있네."

"길거리에서 바지 지퍼를 열어둔 채 여자 친구를 만나는 겁니다."

"……?"

"남자친구를 진짜 사랑한다면 얼른 앞을 가려주며 속삭이겠죠. 아직은 안 돼 지퍼 올리자."

"허허허. 척 사랑이면?"

"창피하게 뭐야! 그러겠죠."

"허허허. 어찌 많이 듣던 얘기 같네. 내 아내에게."

"선생님이 설마?"

"말해 줄 수는 없네. 창피해서."

"여자가 제일 예쁠 때가 언제인지 아세요?"

"글쎄……"

"어떤 일이 있어도 만날 때 마다 웃어 줄 때요. 제일 미울 때는요?"

"글쎄. 만날 때 마다 안 웃어 줄 때?"

"아이 헤어질 때 마다 삐쳐 있는 거죠."

"만족하지 않는 마음인가?"

"여자 맘은 뒷간 갈 때 올 때 다르다고 하잖아요."

"영철군 지금 여자얘기 하는 거 맞나?"

"히히. 선생님 역시 바둑 9단 이예요."

"영철군 이 회사에 왜 들어왔나? 아무리 생각해 봐도 경비일로 세월 보낼 한가한 젊은이로 안 보이네."

"네. 목적이 있어요. 알아볼 거예요. 그 친구에 대해서."

"아까 공장장 하고 같이 음악실 다닌다고 했는데……"

"아녜요. 새끼 장壯 닭이요."

"회장님 아들?"

"네. 고향에 형이 서울에서 대학 다니며 알던 친구라는데 저는 그 형도 좋아하지만 회장님 아들한테 관심이 좀 생겨서요."

"……?"

"선생님?"

"말하게."

"도산 안 창호 선생님에 대해 잘 아시겠죠?"

"독립인사 안 창호 선생?"

"네. 제가 젤 존경하거든요. 선생님도 그분 같은 선생님……?"

"무슨 소린가? 그분은 우리민족의 우상이신데? 나 같은 범생凡生이가……"

"선생님. 지금 매고계신 넥타이 십년은 됐고요. 와이셔츠는 유행이 한참 지난 것이거든요.

"그것이 왜……?"

"아이들은 선생님의 평가를 옷차림과 얼굴로 합니다. 선생님은 아이들의 관심을 얻기보단 어떤 가르침을 아이들에게 줄 건가 그것만 생각 하시는 분입니다. 검소는 무언의 교육이잖아요."

"고맙군. 오늘 술값은 아무래도 내가 내야 할 것 같네."

"선생님 지갑에는 수표도 한 장 없을 걸요. 히히."

"그건 또 어떻게?"

"제가 지금 선생님을 모시고 선생님 말씀을 듣고 있는 건 저에게 행운입니다. 선생님은 시간 낭비 하실 분이 아닙니다. 저에게 듣고 싶으신 것 있으시죠?"

"바둑 9단은 내가 아닌 영철 군이네. 웃으며 하는 자네의 말속엔 생각이 있네. 자네 또래의 아이들에겐 없는 생각."

"살아가는데 있어 불필요한 생각입니다."

밤이 깊도록 김 지한교수는 영철이라는 알 수 없는 젊은이와 많은 얘기를 나누었다 나누었다기보다 들었다. 뜻밖에 얘기들을.

"선생님. 지금 사회는 변화를 하려고 합니다. 더 많이 더 새롭게요. 그중에 돈이 있는 자와 없는 자를 분리分離 시키는 것도 있어요. 무차별적으로 나쁜 놈들로 만들어내는 방송 드라마는 재벌을 악한으로 만들기도 해요. 뒷골목 소문은 더 추악한 재벌들을 만들어 내요. 새끼 장 닭 상처를 입을 거예요."

"……?"

"새끼 장닭 너무 세상을 몰라요 우리 고향에 형하고 아주 친한 친구라서 관심을 가지고 살펴보고 있었어요. 재벌가 아들 사회를 위해 일하는 거 이유 없이 비하하고 조롱해요."

"……?"

"우리나라 사람들의 그 많고 많은 결점 중에 아주 나쁜 게 모두를 위하지 않는 게 있는 거라고 해요. 6.25 동족전쟁도 모두를 위하지 않은 우리들만을 위한 거라고 생각돼요. 우리의 조선왕조말 동학은 모두를 위한 것이지만 결과는 우리만을 위한 게 됐어요. 조정을 저주하는 백성은 언제나 타민족의 침략으로 고초를 겪는다고 했어요. 당시 시급한건 나라의 위기였어요. 조정의 탐관오리척결이 더 시급한건 아니었을 거예요. 일본군이 관군을 도와 동학 난을 평정하고 그 대가로 조정을 농간하게 되었다 해요. 일본군의 천황폐하를 위한 임무수행과 우리의 동학은 극명하게 대비되잖아요. 동학은 최소한 왕을 위하여가 아니었어요."

"……?"

“이제 모두를 위한 민족투쟁은 또 모두가 아닌 우리만을 위한 결과로 되어 우리를 망칠 거예요. 우리에게 지금 시급한건 민족이 아닌 우리 모두를 위한 생존의 나라사랑이잖아요. 나라를 위하는 인재人才는 배격되고 민족을 위하는 허상의 준재俊才만 판 칠거예요. 인권보다는 왕권을 위해서요.”

“왕이라……?”

“아이참. 선생님…… 구심점 요.”

“구심점求心點?”

“자유냐 민족이냐요. 또 자유의 왕이냐 민족의 왕이냐요. 우리의 독재는 타도해도 민족의 독재는 숭배하는 거요.”

“북한의 민족통치……?”

“우리 집이 큰집이나 작은집에 더부살이 들어가는 거는 남의 집에 더부살이 들어가는 거와 다르다고 생각하는 그 희한한 논리요”

“있을 수 없는 얘기군”

“새끼 장닭이 이유 불문 배격되는 현상입니다. 새끼 장닭이 우리에겐 수 천 명이 필요해요 그런데 단 한명도 발 못 부치게 하는 이 땅입니다. 그 이유는 선생님도 저도 알 수 없을 거예요.”

김 지한교수는 밤늦게 서 회장에게 갔다. 회장실에는 마침 공장장이 와 있었다.

“자네 황 영철이 하고 친하다며?”

“교수님께서 영철이를 어떻게……?”

문을 들어서며 공장장의 인사를 받는 둥 마는 둥 김 교수는 황 영철이를 궁금해 했다. 공장장은 김 교수의 방금 전 얘기를 듣고 한바탕 웃었다.

"우리 회사 경제연구소가 모르는 정보도 알고 있는 친굽니다. 그 친구하고 얘기하다 보면 황당하면서 재미있습니다."

"그게 다 인가?"

"더 이상은 말씀 드릴 수 없습니다."

"알겠네. 좋은 친구를 가졌어. 좋은 친구를……"

공장장이 나가고 나자 서회장이 빙긋이 웃었다."

"이사람 나보러 온 거 아니었군."

"난 항상 세상을 다 안다고 자부하고 살았는데…… 아이들은 더 많은걸 알아"

"허허허. 이사람 우리세상은 이제 길어야 삼십년이야 그 애들의 세상은 시작이고"

"장기판에 왕이 없어……"

"뜬금없이 왕 타령이야?"

"왕 없는 장기는 두나 마나겠지?"

"허……"

"우리영묵이 지켜주는 건 아버지인 자네? 아니면 회사? 친구? 형제? 경찰?"

"무슨 소리야?"

"삼국지의 유비, 관운장, 장비 등 삼인은 황건적을 때려잡는 걸로 시작이 되지. 우리의 동학농민 봉기는 탐관오리를 때려잡는 걸로 시작이 되고……"

"……?"

"우리 영묵이는 잘난 아비 때문에 편히는 못살지"

"못된 훈장 때문은 아니고? 애 좀 잘 키우랬더니 일꾼은커녕 돈키

호테를 만들어요. 경영수업은 언제 시키라고 애한테 정치수업이냐고. 이 못된 친구야."

"영미나 시켜 경영수업은"

"결국은 그거야?"

"최선은 아니지만 최소한 애들 삶을 위한거니……"

"회사는 뒷전이고 늘 그놈의 노래. 사회의 일원一員?"

"새끼 장 닭이 되어야하나…… 왕을 위한 호위무사가 되어야하나. 그건 애들이 선택 해야겠지"

"새끼 장닭은 또 뭐야?"

"그런 거 있네. 그런데 자유의 왕이냐 민족의 왕이냐 그건데…… 참 어렵군……"

"이 사람이 오랜만에 찾아와서 남의 머리 식혀 줄 생각은 않고 왕타령이야?"

"서 회장. 지금 바둑 두며 한가하게 자네 위해 놀아줄 기분은 아니네. 만약 자네 회사 자재창고 물속에 쳐 박히면 그땐 일 나는 줄 알게"

"……?"

7

"그때. 때 아닌 폭우로 물난리 나서 공단지역 전체가 큰 피해를 입었는데 우리공장은 멀쩡했었지"

"……"

"수 십대의 양수기 설치가 왜 필요하냐고 불평하던 현장소장은 나중에 영철군의 그 엉뚱한 발상으로 이루어진 일이란 얘기를 듣고 천재지변은 막을 순 없어도 피할 순 있다는 걸 이번일로 알게 되었습니다. 그랬지"

언제나 따뜻한 눈길을 주시는 서회장님. 영철은 너무 무모하기만 했던 자신의 지난날들을 돌이켜보았다. 서회장님은 하나뿐인 아들을 죽음에서 구한 공장 직원에게 그때도 말없이 따뜻한 눈길만 주었었다. 보답이라며 준 그 상상 할 수 없이 큰 돈. 그 돈이 지금 엉뚱하게 서회장님을 위하는데 도움이 되고 있다."

"떠나지는 않겠지?"

"다 떠나도 남겠습니다."

"그동안 나를 위해준 거 고맙네. 우리 아이들이 세상 속에 어울려 살아가게 해 준 것도"

"죄송합니다. 회장님. 김 교수님이 생전에 회장님에게서 아들을 뺏었다고 많이 미안해했습니다. 우리에겐 최고의 경영인보다 최고의 생각을 하는 사람들이 필요하다고 하시면서"

"백년을 위한 정치학인지 사회학인지 그런 건 잘 모르지만 분명한 건 난 아들을 하나 잃었다는 거야"

"……"

어두운 밤바다를 바라보며 서 회장은 감회에 젖는다. 국가 미래는 위한다면 대학에서 백년을 바라볼 줄 아는 인재를 더 많이 양성해야한다고 하던

"우리 영묵이 는 좀 빼"

"영묵이가 허약한 체질이니 아비의 돌봄이 필요하겠지"

"우리 식구들은 나중에 어쩌라고 그렇게 그쪽으로 붙들어 두고 그래. 그쪽으론 영묵이 말고도 좋은 재목들 많이 있잖아"

"회사 쪽 식구는 몇 십 만이지만 이쪽은 수 천 만이야"

"이사람 허풍까지"

"아, 이 잘난 친구야. 생각 좀 하고 살게. 앞으로 수 백 년 동안 태어나고 죽는 우리나라 인구가 몇 명이 될 거 같은가? 그 들이 잘살고 못사는 건데 그게 허풍이야?"

"나 참!"

"나에게 선택의 여지를 안주던 그 친구였어. 영묵이가 국회에서 〈자연사회 준비론〉, 〈강제적 인구론〉의 법안으로 젊은 사회 실현을 위한다고 그랬을 땐 그 친구 뭐랜 줄 아나?"

-아들은 백년을 위하는데 아비는 십년을 걱정이라도 하고 있나……"

"……"

"알 수 없는 친구…… 그 친구 아내는 다시 태어난다면 평범한 말단 직장인의 아내가 될 거라고 그러곤 했었는데……"

"……"

"영묵이가 망신 안당하고 의정활동 할 수 있게 해 준건 다 자네들

덕이었어."

"모든 건 공장장님이 애써서 다 이루신 거였습니다."

"연구소 이한박사에게 들어 다 알고 있었네. 자네들의 〈오천년을 위한〉 모임도……"

해변의 밤은 깊어가도 그 시간들은 모두를 즐겁게 했다. 너와나의 권위도 저마다의 위치도 수준도 없는 서로의 만남이 소중한 시간. 그 아무에게도 방해받고 싶지 않은 시간들. 서 영미 대표는 오빠의 외로운 시간들이 끝나는 게 기뻐서 돌아갈 줄을 모르고 서 영묵교수는 세상 따위는 잊은 지 오래다. 영철은 약돌이와 회장님을 모시고 숙소로 갔다. 껌투리와 예쁜 여사 어느 사이 숙소를 깔끔하게 정리해 두었다. 숙소는 바위산 중턱에 위치해서 바다가 한눈에 들어오는 전망 좋은 집이다. 영철은 낮은 조경 목들이 아늑한 울 한켠에 들마루에서 약돌이와 또 입씨름을 시작했다.

"넌 아직?"

"뭐가 궁금한데 형은?"

"히히……"

"이런. 죽여 버릴 까 부다"

"나 그만 걷어차 버리고 너 시집가라"

경호팀에 미녀 경호원. 너무 사나워 영철이가 그때 지어준 별명이 약돌이다. 팀장이었던 영철이가 유일하게 한때 사랑을 느꼈던 여인. 예전처럼 붙어서 한참 장난을 치다 결국 키스를 받아주는 약돌이.

"어떻게 지내고 있나 늘 생각 했었어"

"연락 한 번도 없었으면서……"

"……아무리 생각 해봐도 나에겐 너 뿐이었어."

"치! 사기 멘트만 늘어가지고……"

"재미있게 지냈겠지……?"

"그냥…… 형은 정신이 없었겠다. 그동안 싱글님들 돌보느라?"

"내가 마음이 좀 약하잖아. 히히히"

"바람 팅이!"

"외로운 아이…… 언제나……"

"영혼이 자유스런 형이니까 형하고 인연을 만들기는 어려웠을 거야. 그 많은 여인들이……"

"나를 진짜 좋아하는 애는 없었어. 그동안……"

"영영 외로우면 나한테 와"

"나중에 딴말 없기"

"나한테 오긴 올 거니?"

"넌 한순간도 외롭지는 마"

"걱정 마 세상에 멋있는 남자는 다 내 거니까"

"그래. 지금 당장 죽어도 내 삶에 아쉬움은 없어야 되잖아"

"그래서 오늘은 형을 가지고 놀고 싶네."

"아직 땜 빵 친구로는 쓸 만 한 겨?"

"별로긴 해…… 하지만 형은 놀라워. 놀라워"

영철이의 무릎을 베고 누워 물에 씻어놓은 듯 맑은 별무리를 바라보던 약돌이가 손장난을 멈추고 새삼 생각난 듯 그랬다.

"그놈의 자제력. 그놈의 개도 안 물어 갈 놈의 자제력. 아름다운 기타리스터와 그 긴 시간 지내며 사랑에 빠지지 않은 거. 그 많은 시간 홀로 외로워하는 귀부인을 곁에서 지켜준 거……"

"……"

"경호원에 금기사항…… 의레인과 사랑에 빠지지 않는다……?"

"경호원끼리는 동료애도 느끼지 마라했는데. 나의 단 한 번에 실수. 그건 영원한 굴레"

"난 지금 많이 참고 있는 중……"

"죽어도 오빠라 부르지는 않으면서……"

"오빠……"

"야! 관둬"

"대책 없는 애"

"인생에 대해서 대책 없는 건 너도 마찬가지잖아. 왜 아직까지 자유와 사니?"

"아름다운구속을 해 줄 애는 아직 여행 중"

"자꾸 그러면 나 맘 약해지는데……"

"진짜! 죽여 버릴까 보다!"

다시 한참을 붙잡고 실강이. 몸싸움은 경호팀들 특기다. 어두운 바위언덕 공터에서 둘은 아이들 장난이 즐겁다. 둘의 애정행각은 곧 몰려온 모두에게 들켰다.

"애정표현이 좀 찐하군. 두 사람……"

서 영미대표의 말에 모두들 한바탕 웃었다. 서 회장은 찾아 온 아들 딸 모두 돌아가라고 했다. 자기자리에서 이탈하지 않는 자세로 살아가야 한다는 건 서회장의 한결같은 소신이다. 은퇴 한 이후 회사 경영에 대해서는 문의도 받지 않고 조언도 하지 않는다. 사위의 능력을 믿으니 그렇고 딸아이에게 경영수업을 철저히 시켜두었기에 개입의 필요성이 없었다.

"아버지 바둑친구는 당분간 영철님이 해 드렸으면 좋겠어요. 주말에는 전처럼 오빠가 내려와서 함께 있어 드린다고 해요"

"그러는 시간들이 아깝다. 아무도 오지 마. 영철군이 아직 세상일에 은퇴한 건 아니다. 모두 자기자리에 있어. 나를 위하는 건 가만히 놔두는 거다. 은퇴한 나의 그 많은 회사 식구들도 다 그렇게 지내고 있다."

누구도 자신을 특별한 존재라고 하지 않아야 한다는 인생관. 서 회장이 노년을 편히 지낼 수 있는 이유 중에 하나란다. 서 영미대표는 약돌이에게 파견근무를 부탁하며 의미 있게 웃었다.

"시간 보너스……큭"

"임무철저!"

"휴가……"

"절대 이탈 없을 것임!"

영묵은 진이와 함께 지나를 데리고 놀다 서울로 올라가고 한이는 할아버지 곁에 있겠다는 수이를 달래서 같이 마지막으로 떠났다. 영철은 약돌이와 남아서 집안을 정리했다. 언제나 바다를 바라볼 수 있는 해안가 언덕 집. 그동안 충주 땅에서 충주호를 바라보며 창업세대들과 지내시다 이젠 고향땅 강원도에서 많이 남지 않은 그 시간을 보내게 됐다. 이루는 건 즐겨도 누리는 건 거부하는 세대. 그 세대는 사라져 간다. 누리는 걸 당연시 하는 지금의 세대. 그들도 후손만을 위해 오직 후손만을 위해 살는지.

"임무 중 외부인 차단"

"임무중인 널 보호하는 건 내 임무"

"그 수법에 또 당할까봐"

"생각보다 집안이 넓어. 혼자는 관리하기 좀 힘들겠다."
"또 이유 같지 않은 이유……"
"같이 있어줘야 될 것 같아. 천 순진이"
"이름 부르지 말랬지!'
천 진순. 약돌이 이름이다. 촌스럽다는 이유라지만 산악인들 닉네임 마냥 경호원들도 별명을 가진다. 영철이는 남자의 매력이 없다고 돌부처 선돌이다. 위협에 직면해서 절대 물러서지 않는 대장. 의례인은 물론 경호 팀원들도 보호하는 자세. 팀원들을 불안하게 하지 않게 하면서 자신감을 가지게 해주는 대장의 상황 대처 자세다.
"곁에서 못 지켜 주면…… 그럼 멀리서 지켜주겠어"
들마루에 길게 들어 누워 하늘을 올려다보며 딴전. 약돌이는 또 진다.

8

동해바다는 거의 전 해안이 해수욕장이라고 해도 된다. 맑은 바닷물 갯벌이 없는 모래 백사장. 간간이 있는 솔밭. 해안가 곳곳에 관광시설들. 특히 백두대간 준령의 등산코스는 계절에 상관없이 여행객들을 즐겁게 한다. 영철은 약돌이와 설악산 등산을 즐기며 밤에는 회관에서 껌투리의 사업을 도왔다. 안 예쁜 여사는 요즘 날마다 신나서 정신이 없다. 시장이 좁다고 근무를 꺼리는 밴드 멤버들이어서 그동안 고충이 많았다. 색소폰의 명연주자에 주말마다 서울에서 내려와 도와주는 기타리스트로 회관은 성업 중이다. 강릉 시내에서도 손님들이 온다.

한 잔의 술과 음악이 있는 시간들. 넓은 주차장이 좁도록 손님이 늘었다. 오월이 그렇게 가고 휴가철이 닦아왔다. 주말이면 이젠 자유인 영묵이와 가정家庭인으로 돌아간 진이가 함께 주문진으로 내려와 회관 일을 도와주고 아버지에 건강도 챙겼다. 그동안 하지 못한 효도를 한꺼번에 다 하겠다는 듯.

"아들 며느리 하느라 고생이 많아 아우들……"

"낙향落鄕한 재상宰相에겐 산에서 땔나무 잘 해오는 머슴이 필요해. 형은 훈장訓長질만 잘하면 돼"

고마운 마음을 전하는 영묵. 아버지가 이웃들과 어울려 골목길에서 먹거리 식당에서 재미있는 나날을 지내고 계시는 걸 영묵은 여간 고마워하는 게 아니다. 주문진땅에 생활도 먼저 계셨든 충주 땅에 생활처럼 마을사람들과 어울림 생활이 되었다. 모두가 영철의 보살핌으로 된다는 걸 영묵은 안다. 즐거운 음악연주가 있는 아버지의 거처 마당은 언제나 동네사람들로 북적인다.

"아들 며느리가 곁에서 이렇게 있어주니 서 노인은 얼마나 큰 복이여"

"없이 살아도 지극정성인 애들이 있는데요. 뭐가 부럽것어"

"이런 한적한 곳에 살 분은 아닌 디. 아무리 봐도 그러고 살아온 분은 아닌 거래요"

그 누구라도 타인의 삶을 불편하게 하지 않는 요즘 세태. 서 회장은 그 모든 사회의 지인들 과는 단절된 여생을 보내고 있는지 오래다. 조용히 자신만의 여생을 보내는 은퇴한 사회인이다.

"마스터 숨겨둔 연인 있었던 겨? 여지 것 감쪽같이 속였대?"

"영혼이 통하는 친구야 그냥"

"떨어져서는 못사는 친구?"

"진이사모님 아니 형수님께선 뭐가 궁금하신가?"

"얘기만하며 지낼 거야 둘은…… 아마도"

"우리 일엔 관심 뚝. 진이는 좋아죽겠지 날마다?"

"마스터 오빠하고 일할 때가 그리워"

"이젠 거짓말까지…… 지나는?"

"어린 날에 아빠 잊느라 노력중이래"

"잊혀진 아저씨 될 거야 금방"

"아버지 서울로 모셔서 같이 지낼 수 없는 거 너무 안타까워"

"그분들의 노후를 우리기준으로 잡지 마. 보리 고개 검정고무신 세대는 편안히 쉬고 싶어 해. 곁에서 못 모시는 거 죄스러워 하지 마세요. 착하고 예쁜 며느님"

"내 마음 헤아려주는 사람은 오빠뿐"

"그 말 들으니 옛날 생각난다. 친구들하고 라이브에 와서 놀면서 부른 노래가 박 일남이의 〈정〉 이였잖아. 남자들의 노래를 어린 아가씨가 그렇게 감정 있게 부르는 거 첨이엇거던. 남자친구에게 버림받을 이유는 없을 거 같아서 같이 온 친구들에게 알아봤었지. 남편에 보상금을 시집 쪽에 다 건네고 딸아이와 친정에 와 살고 있는 애라고 해서 좀 관심을 가졌었지. 그때 진이는 너무 당당 해 보여서 그때 내가 관심을 가졌던 거야. 싱어는 물론 기타리스터로 키우기 위해 맹훈련에 들어간 거. 그건 그런 진이를 아껴주고 싶어서였고"

"그때 마스터오빠는 나에게 다시없는 행운의 왕자였어. 그때 내가 원하는 게 가정에 행복이 아닌 일의 행복이란 걸 어떻게 알았는지. 여인의 길이 아닌 한 사람의 길을 열어준 오빠였어."

"그렇게 감동 먹은 오빠에게 겨우 한다는 소리가 보호해주세요……?, 참 어이없어서……"

"새 신발 헌 신발…… 난 가짜 연인만도 감지덕지. 후후후"

"그래서 새 신발을 꼬득여 지금 사십니까?"

"풋사랑으로 끝날 생각이었던 거 오빠도 알았으면서……"

"아무튼 두 분 대단들 하셔. 대단해. 십 여 년을 간직해온 그 사랑의 노래"

"오빠는 아냐……? 약돌씨랑"

"우리는 막사랑. 누구들처럼 참사랑 하다간 굶어죽어"

"허긴 마스터오빠는 임자 없는 여인이라면 무조건 오케이니"

"잘난 남자들이 제일 부러워하는 게 나 같은 자유인이지. 아무하고 놀아도 아무 탈이 없어요."

"약돌 이 경호실장님은 아니던데……"

"약돌이? 웃기지마세요. 이 세상에 잘난 남자는 다 자기꺼래"

"자유인들 맞네. 맞어"

"나 없더라도 우리 껌투리 일 잘 챙겨줘"

"회관일은 걱정 마. 그러지 말고 오빠 좀 더 쉬었다 가면 안 돼?"

"자유인이잖아"

"못 말려, 그 방랑벽"

“죽어야 끝”

-야망이 없는 남자는 머무를 곳을 찾아다니고 야망을 가진 남자는 있는 곳을 떠나기 위해 노력 한다-

영철은 떠나기 전 안 예쁜 여사를 만났다. 요즈음 한참 신나서 들떠있는 여사장님이다.

“다정이 밴드마스터 할 때 까지는 아주버님 아무대도 못 가시겠어요”

“드러머 실력도 기초는 갖추었어요. 못된 엄마를 닮아서 못된 것만 잘해요”

“아주 못된 큰아버지를 닮아서 그럴 거예요. 학교서는 오락반장으로 인기 짱이래요”

“애를 아주 날라리로 키워요”

“아주버님 덕분이지요. 그것도”

“뭐가 다 나 때문입니까. 하나같이?”

“우리 껌툴씨를 오징어오빠에게 딸려 보내면서부터 시작 된 거잖아요.”

“서울을 못 떠나서 다들 난린데 또 원망이네 제수씨는……”

“복에 겨운 투정요”

“투정 그만 부리고 제수씨. 부탁할게 있어요.”

“꼭 떠나셔야 해요?”

“내가 떠난다는 걸 어떻게……?”

“오실 때 입으셨던 옷 입으셨잖아요.”

“눈치 백단”

“회장님은 걱정하지 않으셔도 되요. 약돌씨는 모르지만”

"아! 그 친구. 걱정 마세요. 사막에 갔다 놔도 살아서 돌아올 친구니까"

"아주버님하곤 딱 인데"

"내가 돌아온다 해도 그 친구 때문에 오는 건 아닐 거예요."

"첫사랑 찾아 가신다니까 찾아서 데리고 오겠죠"

"참 다정이 첫사랑 한번 다녀가라고 할까요?"

"우리다정이 이번엔 정말 훅 가버렸는데 어쩌죠?"

약간 걱정스러워하는 안 예쁜 여사다. 당돌한 다정이가 이번엔 멋진 남자 한이를 첫사랑 한다고 했다. 엄마를 닮아 곱살한 얼굴의 한이다.

"참 제수씨한테 말 안한 게 있는데……"

"다 알고 있어요. 한이 그 애 정혼자 있다는 거. 다정이도 알고 있어요."

"그 얘기가 아니고……"

"……?"

"한이 그 아이가 누구의 아이라는 걸 말 안했어요."

"……?"

"연이 아들요"

"연이……그 언니 송아지오빠 첫사랑 연인……?"

"네"

"송아지오빠 그림 속에 그 언니 얼굴모습과 많이 닮았어요. 한이가"

"그 언니가 껌투리의 첫사랑이었다는 건 제수씨가 모르고 있잖아요."

"……"

"참 희한해…… 아내는 그 남자를 못 있어 하고 남편은 그 여자를 못 잊어 한단 말이지"

"껌툴씨가 연이 언니를 그때 많이 따랐나요?"

"왜 궁금합니까. 지금에 와서? 그땐 다 철없는 초등생들이었으면서"

"때로 껌툴씨 뭔가 그리워하는 거 같아 물어보면 암말 안하곤 하는데 혹시……?"

"맞아요. 제수씨. 아주 오래된 그때 일이지만 껌투리는 처음 만난 누나를 목숨 걸고 구했어요. 인신매매 하는 형들한테 덤벼서 구해냈는데 그 누나하고 나중에 한집에 살게 되었으니……"

"그럼 우리 다정이는 아빠가 아직까지 그리워하는 첫사랑누나의 아이를 좋아한다는 거네요?"

"얘기는 그렇다고 할 수 있습니다. 뭐 잘못 된 건 하나도 없지만"

"……"

"이제 동생도 제수씨도 그 아련한 그리움은 그만둬요. 사랑은 현실이지 마음속에 간직하는 거 이제 의미 없어요. 그런 첫사랑 그리움 같은 건 다정이 같은 애들이나 가지고 놀게 두고……"

'세월은 꿈도 가져가버리는 악마…… 어른이 되고 철들면 남아 있는 건 생활의 노예 뿐"

"낭만이 있는 삶을 위해 음악 예술이 있다하고 생에 즐거움을 가지려 취미생활을 가진다 해요. 생활에 구속되어도 등산도 갈 수 있는 여유가 있으니 제수씨 너무 불평 마세요."

"아주버님의 낭만생활이 부러워요."

“방랑생활요? 그거 악마의 유혹입니다. 절대 넘어가지 마세요. 참 제수씨 하고 설악산 공룡능선을 한번 갈려고 했었는데 …… 나중에 돌아오면 이모하고 꼭 같이 가요.”

“방랑자 안돌아오면 우리 찾아 나설 거야. 아마”

“제수씨 때문에 꼭 돌아와야 하겠네. 히히”

“우리에겐 아주버님이 유일한 공짜 일꾼인데 후후후”

“공짜일꾼요? 히히히……”

미래는 지금 현재에서 마련하고 있다.

그래서 현재는 과거에 만들어 졌다고 할 수 있다.

끝사랑

1

자연 속에서 계절은 절대 미루어지지 않고 시간은 신의 힘으로도 막을 수 없는 것이라 했다. 더 많은 변화를 또 빠르게 가지는 2, 000년 이후는 한해가 지나기도 전에 다음해를 살고 있는 것 같았다. 거리에 정치라는 말까지 생겨난 요란한 사회는 언론의 정치도 되었다. 나라의 은밀한 모든 정책까지 투명하게 밝혀져서 세계가 투명유리관 속을 들여다보듯 노출된 나라. 그 속을 들여다보는 각 나라는 자기들 나름대로의 정보를 수집하여 자국으로 송출하고 있었다. 2,010년대 2, 020대 2,030년대를 미리 예상하고 파악했다. 한국은 100 여 년 전 조선시대 말기처럼 사대사상과 폐쇄적인 외교를 펼치고 있었다. 외부와 단절되기 위한 정책도 추진되었다. 중국의 사회주의는 무조건 인정되고 조선의 독재는 최악이 분명한데 수용하는 듯 절대 거부를 안했다. 민족이라는 명분아래 모든 게 용서되고 있었다. 2000년을 기점으로 자유냐 민족이냐를 결정해야 되는 상황. 자유진영세계는 한반도가 자유진영에 통일된 나라로 되기를 바라지도 협력하지도 않는다. 반면 사회주의 중국은 한반도가 사회주의로 통일된 나라가 되기를 바란다고 할 수 있다. 중국은 조선이 비인간적 사회가 되어도 인정할 것이고 조선이 한국을 침략하여 민족 통일을 한다 해도 수용하리라 본다. 조선민족의 통일노력은 당연한 것이기 때문이다. 다만 중국에게는 자유세계 쪽으로의 한반도 민족통일은 그것이 무력이던 합의적이던 무조건 용납이 안 되리라 봐야 된다. 한반도가 역사 속에서 중국의 일부였다는 저들의 논리가 그것을 말해주고 있다. 왜 중국은 타국을 자국의 일부라고 우길까. 변방의 민족들을 관리하는 중심국이 되겠다는 것은 최후에 목적이 될 것인지.

"떠돌이 악사님! 정말 이러실 겁니까?"

"찾지 말라는 거 진짜 끝 하자는 거는 아니죠. 선배님?"

서울서 멀지않은 한적한 시골. 북한강을 끼고도는 춘천 가는 길에 조그만 촌락 펜션에 모여 회원들은 휴가를 즐긴다. 가까운 곳에 삼학산이나 용문산으로 등산도 가고 강변에서 자전거 여행도 한다. 남들은 바닷가나 계곡을 찾아 피서를 즐기는데 회원들의 휴가는 늘 이렇다. 늦게 도착한 영철을 반갑게 맞이하는 회원들이 하나같이 불만스럽다.

"없는 거 …… 아니 죽은 놈으로 치라니까"

"저거나 다 검토 해보고 그러십시오."

탁상위에 수북하게 쌓여있는 서류들을 가리키며 사무장이 그랬다. 저마다 바쁜 일상이지만 〈5000년을 위한모임〉에는 빠짐이 없다. 곰도 벌써 와 있다.

"공장장님은 참석하기 어려울 거야. 사장이 되면서 연락조차 어렵다고 총무가 그러던데"

"통고 외에 강요가 우리에겐 없잖아"

영철은 오랜만에 곰을 만나 천안의 사업 얘기를 들었다.

"진이는 잘 있겠지?"

"히히…… 못 봐 줄 정도"

"미스터리 미스터리야 정말. 고학생을 좋아한 것도 진실이었고 재벌 아들을 당당히 받아들인 것도 진실이면 뭐야. 진짜 사랑?"

"우리가 모르는 뭐가 있는 거, 히히"

"아무래도 미녀와 허수……?"

"뒤치다꺼리 하느라 고생한 겨?"

"진이가 남겨놓은 거 직원 애들한테 다 나눠줬어. 힘들게 일하며 사는 애들이잖아. 아마 학자금들은 걱정 없을 걸. 진이 걔는 어디다 목적을 두고 사는지 모르겠어. 시장 옷만 사 입는 거 하며 화장품도 안 사 쓰고 대충 크림이나 바르고 사는 거 하며……그리곤 돈은 모았다가 그냥 별 애착 없이 아무렇게나 줘버리고……"

"멋있는 인생. 그걸 아는 인생들에겐 재산이라는 게 뭐 그렇게 대단할까"

"여잔데? 떠돌이인생 영철이란 놈이라면 이해를 하겠지만……"

"넌 입만 뻥긋하면 여자지?"

"허긴…… 멋대가리 없이 사는 대가리들도 많으니까"

"그런데 곰, 멤버들이 많이 젊어졌네"

"응, 대장이 한동안 뜸해서 회원들이 많이 늘은 것도 모를 거야."

"거의 통신소통?"

"이번모임은 늘 있던 휴가모임이지만 대장이 오랜만에 참석한다니까 신입회원들이 많이 왔네. 영철이 넌 세상에 알려지는 게 싫겠지만 관심 있는 애들은 다 알아"

"난 회원들 얼굴이나 보고 갈 생각인데……"

"이름 없던 그 옛날에 단체에서도 대장이고 지금도 대장이야. 넌 회원들 모두가 저마다 회장이고 대장이라고 하지만 대장은 어째건 너야. 저녁식사 후 간담회에 영철이 네가 없으면 많이 실망일걸"

"언론 쪽 애들이 많아. 만나보니……"

"국내보다 해외에 애들이 더 많은지도 몰라. 경제활동 하는 애들"

"연구 활동만 하던 우리들인데 뭐 행동 같은 불상사는 없겠지?"

"자장면 배달하는 회원도 택시기사도 회원인데. 사소한 문제들이야 언제나 있는 거 아냐"

"인적자원으로는 우리가 그래도 제일이라 자부했는데 요즘은 어떨까 모르겠어."

"휴민트 관리는 잘되고 있다고 사무장이 그랬어."

저녁을 간단히 끝낸 회원들이 1층 회의실로 모였다. 회의실은 공연장으로도 활용되는 비교적 넓은 강당이다. 펜션 주인도 회원이라 여러 가지로 준비가 잘되어 있었다. 사무장은 간단히 처음 참여하는 회원들을 위해 모임의 성격을 설명하고 그간에 파악된 연구서를 요약하여 회원들에게 보고 했다. 연구서는 회원들이 직접 작성하여 제출 된 것도 있었다.

2

〈2020 이후의 한반도 정세에 대한 전망〉

- 해방 후 1946년부터 당시 소련은 통일된 한반도를 위해 많은 노

력을 했다. 그 결과로 1950년 한반도는 남북전쟁에 돌입했고 3여년 후 38선 원래자리에서 휴전으로 마무리 되었다. 그 후 70여년이 지난 지금 그 역할을 중국이 하려고 한다고 할 수 있다. 사회주의를 절대 포기하지 않을 중국은 한반도에 신조선 왕조가 유지 되는 게 지상과제다. 국제화된 세계 속에 왕조적 독재사회는 그 유지가 어렵다. 인민의 거센 저항에 직면하게 되고 국제적으로 인권 억압 국가가 되어 국제적 고립국가가 되기 때문이다. 다만 그것이 사회주의라는 포장을 하고 국가운영을 하면 국민이 참혹한 탄압을 받아도 가능해 진다는 거다. 반기를 들면 반국가 반민족 반인민적 인사로 몰려 처형되고 수용소에 유치되는 게 정당화 되는 사회다.

 - 왕조사회의 정의는 국가의 구성원들이 왕조사회를 유지하는 데 필요한 소모품에 불과 할뿐 그 이상의 의미는 없다는 게 엄연한 사실이다. 즉 중국역사 속에 왕조들은 천하를 차지하기 위해 백성들을 무한정 동원하여 전쟁을 벌였는데 거기에 개인의 권리는 있을 수 없었다. 지금의 중국은 그것을 절대 반대하여 인민의 안위를 위한 사회주의 인민의 복지국가를 추구하고 있다. 국가를 반하지 않는 국민들에겐 무한한 자유를 주고 있다 다만 한반도 조선에는 예외라는 거다.

 - 한반도에 신조선왕조 국가는 국가 구성원인 국민들을 국가를 위한 소모품에 불과한 상태로 둔 채 왕권유지를 위해 국민의 자유를 제한하고 있다. 무한한 자유를 누리며 살고 있는 세계인들. 어느 나라 어느 곳이던 자유롭게 여행하며 삶의 기쁨을 만끽하고 사는 현대인들. 그 어떤 삶도 자기 뜻대로 할 수 있는 세상 사람들. 그것이 불가능한 한반도에 일부 인 조선이라는 사회는 나라는 있고

국민은 없다고도 할 수 있다. 거기에 대하여 어떤 비판도 판단도 필요 없겠지만 세계인의 관심은 한반도에 반쪽인 자유세계 한국이 그 신조선왕조에 통합되느냐 하는 거다. 그것을 용인하고 협력하는 중국에게 어떻게 한국은 대응하느냐 하는…….

〈하략〉

“이 연구서는 중국에서 활동하는 연구원이 보내온 연구서입니다. 회원들의 연구서 판단은 무제한에 자의적 판단이고 무한한 예상豫想적 사고思考입니다. 또 사실적의견입니다. 의견을 주실 회원이 있으면 주시고 가급적 생산적 토론을 하도록 하겠습니다.”

사무장의 차트 나열과 함께 다양한 회원들에 의견이 제시되었다. 특히 예비역 장교의 논리는 회원들의 공감을 얻었다.

“한국은 세계 속에 아주 작은 나라입니다. 세계에 끼치는 영향력은 극히 미미하다고 할 수 있습니다. 그것이 경제적이던 군사적이던. 다만 세계를 혼란하게 하고 파괴하며 전쟁을 촉발하는 쪽에서는 과거에도 지금도 지대한 역할을 해 왔다는 사실입니다. 조선왕조시대에 임진왜란은 우리 조선이 동인서인 당파싸움으로 왜군을 막는데 실패하여 당시 중국 땅의 명나라까지 전쟁 속으로 끌어들이게 하였고 조선 말기에는 혼란한 조정으로 일본을 막지 못해 청일전쟁 노일전쟁 지나사변 대동아전쟁까지 이어지는 대 참극을 불러오는데 시발점이 된 것입니다. 당시 일본은 우리보다 월등하다고만 할 수 없었습니다. 소 꼴 베고 살아가는 무지無知한 왕족을 데려다가 허수아비 왕을 세우고 조정대신들은 사욕만을 채웠고 그 결과로 나중에 백성들의 원성이 더 높아져 동학농민 봉기까지 야기 했습니다. 동학농민 난을 진압한다고 일본군은 개입하고 그 결과로 나중엔 대한제국과 일본의 합방으로까지 이어졌다고 할 수도 있습니다. 나라를 소중하게 여기지 못하게 한 것은 일제도 백성들의 안일한 민심도 아니었습니다. 조정대신들의 합치된 위정爲政이 없었기 때문입니다. 현시대도 그 때처럼 우리는 자국을 지키고 아끼는 마음보다 우리만을 위하고 패거리만 중요하게 생각하는 정치 속에 살아가고 있다 할 수 있습니다. 왜 우리는 모두를 위한 생각을 하지 않고 오직 적은 안에 있다고 하면서 과거에만 매달리고 몰입하는지 그것이 안타까울 뿐입니다. 하나의 민족이라면서 지상에 적으로 간주하고 핵까지 개발하여 위협하는 신조선왕조는 자유한국을 무력으로 통일하겠다는 생각뿐입니다. 중국과 러시아는 그것을 돕는데 변함이 없고. 우리는 전쟁억지를 위한 첨단무기를 개발하는데 제약을 받는 상태로 국제 무기武器상 들의 밥이 되고 있습니다. 우리가 우리를 지키는데 있어서는 군사적 우위는 나중에 문제입니다. 국민들이 미래를 위한 한마음이 없고 정치가 국가보다 그 허망한 민족의 망상에 사로잡혀 신조선왕조에 합류하여 개인의 삶을 저버리는 그 추악한 세계로 인도하는 생각도 있는 정치가 없어야 한다는 그것입니다. 거리에 불량배에게 맞아죽는 건 안 되고 집안에 형제에겐 맞아죽어도 괜찮은 논리는 결국 집안에 파멸입니다.

“다음으로 미국에 살고 있는 재미교포 연구원에 연구서입니다. 연구원들의 모든 인적 상황은 알려드리지 않는 게 통례라 그 점 회원들의 양해 필요합니다."

〈자유 한국이 영원하려면〉

- 영원한 평화는 전쟁을 대비하는 것이다. 그래서 평화조약은 전쟁의 전주곡이다. 비겁한자는 상대를 살피고 용감한 놈은 자신을 살핀다.

- 우리 한국인들은 백년을 위해 길을 닦기보다 한해를 위해 동제洞祭를 지낸다. 풍수지리는 가문의 영달을 위해 필요하다. 산이 없는 사막의 나라 사람들이 어찌 가문의 영달을 꾀할지 모르겠다. 동네 뒤로 큰길이 나면 동네가 망한다고 극구 반대하던 옛날 어르신들이다. 길과 길속에 사는 지금의 현대인들은 망하지 않고 잘들 살아가고 있다.

- 미래는 지금 현재에서 마련하고 있다. 그래서 현재는 과거에 만들어 졌다고 할 수 있다. 우리한국에 이승만이 없었다면 어떻게 되었을까? 지금보다 몇 배 잘사는 나라가 되었을까? 통일된 강대국이 되어 세계에 우뚝 서 있을까? 공산주의도 사회주의도 국민을 위한 국가이니 지금보다 몇 배 더 나은 자유로운 삶을 누리고 있을는지 그것은 알 수 없다. 박 정희가 없었다면 얼마나 좋았을까? 무한한 민주주의 사회에서 내 맘대로 온갖 자유를 누리고 살 수 있었는데. 반공을 국시國是에 제일로 삼지도 않고 공산주의도 신봉하며 독재는 안 되도 왕의 통치로 죽음을 맞는 건 영광이라 찬양 하면서.

- 한국은 일제가 만들어 놓은 대한제국의 후신이라 정통성이 없고 김일성의 조선은 조선왕조를 계승해서 정통성이 있다고 하는

논리가 있다고 한다. 세계의 왕조는 거의 타도되어 공산사회로 자유사회로 변혁 되었다. 우리는 그 역사속 왕조시대를 찬양 할 수만은 없다. 거기에는 제도적으로 개인의 자유와 인권이 존재 할 수 없음이다.

- 현시대는 자유와 인권을 최고의 가치로 삼는다. 그것을 버리면 한국은 존재가치를 상실한다. 경제적으로는 자유세계가 사회주의 사회보다 더 나은 것이라고는 말할 수는 없다. 통일된 한국이 사회주의에 편입되면 중국과 러시아의 무한한 시장을 가질 수 있다고 전망하기 때문이다. 안타까운 건 사회주의 조선이 자유사회가 되는 걸 중국이 절대 용인하지 않는 다는 사실이다. 통일된 한반도는 무조건 사회주의라는 게 중국의 절대 변하지 않는 바람이고 목적이다.

- 미래를 마련하는 지금에 한국은 어떤가? 자유사회인가? 인권이 보장된 확고한 국가관을 지향하는 자유사회나라인가 하는 의문점이다. 민족적 통일관의 인사가 있고 국가적 자유수호 인사가 있는 것은 아주 자연스러운 거라 할 수 있다. 다만 결과론이다. 무력으로 한반도가 통일이 되던 평화적으로 되던 사회주의로 되었을 땐 수 천만에 국민이 인권을 잃을 수 있고 그보다 더한 비인간적 박해를 받을 수 밖에 없다는 사실이다. 한국이라는 나라가 없어지는 과정은 재앙 그 자체다. 한반도의 해방은 미일전쟁으로 미국이 승리했기 때문이다. 자력으로 이룬 투쟁으로 얻어진 결과가 아니다. 또 자유한국의 공산화를 저지하기 위해 유엔군과 미군 수 만 명이 희생되었는데 그것을 공산진영과 자유진영의 양 진영 세력다툼에서 생긴 결과라고 하기도 하는데 그것은 우리가 할 수 있는 얘기는 아

니다. 우리의 무책임한 모습을 보여주는 것일 뿐이다. 이제 핵전쟁 우려로 가야만하는 한반도의 상황은 또다시 세계를 전쟁의 참화 속으로 몰고 간다고도 할 수 있다. 그 것을 우리는 또 미국과 중국의 세력다툼이라 말한다. 스스로를 지키려 않는 나라를 또다시 지켜줄 나라는 없다. 지켜주려 해도 거부하는 나라는 나중에 모든 구원의 호소를 거부당할 것이다. 그리고 민족이라는 미명하에 수천만의 고귀한 삶이 처참하게 유린 될 거고 수많은 인권이 박탈 될 거다. 식구들에게도 어린아이 투정은 잠시는 귀엽겠지만 한없이 계속되면 귀찮아지고 싫어진다. 다 큰아이가 그런다면 그건 심술이고 망종亡種이다. 국민을 진심으로 위하는 정치인은 국민을 위한다고 하지 않는다. 이미 그렇게 하고 있는데 왜 그러겠는가? 인권국가를 비인권국가로 끌고 가는 정치인들이 입에 달고 있는 건 국민을 사랑한다는 말이다. 강간을 하며 사랑 한다고 하는 거와 다를 게 없다.

"모든 연구원들의 연구서는 우리에게 참고가 됩니다. 의도나 목적은 우리회원들과 무관합니다. 회원들께서는 자유롭게 의견제시를 할 수 있습니다."

총무는 신입회원들을 위해 많은 설명으로 그들을 배려했다. 비판과 공감 속에 회원들은 진지하게 토론에도 임했다.

"능력 있는 쪽은 별장을 소유하고 능력 없는 쪽은 텐트를 칩니다. 경제적으로 사회적으로 능력 있으면 자녀들 유학 보내고 또 영주권 얻어 이민 보냅니다. 내일 당장 공산사회가 되고 일인독제 신조선왕조의 통치하에 든다 해도 우리 능력 없는 서민은 일속에 파묻혀 하루를 정신 없이 보낼 뿐입니다. 선장이 항로대로 가도 우리는 그냥 가고 잘못 가도 우리는 갈 뿐입니다. 민족적 인사자녀도 유학가서 영주권 얻어 해외에 살고 있고 자유인사들 정치인들도 자녀들은 이민 보내려 준비한다고 합니다. 이 땅을 떠나지 못하는 능력없는 우리서민들은 미래의 잘못된 세상을 걱정하지만 떠날 수 있는 능력자들은 그런 나라를 걱정 안합니다. 우리는 정치가 국민을 위하면 제일이라 생각 할 뿐입니다. 나라를 위하는 정치가 참이고 필요한 거라고 하는데 그것은 알기 어렵습니다. 다만 신조선왕조가 인민보다 나라만을 위해 독제정치 하는 걸 민족적 견지見地에서는 대단하게 생각하고 인정합니다. 그런데 우리는 정부가 나라만을 위하는 정치를 하면 타도에 들어갑니다. 우리는 나라를 위해 살고 싶지 않습니다. 지난세월 이승만 독제정권 박 정희 독재정권 전두환 군사정권하에서 살아오며 국가는 사랑하지만 정부는 미워하는 게 정상적 사회관 이였습니다. 이제 민주정부가 되었으니 정부에 대한 미움도 끝이 난 거라 고요? 그렇다고 볼 수 있습니다. 이젠 정부를 믿지도 않는 국민들 마음이 있고 자유한국이 포기되는 수순을 밟아가고 있는 나라를 걱정하다 지쳐 무관심으로 일상을 그냥 보냅니다. 연인끼리 사랑하면서 미워하면 애정이 있어서이고 미움도 없으면 사랑도 없는 거라고 합니다. 끝 사랑입니다. 지나온 그 역사 어느 것 하나 소중히 하고 자랑스러워 할 것 없는 나라. 생겨나지 않았어야 하는 나라. 그래서 없어져야 하는 나라. 아이들은 역사 속에 한국이 불량국가였다는 걸 배우며 세계최악의 불량국가 신조선을 위대하다 생각하게 되었습니다. 핵을 가진 나라가 위대하면 핵을 못가진나라는 자랑스럽지 못한 나라. 존재하기 어려운

나라 그래서 버려야하는 나라. 신조선왕조 나라가 좋아서가 아닌 내 나라의 존재가 싫어서 우리는 오늘도 또 내일도 이 땅을 떠나고 저주하고 사랑하지 않고 서로 간 편을 가르고 또 갈라 망국이 당연한 거라는 구한말로 돌아가고 있습니다. 이조말의 그 사분오열 된 국론으로의 상태로 되돌아가서 우리는 좌절하고 포기하고 있습니다. 이런 우리의 마음을 바라보며 웃음 짓는 민족주의자들은 자신들의 목적을 머잖아 달성 할 거라 기대에 부풀겠지만…….
〈하략〉

"우리의 〈오천년을 위한 모임〉 은 미래의 자유한국이 존재하는 게 아닌 행복한 삶이 가능한 자유한국을 위해서 있는 모임입니다. 회원들 저마다 자기 자리에서 할 수 있는 바람직한 활동이 있어야 합니다. 세계 어느 나라던 자기나라를 지키고 살아가는 건 기본이고 상식입니다. 그것은 국민들이 자기자리에서 이탈하지 않고 자기 일에 충실해야 한다는 걸 말함입니다.
사무장은 신문사 주필이다 회원들에 어떤 의견에도 동의를 하고 다음 순서로 넘어간다."
"마지막으로 일본에서 활동하는 연구원에 연구서입니다. 단 일본인이며 한국을 애정 깊게 살피면서 한국을 오래토록 연구한 정치학 교수라는 걸 회원들이 알고 그 연구서를 판단하기 바랍니다.
-지금의 한국을 가만히 들여다보면 옛 중국의 삼국시대 조조와 원소에 대결을 떠올리게 한다. 원소의 막강한 70십만 군사는 조조의 7만 군사에게 어처구니없게 패한다. 조조에게 놀아나는 원소는 한없이 멍청하다. 상대를 화친을 내세워 안심시키고 뒤로 맹공을

펴부어 섬멸하는 조조의 전략은 후에 당이 고구려를 제압할 때 적용되었다. 절대 서로 싸우지 않겠다는 화친을 맺고 안심한 고구려를 공략했다. 전쟁은 상대를 쳐서 이길 확신이 있으면 시도한다. 상대가 싸우지 않으려하면 그때가 바로 기회가 된다.

2020년대 쯤 이면 한국은 스스로 위장안보에 가깝게 될 거다. 상대의 위장평화에 놀아나는 결과이다. 핵은 핵이 아니면 막을 수 없다. 조선에 핵은 어느 나라에도 사용 못 한다 오직 한국에만 사용이 가능하다. 국가 간이 아닌 한 민족의 민족 간 분쟁이라 세계의 개입介入이 또 불가능하다. 러시아도 중국도 우리 일본과 미국의 개입을 절대 반대한다. 또 어느 나라도 최종적으론 핵전쟁에 개입하는 걸 자국 국민들이 저지 하게 된다. 핵우산은 원하지 않는 나라에도 가능하다는 건 웃기는 얘기다. 오늘도 내일도 맑고 평온한 날씨는 아니다. 비 오고 바람 부는 날은 내일일 수도 모래일 수도 있는 게 아닌 언제나 있는 거다. 일본과 한국은 지금 서로 간에 전쟁의 필요성이 없다. 미국과 캐나다가 서로 원하는 게 없듯이 한국과 일본은 서로 원하는 게 없다. 한반도의 조선과 한국은 서로 원하는 게 너무 많다. 한민족이고 한나라여서 통일을 하여 함께 살아야 한다는 거고 또 경제적으로 서로 도와줘야 한다는 거다. 사회주의 사회와 자유주의 사회가 통합하는데 같은 민족이라 아무 문제가 없다는 그것은 한국 국민을 아주 안심 시킨다. 동족 간 전쟁을 하여 죽느니 항복하여 전쟁 없이 통일하여 모두가 사는 거다. 후손을 위하여 최선에 선택이고 강한 나라의 기틀을 마련하는 것이다. 세계가 바라는 평화 통일이다.

한국은 자유사회다 분명한 건 조선이 자유사회 한국으로 편입통일이 되지는 못한다는 그것인데 그 이유는 외적으로 중국이고 내적으로 민족을 위해 자유는 버릴 수 있다는 민족주의가 한국인에겐 있다는 거다. 세계가 인정하지 않는 조선에 비인권사회를 한국은 인정한다. 동조도 한다.

5천만 한반도인이 통일되어 살아가려면 일부 희생이 불가피 하다는 건데 그 희생은 우리 일본인으로서는 이해를 하겠지만 세계인들은 절대 이해 못하리라 본다. 과거 일본은 이차대전 시 가미가제 자살 특공대를 조직하여 많은 병사을 희생시켰다. 국가를 위한 희생은 불가피하다는 애국 론이지만 그 당시 전쟁으로 나라의 젊은이 수 백 만 명이 희생되었다. 나라를 위해서는 개인이 희생하는 것 당연시되는 그 시대. 그 시대로 돌아간다면 지금에 세계 자유인들은 아마 하나같이 거부할 거다. 한국정부는 국민들의 소중한 생명과 존귀한 인권을 희생시키면서 통일정책을 기하지는 않겠지만 상황은 낙관적이지 않다. 어느 순간 모르게 닦아온 현상. 조선은 전쟁과 평화의 선택을 한국에 요구할 것이고 한국은 전쟁만은 안 하고 해결하려 조선에 요구를 받아드릴 거다. 전승戰勝국 에 자비를 바라는 패전국의 애처로운 소원은 어린아이에 발상이다 무자비한 살육 약탈 강간으로 이어짐은 통례다. 핵폭탄 공격을 피하기 위한 선택의결과는 동족의 자비 대신 잔인한 반민족자들 처단으로 한반도가 처참한 참상에 놓일 것이고 꿈꾸던 강대한 조선은 간곳없이 세계인에 멸시와 외면을 받는 비인권 비인간적 국가로 멸시를 받게 되는 한반도가 될 공상이 크다. 그렇게 되었을 때 중국과 러시아는 더 이상 조선을 비호하지도 도우지도 않을 거다. 더 무시하게 된다. 어차피 한국인은 과거만 바라보고 판단하며 사는 나라다. 오천만 한반도인은 너도나도 지난날을 죄다 털어놓고 판단하고 비판하며 처벌하는데 세월을 보낼 것이니 상관없겠지만 더 이상의 미래도 없다는 그 사실이다. 그 최악의 결과론을 말하는 자 미리 처벌받을 각오를 해야 할 거다. 우리 일본인에 일본침몰이나 미국인에 미국의 멸망을 얘기하는 소설들이 공격받았다는 얘기는 없지만. 한국인은 왜 지난 과거는 내 것이고 닦아오는 미래는 남의 것처럼 생각하는지 알 수가 없다.

"……"

"……"

"우리는 미래를 위해 우리가 할 수 있는 것을 생각하고 실천합니다. 현재 우리가 잘하고 있는 것은 더 많이 있습니다. 세계에서 한국은 이제 일본과 중국 그 어느 나라에도 뒤지지 않는 경제적 강국입니다. 우리는 우리를 우리 자리에서 지킬 능력도 있습니다."

사무장의 맺음말에도 회원들은 그 어떤 동요가 없다. 최선을 다하는 한사람으로 살아가고 있는 회원들에게는 이미 알고 있는 내용이고 짐작하고 있던 논리들이었다.

사무장은 영철을 신입회원들에게 소개했다.

"황 영철 회원님은 〈오천년을 위한 모임〉을 있게 한 회원입니다. 최초로 우리나라는 물론 외국에서 우리나라를 연구하는 그 연구들을 수집하기 시작 했습니다. 국가정보활동과 기업경제연구소의 정보와는 다른 미래를 전망하는 일반 생활인들의 생각들이고 해외에서 기업 활동하는 종사원들의 보는 관점이며 외교관들이 접할 수 없는 곳에 이루어지고 있는 일들을 정리한 것. 그런 것들입니다. 회원여러분도 짐작하고 계시겠지만 우리처럼 그들도 우리를 끊임없이 관찰하고 있다는 것입니다."

영철은 회원들의 박수를 받으며 연단에 올랐지만 인사말 대신 색소폰을 불기 시작 했다.

~ 돌아오네 돌아오네 고국산천 찾아서~
~ 얼마나 그렸던가 무궁화 꽃을~
~ 얼마나 외쳤던가 태극 깃발을~
~ 갈매기도 울어라 파도야 춤춰라~
~ 귀국선 뱃머리에 희망도 크다~

~ 돌아오네 돌아오네 부모형제 찾아서~
~ 몇 번을 불렀던가 고향산천을~
~ 몇 번을 불렀던가 고향노래를~
~ 칠성별아 빛나라 달빛도 흘러라~
~ 귀국선 고동소리 건설은 크다~

연주가 끝나자 회원들은 박수와 함께 앙코르를 외쳤다.

"중동건설을 나갔다 돌아오는 근로자들을 위한 노래로 생각 됩니다. 우리에겐 지난시절 해외에 나가 달러를 벌어 와야 하는 힘든 시절도 있었습니다. 앞에 젊은 신입회원들에게 그 옛날 일제 강점기에 있었던 일들을 얘기 해 주고 싶어 귀국선을 연주 해 봤습니다. 징용으로 보국대로 이 땅을 떠나 낯선 타국에서 고향을 그리워 하며 살아가다 끝내 돌아오지 못한 우리의 조상님들 그분들에겐 귀국선이 없었습니다."

"……"

"우리는 민족관념 없던 삼국시대에는 고구려인으로 백제인 으로 신라인으로 살아 왔습니다. 민족관념 있는 지금은 조선인으로 한국인으로 살고 있습니다. 앞날에는 또 어떻게 살게 될지 모릅니다. 우리로서는 최선을 선택하여 살아갈 뿐입니다. 자유 한국만이 최선이면 그렇게 살고 민족만이 최선이면 어떤 사회 체제 던 그렇게 만들어 살아가면 되는 것입니다. 다만 최선을 버리고 비겁하게 원하지 않는 체제에서 살아가며 불평만 늘어놓는 추악한 인생이 되지는 말자고 하는 겁니다. 우리가 원하지 않던 일제치하도 우리가 스스로 만들지는 않았다는 건 변명이고 약한 모습입니다. 민족이라지만 그들은 신왕조 조선을 선택하여 살아가고 우리는 민주사회 자유만이 최선이라고 한국을 선택하여 살고 있습니다. 이 땅을 떠나 사는 것도 이 땅에 남아 지키고 사는 것도 모두 저마다에 선택입니다. 지구를 떠나 살고 싶은 마음도 이 세상을 떠나 살고 싶은 마음도 자기의 권리입니다. 함께 있어야 행복할 것 같아 결혼하고 절대 행복을 바랄 수 없어 이혼을 하는 거라 합니다. 누구에게나 단 한번뿐인 삶 자기 멋대로 살지 못한다면 살아 무슨 의미가 있을지……, 그렇게 살아서 뭘 할는지……, 내 인생 남에게 맡기고 살아가는 인생도 인생인지. 키우는 강아지도 아닌데……

"……"

"지난날 일제치하 위안부는 조상님들이 나라를 지키지 못해 생긴 거라고 후손인 우리가 말할 순 없지만 다른 나라에 사람들은 그렇게 알고 있습니다. 우리는 앞으로 우리의 아이들을 지키려면 어떻게 할 건가 그것을 생각하는 게 우리의 최선입니다. 나라를 지키지 못하면 귀국선은 없습니다. 난민선 은 있겠지만……"

"……"

"저마다의 인생…… 짧습니다. 이 신의 축복을 받은 저마다의 삶을 투쟁으로 다 보내고 서로 간 혐오로 살벌하고 삭막한 사회를 만드는 건 우리의 생生이 너무 억울하다고 생각됩니다. 오늘 밤 신입 회원들과 즐거운 캠프파이어 기대됩니다."

"네. 회장님!"

3

충주호는 남한강의 아름다운 계곡을 막아 생겨났다. 제천 땅 청풍면을 통째로 수몰시켜 생겨났다고 청풍호라 하기도 한다. 충주호는 상류 쪽 소백산 기슭에 단양 강원도 땅 영월 정선으로 이어지는 계곡에 맑은 물로 채워진다. 산세가 아름다운 남한강 최상류 오대천 정선강 맑은 계곡물과 평창강 주천 강의 풍부한 수량은 영월에서 동강 서 강으로 합수되어 충주호로 유입되는데 그렇게 많은 수량水量은 아니지만 항상 맑은 물이다. 또 강변길이 계곡 숲속이라 걷는 나그네에겐 더 할 수없이 좋은 길이다. 영철은 오대천 계곡 길을 천천히 걸으며 지난 일들을 조용히 생각 해 봤다.

-살아있다는 건 아침에 일어났을 때 밝아오는 창문을 보는 거고 죽지 않았다는 건 그날을 보내고 조용히 앉아 저녁노을을 바라 볼 수 있는 그거야-

정훈이의 말이다. 지금 당장 죽는다 해도 아무 아쉬움 없게 살라고 그러던 정훈. 최선을 다해 사는 거와 최선을 다해 안사는 것의 그 의미는 영원한 인생 숙제다. 첫사랑을 위하며 살다 죽은 단짝 정훈. 첫사랑을 위해 죽지 못하는 자신이다. 어린 날 마음속에 예쁜 소녀를 품고 살아가던 머슴애와 세상을 품속에 안고 어린 날을 보내던 머슴애는 서로 다른 길을 걸었다. 작은 나룻배. 너무 많이 타서 배가 기울어지니 물에 뛰어들어 사랑하는 소녀를 구한다고 그러는 머슴애. 그리도 헤엄을 잘 못 치는 머슴애는 그 물속에서 나오지 않았다 영철은 그 물에서 정훈을 꺼내려고 해 봤지만 그건 단순한 게 아니었다.

-억지로 살지 않고 억지로 죽지도 못하는 삶이 우리에겐 있는지도 몰라-

운명이라면 받아들이겠다는 정훈이놈을 막을 길은 없었다. 고향땅을 다 사들일 수 있는 돈을 주어도 놈은 받지 않았다.

-그거 쬐끔 떼어서 내가 같이 지내던 애들한테 좀 줘라. 그 애들 그곳에서 나오면 갈 데도 없을 긴데……-

길거리에서 살려면 죄 안 짓고 살아갈 수 없다며 사고치고서 감방에 가 있는 일명 (노가다)동패들. 놈은 제 코가 서발인데 남 걱정이다. 아무튼 그 바람에 주문진에 오징어도 대관령에 감자도 만나게 되었고 같이 지내던 아이들 껌투리 왕눈이 막내를 떠맡길 수 있었던 거다. 영철은 춘천에서 회원들하고 헤어지는 그길로 대관령에 감자를 찾았다. 그때 주문진에서 영철이가 찾아왔다는 걸 오징어에게 듣자마자 한밤중에 막내를 데리고 달려와 붙들고 엉엉 울음을 터트리고 말을 잇지 못하던 감자.

-우리는 그때 영철이 친구…… 아니었음…… 지금 이렇게 살아가고 있지도 못할 거야. 우리는 그때 고향에도 돌아가지 못할 놈 들인디 살아서 뭣 혀-

"……"

"우리는 감옥에서 나오며 한강으로 가 다리에서 뛰어내리자 서로 다짐들을 했었제"

"……"

"우리한티는 아부지보단 친구가 더 나았다는 거여. 우리 아부지는 날 살아가게 못혔어. 살아가게……말이여"

모여 있던 모두를 한꺼번에 울려놓았던 감자 최 돈선. 그때 영철은 주문진을 떠나기 전에 꼭 찾아가겠다는 약속을 감자에게 했었다. 영철이가 주문진에 있는 동안 돈선은 하루가 멀다하고 찾아왔다.

"우리가 어떻게 해 줘야 돼 것 나?"

"허허허. 이사람. 내 아무리 떠돌이신세지만 아직 내 입에 풀칠하는 데는 아무걱정 없다네. 나중에 찾아 가거든 괄시나 말어."

"안 오기만 혀 내 가만있나. 날 우습게 보는 기여 안 오면"

"뭐 찾아가면 산골 색시라도 하나 얻어 주는 겨?"

"색시만? 아예 살림을 내 줄기여"

"허허 이거 일 났네. 일 났어"

"아주버님 진짜 일 났네"

안 예쁜 여사가 킥킥대고 웃자 모두들 배를 잡는다.

"뭐여 오 갈 데 없는 과수댁이나 구해 준다다는 뭐 그런 건가 웃는 이유는?"

"꺽정이님 바라는 것 좀 봐. 울 삼촌은 지금 배추밭에 날 품 팔러 다니는 할매씨를 얘기 하는 긴디"

옥이이모 말에 또 한바탕 웃어댄다.

"아 뭐 괜찮습니다. 수염이 허연 노인넨데 할머니라도 과분하죠. 돈선 이 친구 덕에 잘하믄 떠돌이 신세 면하기 되겠습니다."

영철이가 꺽정이 수염을 쓰다듬자 이번엔 모두들 기가 막혀한다.

4

"이거 산골부자네. 최 돈선 무시 못 하겠어"

"한해배추농사 수입만 몇 억 돼"

"야! 재벌이네"

"감자 당근 당귀 더덕농사도 그만큼은 되고"

"허! 감자친구 사위될 놈은 어떤 놈인지 몰라도 땡 잡았네"

"말이라고"

"밭이 꽤 큰데?"

"이십 만평"

"꽤 나갈 건데?"

"이 삼 십 만원은 그냥 거래되고 있지"

"나 같은 떠돌이 가끔 신세져도 눈치는 안 주 것 네"

"일 안하믄 절대 밥 없어"

"참! 있는 놈이 더 하다더니……"

"가서 옷 갈아입고 나와, 엇갈이 배추는 하루 앞서나가면 천 만 원이고 한 시간 빠르면 백 만 원이여. 시간이 돈이여 돈. 사돈댁이 와도 일 시키고 싶은 배추작업이라"

"이거야, 원 이렇게 바쁘면 어디 일꾼 놈이 읍내로 가 연애 할 새는 있 것 남"

"노인네 죽을 새도 없구만, 한가하게 연애질 타령?"

찾아간 영철에게 일꾼대접부터 시작하는 감자. 영철은 감자 아내가 안내하는 방으로 가 짐을 풀고 작업복으로 갈아입고 나왔다. 집도 농가 답지 않게 이층집에 잘 꾸며진 현대식 건물이다. 건평이 백 평이 넘어 보인다. 거기다 집 앞으로 창고가 양쪽으로 공장이나 처 럼 높게 여러 동 늘어서 있다. 보아하니 저온창고나 보관창고 농기계수리 작업장이다.

"일꾼이 꽤 많은 것 같습니다"

"열 서넛 돼라요"

"와! 많네요. 거의 중소기업이네"

"우리 주인 얘기론 아주 귀한 손님이라는데 왜 일을?……"

"사실은 배추밭 작업장에 아주 아리따운 여인이 작업 중이라는데 만나보려면 같이 일을 해야 한다고 해서……저 아직 싱글이거든요. 그런데 주인이라면?……"

"남편이요."

"아하! 감자씨가 남편이니까 바깥주인?……"

"배추밭 작업장엔 강릉 시내서 일하러 온 아줌씨 들 뿐인데……"

"할마씨 요"

"우리주인보다 나이가 적다면서 우짠 할마씨 을?"

"내가 이렇게 수염이 허여니 할마씨가 딱 이라고 그러면서…… 참내 쫌 젊은 과수댁이라도 구해주면 어때서"

"저의 바깟 주인이 장난이 쫌 심혀요."

"제가 별 볼 일없는 놈인 건 맞지만 남편 분 인정머리 정말 꽝입니다."

"우리 서방님 알면 큰 일 나겠네. 어릴 때부터 형아 만 찾던 서방님인데 이렇게 귀한 형아 에게 할마씨는 뭐고 일꾼은 또 뭐라 요? 서방님 지금 배추작업하고 있는데. 얼렁가서 불러오겠어요."

"아! 우리막내도 배추 작업중이군요. 제가 가서 보겠습니다."

영철은 장화까지 껴 신고 감자를 따라 배추밭으로 나갔다. 배추를 실는 트럭들이 많다. 트랙터로 트럭에다 배추박스를 실고 있던 막내가 보고 달려왔다."

"형아!

"많이 바쁘구나.

"웅 주문진 껌투리 형한테 형아 떠났다는 연락은 벌써 받았는데 이제야 와"

막내가 작업을 중단시키고 일꾼들을 쉬게 했다. 한쪽에서 작업복 차림 여자애들이 서넛 달려왔다."

"안녕하세요."

"안녕하세요."

"우리학교에서 실습 나온 애들. 형 펜들"

"반갑다. 만나서…… 그런데 어떻게 나를?"

"형아 연주 들을 라고 주문진 회관까지 찾아간 게 벌써 몇 번인데"

"교수님! 휴강 신청이요"

아이들이 장갑을 벗어던지고 나오자 감자가 손을 내저으며 아이들을 다시 밭골로 몰아넣는다.

"이거 일꾼이 하나 들어 온기여 훼방꾼이 온기여"

영철은 배추작업을 도와주며 일하는 아주머니들과 또 싱거운 입담으로 인기관리를 했다. 막내는 강릉시내 대학에서 강의를 하면서 농장일도 거든다고 했다. 막내는 그 옛날의 그 모습이다. 얌전히 공부를 하든가 연이누나를 도와 집안 청소를 하던가 하지 형들처럼 골목으로 나가 딱지를 치거나 공차기 놀이를 잘 안했다. 장난질에 잠시도 가만있질 못하는 껌투리 왕눈이와는 너무 달랐다. 지금도 여간 열심히 일에 열중하는 게 아니다. 작업과정이 거의 빈틈이 없다. 800고지 이상에서 가능하다는 여름배추. 엇갈이 배추라고도 하는 고랭지배추는 때로 포기당 몇 천원에 좋은 값을 받기도 한단다. 영철은 배추작업을 끝내고 돌아갈 준비를 하는 아주머니들을 모아놓고 색소폰을 연주해서 또 즐겁게 하는 건 좋았는데 농장 장 감자에게 핀잔도 얻어들었다."

"강릉 시내까지 가려면 저물어. 이 철없는 일꾼아!"

"이 친구는 또 뭐 멋대가리 없는 소리래. 할마씨 하나 구해준다는 건 이제와 나 몰라라 하고 남 일껏 하는 황혼사업은 해방 놓고 그런데?"

"허허허 참내……"

5

대관령은 백두대간 준령이다 한여름에도 가을 날씨 같은 대관령의 서늘한 밤은 문 밖을 나설 때 보온잠바라도 걸쳐야 한다. 영철은 저녁을 먹고 실습생들과 기타를 치며 놀다 숙소로 갔지만 잠이 올 것 같지 않아 밖으로 나왔다. 실습생들은 대학 기숙사로 돌아가지 않고 농가에서 숙소를 제공받아 지낼 수 있는데 지도교수의 감독을 받게 되어있단다. 그런데 막내가 학교에 강의를 나가는 교수여서 많은 도움이 되고 있단다.

〈조용한 들길을 걸으며 풀벌레 소리를 들을 수 있으면 좋을 거야. 밤에는 별들이 총총한 하늘을 바라보며 보고 싶은 친구들을 그리워하고 있으면 엄청 행복하겠지.〉

못된 놈. 정훈이가 어린 날 먼 훗날을 꿈꾸며 하던 말이다. 충주호로 밤낚시를 가서 고기가 안 잡히면 들어 누워 아무것도 볼 것 없는 흐린 어두운 밤하늘을 올려다보며 중얼대곤 했다. 녀석은 인생은 소풍 나온 거라 했다, 그래서 무조건 즐거워야 한다나. 영철은 새삼스럽게 그리워지는 어린 날들을 회상하며 멀리까지 걸었다. 정훈이 처럼 자연의 그 아름다움 같은 건 느끼지 못했지만 도시에 삶에서는 느끼지 못하는 조용함만은 참 좋았다.

"마스터님!"

"……"

어둠속에서 뒤따라온 듯 누가 찾는다. 아까 같이 놀면서 노래를 잘 부르던 실습생이다. 머리를 뒤로 묶어 올려서 그렇게 보이는 가 귀엽다."

"학생도 밤길 산책을 좋아하나 보군?"

"좋아해요. 마스터님 하구 같이 걷고 싶어 따라 나왔어요."

"그래…… 현장 학습이 힘들지?"

"조금요"

"옛날엔 대학생활이 낭만과 희망으로 넘칠 때도 있었다는데. 물론 노동은 없었지"

"그 낭만 속엔 이런 얘기도요. 옛날엔 서울 가서 대학 다니는 아들이 고향에 농사짓는 아버지가 올라오면 친구들에게 누구라고 그랬다는데……"

"우리 집 머슴?"

"후후후 재밋다"

"요즘 아들은 돈 주主라고 그런다며?"

"영원한 바보 스폰서……요"

"그런 얘기는 누구한테 들었나?"

"농장장님 요"

"좋은 얘기는 안 들려주고 이 친구 정말 못됐군. 우골탑牛骨塔만 얘기해요"

"마스터님 말씀대로예요. 글쎄 딸한테는 이랬대요. 너는 내가 신랑 깜 골라주는 데로 가야돼"

"이효석에 메밀꽃 필 무렵 얘긴가?"

"동네사람들이 다 그래요. 이 농장에 주인은 사람은 참 좋은데 맴은 참 못됐다고요."

"아동학대로 고발이라도 해야 되겠어"

"맞아요"
"아까 보니까 노래도 잘하고 기타도 잘 치던데 취미생활?"
"음악전공 요"
"그런데 왠 농업 쪽 현장학습"
"알바요. 실습 학점도 따요"
"심심한데 시간 때우고 용돈 챙기고?"
"방 청소 하고 비상금 찾아 챙기고"
"허허허허"
"후후후"
생글거리는 아이. 꽤 오래 영철은 아이와 장난을 치며 산책을 했다. 산책길에서 돌아오며 춥다고 팔짱을 끼는 아이에게 잠바주머니를 열어줬다. 녀석은 주머니에 손을 집어넣고 까불어댄다.
"나 마스터님 따라다니며 음악 실습 하고 싶다."
"잘못하는 선택"
"자기 인생길을 선택 하는 것도 아닌데 좀 잘못되면 어때……요?"
"어린 날에 잘못 선택은 자기 일생을 결정짓기도 해. 청춘 때 잘한 선택은 죽을 때 까지 행복하지"
"피…… 다 살아본 거 같이 말 하네 마스터님은"
"내말이 좀 그러네. 만년싱글이가 뭘 안다고"
"마스터님은 싱글에 목적이 자유?"
"능력 없음. 준비성 결여. 외모 불량 등 등 등……"
"능력 100점 외모 100점 준비성 제로. 등등……"
"면접관에겐 지금 사심이 다분함"

"인정. 수제자가 되고 싶슴"

-소쪽- 소쪽-

한여름 밤. 고요한 어둠속에 간간히 들려오는 새소리. 개 짖는 소리. 문학가라면 시상詩想이 절로 떠오를 것 같다. 영철은 가끔 자신을 돌아보면 헛웃음이 나오곤 하는 걸 어쩔 수 없었다. 모두가 갖추는 그것은 가정이고 사랑이고 또 행복이다. 무한한 자유 생활을 가지는 대신 그 외에 모든 건 다 버려야한다.

"마스터님하고 이렇게 밤새 마냥 걷고 싶다."

"학생. 지금 번지수를 잘못 입력했음"

"탄로 났네……내 작업 멘트"

"많이 걱정돼요 아주 많이"

"후후후……"

"……"

조금만 더 걷자는 아이를 따라 걷기를 한참 대관령의 써늘한 밤기운이 이젠 차거웠다.

"그만 돌아가자. 춥다."

"시내 쪽에 사람들은 이쪽 기온에 좀 적응하기 힘들어요. 냉장고 속 같다고 그러기도 해요"

"난 지금 극기 훈련 하는 거……"

"아쉽다 좀 더 걷고 싶었는데. 마스터님 건강을 위해서 쫑"

"우리 막내한테 같이 이렇게 걷자고 해 봐"

" 교수님 요?"

"왜? 교수라서 안 되나 학칙 상?"

"그건 아니지만……"

"만약 그렇다면 사귀면 되지 뭐"
"교수님하구요……?"
"학생은 잘 모르겠지만 우리막내 아니 교수는 나하고 어릴 때 한동안 지낸 적이 있었는데 성격 하나는 짱 이야. 학생은 내말을 들으면 아주 탁월한 선택을 하는 거야"
"……"
"어릴 때 꿈은 뭐 백마 탄 왕자겠지만 황소 탄 농장 일꾼의 사랑도 따스하다면 괜찮은 거야. 학생은 아직 모르겠지만 잘난 남자의 쪼금 사랑보다 못난 남자의 다 사랑을 받는 게 그래도 나은 거야. 황진이의 삶도 결과적으론 베 짜는 아낙만 못한 거 거든"
"……"
"정답은 아니지만 바람피우는 남편은 집안에 아내를 여인으로 안 볼 수 도 있다는 거. 그런 거 등등. 그런 건 또 잘난 남자들 만에 비밀"
"마스터님의 인생관……요?"
"난 그쪽이 못되니까 그런 애정관도 없음. 보편적 편견"
"피! 난 황진이 쪽이 아니거든요. 배추농장 아이요"
"내가 학생에게 좋아하는 남자친구 확 휘어잡는 거 가르쳐 줄까?"
"네"
"자신 있게. 망설이지 말고. 귀 잡고 눈싸움을 걸어. 깨져도 딱 한번이야. 남자는 여자하기 나름. 뭐 그런 거 있잖아"
"당장……요?"
갑자기 앞에서 눈싸움을 거는 아이

"임 마! 연습은 안 해도 돼"

"후후후"

"하하하"

사랑에 빠진 남자는 사랑을 모르고 사랑에 빠진 여인은 세상을 모른다고 했다. 다 버리고 올인 하는 사랑은 참사랑이겠지만 세상은 그런 사랑을 막사랑 으로 볼 수 도 있다. 영묵이와 진이의 사랑이 참사랑이었던 건지. 막사랑 이었던 건지 모르지만 세상을 버리지 않았다는 그건 진실이다. 영묵은 사랑타령을 한 적이 없으니 사랑을 모르는 거고 진이가 자기자리를 벗어나지 않았으니 세상을 알고 있었던 거다. 진심으로 애국하는 애국인은 애국이란 말을 하지도 않는다는데…… 영철은 저쪽 산기슭까지 더 넓게 펼쳐져있는 배추밭을 어림잡아보며 아직도 주머니에 손을 빼지 않고 매달려 걷는 아이의 어깨를 토닥여 줬다.

"이 농장장의 딸은 나중에 이 많은 재산을 다 관리하려면 고생 좀 하겠다."

"왜요?"

"농장 장은 내가 잘 아는데 이 땅에 애정이 남달라. 학생은 잘 모르겠지만 그럴만한 사연이 그 친구에겐 있단다. 그 옛날에 아주 힘들었던 일들이"

"아! 그래서 부동산 사람들이 오면 나 죽은 뒤 오라고 그런다 하는가 봐요"

"어떤 놈이 될지 이 친구 사위 될 놈 죽었다. 죽었어."

"왜요?"

"〈봄 봄〉의 그 머슴 놈이 되는 거니까. 딸만 있으니"

"아닌데…… 마스터님이 잘 모르시는 거야요. 이 농장 애가 제 친군데 그 친구 말로는 자기 아버지는 이 땅을 자기한테 하나도 안주고 삼촌에게 다 주었다고 그랬어요"

"그래!……"

"지금 이 땅 소유주는 교수님이래요."

"왜 그렇게 하지……"

"모른대요. 그 친구 말은…… 삼촌만이 이 땅을 지킬 수 있다고 아버지가 그랬대요."

"그래……"

"좀 이상하지요 마스터님도?"

"글쎄……"

"그것 때문은 아니겠지만 교수님은 교내에서나 밖에서나 인기짱 이래요. 교수님 짝 고르다가 청춘 다 가겠어요"

"학생도 그중에 하나?"

"후후후……"

"학생 이름이……?"

"정이요"

"정이…… 이름이 학생한테 딱 어울리는 이름이야. 예쁜 모습에 예쁜 이름"

"증證에 이름은 따로 라요. 남자 이름이라 잘 안 써요"

"아까 내가 했던 얘기 그거 아주 탁월한 선택이……?"

"아니래요?"

"글쎄 갑자기 백마 탄 왕자였잖아"

"마스터님은 교수님이 잘난 남자라서 나중에 분명히 아내를 여인으로 안 볼 수도 있고 바람도 피울 거고 뭐 그런다는 그 얘기를 하시는 거래요?"

"보편적 편견일 수 도 있지만 대체적인 인식이 그래서……"

"그럼 그만 두는 게 좋겠어요."

"난 우리막내를 잘 아니 믿지만 정이는 교수를 잘 모르니 글쎄……"

"후후후. 농장장님은 우리들에게 마스터님은 무조건 믿어도 된다고 살짝 귀 뜸 해 주셨는데"

"그건 잘못된 악마의 속삭임이야. 정이는 내말을 믿도록 해……요"

"마스터님은 지금 상황파악을 못하시는 거 하나둘이 아니에요. 우리친구들은 물론 우리학교 퀸들도 다 포기 했어요. 교수님 연인 되는 거요. 저는 아예 꿈도 꾸지 않아요."

"교수는 지금 정이의 참모습을 못보고 있군. 아무리 성난 황소라도 정이에 노래 소리를 들으면 금세 순해질 거야. 남자는 살아가며 아내의 정겨운 또 다른 위안이 최고라고 했어. 우희의 비파. 황진이의 가야금 같은"

"후후후 마스터님 지금 저에게 작업 멘트……?"

"정이는 지금 계속 입력을 잘못 하고 있음. 어찌 계속 오류야 오류"

"마스터님도 지금 계속 상황파악을 잘 못하시긴 마찬가지……요"

"……?"

6

집에 돌아오자 기다리고 있던 농장장 감자가 다정히 팔짱을 끼고 들어오는 둘을 보고 못마땅한 듯 아이를 쫓아 보낸다.

"이 사람아! 우리농장은 일하는 데라고. 일찍 자야 새벽일을 하제"

"이 친구야! 나 같은 고급일력은 새벽일 안 해"

"머슴살이를 하려면 제대로 허제"

"웬 머슴? 날 품팔이라면 몰라도"

"알거 없고 들어가세 막걸리 뿐이지만 한잔 해야지"

"이 사람은 구해준다는 할마씨는 어쩌고 맨 일만 부려먹을 심산이야"

집안에 거실은 사무실을 겸하고 있다 웬만한 농가 집 넓이다"

"안주인께서는 그래도 이 떠돌이를 손님대접 하십니다. 이렇게 차린 술상은 받아 본적이 없습니다. 바깟 주인은 손님 귀한 줄을 몰라요. 귀한 줄을. 멀쩡한 손님 일꾼취급이나 하고"

영철의 인사에 농장 안주인은 빙긋이 웃기만 한다. 막내는 따라서 빙글 댄다. 옥수수 막걸리, 돈선이도 영철이도 술 사발을 비우기가 바빴다. 막내는 술을 안 먹어서 안주인과 식혜를 먹었다.

"형수님 나 우리 형아 하고 살고 싶은데 형수님 생각은 어떠세요?"

"서방님이 그렇게 생각하신다면 너무 좋아요. 우리는"

"형아. 어디 갈 생각 마. 주문진에 껌투리 형도 나한테 형아 꼭 붙들어라 했어"

"막내야. 아무래도 니 형아는 역마살이 끼였나 부다. 처자식도 내팽개치는 그놈의 역마살"

"이사람. 감자. 아니 최 돈선! 나한테는 처자식이 없어! 없어! 그러니까 괜찮아 역마살이 백번 끼어도"

술이 거나해진 둘은 시간가는 줄을 모르고 얘기를 나누다 술을 나누다 했다.

"그런데 이사람 막내를 언제 장가보낼 거여? 나이가 사십이 넘었잖아?"

"아 그게 왜 내 잘못이여. 못된 형아 탓 이제. 아 우리막내 형아를 언제 만나던 만난 뒤에 결혼 하겠다는 걸 어떡혀?"

"막내야? 무슨 소리냐?"

"형아는…… 내가 핑계 대느라고 그런 거야"

"여친은 있는데?"

"이제 만들지 뭐"

"이제야 우리서방님 얼굴이 활짝 피네. 어릴 때 헤어진 형아를 왜 지금에야 만나서 그럴까. 그동안 애태운 게 얼마야"

막내의 손을 꼭 잡고 흔들며 안주인은 눈시울을 붉힌다.

"형수……사랑해요"

"나두 서방님 사랑해"

"임자…… 이제야 하는 말이지만 막내를 이렇게 잘 키워줘서 정말 고마워. 난 늘 그때 이 친구의 은혜를 생각하면서 막내를 위했어. 내 이런 맘을 알고 자식처럼 돌봐준 임자가 정말 고마웠네."

"서방님 형님이 많이 취하신거래요. 안하던 말도 하네. 고약한 농장 주인으로 동네서 소문 난 아저씬데"

'못된 친구가 맞기는 맞네. 그 학생 말이 맞아"

"뭐래! 아까 그놈이?"

"이 친구야. 거꾸로 좀 듣게나. 애들 혼 내키지 말고"

"네 이 녀석을! 막내야 정훈이 좀 불러 와라"

"정훈이……?"

"아 참 친구에겐 말 안했나. 송아지 그 친구가 정훈이 아녀. 내 죽을 때 꺼정 그 친구는 못 잊네. 암 못 잊고. 말고"

"……?"

'글쎄 손님. 그렇다면서 딸애 이름을 턱하니 남자애 이름으로 지어줬대요. 우리 주인양반이"

"아까 그 애는 정이라는 학생인데……"

"딸애를 친구들은 정이라고 불러요"

"네! 이…… 일을…… ?"

영철은 어이가 없어 들었던 술잔을 떨어트리듯 탁자위에 내려놨다. 정이는 딸이면서 딸에 친구처럼 아까 그런 거다.

"손님 우리 딸아이가 좀 엉뚱해요. 친구들하고 손님 연주 듣는다고 이틀이 멀다하고 주문진을 들락거렸대요. 오죽하면 주인양반이 아예 따라가서 같이 살아라. 그랬겠어요. 아까도 손님 나가시는데 따라나서며 부탁을 한데나 고백을 한데나 하면서 좋아서 뛰어나갔는데 손님 곤란하게는 안하나 걱정 했어요"

"임자 ! 걱정하지 말어. 어차피 어떤 놈을 줘도 줘야 되는데 뭘. 지가 좋아서 따라가겠다는데 어찌여?"

"용서하십시오. 제가 미쳐 헤아리지 못하고……"

영철은 일어나 안주인에게 엎드려 사죄를 했다. 아까 아이가 상황파악을 못한다고 그랬을 때, 알아챘어야 했다. 깜직한 아이의 장난 끼가 한편으론 귀엽기도 했다. 그러나 생글거리며 막내와 장난을 치며 들어오는 정이는 뭐냐는 듯 계속 생글거린다.

"엄마아빠 화내면 나, 갈래……요"

"형아. 우리정이 형아 못 따라가면 낼부터 밥 안 먹는데. 아무래도 형아 가 여기서 같이 살아야 되겠어. 악기 배워주면서"

"삼촌 최고! 정이한테는 삼촌뿐이야. 헤헤헤"

7

오대천은 하진부에서 정선으로 내려가는 59번 도로 옆으로 깊은 계곡을 이루며 흐른다. 영철은 철 이른 단풍이 발갛게 물들어가는 구도로 로 걸었다 터널이 많은 신도로는 오가는 차량도 많지만 경관을 감상하기도 마땅찮았다. 마을 앞을 흐르는 계곡물이 특히 좋은 수항리에서는 촌로와 살아가는 얘기도 하며 쉬기도 했다.

"워찌, 걸어 다니남?"

"그냥 산천구경이 좋아서 걷습니다."

"행색을 보니 그리 궁색해 보이지는 안쿠만은?"

"떠돌이 악삽니다. 나팔불어주고 푼돈 얻어 사는"

"정선 장에 가면 공연장이 있을 기여"

"안 그래도 거기 가는 길입니다."
"꽤 멀긴디?"
"뭐 그냥 세월없이 그냥 감 됩니다. 싸게 오라는 데도 없으니……"
"가다보면 민박하는데두 있기는 있구만은……"
"고맙습니다. 노인장"
"살펴가시오"
영철은 노인과 헤어져 마을 어귀를 나섰다. 도로 아래 계곡이 깊다. 하늘이 잘 보이지 않는 앞산 절벽위로 하늘이 조각으로 좁다. 협곡의 길은 한 폭의 그림이다. 강원도에 길은 어디나 걷고 싶은 길이다. 계곡길이나 산길이나 콩잎이 누런 들길이나 감자 꽃피는 언덕길이나 다 좋다. 등산길은 더 좋다. 대관령에서의 그 여러 날의 등산…….

"마스터님은 산 대장해도 되겠다."
오대산 가리왕산. 계방산. 등산을 하며 정이는 힘들어 했다. 그러면서도 정이는 투덜대며 따라다녔다. 그 긴 여름 8월 또 9월 영철은 정이를 데리고 등산을 했다. 힘 빼기 작전. 정코스 비코스 찾아가기 작전. 계방산에서 비바람을 만나 전망대에서 꼼짝을 못하고 임시천막 비닐 텐트속에서 커피를 타 마시며 눈싸움 연습을 할 때 정이는 아직도 어렸다.
"나에게 축복. 정이는 고생"
"정이는 행복 아저씨는 불행"
"그냥 재미있는 정이의 꿈?"

“꿈이 있는 아저씨. 사랑해요.”
“아저씨도 정이 사랑 해”
“정이는 처음으로 사랑에 빠졌대요.”
킥킥킥
“임마! 연습이 왜 아저씨냐?”
“멋있는 남자니까……요.”
영철은 정이의 말똥말똥한 눈을 더 쳐다보지 못하고 정이의 이마에다 꿀밤을 먹였다.
“어! 아저씨. 지금 애정의 표현……?”
“정이가 왜 이리 예쁠꼬? 공부도 잘하고 삼촌말도 잘 듣고”
“피!……”
집에서는 더 생글대는 정이다. 막내는 정이를 골려주는 재미에 심심한줄 모른다. 어른들의 묵인은 정이를 더 신나게 하고 . 영철은 막내와의 시간이 아쉬워 금방 떠나지도 못하고.
“형아! 우리 정이 형아 없으면 어쩌나요 외로워서……”
“치! 형아 떠나면 나보다 삼촌이 더 그럴 걸”
이상하면서도 이상할 것 없는 이 상황. 애초에 일의 발단은 감자였다. 아직 미혼에다 떠돌이 생활로 아까운 세월을 보내는 영철이가 딱하다며 그러다가 생각 해낸 게 아직 대학도 마치지 않은 딸아이를 영철이와 결혼시키겠다는 생각이었다. 같이 상의를 하던 모두는 처음에는 놀라 아무 말도 못했다. 나이차이가 많은 것도 많은 거지만 애당초 현실성이 없어서였다. 언제나 엉뚱한 일을 잘 벌이는 삼촌이지만 옥이이모는 착하기만 한 친정 동생의 앞날이 걱정되어서였다. 신랑깜이야 나이 차이만 아니면 나무랄 데가 없었지만 한곳에 정착하지 못하는 자유 분망한 사람인데 보통사람으로 보는 거가 더 문제였다. 그러나 모두들 적극적인 반대는 하지 못했다. 그러나 일은 엉뚱하게도 본인인 정이에게서 벌어졌다. 아버지에 얘기를 듣고 주문진 회관을 찾아 영철이가 공연하는 걸 본 정이는 이틀이 멀다하고 찾아다니더니 그만 홀딱 빠져서 모두를 기겁하게 했다.

"멋있어 언니…… 나 결정"

"……"

"아빠 말 따르겠음"

"정이 너 정말이니?"

"응"

안 예쁜 여사도 이외의 상황에 할 말을 잃었다. 요즘 애들은 잘난 남자면 재혼남도 괜찮다고 한다는 게 남의 일인 줄만 알았는데 멀쩡한 정이가 그러는 거다. 나중엔 껌투리도 오징어도 가만히 정이를 보기만 했다. 그런 상황을 모르는 영철은 주문진을 떠나 대관령으로 갔고 영철은 대관령을 찾자마자 난감한 상황에 맞 딱 드려 지금 곤욕을 치루고 있는 거다.

"정이 너 기숙사로 가기"

"기숙사에는 마스터아저씨가 없네요."

정情은 가족 간에도 이성 간에도 있는 것. 한시도 떨어져서는 못 살아서 이성 간에는 같이 있겠다는 약속의 혼인도 하고, 또 가족은 한 식탁에서 꼭 밥을 먹는다고 했다. 죽을 먹던 밥을 먹던 같이 나누어 먹고 온 식구가 이불 하나에 추위를 견디며 잠을 잘 수 있다는 그것. 불과 몇 십 년 전에 있었던 일이란다. 감자는 딸아이를 키우며 남다른 교육 아닌 삶에 교육을 시켰는데. 그건 일명 인생의 참맛이란다. 농장 알바 생들과 합숙 시키고 작업장에서는 똑같은 일과 똑같은 보수報酬을 챙겨준단다. 영철이가 이곳에 처음 와서 농장 알바생들과 연주회를 할 때 그들 중 하나였던 정이다. 정이는 함께 지내며 가족으로 정들어갔다. 정이가 꿈꾸는 달콤한 이성의 정은 영철에게는 애초에 생겨날 수도 없었다. 그 많은 것들에서 해방되기도 어려웠고 그 많은 것들을 잊고 산다는 건 더 어려웠다.

"철새는 언젠가는 날아가지……"

"죽지 않은 철새는 다시 돌아 온다네요……"

"아저씨는 떠돌이 악사. 어느 날 홀연히 단풍잎 속으로 사라진다네.

"돌아올 거야. 정이가 기다리니까."

일만 아는 농사꾼들. 멋진 연주로 그들의 여가생활을 즐겁게 해준다며 열심히 배우는 악기. 색소폰도 기타도 키보드도 정이에겐 버거운 상대다. 학원에서 음악실에서 정이는 열심이지만 타고난 소질이 없는 사람은 그만큼 노력이 있어야한다. 다행인건 정이는 타고난 고운 목청이 있었다.

"하모니카나 배우지 철없는 아가씨"

"마스터님 같은 연주가가 될 거야. 꼭"

"십년……?"

"백년이라도 좋아요. 마스터님이 있으면 금방 될 텐데……"

"언젠가 흰 눈 내리는 하얀 겨울에 돌아올 게"

"아마 정이는 밥 안 먹고 죽었을 걸. 이 가을이 다 가기 전에"

이 가을이 다가기전에. 영철은 수항리를 돌아 나와 장전계곡을 걸어 올라갔다. 단풍도 바위계곡도 좁은 길에 좁은 도랑에 아늑하다. 털보산장에서 커피를 한잔 얻어 마시고 다시 오대천 길을 걸었다 인가가 없는 계곡 길로 접어들었다. 구도로 와 신도로가 만났다가 헤어졌다가를 반복하는 59번 도로에는 어느새 어둠이 깔린다. 민박집까지는 아직 한참을 가야한다.

"휴대폰과 자동차의 시대. 이 시대에 길은 오직 정해진 목적지로 가는 과정일 뿐 그 외에 다른 의미는 없네."

걷는 영철에게 건네던 산장 주인에 말이다. 이 시대는 그런지도 모른다. 다만 그 옛날에 러시아의 대문호 톨스토이는 객사 할 때까지 러시아의 그 차가운 동토 땅의 길을 한없이 걸었다는데 무슨 생각을 하면서 걸었을는지. 존스타인백은 분노의 포도를 책상머리에 앉아서 공상으로 쓰진 못했을 터. 책 속의 주인공이 그 낡아빠진 트럭을 고쳐가며 떠난 길은 현실감이 너무 절절했다. 사색思索은 사치다 무조건 노동勞動 하라. 불평의 권리는 가난한자에게는 없는 것. 작가는 대농장주들의 횡포를 고발하려 그 흙먼지 날리는 캘리포니아 길을 걸었을 런지.

'산을 보기위해 산을 오르지는 않는다. 산이 좋아서 갈뿐이다.'

등산인들 얘기다. 그들이 그들의 땅을 걸은 건 그들의 땅이 좋아서 걸었다는 아주 단순한 결론도 된다. 악처 때문이던 참 인생 때문이던 러시아의 대문호는 그 긴 시간 그 끝없는 먼 길을 걸으며 인간에 그 지극한 사랑을 알아보았을런지도 모른다. 또 삶에 그 희열과 고통을 생각하며 걸었을런지도 모른다. 철학이 있고 신神에 대한 경외敬畏가 있고 물음이 있는 톨스토이의 작품들은 사색思索이 있기에 독자讀者들을 매료시킨다.

이 시대. 사색이 없는 이 시대. 사색으로 자기생각을 정립시키지 않은 사람들은 막말을 마음껏 한다. 세상이 온통 시끄럽게 되어도 상관없다는 듯이. 조용히 이 땅을 걸으며 사색하는 그런 건 시간낭비 감정 낭비여서 안하는지 모르나 이 땅을 사랑한다면 좋아한다면 꼭 그런 시간낭비 만이 아닐 텐데…….

"뿌스럭~ 뿌스럭~"

영철은 자작나무 숲속에 고개 길을 돌아내려오다 깜짝 놀라 뒷걸음질을 쳤다. 송아지만큼이나 큰 멧돼지 한 마리가 새끼들을 달고 도로로 막 내려오고 있었다. 아직 등줄기에 누런 줄무늬가 채 가시지 않은 새끼들은 앙증맞게 귀엽다. 붙잡아서 안아주고 싶은 새끼들은 도로를 이리저리 뛰어다니며 장난까지 친다. 영철은 그놈들이 길 아래 계곡으로 내려가 물을 먹을 것이라 생각하고 기다렸다. 야행성인 멧돼지지만 새끼들을 위해 주간에도 활동을 한단다. 새끼달린 멧돼지는 호랑이보다 더 위험하다고도 했다. 물불 안 가리고 치받는 난폭함은 당할 수가 없어 엽사들도 가급적 정면대결은 피한다고 한다. 차량왕래도 드문 구 길이다. 놈들이 제 갈길 갈 때까지 기다리는 방법뿐이다.

"야~ 호!"

갑자기 고개위에서 떠들썩하는 소리와 함께 한 무리의 자전거 대열이 내려닫는다. 하이킹 나온 아이들이다. 내리막길을 즐기는 거다. 그런데 속도가 너무 빠르다. 아이들이 그 속도로 내려오면 커브 길을 돌면서 길에 들뛰어 다니고 있는 멧돼지 새끼들과 맞닥뜨린다. 행여 부딪치기라도 하면…… 영철은 순간적으로 위험하다는 판단을 했다. 어미를 길 아래로 쫓으려면 새끼들을 길 아래로 몰아가는 게 상책이다. 영철은 매고 있는 등산 가방을 새끼들에게 던지고 고함을 질렀다. 새끼들이 우르르 가드레인을 빠져나가는 걸 도로 아래로 내려몰았다. 놀란 새끼들이 꽥꽥대며 사방으로 튀었다. 영철은 손에 집히는 대로 새끼들을 향해 돌을 던져댔다. 예상 했던 대로 어미가 왝왝거리며 내려닥쳤다. 큰 바위돌이 굴러 내려오는 것 같았다. 피할 방법이 없다. 올라갈 나무도 옆에 없었다. 영철은 급한 대로 물가에 큰 바위위로 튀어 올라갔다. 어느새 놈이 바위아래까지 내 닥쳐와서 주둥이를 벌리고 씩씩대며 위협을 한다. 그러다 말고 갑자기 분이 안 풀렸는지 바위 밑을 돌아쳤다. 영철은 갑작스런 상황에 어쩔 줄 모르다 잠바를 벗어 놈이 못 올라오게 놈에 주둥이를 향해 내리쳤다. 그러다 놈이 잠바를 물어 젖혀서 그것마저 빼앗겼다. 그때 아무것도 모르는 아이들이 우르르 도로를 내달려 내려갔다. 그러자 놈이 아이들의 소리에 놀라 건너 잡목숲속으로 새끼들을 따라 사라졌다.

"망할 놈! 죽을 뻔 했네."

영철은 한동안 그 자리에 얼어붙어 있다가 바위에서 내려와 저만큼에다 내동댕이쳐버린 잠바를 주워들었다 놈이 분에 못 이겨서 물고 흔들더니 여기저기 찢어져버렸다. 그래도 다행히 하모니카는 안 빠져나갔다.

"허허. 이사람. 멀쩡한 양반이 무슨 장난인가?"

"……"

영철이가 길 위로 올라오자 망태기를 짊어진 약초꾼이 도로에 나뒹굴어 있는 등산가방과 악기 케이스를 주워서 건네며 그랬다.

"고맙습니다. 놈들하고 좀 놀려고 했더니 안 놀아 주네요."

"젊은이 목숨이 몇 개라도 되나? 새끼달린 멧돼지하고 놀려고 하게"

"죽는 줄 알았습니다. 정말"

영철은 노인장을 향해 싱겁게 웃어 보이곤 길을 물었다. 한참을 더 가야 민박집이 있다고 했다. 길은 어느새 어둠이 깔려 어둑어둑해서 발 앞이 잘 안보였다.

"수행修行중인가?"

"무지한 범생凡生 입니다. 그냥 경치가 하도 좋기에……"

"진부에서 걸어왔다면 꽤 먼 길인데"

"인가人家가 안 보이는데 어디 사십니까?"

"조금 더 내려가면 몇 집이지만 동네가 있네."

초로의 노인장은 발걸음이 씩씩하다. 영철은 허둥지둥 노인장을 따라가며 이것저것 사는 걸 물어봤다. 버섯도 따고 약초도 채취하러 다닌다는 노인장은 영철이가 떠돌이 악사라고 그러자 무슨 생각을 했던지 자기 집으로 가서 오늘밤을 묵어가라 호의를 베풀었다.

"난 일 안하고 사는 젊은이 같은 사람 좋아하지는 않네. 그래도 하고 다니는 짓이 밉지는 않아서 그래"

"이거 너무 감사합니다. 어르신"

"이사람! 어르신 어르신네 하지말어. 그 턱수염 하고 다니는 것 보면 남들이 동갑네라 하것어"

"히히히……어차피 꺾어진 백세 넘긴 건 마찬가지입니다."

"원산 간 놈이나 철산 간 놈이나 간 거는 간 거제"

"신세가 많습니다. 이렇게 덕을 베풀어 주시니……"

"관상을 봐서는 밥 얻어먹으러 다닐 종자는 아닌데…… 그 덩치에 날렵한 거 보면 배운 건 좀 있는 기여. 있어……"

"학생 때 운동을 좀 했습니다. 유도요"

"나중에 밥 빌어먹을 잡기雜技는 아니니 구 먼은……"

"아 어르신 잡기라니요. 저는 부끄럽지만 장기는 고사하고 꼬니도 둘 줄 모릅니다."

"그럼 잘하는 기 뭐여? 기집 질인가?"

"그 건……"

"그럴 줄 알았어. 기집 좋아 하는 종자들이 노름 좋아하고 그러다 나중에 처자식도 건사 못 허고 비럭질 허러 댕기제"

"어르신 돗자리 깔으셔도 되시겠어요."

"젊어 수학修學 불不한 놈이 늙어 타락墮落 하고 날뛴 망아지 나중에 구루마 끄는 신세되제. 다 사필귀정이여. 내 오늘 젊은이 인생이 가엾어 이러지만 더는 그길 가지 말게나. 사는 기 산다고 다 사는 기여"

"뼈저리게 지금 반성하고 있습니다."

"그래도 왜죽는지 알고는 죽겠구먼. 그리도 못 혀면 개차반이제"

영철은 노인을 따라 허름한 농가로 들어갔다. 옛날 집이지만 깔끔한 마당에 정리가 잘된 헛간이 있는 전형적 강원도 농사 집이다. 울이 없는 강원도의 농가들은 대부분 처마를 잇대어 헛간채가 있는데 나무간이면서 외양간인 헛간채에는 아직까지 규유통이 그대로 걸려있다. 눈이 많이 와도 눈을 치우지 않고 부엌 가마솥에서 막바로 소여물을 퍼줄 수 있단다. 노인이 마당에서 헛기침을 하자 허리가 많이 굽은 안노인이 부엌에서 나왔다.

"손님이여. 시장 허네"

"죄송합니다. 어르신. 길가는 나그네가 갑자기 이렇게 신세를 지게 돼서……"

"어디 유……"

"아무러치도 않다는 듯 고개를 끄떡이며 다시부엌으로 들어가는 안노인. 영철은 부엌을 향해 연신 고맙다는 인사를 했다.

"누추 허네…… 들어가"

너무 밝아 불편하다고 백열등을 그대로 쓰고 있는 방안은 침침했지만 한쪽에 횃대가 있어 민속촌에 방안을 들여다보는 것 같이 정감이 있다. 저녁을 먹는 사이 노인장은 영철이가 벗어놓은 잠바를 안노인에게 내밀었다.

"오늘 사주 밥 싸가지고 갔다 온 사람이여. 살아 왔으니께 또 입어야 할 거 아녀 꿰매 봐"

"괜찮습니다."

영철의 극구 사양에도 안노인은 이리저리 옷을 뒤적여 본다. 그러고 보니 노인장의 적삼도 여기저기 옷소매에 기운 자국이 있다. 저녁을 마친 노인장이 자리에서 일어났다.

"아버지 진지는 잘 드셨남?"

"야. 많이 드셨구만유"

"좀 앉아 있게 사랑에 좀 갔다 오겠네"

노인장이 나간 뒤 영철이가 고개를 갸웃거리자 안노인이 빙긋이 웃는다.

"어르신의 부친이시라면……"

"올해 아흔아홉 되엇구만유"

"어르신은요?"

"일흔 다섯 이유"

"축복입니다. 대단한 축복입니다."

"자손들이 고생이지유"

안노인의 얘기로는 아버님은 인민군으로 북에서 내려와 반공포로석방으로 풀려났는데 이런저런 인연으로 이곳으로 와 화전민이 되었다고 했다. 북에서 초등학교 선생이었다는 아버님은 손자손녀들에게 무섭게 해서 아이들이 많이 싫어한다고 했다. 안노인은 영철이가 궁금해 하자 이런저런 얘기를 많이 들려줬다. 영철은 안노인의 주름진 얼굴에 삶에 고뇌보다 삶에 편안함이 느껴져 하모니카를 꺼내 강원도 아리랑을 구슬프게 불어주며 바느질하는 안노인을 위로했다. 안노인은 바느질을 하면서 하모니카 가락에 맞춰 콧노래를 흥얼거렸다. 충청도 서산에서 공사장에 일하는 한 착한 남자를 만나 이곳으로 와 살게 되었다는 안노인은 목소리가 너무 조용했다.

"누가 여기서 품바 하랫나! 나오게"

영철은 노인장을 따라 사랑채로 들어갔다. 온통 허연 사람이라고 할 수 밖에 없는 하얀 옷에 하얀 수염 하얀 머리칼. 머리털보다는 빤지르한 대머리 쪽이 넓다.

"아부지, 품바 하는 젊은인데 아부지한테 신고산타령 불어드리겠다 함네요"

"할아버지"

"……"

"할아버지 이렇게 뵙게 되서 디기 반갑습니다."

"…… 미친눔"

들어서는 영철은 쳐다보지도 않고 코웃음만 치는 하얀 할배. 영철의 단소 연주를 듣는 둥. 마는 둥 꼼짝도 않는다. 영철은 연주를 한참 하다 더 마땅한 레퍼토리가 없어 〈군세어라 금순아〉를 불어댔다. 연주가 끝나자 미동도 않던 하얀 할배가 손을 내밀어 그만하라는 손짓을 하며 영철을 쳐다봤다.

"그러키 할 기 엄씀…… 각설이패뿐?"

"아이, 할배요. 가진 재주라곤 없으니 어찌합니까. 목구멍이 포도청 아니라요. 죽지 못혀서 군불 때주고 찬밥덩이라도 구해 봐야 허지요."

"그 눔……말은 뻰지르르 하다."

"또 어떤 거 불어드릴까요 할배? 〈눈물젖은두만강〉요? 〈잃어버린 30년〉요?"

"이눔아! 귀 안먹었어. 큰소리치지 마"

"예, 할배.

영철은 연이어 〈대동강 편지〉까지 색소폰을 꺼내 와서 불었다. 연주란 청중에 호응에도 신나지만 자기도취에 빠져 흥이 나기도 한다. 전장터에 전고戰鼓소리는 군사들을 독려하려는 것이지만 함성과 북소리가 힘을 나게 한다는 건 동서고금 어디나 같기에 오늘날 운동 경기장에도 그것이 동원되는 거다. 이 적막한 산촌에 고향을 그리워하는 한 생生이 있다. 그 애처로움을 공감하고 함께 슬퍼하는 마음이 어느 사이 가슴깊이 스며들어 가슴을 뜨겁게 하고 있었다. 옆에서 고개를 떨군 체 듣고 있던 할배가 눈시울을 훔쳤다.

"이사람…… 그냥 날라리만은 아니구먼."

"어찌어찌 어디가도 괄시는 안 받습니다."

노인장은 고단한데 일찍 쉬라며 이부자리를 손봐주고 갔다. 영철은 하얀 할배가 자리에 누울 때까지 할배의 지난얘기를 들을 수 있었다. 그때를 어제 일처럼 생생하게 이어나가는 얘기 속에는 그동안 영철이가 모르고 있던 현장감 있는 사실들이 많았다. 휴전선을 넘을 때 팔로군이 함께 했다는 거. 해방 후 친일잔재 청산 할 때 그 처참한 죽음과 겁탈들은 인간세상이 아니었다고 했다. 죄는 죄이지만 일제치하에도 없던 그 잔혹한 처단들은 말로는 표현할 수 없다고 했다. 차라리 감옥에서 죽게 되면 가족이 그 모든 형벌을 모르고 지날 수도 있는데 길거리에 끌고 다니며 개 때려잡듯이

몽둥이로 패서 죽이는 건 같은 인간도 같은 동족도 아니었다고 했다. 말로만 듣던 그 옛날 왕조시대에 역적을 처단하던 무자비함이 이런 걸까 하는 생각을 해보게 하는 그 처참함. 친일파도 못되면서 일제에 협력하고 부역했다는 무지한 양민들도 많았다고 했다. 영철은 가만가만 그 오래전 옛날얘기들을 차근차근 들려주는 할배를 멍하니 쳐다보기만 했다. 영철이가 어린 날 아버지에게 들었던 일본 순사들의 그 악행들이 생각났다. 남만군도에서 인간으로서 겪어서는 안 되는 전장속에 나이어린 소녀들. 그들도 친일 족속들도 직접적인 죄는 없다. 아무 잘못이 없어도 그들은 그 가혹한 형벌을 받았다. 아주 조그마한 선조의 잘못은 나중에 후손들을 죽음보다 더한 형벌을 받게 한다는 사실이다.

"통일이라는 기 뭐여? 해방 후 남로당이 통일할 수 있도록 남쪽에서 공산주의를 불러들이려 기반을 닦아놓았는데 그기 육이오사변

빌미엇잔어? 통일을 원하는 쪽은 언제나 민족에 허울을 쓰고 있제. 우리는 통일을 하다보면 반이 죽어. 나머지는 통일이 된 뒤에 죽고. 그걸 아는 놈들이 통일을 하자는 거여. 등신들……"

"……?"

"임진왜란 때 명나라는 조선을 돕다 망하게 되었다 허제. 한일합방 전 동학난을 진압한 일본군은 결국 청일전쟁을 벌렸잖어? 우리가 자국을 못 지키면 우리만 망하는 기 아녀. 다른 나라도 망하게 허제. 지 몸도 하나 못 지키는 것들이 입만 열면 통일타령이제"

"……"

"사변 때 우리국군은 인민군과 싸우다 죽은 것 보다 당시 중공군과 싸우다 죽은 숫자가 더 많아. 우리의 북진통일은 중국과의 전쟁이고 북조선에게 기어드는 통일은 중국의 변방이제. 우리민족의 가치는 없어. 등신들아…… 알고나 통일, 통일해라. 한민족? 조선민족? 택도 없다."

"할배 진짜 역사 선생님이네."

"이 눔아! 할배, 할배 하지 말어. 할배하고 애비가 잘못한 거만 아는 눔들이. 무슨 할배고 애비여. 니 눔들은 이 나라가 생기지도 말았어야 한다고 그런다제?"

"할배요. 다 그러는 건 아니니요."

"등신 같은 눔들. 이승만 아니었음 나라가 어디 있고 박정희 없었다면 지금 피죽도 못처 먹고 살 것들이……"

"……"

"그래, 니눔은…… 처자식은 잘 건사 하고 있씀?"

"예. 그런대로 잘 돌보고 있습니다. 할배"

"애들은…… 몇이나……?"

"좀…… 많습니다."

"……"

"할배 정말 고생 많이 하셨습니다. 앞으로는 그런 일 없도록 하겠지요. 할배"

"누가……?"

"예?"

"니 눔들이? 니 눔들이 아무리 그래도…… 나는 다 안다."

"예?……"

"그런 세상에는 살지 마라 그…… 세상에는 살지두 말어"

"예……"

"지난 수 천 년 간…… 우리 지렁뱅이들에겐 사는 기 없었다. 죽는 건 제 맘대로 엇것냐?"

"……"

"니 눔들은 좋은 세상 얼마나 살아봤다고 그런 세상으로…… 그런 세상으로 다시 돌아 가잤다고 그라느냐 그 말이라 이 멍청한 눔들아"

"할배……"

"그만 쳐 자빠져 자라. 젊은것들이나 어린것들이나 전하 통이 제 밥통이냐 자나 깨나 붙들고 앉아설라무니. 어이!…… 제 처지 하나 생각은 하나 해 보도 못하는…… 것들이. 흐흠!"

"……"

"생각은 한 개도 없는 등신들이여. 등신들…… 우리가 38선을 넘을 때 지키지도 않은 것들이 지금에 와서 저들이 먼저 38선을 넘어

북진 했다고?"

"……"

"등신들…… 차라리 이순신이 대마도를 쳐들어 가설나무네 임진 왜란이 일어났다고 해라."

살아본 세대와 살아보지 않은 세대. 겪어 본 세대와 겪어보지 않은 세대의 차이는 알고 있다는 거와 모르고 있다는 거다. 할배는 집에 오는 손자들 손녀들을 대하실 때 어떻게 하실지 상상이 되었다. 영철은 할배가 조용히 하자 슬그머니 밖으로 나왔다. 영철은 마당에서 서서 하늘을 쳐다봤다. 초롱초롱한 별들이 금방 쏟아져 내릴 것 같다. 온 세상이 잠시 멈춰져 있는 적막. 이 고요함. 이 고요함은 현재로서는 그 아무도 어쩌진 못할 거다. 지금의 이 자연의 세상만은. 서 영묵의 〈영원한 땅〉은 자연세상과 인간세상은 함께 한다고 하지만 그건 어디까지나 인간세상의 착각일 뿐 결코 자연은 인간세상과 함께 하겠다는 약속도 계획도 없다는 거다. 인간이 이 지구상에 있어도 없어도 자연은 아무상관 없다는 그것. 강물은 물고기들이 살거나 말거나 그대로 흘러갈 뿐이라는 그런 자연적 당연한 현상現狀이다.

- 인간들은 자연을 끝없이 짝사랑을 한다. 태풍으로 해일로 지진으로 집과 목숨을 다 잃어도 감수感受할뿐 대적 한다거나 보복하려고 못한다. 맹목적 사랑이어서 그런 건 아니다. 인간들은 스스로 그 거대한 힘을 가진 자연을 대적 할 수 없음을 알기에 무조건 복종하고 무조건 순종하며 자연이 하는 데로 다 받아드리는 거다. 인간에게 자연은 절대 어쩌지 못하는 거대하고 거대한 힘을 가진 존

재다. 반면에 또 자연은 한없는 자연환경의 포용력으로 인간들을 살아가게 한다. 인간들이 마음속에 신神에 세상을 가지고 살면서 신에 세상이 자연세상을 지배한다고 하거나 말거나 자연은 그대로이다 영원히 그대로이다 -

지구상에 인간이 존재하거나 말거나 한반도에 한민족과 조선민족이 있거나 말거나 한반도 땅만은 그대로 거기에 영원히 있을 거라는……. 자유 한국인으로 살아도 신조선왕조의 비자유인으로 살아도 상관없이 한반도는 그대로 거기에 영원할 거란다. 한반도에 우리가 하나 없어도 한반도는 영원하다면 우리에겐 무슨 의미인가. 반만년 역사 속에 그 많은 한반도인의 시련들. 이제 일제치하와 동족전쟁으로 있었던 그 시련들도 아물어가는 데 느닷없는 핵전 위협 하에 한반도는 기로에 서있다. 영철은 〈오천년을 위한 모임〉의 모임에서 회원들이 하나같이 최선을 위해서는 최선을 다하는 것뿐이라고 하던 그 결론들이 무었을 의미하는지는 알고 있지만 그 최선도 한 방편이어야 하는 현실이 서글프기만 했다.

- 이조말엽 일본의 거대한 힘에 굴복하여 시작된 일제치하는 조선인의 삶을 36년이나 농락 하였고 이제 보다 더 거대한 힘을 가지는 중국은 머잖아 한반도를 영향권 하에 두고 조선인은 물론 한국인도 굴복 시키려 할 거다-

중국에 살고 있는 연구원들의 우려다. 36년이 될지 360년이 될지 모르는 굴종의 세상을 예견하여 미리부터 그들의 세력권 하에 들기 위해 노력하는 그들이 또 생겨날지 모른다는 서글픈 현실. 영철은 좁은 마당을 나와 마른 옥수수 잎이 사각대는 어두운 밭둑길로 나왔다. 높고 길게 막아선 앞산 능선위로 그믐달이 차갑게 걸려있다. 영철은 이런저런 상념에 잠겨 한동안 걸었다. 삶의 의미를…….

- 죽음에 숙명을…… -

- 답이 없다는 삶을…… -

- 뻔한 결과를 알면서 허둥댄 오늘을…… -

- 기대할 것 아무것도 없을 내일을…… -

- 연구실에서 살아봐라. 밥을 먹으면 밥맛을 알아 술을 마시면 술맛을 알아. 인생이 뭐 어쩌고저쩌고? 집 생각도 사치야 사치. 무슨 얼어 죽을 찬밥 더운밥이야. 우리에겐 낭만이니 감상이니 하는 단어는 없어. 회로도와 기판 그것 외에는 아무것도 없어. 우리에겐 목적이 있을 뿐. 인생 같은 건 없어 -

연구실에서 밤낮이 없는 공장장. 도저히 머리 터질 것 같아 못 견디겠다며 음악실에 나와 멍 때리면 그 사정 모르는 영철은 소풍이나 가자고 잡아끌곤 했었다. 아무부담 없는 여자애들과의 그 시간들. 최고의 시간을 마련해 주는 그 여자애들은 그 하루 밤…… 잠시의 순간이지만 남자를 왕으로 만들어준다.

"여자는 영웅을 좋아해요. 오빠~"

"임마! 영웅은 여인이라면 사 죽 을 못쓴다야."

"그거나 그기나……"

"중국의 삼국시대 오나라 대장군에 부인이 절세가인이라 위나라 조조는 백만 대군을 끌고 뺏으러 갔다 하잖아."

"그럼 우리는 절세미인. 오빠들은 영웅들 후후후"

"그래. 오늘 공연비는 따 불!"

이 세상에서 제일 치사한 거 중에 제일 치사한 게 남의 사생활 들쳐 내서 떠들어 대는 거라는데. 영철은 그때마다 최고의 보안을 기했다. 경호원의 그 경력들이 빛을 발하는 때이기도 했다.

"황 영철 반장, 반장이 왜 싱글 맨 인지 알만하다."

"싱글 여女를 위해서죠."

"조조는 아니고?"

"인생 추하게. 가정家庭 여女를?"

"인정! 죽어도 죽竹 영철이니까. 오호대장 황충이지"

같이 여가시간을 보내며 공장장은 영철에게 피말리는 연구실에 시간들을 얘기하기도 했다. 수십만 명의 회사 식구들의 미래를 생각하면 제품개발의 그 고달픔들이 어느새 즐거움으로 바뀐다고 했다. 한가한 인생들이 하는 인생타령이 무가치 하다는 걸 느끼는 것보다는 나은 것 아니냐는 영철의 말에 공장장은 웃기만 했다.

"황 반장은 누가 봐도 겉으론 날라리패지. 그 썩는 속은 모르고……"

"제계에 수재秀才인생이 신나는 줄만 알지 그 고달픈 나날을 누가 알겠습니까? 위로 해주는 영미 씨가 있어 그래도 다행"

"반장은 첫사랑이 있어서 버티고 난 웃어주는 공주가 있어 버티고……"

위민爲民 위정爲政을 노래하며 사는 이 땅에 지성인들. 그들은 지금 얼마나 속을 태우며 살아갈까. 이 분열된 난세亂世에서……"

이런저런 상념 속에 이렇게 또 하루를 보내고 있는 뜻 없는 떠돌이…… 영철은 좀 서글퍼지는 마음으로 그 자리에 서서 한동안 어두운 먼 하늘을 바라봤다. 그때 동네 마실꾼들이 지나갔다.

"그 누구신가?"

"……?"

"야심한데 여기서 뭐 하시 남?"

"아. 죄송합니다. 저쪽 노인장 댁에 잠시 오늘 밤 신세 좀 지고 있는 사람입니다."

마실 다녀오는 길이라며 많이 놀랐다는 두 사람은 뱀 무섭다며 그만 들어가라고 친절히 알려준다.

"약초채취 하러 오셨구먼?"

"아닙니다. 길가다 어두워 신세 좀 지고 있습니다."

"손님도 잠 못 자고 피해 나왔겠지. 할아버님 여간 아니시니"

"아 아닙니다. 그런 건……"

"그 댁에 오는 약초꾼들마다 곤욕들 치루 곤 한다네"

"……"

"옥수수엿 좋아하시면 좀 맛보고 가시게"

그들은 마당에 불이 환하게 켜져 있는 근처 농가로 들어가며 영철에게 그랬다. 영철은 그들을 따라 농가 마당으로 들어섰다. 마당 한쪽에 커다란 가마솥에서 조청을 퍼서 갱엿을 만드느라 바쁜 아낙들. 영철은 아직 굳지 않은 엿을 얻어먹으며 연신 강원도 인심을 칭찬했다. 영철은 남정네들과 옥수수술을 마시다 엿 얻어먹은 값을 한다며 들고 있던 숟가락을 쳐들었다.

~ 청천하늘에는 잔별도 많고

~요 내 가슴엔 수심도 많다.
~아리아리 이 아라리요 아리랑 고개로 넘어간다.
~아침에 우는 새는 배가고파 울고요
저녁에 우는 새는 님 그리워 운대요.
"이사람 젊은 양반이 소리 좀 허네. 한잔 더……"
그래서 또 한잔. 영철은 속주머니에서 하모니카를 꺼내 타령을 연주해서 아낙들의 호감을 또 얻었다.

~니가 죽고 내가 살면 열녀가 되느냐.
~한강물 깊은 물에 콱 빠져나 죽잔다.
~우리집에 골빈낭군은 산약 캐러 갔는데
~산돼지헌테나 콱 물려나 가거라.
~아리아리 이 쓰리쓰리 아라리요 아리랑 고개로 날 넘겨 주오.

강원도 아리랑도 정선아리랑도 해학과 풍자는 마찬가지다. 속내를 노랫말로 나타내는 아리랑타령은 밤새라도 이어갈 수 있다. 아낙들은 일을 하면서 영철의 반주에 맞춰 콧노래를 흥얼댔다. 급기야 남정네들은 듣기 싫다며 투덜대다 가버리고 영철만 남아 아낙들에게 사는 얘기들을 들었다. 여기에 사람들은 현재 자기 땅을 가지고 있는 사람들이 거의 없다고 했다 그의 외지外地 사람들 소유라고 그랬다. 도시에 나가 살고 있는 자식들이 비싼 값을 쳐주는 땅값에 혹해서 팔아달라고 보채서 어쩔 수 없이 다 넘겼다고 했다.
"손님이 묵고 있는 그 할아범네도 곧 땅을 넘길거라요. 할아범이 세상 떠나시기 전엔 절대 안판다고 그러시지만…… 자식 이기는 부모 있어라요?"

"며느리가 빨리 땅 안 팔아주면 이혼하겠다고 그런 다 제?"

"서산 댁네 아저씨가 그 나이에 산약 캐러 다니는 것 두 다 자식들 뒷바라지 땜 이제. 두 노인네 사는 기 뭔 걱정이라"

"애들이 살기가 어려운 가 보내요?"

"쥐뿔도 없으면서 차는 사서 굴려야 허구 애들 학원은 보내야지. 천석꾼은 천 가지 걱정 만석꾼은 만 가지 걱정이라 하지 않나 벼?"

"맞는 말씀입니다. 저는 가진 게 하나 없어 걱정꺼리가 하나 없습니다. 하하하"

"속은 편하것수. 혼자 몸이라니……"

8

정선강은 영월 동강에 상류다. 백봉령 아래 임계서부터 시작되는 맑은 물의 정선강은 계곡에 바위들과 모래벌이 특히 깨끗해서 피서객들이 많이 찾는다고 했다. 영철은 동네아주머니들과 첫차를 타고 정선으로 나왔다. 정선아리랑이 정선 소리꾼들에 의해 날마다 공연되는 장터 공연장을 찾은 영철은 군청 직원을 만나 즉석 공연을 허락받았다. 영철이 정선을 찾은 건 그동안 여러 번이다. 군청직원도 반갑게 맞아준다. 정시에 본 공연까지 공백시간을 이용하는 영철의 공연은 그런대로 땜빵 공연이지만 아침 일찍 정선을 찾은 방문객들에겐 좋은 구경거리다.

"전국적으로 단 한분뿐인 악보 없는 연주자 털보아저씨! 일명 떠돌이 연주가 황 영철입니다. 일명 황돌이라고도 하는 연주가입니다. 여러분에 환영바랍니다."

군청 행사직원의 소개까지 받은 영철은 할애 받은 행사 전 짧은 시간이지만 시장상인들과 관광객들을 위해 어울림 한마당 장場을 시작했다.

"정선을 찾으신 여러분! 이번여행도 즐거운 여행되시기 바랍니다. 잊지 못할 즐거운 여행을 만드시는 여러분께 조그마한 즐거움이 되셨으면 하는 마음으로 색소폰 연주를 들려 드리겠습니다.

연주와 행사 멘트. 경력이 이십년이 다 되어가는 영철에겐 공연 그 자체가 즐거움이다. 관객들 앞에서 재미있는 얘기를 하고 웃기는 몸짓으로 관객들을 웃게 하는 건 품바의 전유물이지만 그 먼저 소리꾼들이나 탈 공연에서도 해왔던 거다 각설이패의 놀이는 이제 품바로 발전되었다고도 할 수 있다. 영철은 구경꾼들의 신청곡 요청을 받아 연주를 할 땐 요청인과 재미있는 얘기도 나누곤 했다.

"신청곡 〈미운사랑〉 연주해 드리는 대신 오늘 점심 사는 겁니다."

"콜! 마스터님 하고는 열 번이라도 점심 먹겠어요. 후후후"

"나 두요"

"나 도 같이요"

"허 허 일 났네 일 났어. 남자친구들에게 난 오늘 죽은 목숨이네"

"하하하 하하"

"호호호 호호"

영철이 하모니카로 7080곡을 신나게 연주할 때는 모두들 박수를 치며 노래도 따라 불렀다. 음악으로 즐거워지는 건 마음이 흥겨워서이고 술로 기분이 좋아지는 건 몸이 흥겨워서라 했다. 참여하는 마음으로 운동장을 찾아 관전을 하고 등산모임에서 하루를 보내는 건 함께하는 시간들이 좋아서라고 한다. 세상을 살아가며 모두와 어울리지 못한다면 그 마음이 감옥이리라. 음악과 얘기들로 정해진 시간이 어느 사이 다 지나갔다. 곧 정선아리랑의 전통음악 공연이 시작된다.

"이제 공연시간이 다 되어서 땜빵 공연은 마치겠습니다. 함께 해주신 여러분 감사합니다. 저에게 곤드래 밥 올챙이국수 사주실분 환영합니다."

"악사님 잠깐만요"

악기를 챙기는 영철에게 군청 공연담당과장이 경찰과 함께 와서 관객들 앞에 나란히 섰다.

"정선경찰서장님께서 여러분에게 잠시 드릴 말씀이 있다고 하십니다."

사회를 보는 공연담당과장의 소개를 받은 서장은 영철과 나란히 마이크 앞에 섰다.

"서장님하고 이렇게 공연장에 서기는 첨입니다."

"나도 관객들 앞에서 죄인 수사하는 건 첨이네"

"제가 무슨 죄를……?"

"할머니 놀린 죄"

"아이…… 저 착한 사람입니다. 여러분들 앞에서 나쁜 사람 만들면 저 당장 점심 굶습니다."

"굶기 싫으면 해명하게. 여러분은 이 악사가 점심을 같이 할 만한 사람인지 그걸 먼저 알아보셔야 합니다."

"진짜 일 났네. 일 났어"

"악사는 어제 밤 오대천을 걸어오다 어느 농가에서 하루 밤 신세를 졌죠?"

"네"

"이 봉투를 그 댁 할머니께 드렸죠?"

"네"

"할머니께 뭐라고 하면서 드렸나요?"

"손자들 오면 용돈이나 주시라고 했습니다만……"

서장은 봉투를 들고 흔들다 속에서 종이를 한 장 꺼내서 흔들었다.

"달랑 편지 한 장 들어있는 걸 주고서 그랬나요?"

"아! 제가 할머니께 큰 실수를 했습니다. 할머니를 놀리려고 한 것은 아닙니다. 오랜만에 만난 친구가 노자 돈 하라며 주머니에 굳이 넣어주던 거라 제가 봉투를 열어보지도 않고 할머니께 드렸는데 …… 일이……"

"일이 잘못됐지요? 할머니와 할아버지가 아침 일찍 경찰서를 찾아오셔서 이 봉투를 꼭 주인에게 되돌려 주라고 하셨습니다. 얼마나 놀랐으면……"

서장은 봉투에서 수표를 꺼내 공개했다. 수표는 열장이었다. 고액권으로. 영철은 난감한 표정으로 서장만 쳐다봤다.

"천만 원 권 열장. 일억입니다. 여기 이 사람은 할아버지 할머니를 놀래 킨 죄가 추가 됩니다."

"……?"

"제가 굳이 여러분 앞에서 이러한 사실을 밝히는 건 할아버지 할머니의 바른 삶이 존경스러워서입니다. 비록 가난하게 살아가지만 남의 것은 탐하지 않는 노부부에게 박수를 보냅니다. 이 자리에는 안계시지만.

서장을 따라 관객도 박수를 보냈다. 영철은 봉투를 건네는 서장을 멀뚱히 쳐다봤다. 생각지 못한 난감한 일이었다. 기껏해야 몇 백 만원 넣었을 거라 생각하고 드린 것이 이렇게 된 거다.

"받지 않고 뭐하시나? 사기꾼 양반"

"그런데 서장님……"

"뭐? 잘못한 게 또 있나?"

"주었다가 뺏으면 무슨 죄가 또 추가됩니까? 서장님"

"노인들 희롱 죄로 아마 징역 10년은 살아야 될 걸"

"그러면 이걸 할머니께 다시 돌려주십시오. 저는 단 하루도 자유 없이는 못살거든요."

영철은 봉투에서 편지만 꺼내고 서장에게 돌려줬다. 서장이 갑작스런 상황에 할 말을 잃고 영철을 멍하니 쳐다봤다.

"괜히 멋있는 척 하는 거……?"

"난 안 그래도 좀 멋있거던요. 서장님보단"

"나중에 후회 될 걸?"

"후회도 내 맘입니다."

"점심 사먹을 돈도 없어서 그러면서?"

"김삿갓이 굶어죽지는 안았습니다. 서장님이 해방만 안 놓으면 같이 밥 먹을 사람 많거든요."

"알겠네. 이제 할아버지 할머니 살고 계신 그 땅들 안 팔고 그곳에 계속 살아갈 수 있게 되겠군. 고마워하실 거야. 그분들"

"그만 아웃하시지요. 서장님. 공연담당자님 아까부터 눈치 주고 계신 거 모르시지는 않겠죠."

"자기는 볼일 다 봤다 이거지? 나는 서장으로서 이렇게 여러분 앞에 나왔는데 그냥 들어가라는 거?"

"선불 만원입니다."

영철은 하모니카를 꺼내며 손을 내밀었다.

"왜 나한테는 돈을 받나?"

"미워서요."

"색소폰 반주가 더 좋은데"

"더블입니다"

"이 만원? 좋아! 곡목은 〈저 하늘 별을 찾아〉"

"서장님 왜 남 아픈 데를 찌릅니까?"

"밉거던"

"……허구 많은 노래 중에 하필 짚시타령이람……"

"내 맘이야"

"하하하하"

"하하하하"

감정까지 넣어서 부르는 서장의 노래. 유지나의 노래 〈저 하늘 별을 찾아〉

~오늘은 어느 곳에서 지친 몸을 쉬어나 볼까~

~갈 곳 없는 나그네의 또 하루가 가는 구나~

~ 하늘을 이불삼아 밤이슬을 베개 삼아 ~
~ 지친 몸을 달래면서 잠이 드는 짚시 인생 ~
~ 아침 해가 뜰 때까지 꿈속에서 별을 찾는다 ~

"여러분 오늘은 좋은 날!"
"최고의 공연입니다."
"털보 밴드마스터 앞날에 행운이 있기를!"
"사랑합니다."
"친구를 우습게 생각하지 말게. 내 딸 정이가 너무 오래 기다리게 하지말기 바라네"
"여기 멋있는 친구에게 보낸 멋있는 친구에 편지 내용입니다"
"서장님. 그 건 남에 사생활 침해입니다"
"여러분 여기 이 친구가 입고 있는 기워서 입은 찢어진 잠바는 멋내는 각설이 옷이 아닙니다. 아이들이 도로에서 산돼지한테 다칠까봐 도로에 산돼지들 몰아내다 산돼지와 싸움이 벌어져 이렇게 된 거라 합니다. 경계할 싸움꾼은 아닙니다. 이 친구와는 점심을 함께해도 괜찮습니다. 또 이 친구는 제가 알아 본 바로는 우리나라 최고밴드마스터들 그중에 하납니다. 같이 밥을 먹는 분은 오늘 아주 신나는 날이 되는 겁니다."

지금처럼 무계획적 인구정책으로 가다보면
나중에 대량실업으로 사회는 하합을 잃고
갈등의 사회가 되는데 그 갈등의 사회는 꿈을 잃은
개인의 삶으로 발전해 나라 존립의 위기까지 초래한다

짝사랑

I

- 농자農者 천하 지대 본 -

금강개발공사는 60년대 후반부터 시작되어 70년대에 마무리 되었지만 그것은 양수장과 수로시설공사 경지정리사업 같은 본사업의 완공이었다. 200억이 소요되었다는 익산지역의 안정된 벼농사를 위한 수리水利시설공사는 당시에 농지개량사업으로는 최대의 사업이었다고 했다. 금강의 강물은 하구河口 쪽에서 수량이 더 풍부하다. 허나 가뭄에 목 타는 농민들에겐 그림의 떡이다. 부여를 돌아 흘러내리는 금강의 맑은 물. 강경까지 유입되는 서해안에 해수. 강경의 양수장은 그 모든 난관을 극복하고 이루어낸 우리나라 최초의 근대화된 수리시설이었다. 용안 함열 익산지역은 물론 금강 하구 평야지역을 수리안전 농지시설로 만들기 위해 한다는 금강 개발 공사였다. 홍수에는 상습침수로 벼농사를 망치고 가뭄에는 모내기를 못해 농사를 망치던 금강하구 평야지역. 〈중농정책重農政策〉은 당시 〈중공업정책〉에 앞서 국가 기간起墾산업이었다. 도로 항만 같은 기초적 기반시설은 필수고 먹거리 생산을 하는 농사는 절대라는 산업産業정책이라고 했다. 공장부지도 절대농지만은 침범 못하는 농업위주의 정책은 당시 보리고개를 겪으며 사는 농민들이 있어서고 당시 국민 70% 이상이 농사에 의존해 살아가고 있어서였다. 60년대 70년대는 도시의 인구가 농촌인구 보다 많지 않은 때다. 특별시 인구 삼백만. 수도권인구 이백만 전국 총인구 약 삼천만명의 시대였다. 그 시대에는 국도90%가 돌 자갈이 두툴

대는 비포장이었다. 국력은 형편없었지만 열망은 더없이 가득했던 그 시절이었다.

- 책속엔 세상이 다 있지만 책을 읽는 것만으로 그 속을 다 알아가긴 어렵다 -

- 산을 오르지 않고 숲을 어찌 알고 강가에 서서 물속 깊이를 어찌 가늠 하리 -

서 영묵.

대학원생으로 현장실습 하겠다며 금강개발공사장에 뛰어든 풋내기 현장인부는 영철을 또 불안케 했다. 영철은 김 지한 교수님 밑에서 경제학을 같이 연구하고 있는 고향의 형, 성훈형을 만나 서 영묵이 금강 개발공사 현장에 가서 잡부 일을 하고 있는 걸 얘기했다. 김 지한 교수에 의해 성훈 형은 재벌가 아들 서영묵과 친히 지내는 걸 알고 있었다. 성훈 형은 서 영묵의 비밀행동을 듣고 깜짝 놀라면서도 고개를 끄떡였다.

"보호수保護樹야. 서 영묵 그 친구는"

"형은?"

"나? 나는…… 글쎄…… 밀알정도"

"나는 성훈형이 최고라 생각하는데……"

"나는 우리 동네에서 잘난척하는 명문대 장학생일 뿐이지만 그 친구는 나중에 이 땅에 필요한 인재야."

"김 지한교수님의 작품?"

"인간명품이야. 재벌가 애가 그럴 순 없는데…… 영원한 미스터리가 될 거야 그 친구는. 그런데 영철이 넌 우리교수님을 어떻게 아니?"

"우연히…… 그런데 형. 보호수라면 누가 지켜줘야 되는데"

"글쎄…… 천재는 단명하다 했는데……"

"형이 걱정스러워하는 이유는 사감私感?"

"너 무슨 뜻?"

"그 친구 여동생이 영미라고 하던데……예쁜 싸가지?"

"임마, 친구 여동생이야. 우리하고는 다른 세계에 사는 사람들이고"

"목적을 위해서는 왕손이 무식한 백정하고 손잡고 산적 떼를 토벌하기도 하는 데…… 현실은 아니지. 김 지한 교수님의 뜻을 받드는데 재벌아들 서 영묵은 되고 농사꾼 아들 현 성훈이는 안 되는 뭐 그런 이유라도 있는 거 형? 농민의 아이는 재벌가 딸을 사귀면 안 된다는……?"

"임마! 연애는 한없이 자유스런 상태서 해야 재미있는 거야. 신경 쓰이고 부담 느끼는 연애는 연애戀愛가 아니고 손애損哀야"

"법대생의 연애관은 철저해 형. 히히히……"

"그런데 영철이 넌 그 친구 행적을 어떻게 아는데?"

"지켜주고 있는 중이야"

"왜……?"

"우리 하는 일에 도움이 될 거 같아서"

"뭘 하는데?"

"오천년을 위해서 하는 일"

"왜 5만년은 아니고?"

"형들은 5십년 후를 위해 인구문제를 연구하고 있잖아 그 뭐 자연사회라든가 뭔가 잘 모르겠는데. 아무튼 우리도 그런 거야"

"막연하다 니 얘기……"

"지금처럼 무계획적 인구정책으로 가다보면 나중에 대량실업으로 사회는 하합을 잃고 갈등의 사회가 되는데 그 갈등의 사회는 꿈을 잃은 개인의 삶으로 발전해 나라 존립의 위기까지 초래한다…… 더 막연한 형들의 연구 아냐?"

"어라……?"

"노년층은 넘쳐나고 청년층은 경제적 이유로 결혼도 안 하고 아이도 안 낳고 사는 게 재미없어 그들에겐 사회도 나라도 관심이 없어진다."

"우리 교수님의 강의 내용인데……"

"일자리를 얻어 일하며 행복한 쪽. 일자리를 얻지 못해 평생 불행하게 보내는 쪽. 그런 사회는 모두에 행복을 보장하지 못한다. 등등……"

"영철이 너 머리 좋은 건 알고 있지만…… 대단하다. 니들의 오천년이 엄청 궁금하다"

"히히……오십년 후에 우리나라는 한국, 백년 후도 한국?……"

"오천년 후에도 한국?"

"그것이 저절로 안 되니 서 영묵은 경지정리사업 현장에 있고 나는 그 보호수가 꺾일까 걱정되어 찾아가 지켜주려 그곳에 가고. 절친한 친구는 아직 사태파악을 못하는 중이고. 형은 경제는 모르는 거야 아무래도……"

"영철이 넌 연구대상이다. 너무 황당해"

"형…… 형은 우리고장 충주에 보호수가 아니고 우리 농촌지방에 보호수가 될 거야. 삼천만이 사는 여유로운 사회를 만들겠다는 김 지한 교수님의 뜻을 받들어 벌써 사회활동을 하는 형이잖아. 오천만 인구에 이 땅은 비극이 될 거라는 김 지한 교수님의 지론은 아무래도 진짜가 될 것 같아 아무래도……"

"애가 갈수록……"

"하모니카도 불 줄 모르는 형이지만 최고!"

2

"저놈이 아무래도 냄새가 나. 그냥 맥 빠진 놈이 아냐. 현장 살피는 폼 새가 장난이 아냐"

"왜 또?"

현장 사무실에 들른 박 목수는 공구장 오 과장에게 새로 들어온 인부를 두고 또 투들 댔다.

"어디서 데려 온 거야?"

"좀 서툴러도 잘 다독거려서 써"

"서툴러?…… 토목기사가 잡부로 위장한 거는 아니고?"

"……?"

"글쎄. 어제 밤 삐아(다리발) 바닥공사를 쳤는데 터파기 부토 토압을 걱정하는 거야. 직영인부들한테 된통 당하기만 했지만……"

"뭐야? 그 애가 그걸 어떻게 파악했지"

3공구 농로 구조물 공사장에서는 도자 믹서기 등 장비들이 투입

되지 못하는 뻘밭에 난공사 현장이다. 터파기 작업도 타설 작업도 다 인력으로 해나가는 판이다. 자갈 모래 덤프트럭은 빠지기 일수다. 부토를 걷어내려면 가뜩이나 야간 타설 작업으로 녹초가 된 인부들을 삽질에 투입시켜야 한다.

"문제는 그놈이 밤새 그 부토를 걷어내느라 밤을 새웠다는 거야"

"그래!……"

"가다(거푸집)가 토압으로 한쪽에 좀 밀려있기는 한데 괜찮아. 그놈 아니었으면 되나우시(재공사)할 뻔 했어"

"그래…… 이제야 실토하는데 목수 팀장님 부실공사 안하나 체크하라 심어놓은 내 세작이야. 알아서 잘 해. 선배고 뭐고 없어"

"이참에 다른 공구로 가야겠어. 일당 천원은 더 쳐준다고 하는 데가 한 두 곳이 간디?"

"짐 싸!"

"정산精算……"

박 목수는 공구장과 동향同鄕이다. 또 동문이다. 선후배를 떠나 오 과장은 3공구 책임자로서 선배인 박 목수에게 많이 의지한다. 무안 땅에서 광주로 올라와 학교를 다닌 둘은 더없는 파트너다. 일찍이 잘나가는 건설회사 평화건업에 취직한 오과장덕에 박 목수는 용안지역은 물론 함열 지역까지 작업을 나간다.

"오늘 작업 끝나면 거시기로 와 한잔 살께"

"뭐도 있는 거?"

"하는 거가 이뻐야지. 색시고 과부지. 내 목 아지 안 짤리게 할려면 되나우시(재공사)나 좀 안하게 해"

"터파기까지 장비투입을 못하고 하는 작업장에 모내기 전 구조물 설치공사를 끝내라는 건 아무래도 무리야"
"농로는 다리공사가 돼야 되니까 최대한 공기를 앞당겨 달라고 본부에서 새벽부터 난리를 쳐. 터파기 인부들 더 동원시켜 보자고"
터파기 공사는 직영 인부들이 못한다. 인근마을에 농민들이 도급을 맡아 해준다. 전문 인력이다. 모내기 전 농한기에만 가능하다. 어장(흙 무너짐)이 잘 오는 물러터진 토질 때문에 직영인부들은 밤을 새워서라도 바닥콘크리트를 쳐야한다. 그날 밤 영철은 강경역전에 토끼 탕 집에서 오과장과 박 목수를 만나 풋내기 일꾼을 부탁했다.
"고향에 형 친군데 사서 고생하는 친구요. 서울서 부자 집 과외선생하면 떼돈 벌어 학비 댈 건데 저러고 있습니다. 제가 많이 좋아하는 형입니다. 대빵님이 잘 돌봐주세요"
"아우가 형 걱정 하는 거 보니 급하긴 급했네."
"제가 좀 신세를 지고 있는 집에 아들이기도 해요. 조그만 한 사업을 하는 아버지하고는 배짱이 안 맞아서 저러고 다닙니다"
"그러는 아우는 그 집에 집사?"
"인간관계요. 그냥……"
"현장일은 장담을 못해. 언제 어떤 일이 일어날지 몰라"
"목수일은 목숨 걸고 하나요?"
"공구 장은 이 친구를 어떻게 아는 사이?"
"본사 비서실장이 부탁한 친구"
"빽 있는 친구네"
영철은 박 목수에게 준비한 봉투를 내밀었다.
"팀원들 회식비는 따블로 하겠습니다. 대빵님"

"힘깨나 쓰게 생겼는디 여기 현장에서 같이 일하면 쓰것어?"
"나중에 새끼목수로 써달라고 하면 딴말하시기 없깁니다."
"일당은 0.5 더해서 줄거니……"
"하하하!"

강경은 오래전엔 서울에 마포처럼 내륙에 포구였다고 했다. 그래서 젓갈의 산지가 되었고. 지금도 곳곳에 남아있는 도가(젓갈공장)는 현대식으로 바뀌어졌지만 강변 쪽은 아직 그 옛날 모습을 희미하게 간직하고 있었다. 70년대 번성했던 강변포구. 어물전도 색주가도 있는 그 곳 공사장 인부들이 들려서 국밥 한 그릇에 막걸리가 그리도 좋았던 곳. 그 길지 않은 세월 속에 묻혀버리고 지금은 공원화 되어있었다. 영철은 배수지 앞에서 기다리고 있는 그 옛날에 공구 장 오 정식을 만났다.

"그냥 지나가지 어쩐 일이야?"
"형수님 보고 싶어서 또 그냥 지나갈 수가 있어야지요"
"그놈의 딴따라들…… 먼저 자네 왔다가고 이 아낙네들 음악실 문턱이 닳는다니까"
"형수님 드럼 실력 많이 늘었겠어요."
"말도 마. 젓갈가게 일은 여벌이라지. 자네 온 거 알면 또 이 아줌씨들 난리도 아닐걸"
"선배님은 요즘 어떻게 소일하고 계십니까?"
"가끔 박 목수와 만나 바다낚시도 가고 등산도 다니고 그러지. 은퇴한 퇴물들이 뭐 별 볼일 있겠나"

"선배님도 완전 삼식이 다 됐습니다."

"그래…… 요즘 와서 부쩍 그 옛날들이 그리워진다네. 그때는 그래도 하루하루가 힘들고 고달팠지만 일하는 보람이 있었고 가난에서 벗어나는 생활을 위한 사회의 일원一員으로의 애쓴다는 긍지도 있었는데……"

"……"

강변 산책로를 걸으며 회상에 잠기는 오 정식. 영철은 강 상류 산기슭을 돌아 내려오는 푸른 물길을 바라보며 변화된 건 자연뿐이 아니라 살아온 사람들도 변해있다는 걸 새삼 느꼈다. 고향땅 무안을 떠나 박 목수와 이곳 강경으로 와 살고 있는지도 어언 이십년이 넘었다는 오 정식 선배. 오 선배는 그동안 박 목수와 함께 중동 동남아 건설현장에서 젊은 날을 다 보냈다고 했다. 젓갈 판매장을 하며 아이들을 키우는 아내들에게 늘 미안한 마음으로 살아왔다는 그들. 오 정식을 깍듯이 선배로 모시는 영철은 오정식이 〈오천년을 위한 모임〉의 일원이어서가 아니다. 오선배의 국가관이 미래적이어서 그랬다. 모두가 현실적인데 오 선배는 합리적이고 미래적이다.

"지금은 아무것도 없어. 오히려 남아있는 그때의 그 흔적들조차 지워버리기 급급해. 이곳 금강유역 개발도 남아있는 게 거의 없어. 여기에 그때의 꿈과 업적은 하나도 남아있지 않아. 저 들판에 보이지 않는 거대한 지하수로 또 도수로 용안 낭산 쪽의 인공용수로는 세월 속에 다 묻혀 아무도 기억하지 않아. 지금 아이들은 그때의 대수로 공사는 알지도 못해"

"선배님 마음 이해돼요. 보이는 것도 그런데 안 보이는 것은 또 얼마나 많이 지워졌어요.

"안타까워…… 우리 애들은 지난날들을 자랑스러워하기보다 혐오하기만 해. 당파 싸움만 부각된 오백여년 조선 역사도 일제치하를 야기한 조선말기 무능 부패한 조정도 6.25동란도 4.19도 5.18도 모두 나라가 나쁜 나라로 인식되는 척도가 되고 있어. 이승만의 건국도 박정희의 근대화 노력도 모두 지워야하는 역사 한 페이지에 불과해. 중국은 그 철권통치 모택동을 영웅시 하고 등소평의 가혹한 독재적 사회주의도 미화하는데……"

"……"

"참…… 우리는 뭐였나 생각해보면 허무해. 애들은 투쟁의 동학농민운동은 알아도 동학농민 투쟁이 한일합방을 촉발시킨 계기가 된 건 생각 안 해. 4.19의 독재정권 타도는 알아도 공산주의가 될 위기에서 자유를 지킨 공로의 이승만 정부는 몰라. 박정희의 독재는 알지만 세계가 놀라워하는 경제부흥은 잘 알지 못해. 무능하고 비민주적 부모세대만 기억하는 후손들은 나라를 하찮게 여겨. 나중에 그 애들은 그런 나라를 지킬 가치나 있는 나라로 생각 할까 걱정돼"

"그래도 김 지한 교수님 뜻을 받들어 지켜 온 선배님들의 덕분에 오늘의 평화로운 삶은 유지되고 있습니다. 만약 그대로 운명적 국가 정책이 되었다면 오늘은 어떨까요?"

"허허허…… 죽어봐야 저승은 알 수 있지"

"최악의 암울한 상태의 사회가 되었다면 어떤 환경일지……?"

"글쎄…… 만약 그때 여기 금강 개발이 안 돼서 옛날 그대로 익산들판이 메마른 천수답에 가뭄으로 타들어가는 흙먼지 풀풀 나르는 밭떼기들이라면 우리가 어떻게 살고 있을지……"

"상상이 잘 안 되는데요. 선배님. 지금 쌀이 남아도는 세상에서……"

"그때 호남지방은 충청도나 경기도 지방으로 딸아이들을 그냥 보냈는데 그 원인이 가뭄이었어. 먹을 것이 부족해 먹는 입을 덜기 위해서였어. 예쁜 딸아이들을 잘 챙겨 시집보낼 여력이 없어서 그랬던 거야"

"어릴 때 어른들에게 들은 적이 있어요. 우리 마을에 아저씨 한분도 그때 대광주리장수 아주머니 덕분에 장가를 들 수 있었다고 했어요."

"박 정희의 경제개발정책이 그때 추진되지 않았다면 우리나라 국민들의 생활이 어떨까? 경제난속의 동남아 어느 나라나 생존에 허덕이는 아프리카 어느 국가의 국민들 생활보다 나을 건 없을 거야. 지금 자네는 5천만이 넘는 인구와 국민 일인당 잠정적 1억에 가까운 부채를 짊어지고 사는 그런 상태로의 국민 생활을 염려하던 김 교수님의 그 국민 생활 상황을 얘기하나?"

"선배님도 그런 문제를 걱정해서 서 영묵을 국회의원으로 만드는데 올인 했던 겁니까? 그럼……"

"우리는 그때 교수님의 예상을 반신반의 했지만 서 영묵의 논리를 인정했어. 서 영묵의 애국적 신념은 우리를 감동시켰으니까. 참 우스웠지 그때. 현장에서 보던 서영묵이와 연설단에서 가벼운 조크로 유권자들을 설득하는 서영묵이 달라도 너무 달라서. 허허허"

"오늘의 결과가 그때 그 노력의 결과인데 과연 최선이었는지 모르겠어요. 선배님"

"자네는 지금 보따리 타령하나? 지금 우리가 그 국민 1인당 1억여 원에 채무를 진 국민이라면 청년 절반 이상이 일자리가 없는 사회에 살아가고 있다면. 또 그 절반 이상이 결혼도 못하고 산다면 또 그 절반이 아이를 안 키우고 산다면…… 그건 비극이 아니고 죄악이야. 우리 부모세대의 죄악이지. 아이들이 그걸 원망하고 안하고는 별개야. 아이들은 부모세대의 잘못을 알지만 물을 수 가 없을 뿐이야. 그 아이들이 이 지구상에서 처절히 몰락하는 종족이 된다 해도 물을 수 는 없겠지"

3

강경 젓갈시장은 김장철이 제철이지만 여늬 때도 관광객 손님들로 북적인다. 손님들도 뜸해진 저녁시간. 공터에서 영철은 상가주민들의 탄성 속에 색소폰 연주를 밤늦도록 했다. 이곳에 올 때마다 영철은 인기 짱이다. 특히 흘러간 옛 노래 〈비 내리는 호남선〉, 〈목포의 눈물〉, 〈용두산 엘레지〉 같은 애절한 노래를 연주하면 모두들 숨을 죽이고 들었다. 영철이의 연주는 듣는 사람의 심금을 아주 절절이 울린다고 동료 연주가들도 인정을 하는 바다.

"아름다운 강경의 밤. 여러분과 밤새워 음악을 즐기고 싶은데 술친구 형님들이 아까부터 눈치를 주고 있군요"

"악사님! 한 시간만 더 해요"

"듣고 싶은 신청곡 아직 많은데……"

"그럼 몇 곡만 더 하겠습니다."

어느 곳에도 사람들은 희비애락을 안고 살고 있다. 경제적이든 인과관계 사정이든 모두가 행복 할 순 없고 날마다 즐거울 순 없다. 잠시나마 조용한 분위기 속에서 음악을 감상 할 수 있는 것도 일상에 시름을 잊는 순간이 된다. 영철은 그래서 이런 연주의 시간이 보람되고 즐겁다. 영철은 한 시간은 더 소중한 고객들을 위했다. 어느 곳에서도 영철이의 팬은 많이만 이곳 강경의 아줌마 팬은 만날 때마다 즐겁다. 라이브 음악을 즐길 줄 알고 정겨운 마음들이 있어서다.

"딴따라 어디가도 밥은 안 굶겠네. 아줌씨들이 저 난리들이니"

이미 술이 거나한 박 목수가 술자리에 합석하는 영철을 반겼다.

"대빵님, 여전하시네요.

"이 친구야 여전하긴, 맛 간지가 언젠데"

"대빵님 무안엔 자주 가십니까?"

"아들놈 보러 가끔. 이번엔 무안바람이 부나?"

"아닙니다. 찾아 볼 친구가 있어서요. 무안에".

"무안이라면 누구네 얼룩강아지도 알지 누군지 이름만 대봐."

"무안 고구마요."

"이 친구 죽어도 나주 배네. 고구마는 이제 익산 고구마여 그것도 낭산 황등 호박고구마. 언제 적 무안 고구만인디"

"별명이 무안 고구마요."

"그럼 찾었구만 앞에 앉아있는 인간이 무안 고구마여"

"……?"

오 정식을 가리키며 킬킬대는 박 목수.

"어릴 때 무안 애들이 광주나 목포에 나가서 친구들을 만나면 대뜸, 인사가 무안 고구마 왔냐 지"

"그 친구 무안에서 고구마 농사를 많이 짓는다고 했습니다."

"그럼 찾기 어려울 거 없네. 낭산에 〈고향농산〉을 찾아가면 돼. 박 팀장님 작은 아들이 그 기 대표니께. 호남지방 고구마를 거의 수집해서 판매해 주고 있으니까. 고구마농가라면 쫙 꽤고 있을 걸"

"그래요?"

"고구마고 감자고 찾는 건 걱정 말고 오늘밤은 술이나 먹자고"

"2차는 거시기로 가자고. 거시기로 가서 거시기들도 부르고. 외로운 떠돌이 인생 목간도 좀 시키자고"

"역시 대빵님이네, 인생에 멋을 살리신다니까. 히히히……"

"하하하"

"허허허허"

"그런데 영철 군. 전부터 영철 군에 대해서 궁금한 기 하나 있는디……"

"뭔 대요? 대빵님"

"전국을 돌아쳐서 모르는 사람이 없는 떠돌이 악사 털보잔여…… 그런데 왜 거시기한 소문은 하나 없는 기여?"

"……?"

"혹시 고자…… 아녀?"

"아이…… 대빵님! 멀쩡한 청춘입니다."

"바람피우는 덴 도사일 테고…… 강쇠중에 강쇠가 틀림없는

데……거시기한기 소리 소문 없으니……"

"히히히. 대빵님한테 비밀 알려 줄까요? 바람은 아무리 피워도 까딱없는 그 비결요?"

"음……?"

"삼 개월 특별 교습에 비용은 큰 거 한 장요. 물론 선불이고요"

"좋아"

"히히히"

"허허허"

"이런 사기꾼님들 끼리끼리 잘하십니다. 절에 가고 있는 아낙 맘 모르면 몰라서 무식하다지. 알지도 못하면서 우 짠 뜬금없는 봄바람 꽃바람이래"

"그건 또 무슨 소리야? 영철군의 떠돌이 생활에…… 무슨 다른 뜻……?"

"아이 대빵님. 잘 아시면서. 주유천하요. 주유천하. 가는 곳마다 술 있지요, 또…… 거시기도…… 히히히"

"아닌데……뭐가 있어 뭐가……?"

"나중에 알게 되겠지요. 박 팀장님. 술이나 드세요"

4

만경강유역의 김제만경들은 전국에서도 제일가는 쌀 생산지다. 금강유역의 익산들과 함께 호남평야에 속해있는 이곳 넓은 들은 일제 강점기 시대는 군량미 조달의 중요한 지역이었다고 했다. 당시 또 일제는 경상도 봉화 문경 땅의 낙락장송을 베어 그 목재들을 가져갔는데 그 목재들이 군함을 만드는데 사용되었다고 한다. 일본제국의 군수품 조달은 김제 만경 땅의 쌀과 봉화 문경 땅의 목제가 상당한 중요품목이었을 거라고 했다. 영철은 박 목수와 익산 땅의 고구마 생산지 낭산으로 가면서 그때와 많이 달라진 주변농가 마을을 살펴봤다. 초가집은 붉은색 파란색의 함석지붕으로 적벽돌의 슬라브 집으로 바뀌었고 비포장 흙길은 콘크리트 포장도로로 아스팔트 이차선 도로로 시원하게 사방으로 이어져 있었다.

"잘사는 농촌이 실감됩니다. 대빵님"

"고구마 농가 한해 소득이 평균 억대 가까이 된다고 하지"

"대단합니다. 대단해요"

"저 앞에 보이는 밭들이 다 고구마 밭인데 이 지역 호박고구마 작목반들이 다 관리하고 있어"

"보리밭 밀밭이 이젠 전부 고구마 밭으로 바뀌었네요."

"세월이 그렇게 만들 제. 사람도 그렇고……"

"저를 두고 하시는 말씀이라면 열 번 백번 맞는 말씀입니다."

"뭐라도 다 할 수 있는 자네가 이러고 다니는 기 쫌 이해가 안돼서……"

"좋아서 그런다니까요 대빵님"

"차도 없이 그 꼬맹이들도 다 가지고 있는 휴대폰도 없이 길거리를 터덜대고 다니는 사람이 누군지 모르면 그렇게 보겠지. 좋아서 그리 다닌다고……"

"대빵님 이제 와서 얘긴데요 경호원 그거 철없을 때 하는 겁니다. 이 나이에는…… 남은여생 즐거운 여행으로 소일하는 거 제 적성에 딱 입니다."

"허송세월 하는 이유를 모르겠네. 지금쯤 외국여행이나 다니는 자네라면 모를까. 다른 사람들이 다 그러는데. 왜……?"

"그릇이 그런데 뭐 어쩝니까."

"허 허 그릇이라……"

"히히히 깡통이 맞습니다."

"글쎄…… 그 깡통에 뭐가 들어있나 그 기 문제지"

"빈 깡통이요"

"그만 됐고. 그 멀쩡한은 잘있것제?"

"서 영묵 그 친구요? 아마 교수로 늙어 죽을 걸요"

"그 멀쩡한 이 국회의원이 되어서 그 난리를 쳤을 때를 생각 해 봄…… 나 참 어처구니가 없어서…… 뭐! 한 아이만 키우는 법?……"

"그 때 현장에서 대빵님이 구박을 많이 하셨다는데 나중에 후회 많이 하셨겠어요?"

"하나 두"

"지금 와서 보면 잘 한 거 아닙니까?"

"한 아이 정책을 강제적 법으로 하는 건 좋아. 국민이 따르지 않

으니까. 그렇다고 국민을 고발 하나. 멀쩡한 놈!'

"아이들의 앞날을 위해서 그런 거라고 했어요. 그 때"

"자네가 그때 그놈 경호하다 안 맞아 죽은 기 더 이상해. 죽일 놈 옆에 놈도 같이 죽일 놈 인데"

"안 그래도 할아버지 할머니들한테 많이 두들겨 맞았습니다. 죽을 만큼"

"멀쩡한 놈이 멀쩡히 살아있는 기 이상하지"

"그래도 그 멀쩡한 놈 멀쩡한 정책 탓에 지금 아이들이 넘쳐나는 일자리를 두고 골라서 취업하잖아요. 그때 그냥 그대로 그 멀쩡한이 아무것도 안 하고 있었으면 지금 아이들이 일자리 찾아 헤매고 있을 걸요"

"그놈의 경호는 대체 언제까지 할긴데? 감싸고돌긴……쯧 쯧"

"좋아서 그런다니까요. 이젠 그 멀쩡한의 아이까지 경호할라고요. 히히……"

"그 멀쩡한 놈. 이쁜대가 어딧다고?……"

며칠을 두고 때 아닌 봄비가 주룩주룩 장마 비처럼 내렸다 현장은 작업이 불가능했다. 금강하구의 뻘 땅은 찰흙으로 유명한데 오죽하면 마누라 없이는 살아도 장화 없이는 못 산다 할까. 박 목수는 멀쩡한을 데리고 바둑을 두다 지루해서 비옷을 뒤집어쓰고 현장을 둘러보러 나갔다.

"자재 유실이 좀 생기것어. 대수로大水路 물이 많이 불어났어"

"간이수로 쪽엔 매몰이 심합니다. 팀장님"

"하늘이 하는 일이라 어쩌것어?"

"잘되면 우리 인간 탓. 안 되면 저 하늘 탓…… 그런 거죠?"

"우리 현장은 농민들이 모를 못 심게 가뭄이 들어도 비가 안 오면 좋은 기여"

"팀장님……"

"그놈의 팀장 좀 찾지 말어. 팀장은 무슨…… 오야지면 오야지지"

"그건 일본 말로 대장이란 뜻입니다"

"팀은?"

"무리요. 즉 목수 팀, 콘크리트 팀, 터파기 팀"

"시끄러워. 호박에 줄 친다고 수박 되나? 노가다는 노가다여. 회사 놀음하나 생산 팀 영업 팀 하듯"

"우리가 얼마나 대단한 일 하는 팀인데요?"

"대단한 기 다 말라 죽었나 부다"

"제가 재미난 우화偶話 하나 얘기 할게요. 옛날 옛날에 하늘이가 짚신장수와 우산장수가 사는 동네에 살러 갔는데요…… 살수가 없었대요. 비를 내밀면 짚신장수가 욕을 하고 해를 내밀면 우산장수가 욕을 해대서요. 하늘은 잘못도 안 했는데 맨날 욕을 먹는 게 너무 억울해서 하루는 관청에 원님을 찾아가 사정을 얘기하고 도움을 청했대요. 원님은 하늘이의 딱한 사정을 듣고 한참을 생각하더니 우산장수와 짚신장수를 불러다 놓고 말했대요. '미운하늘만 아는 너희 둘에게 고운하늘만 있는 마음을 줄 것이니 내가 시키는 대로 해라' 하고 원님은 둘에게 뭐라고 시켰는데 그 후로 우산장수와 집신장수는 하늘이 비를 내려도 햇볕을 주어도 불평을 하지 않고 오히려 하늘에게 고맙다는 인사만 하는 거예요."

"……?"

"하늘이 하도 이상해서 비를 내리고 짚신장수를 찾아가 보았더니 놀랍게도 짚신장수가 우산을 팔고 있는 거예요. 아하! 하늘은 그때서야 알게 되었대요. 우산장수와 짚신장수가 짚신과 우산을 서로 반반씩 맞바꿔서 비 오는 날은 둘 다 우산을 팔고 맑은 날은 똑같이 짚신을 팔아서 하늘을 원망 할 필요가 없었던 거예요."

"이런 멀쩡한 친구를 봤나. 제 버릇 개 못준다고 목수 놈은 죽어도 목수여. 일없다고 보리밭 매러 가냐? 지을 거 없으면 개집이라도 짓 제"

"난 지금 여기 농지정리 현장에 일하고 있는 사람들이 제일 존경스러워요. 비올 땐 벼논이 침수되지 않게 배수장을 지어 물을 퍼낼 수 있게 하고 가뭄엔 벼들이 타죽지 않게 강물을 퍼 올려 논에 물을 대주도록 양수장을 짓고 도수로를 만들고 하는 현장 사람들이요"

"갈수록 멀쩡한 얘기만 하고 있구먼. 이 친구…… 이 사람아! 볼짱 다 본 놈들이 몰려서 노는대가 노가다 판이여. 무슨 히딴 소리?"

"먹는 것 말고는 아무것도 모르는 돼지가 싼 똥이 없으면 마늘밭에 거름을 못한다고 해요. 나는 지금 도서관에서 농학農學 전서典書 읽고 있는 친구들 보다 더 신나거든요. 지금 여기서 이렇게 일하고 있는 그 하루하루가……"

"잡부가? 새끼목수가?……"

"자갈 질통을 져도 좋아요. 나는요."

"설마 이 바닥에 짱박겠다는 건 아니것지?"

"그런다면 저는 최고의 인생을 살았다고 나중에 소리 칠 수 있겠죠"

"등록금 벌어서 가겠다는 학생이 기죽지 않고 나대는 건 좋아보여서 좋은데 오버 좀 그만 허지"

"비가 또 오기 시작해요 팀장님"

"남 속 터지는 데 뭐가 좋아서……"

쏟아지는 빗속을 펄쩍대는 멀쩡한 아이. 박 목수는 진창 속에 현장 농로 길을 뛰는 키가 큰 아이와 현장을 돌아 나오며 내내 멀쩡한 놈을 찾았다. 한편으로 가만 생각해 보면 탓만 하는 어른들의 처신들이 잘못된 건 아닌 가 쉽기도 했다. 숙소로 돌아오자 공구장이 죽을상을 하고 있다가 들어오는 둘을 보며 불평을 해 댄다.

"이러다간 모심은 논에 들어가 작업하게 생겼어"

"그렇게 해서라도 하믄 되지……"

"빨리 끝내고 다음 공구로 가야되니 그럿치"

"가면 되지……"

"……선배?"

"비가 오면 일 쉬어 몸뚱이 편해 좋고. 날 들면 일 할 수 있어서 좋고……"

"박 목수님! 또 어깃장 시작되는 겨?"

"멀쩡한 아! 주막 가서 막걸리나 받아와라 공구장 속 끓이는데 부어서 좀 식혀야 될 거 같아야"

"멀쩡한 ……? 누구?"

"누군 누구 팀원들 중 하나 것 제"

"뭐야 또? 현장 돌아보니 또 엉망인겨?"

"엉망은 공구장이 엉망이제. 이렇게 비와서 대마찌 나는 날은 팀원들 함바에 불러 고기라도 좀 멕여야제. 맹숭, 맹숭하게…… 뭐하고 있는 겨?"

"……?"

"아, 공구장님 월급이 얼마여? 등록금 벌러 온 아가도 여유가 만만 인디 인부들 한 달 간주 돈 몇 배를 받으면서 날이면 날마다 죽을상이여?"

"나~참…… 박 목수님 또 왜 이런디야……집 생각나면 다녀오라니깐 안 가구 그런데"

"팔자 좋은 소린 하들 말고. 그냥 우리끼리 가보시끼 할 테니까 공구장은 가서 현장사무실이나 지키더라고"

"형님!"

함바 간이숙소에서 술내기 화투를 치던 인부들까지 나와 여직 한 번도 본적 없는 대빵들 입씨름에 당황스러워 했다. 언제나 죽이 척척 맞는 둘이었다. 고향 선후배라지만 형제나 같았다.

"모두들 나와! 대마찌 나서 일당도 못 번다고 하늘 탓하지 말어. 비와서 풍년들면 쌀값 싸져서 좋찬여?"

"……?"

"……?"

"대빵님도 나중엔 그 멀쩡한 눔인지 말짱한 놈인지 그눔 한데 잘 해주셨다고 오과장님이 그러셨어요. 학비에 보태라고 만원이나 주셨다는데 대빵님 며칠일당 아네요? 그때 대빵님이 그렇게 해 준 이유가 뭘까 참 궁금했어요."

"큰아들 놈이 생각나서…… 동생들 학비라도 보탠다고 집을 떠나 객지에서 고생하고 있을 놈이……"

“아하……대빵님이 그때 데리고 있는 인부들을 뽁아 치신 이유가. 다 그래서……”

“그따위로 일해선 나중에 니 눔 앞가림도 못 할기다”

“어려서는 배우고 젊어서는 버는 기다. 맨 날 청춘이 아녀 이눔들아”

“또 있었지요. 대빵님 좌우명. 꾀나 - ‘바수는 놈 뻰 할기다. 나중에 쪽박 안차면 내손에 장 지진다’ - 아들같이 생각 되서 그렇게……”

“멀쩡한 그놈이 열심히 하는 기 밉지 않았어.”

“대빵님 눈에 들긴 힘들었을 텐데……”

“……놈이 한번도 불평하는 걸 못 봤거던. 지가 그리 고생하면서도 애비 탓하는 거 지 처지 탓하는 거 단 한번도 없었어.”

“히히히. 이쁜 데가 있었네요.”

“그놈 한번 만나보러 서울 올라가면 만나 줄까?……

“대빵님이 보고 싶어 그런다고 여기로 오라고 연락 해보죠 뭐”

“까맣게 잊었을 걸”

“폰 주세요. 대빵님이 보고 싶어 한다 해 볼게요”

“참. 그런데 자넨 휴대폰 쓰는 걸 못 봤는데 잃어버린 건가? 또 차는?……”

“돈도 못 버는데 휴대폰을 어떻게 씁니까? 차 한 대 있으면 좋겠지만 휘발유 값이 만만찮을 걸요”

“예전처럼 걸어 다니는 게 좋아서?”

“그것도 있고요”

“그때 자네가 강경서 부여까지 강둑을 따라 걸어갔다 오고 만경강까지 걸어서 갔다 왔다하는 자네를 보고 오과장이 했던 얘기가 있어. 그 뭐라더라 실연당한 놈 헤매듯 한다던가."

"오과장님 말이 맞아요. 아직도 헤매고 있으니……"

"다 왔어"

꽤 큰 창고 건물로 들어가며 박 목수는 사무실을 가리켰다. 주차장이 넓다. 농산물 집하장치고는 규모가 대단하다. 저장창고도 여러 동이다.

"중소기업입니다. 대빵님 아들의 판매사업"

"자산이 꽤 된다고 해. 아까 오다가 본 그 고구마 밭이 다 이 농산사업체 땅이야"

"햐! 수 만평은 되 보이던데……"

"다 해서 수 십 만평"

"와!……대빵님. 완전 재벌 . 완전 재벌"

"아들이 선생이면 애비도 선생?"

"왕 대빵요?"

"나도 용돈 궁하면 가끔 여기서 일해. 일당은 정확히 십만 원. 자네도 여기서 용돈 좀 벌어서 가"

"관리가 아주 기업적입니다…… 외국인 작업자도 보이는 데요"

"꽤 많아. 일손이 모자라서 동남아 쪽 인력도 구했다지"

"싼 노임이 도움이 되겠어요."

"똑같이 대우해 준다고 했어"

"놀랍습니다. 아드님 사업 운영방식"

"큰애의 생각이래."

"대단합니다. 그런데 대빵님. 아들이 선생이면 애비도 선생이라는 말 그거 어디서 많이 듣던 말인데요?"

"나 참. 멀쩡한 그놈이 국회의원 나서며 한 말 아녀. 아버지가 재벌이면 아들도 재벌이냐는 말을 꼬아서…… 아버지가 선생이면 아들도 선생이냐고……"

"아하!"

"멀쩡한 놈. 등록금을 벌려고 공사장을 찾아다닌다고…… 멀쩡한 놈"

"히히. 지금은 또 멀쩡한 교수로 멀쩡히 애들을 놀려먹고 있을 겁니다."

"이젠 멀쩡한 사람이라 해야 되겠지만…… 그때도 밉상은 아니라 그랬을 거야. 떠날 때 지가 일한 간주 돈 보다 우리가 걷어준 돈이 더 많았을걸"

"그 돈 몇 배로 들어간 회식비요. 제 월급 다 가져다 현장에 회식비 대잖아요. 그때……"

"그런데 그때 멀쩡한은 자네의 존재를 아예 모르던데?……"

"재벌가 아들이 아버지 회사 쫄다구 경비직원을 어떻게 압니까"

"아무튼 자네는 그때나 지금이나 요상하게 살고 있어. 뭐랄까……뭐가 있는 거 같은데 그냥 실없이 놀러 나온 아이 같고……"

"평생소풍이 제 인생입니다. 대충 사는 거……"

"그래. 자네는 소풍이 딱 어울려. 소풍. 덜렁덜렁 구경이나 하면서 하루 또 하루. 이곳저곳으로 다니며…… 거시기 애들이나 만나서 놀고"

"히히. 대빵님 덕분에 어제 밤은 신났어요."

"그 도도한 업소 애들이 자네 앞에선 그냥 순한 양이던데…… 덩치에 질려서? 아님 색소폰 연주에 뿅가서? 아니면…… 뭐 거시기가 따로?"

"대빵님. 여자애들은 무조건 추켜 줘야 되요. 그냥 띄워주는 거예요"

"……?"

"넌 정말 최고야. 널 만난 건 아무리 생각 해봐도 나에겐 행운이야."

"깜깜한 밤에 까만 고양이 깜장 눈깔을 속이지"

"내가 안고 있는 너를 어떤 왕도 감히 건드릴 수 없어. 넌 너무도 소중한 존재. 난 행운의 남자"

"스님이 가리키는 하늘은 극락이고 내가 가리키는 하늘은 하늘도 아니고 허공이라고 한다지. 그 애들 장 동건 이가 예쁘다고 하면 안 입은 것도 다 벗겠지만 내가 예쁘다 하면 벗은 것도 입을 기다. 자로가 자공 흉내를 내는 것도 그 뭐 거시기가 있어야 될 일 이제"

"대빵님의 그 대단한 현장 파워를 여자애들이 봤어야 하는데"

"완전 나쁜 사람……자네 소희를 어떻게 했길래……"

박 목수는 아침 일찍 영철을 데리러 갔다. 아침을 먹여야 한다며 빨리 가서 데리고 오라는 아내의 성화도 성화지만 아침을 먹을 수 있는 식당이 마땅찮은 이쪽 시장이라 아내에게 손님 아침준비를 부탁 했었다. 아내는 그때 용안 현장에서 함바식당을 운영해서 영철과는 잘 알고 있는 사이다. 그동안 몇 년에 한번씩 강경을 찾은 영철이었지만 시장에서 공연이 끝나면 어느새 사라져 버리곤 했었다. 박 목수는 업소를 들어서며 소희부터 찾았다. 어제 밤이 궁금했다. 새벽까지 술을 먹고 소희에게 영철을 떠맡기고 나왔었는데.

"이상해…… 이상해"

업소의 심 마담이 찾아온 박 목수를 보고 고개를 갸웃거린다.

"늦잠꾸러기가 일찍 일어난 것도 이상한데 청소까지 도와주겠다고 하고…… 밤새 안녕이라더니 제가 갑자기 이상해 졌어요. 박 사장님"

"둘이서…… 거시기……?"

"후후후 뭐가 궁금해요?"

"소희더러 잘 해 주라고 했는데……"

"말로만…… 하셨대요?"

"따불로 줬지"

"그 떠돌이 친구 나이가 어려서 챙기는 것도 아니실 테고……"

"만남만으로 행운인 친구라고 오과장이 그래서"

"그 친구 오과장님하고는 엄청 친하던데요.

"세상을 아는 사람들이겠지. 그쪽들은……"

"왕 오라버니! 일찍 웬일?……"

"……?"

콧노래를 흥얼대며 대걸레질을 하다말고 소희가 둘 사이에 끼어들었다.

"왕 오라버니……"

"그래. 어제 밤은 고마웠다. 소희야"

"고마운 건 소희죠. 그래서 그 보답으로…… 응…… 앞으로 소희는 왕 오라버니가 바다낚시 갈 때 가자고하면 무조건 콜"

"새침때기 소희가 우짠 일?"

"왕 오라버니가 가만히 생각해 보니 멋있는 남자 같아서요. 후후후"

"……?"

"……?"

"소희의 사랑을 받는 오빠는 행운의 남자! 신의 축복을 받는 아주…… 아주 행복한 남자"

"……?"

"난 이제 여행도 할 거야. 신나고 멋진 여행…… 또 멋진 남자와 아름다운 데이트도 하고 …… 난 소중한 소희니까…… 또 엄마니까"

"소희야……?"

심 마담이 낯선 상황에 당황해서 소희의 생글대는 얼굴을 멍하니 쳐다보다 소희의 이마를 만져봤다.

"소희야…… 너 뭐 잘못 먹었니?"

"응…… 먹었어"

"뭘?……"

"비밀……"

심마담은 박 목수를 끌어안고 애교를 부리고 있는 소희를 쳐다보며 고개를 갸웃거렸다. 장 동건 같은 남자 이 승기 같은 애만 찾던 애였다. 다른 애들보다 못생겨서 불만. 키가 작아서 불만. 그래서 죽을상 이래서 우거지상. 하는 일마다 짜증으로 시작해서 짜증으로 끝나던 애다.

"왕 오라버니…… 오늘도…… 신나는 하루. 으응……"

"소희야 그만 가서 손님 모시고 내려와"

박 목수와 귓속말을 주고받으며 킬킬대고 있는 소희를 이층 숙소로 떠밀어 올렸다.

"언니. 손님 숙소에 없어. 새벽에 나갔어"

"또 날른 거야?"

"조깅하러 간댔는데. 언니 화장실 청소는 소희가 할게. 언니는 쉬어"

다시 콧노래를 흥얼대며 가버리는 소희.

"박 목수님 저애가 지금 뭐라고 속닥대요?"

"비밀……"

"자기들이 무슨 청춘이라고 …… 비밀은 무슨……"

5

"글쎄요,…… 이름도 모르고 주소도 모르고…… 무안에 어느 농가라면 좀 찾기가 어려운대요."

고향농산 사무실에서 담당 여직원이 좀 어이없어 하면서도 수집농가 서류철을 꺼내놓고 찾아주려 애쓴다. 박 목수는 조바심이 나서 손수 주소록을 들치다 이름을 하나하나 짚어 내려 가 보다 했다.

"언년아. 어떻게든 찾아봐. 이 분이 몇 십 년 만에 찾는 아주 소중한 친구야"

"그러면 찾으시는 손님이 누구신지 성함을 말씀해 주세요. 제가 무안 쪽 생산농가에다 일일이 전화를 걸어 찾아 볼 게요"

"그래. 우린 작목반 선별 장에 좀 다녀올 테니. 우리 이쁜 며느리…… 부탁…… 해"

"이사님! 그 소리 그만하시라고 했어요. 신랑도 없는 며느리 안 한다니까요"

아주 조그만 한 귀여운 여직원 아이. 박 목수는 놀려먹는 게 재미있다.

"허허 글씨 걱정 말더라고. 신랑 걱정은…… 그 놈은 어디 못가"

"저…… 손님. 누구시라고 해야 할까요 찾는 분이?"

"떠돌이 악사…… 아니 그냥 영철이라고 하면 그쪽에서 알겁니다."

"네. 바로 찾아 드리겠습니다. 우리이사님 부탁이시니 최선을 다 해서……"

"언년아. 신랑은 언제 쯤 온다니?"

"사장님요? 오후 늦게 나 도착 할 수 있을 것 같다고 그랬어요."

"그래. 신랑 오거든 작목반 사무실에 갔다고 해라"

애초에 정 따위와는 담쌓은 현장에 호랑이가 박 목수 의 참모습이다. 여직원 아이를 바라보며 정을 담뿍 담는 박 목수의 모습이 낯설다. 손자가 간절한 할아버지 모습은 아예 감출 생각도 없다.

"규모가 상당한데요. 집하장?"

"오천 평에 세워진 작업장에 백 평 저장고가 다섯. 선별 장 사무실이 합쳐 오백 평이야. 익산지방에 고구마 작목반 중 가장 클 걸"

수확한 고구마를 출하작업 하느라 여념이 없는 선별장을 구경시켜주며 박 목수는 판매망을 책임지는 고향농산의 역할에 대해 자세히 설명했다. 전국 각지에 농산물 시장으로 가는 농산물은 지역농협에서 담당하지만 유명마트 공급은 고향농산에서 공급계약을 맺어서 판매해 주고 있다고 했다. 안정된 공급과 철저한 품질이 고향농산에 자산이란다. 작목반 사무실로 영철을 안내한 박 목수는 사무실 벽을 도배한 현황판을 가리키며 아들 자랑도 한다.

"우리 애들은 내가 못 가르쳤지만 애비처럼 노가다나 하고 중동의 건설인력으로 살아가진 않아도 되는 게 그래도 난 제일 보람이여"

"대빵님의 그 악랄한 극기 훈련을 견딘 아드님들이 대단합니다. 난 갱갱이로 폭군에게 대항 했을 겁니다.

"영철이 자네는 우리 애들처럼 그렇게 다구치지 않아도 됐을 기여. 자네를 처음 봤을 때 내가 뭘 느꼈는지 아나? 어디서 시커먼 산적 놈이 하나 나타나서 설쳐대나 했어"

"가는데 마다 소도둑놈 소리는 많이 들었습니다. 그런데 여기 집들이 다 그림같이 이쁜데 아드님이 사시는 곳입니까?"

영철은 야산 대나무 숲속에 하얀 벽의 빨간 지붕 집들을 찍은 사진을 자세히 살펴봤다. 조금씩 다른 모양의 새집들이 한 마을을 이루고 있다. 아직도 옛날 농가 그대로 있는 이곳의 마을들이다. 농촌의 마을들이 언제 이런모습의 예쁜 동네로 모두 변할 수 있을런지……

"그 집들 정착 작목반들이 살 집들. 외국 근로자들의 숙소도 있고…… 우리 애는 농산 사무실이 집이고 숙소야. 한가하게 집 따로 사무실 따로 찾으며 살 여유가 없대. 바빠서 장가도 못 간다니 이 노릇을 어쩌냐고?"

"정착작목반들은 도시에서 살러온 사람들입니까?"

"아니 이곳에 젊은이들"

"자기들 집이 있는데 왜?……"

"그건 좀 사연이 있어. 간단히 얘기한다면 노예촌"

"아하. 집을 제공 하는 대신 작목 반원들에게 족쇄를 채운다. 뭐 그런?……"

"고향농산회사가 땅을 임대 해주고 받은 임대료를 모아서 현대식 농가촌을 마련했는데 소작인들이 그걸 알고 데모를 했어. 그 집들을 내노라고……"

"그러면…… 그 집들을 받는 대신 평생 작목반으로 살아야 된다?"

"그렇게 해서라도 농산회사는 농산물을 안정적으로 생산해서 공급 하려고 하는 거지"

"악랄한 농산회사요?"

"계약재배라는 굴레를 씌우는 대신 생활자금은 선先 지급 한다고 하지"

"농촌을 못 떠나게 하는 술책이 아주 지능적입니다"

"고향농산은 이곳뿐이 아니고 상주 땅에 사과생산 단지 남해 쪽 과채류 생산지에도 사무실을 운영하고 있다고 그래"

"대빵님 아들 하나는 참 잘 키우셨습니다."

"하나가 아니고 둘이야 잘 키운 애는. 참. 아까부터 생각 했었는데 우리지역 호박고구마 축재가 곧 있는데 자네가 좀 도와주게. 자네의 그 색소폰 연주로 우리 축재를 신나게 해주게나"

"출연비가 좀 비쌉니다."

"이벤트 행사비의 절반"

"좋습니다. 보너스로 오늘밤 작목반들을 위해 라이브 연주회를 열어 드리겠습니다. 괜찮으시다면"

"이사람 이제 좀 친해지고 싶게 하네. 당장 준비 시키겠네"

박 목수는 신나서 작목반장을 불러 회식 준비를 상의했다."

"회식! 오후작업은 없다."

"야!"

"이사님 최고!"

농촌에 하루일과는 시간이 정해지지 않는다. 새벽부터 일몰까지다. 작업을 할 수만 있으면 밤도 새운다. 하지만 먹고 마시고 노는 일과 후 시간은 또 그 시간대로 알차게 즐겁게 보낸다. 맥없이 사는 것 자체를 싫어한다. 삼겹살을 구워서 소주잔을 비우다보면 홍이 나고. 홍이 나서 노래를 부르다보면 피로도 가신다. 영철은 신청곡을 연주 해주며 작목반원들과 격의 없이 어울렸다. 또 영철이의 특유한 유머 성 멘트, 들은 듣는 사람을 웃게 했다. 그래서 또 작목반원들이 권하는 막걸리에 취하고. 농촌의 삶은 서로 터놓고 사는 삶이다. 형식적인 것 꾸미는 것 싫어한다. 있는 그대로 주어진 대로 더 크고 많은 것에 목숨을 걸진 않는다. 그래서 삶들이 그렇게 급박하진 않다. 땅은 여유다. 욕심 부린다고 벼농사 이모작이 가능한 건 아니다. 과학적 농법은 품질을 위한 것이지 대량생산을 위한 것도 고수익을 위한 것도 아니다. 과학적 유리온실이 모든 걸 해결 해 주지는 못한다. 농민의 여유는 땅이 여유롭기 때문인지 모른다. 수평水平의 땅. 땅위에 땅을 생각하는 농사는 농사에 끝이다. 사람위에 사람이 사는 인간들의 아파트는 인간성을 기계화 한다. 꽃이 피는 봄에 개나리 참꽃(진달래)을 보지 못하고 가을 단풍의 숲길을 걸으며 계절을 느끼지 못하는 삶은 사막에서 지평선만 바라보는 나날의 연속과 무엇이 다를까. 다 같이 땅위에 살고 있지만 도시민으로 살아야 최고의 삶을 사는 거라는 현대인들. 그들의 여유는 풍요로움이겠지만 농촌의 여유로움은 시간이고 느낌이다. 새벽에 접하는 싸한 맛의 자연에 공기. 해질녘의 노을속의 지평선. 거기엔 나무들의 그림자도 있고 고요함과 정겨움도 있다.

〈서 영묵의 자연사회론〉

우주의 생성生成은 자연적自然的이다. 다만 생물生物의 생성을 변화에 의한 자연발생이라 하고 조물주의 창조라고 하기도 하는데 그 모든 건 어차피 우리 인간의 상상이고 추측이다.

과학적 근거로서 진화론도 우선 가설假設이라고 한다면 정신적 사고思考의 창조론도 일단은 가설이다. 그 가설 속에 생물들은 또 시간과 기후의 변화 같은 환경의 변화로 인해 종種의 탄생이 있고 멸종이 있다. 즉 자연의 변화 속에서 어떤 종은 생존하고 어떤 종은 멸종 한다는 것인데 그것을 우리는 생존능력이 있고 없고 보다 생존을 가능케 하고 불가능케 하는 요인이 있을 거라 짐작을 해본다. 공룡의 멸종은 환경이 변화하는데 적응을 못한 것이라는 가설 속에 먹이 부족을 초래한 한없이 커진 몸체와 감당이 안 되도록 늘어난 수數에 문제가 있었다는 공급 수요의 불균형을 원인으로 꼽기도 한다. 그러나 보다 정확한 정설定說은 유성의 충돌로 지구의 표층이 뒤집혀서 당시 땅위에 모든 동식물이 멸종되었다는 것이다. 그 결과로 식물은 석탄 동물은 석유로 남게 되었다는 주장은 과학적 근거根據 까지 예로 든다. 석탄의 성분을 분석하면 화석化石이 분명하단다.

자연의 무한한 변화變化

그 변화는 시간적이기도 하고 순간적이기도 하다.

당장이라도 조그만한 유성이 지구로 돌진한다면 땅위에 모든 동식물이 한순간에 최후를 맞을 수 도 있다는 사실이다.

다만 우리 인간은 자연적으로 생존이 절대 보장되어 있지는 안하겠지만 먼 앞날을 바라보며 계속생존을 위해 준비하고 또 노력한다. 그 노력 중에는 한계限界를 무시하지 않는 것도 있고 가혹한 자연환경을 극복하는 과학적 개발開發도 있다. 굶주림을 면하려 식량증산에 매진하기도 하고 인구조절로 생존 가능한 환경을 인위적으로 조성하기도 한다. 현재現在 우리나라는 과잉인구다. 중국은 적정인구를 초과하지 않은 평방키로 미터 당 100인 이하다. 중국은 백년 후를 염두에 두고 인구조절을 시작한지 오래다. 우리는 왜 적정인구의 몇 배인 평방키로 미터 당 400명을 가지고 인구조절을 못하는가. 국민이 싫어하니까. 국민이 원하지 않는 정책이어서. 국민이 용납 않으니까. 후손이 나중에 극복 할 수 없는 환경에 처해도 우선 나의 권리와 나의 행복은 포기할 수 없다는 국민의식? 그것보다 정책수행자들이 국민의 저항으로 가진 권력을 잃을 위험성이 있으니 입헌立憲도 사고思考 도 아예 피하고 있는 건 아닌지.

사회주의 국가는 가능하지만 민주주의 국가는 불가능 하단다. 백

년 후의 후손이 죽고 사는 걸 사회주의는 생각하고 민주주의는 생각하지 않아도 된다는 그 사실. 중동에 사막국가는 석유로 생존을 위한 식량조달을 가능케 할 수 있지만 우리나라는 유사有事시 식량확보가 불가능 할 수도 있는데 세계의 식량이 절대 부족이라는 사태가 온다면 각국은 식량 해외수출을 금지하게 된다. 그때 우리나라는 교환무역交換貿易의 자원이 없다. 미래의 인류사회는 공업화한다. 우리의 첨단 공산품은 상대적 가치가 없다. 단 한해의 흉년으로 생존위기에 봉착하는 사태가 온다면 그것은 현재 오늘을 살고 있는 현세대의 무능이고 준비성 결여다. 물오리는 물가에다 둥지를 틀고 새끼를 키운다. 늑대는 들판에서 새끼를 키울 형편이면 굴을 파 새끼의 안전을 기基한다. 우리가 후손이 살아갈 미래사정을 예상하고 준비하는 건 대단한 발상이 아닌 모든 생명체들이 다 하고 있는 당연한 것이다.

(하략)

라이브는 밤이 늦도록 계속 됐다. 떠돌이 연주자의 색소폰 반주는 연주하는 곡마다 가슴을 울리고 그 반주에 맞춰 노래를 부르는 작목반들은 모처럼 즐거운 시간을 보내고 있었다. 농산사무실에서 연락이 온건 음악놀이가 거의 끝나갈 무렵이다.

"찾았어야! 찾았어. 무안고구마 놈을. 싸게 가드라고"

"찾았어요? 여직원한테 찾아줘서 고맙다고 해주세요."

"뭘 한디야? 싸게 안 가고?"

"끝나면 가겠습니다. 어차피 오늘은 늦었으니 내일 무안으로 가 만나보지요"

"몇 십 년 만에 보는 친구라면서. 반갑지도 않어?"
"반갑지만 연주자는 연주 중에 한눈도 팔면 안돼요"
"놀고 있는 게 어느 쪽인가 모르것어. 무당인지 깃댄지"
"이왕 하는 거라면 즐겨라 는 대빵님 좌우명요. 지금 우리는 그러고 있어요"
"안돼것어. 어떤 놈인지 궁금해서. 나 먼저 가 봐야 쓰것어. 무안에 자네 같은 산적놈 허구 친할 놈이 없을 건디……대체 어떤 놈이여?"

6

고향농산 사무실.
사무실 여직원이 퇴근도 하지 않고 간단한 저녁식사를 준비 해줘서 먹고 난 오 정식은 휴게실에서 박 목수의 큰아들 완수의 지난 얘기를 들었다 영철이가 찾고 있는 무안고구마가 박 목수의 아들이어서 놀랐지만 완수가 얘기하는 그때 일들은 도저히 믿어지지가 않았다 황 영철이란 사람이 어떤 사람인지 다 안다고 생각 했었는데……
"그분 정말 멋있다. 왕눈이 사장님에겐 그런 멋진 형이 있었네."
커피를 타와 같이 마시며 대표님 얘기를 들은 여직원은 감동해서 눈물까지 글썽였다.

"그런 일이……"

오 정식은 .완수의 얘기를 들으며 말없이 고개만 끄덕였다. 박 목수의 큰아들인 완수는 그때나 지금이나 차돌같이 모든 일에 야무졌다. 초등학교를 마치고 나서 아버지 힘들다며 중학교 진학을 포기하고 집안일에 나선 기특한 아이였다. 같은 동네서 살면서 일을 배우겠다고 따라다니는 완수를 오 정식은 많이 예뻐했다. 나중에 현장에 데려다 일을 시키려 했을 때 그때 아버지 박 목수가 반대만 안했어도 쓸 만한 현장일꾼이 되었을 거다.

"삼촌은 영철이 그 친구하고 언제부터 알게 된 기여?"

"너하고 황 영철이가 만나기 몇 년 전일거야. 이십년도 더 된 오래 전 일이겠지 한 대학원생이 금강개발공사 용안현장에 등록금을 벌겠다고 찾아왔는데 그 대학원생을 경호하러 온 친구가 하나 있었다. 그 경호원이 황 영철이었고 그 황 영철은 삼촌의 동문이고 동향친구인 대기업 공장장 백 제일이가 소개를 해서 알게 됐어 지금은 다 〈오천년을 위한 모임〉의 회원이야."

"우리와 처음 만났을 때도 우리는 황 영철이 왠지 능력 있는 애라고 느꼈어. 말하는 거부터 달랐거든 조폭 행동대장이 아닌가 의심도 했고"

"아버지는 그때 맨 날 황영철 이를 산적 놈이라고 했다."

"삼춘…… 난 요즘도 날마다 그때를 생각하며 살아. 영철이 그 친구가 우리를 모른 척했으면 우리는 지금 살아있지 않을 거야. 우리가 그 죽도록 답답한 감방에서 해방돼 나왔지만 네 명 중 누구도 더 어떻게 살겠다고 말하진 안았어. 감방에서 농담처럼 하던 한강물에 풍덩 을 결행하겠다는 마음뿐이었어. 하숙집 아줌마의 배려로 하숙집에서 지내던 감자가 출감하는 우리를 끌어안고 울먹일 때 우리는 결심을 했어. 더 이상 구차하게 삶을 이어가기 싫었어. 일해서 먹고 살 우리야. 일 못하면 살길은 없어. 또 사고치고 감방에 가 연명하는 게 무슨 삶이야. 죽는 게 낫지"

"……"

"……"

"우리는 영철이 그 친구에게 꼼짝 못하고 잡혀가 하라는 대로 아이들을 하나씩 떠맡고 건네는 봉투를 받았는데 우리는 돈이 얼마나 되는지 꺼내볼 엄두도 못 내고 쩔쩔매기만 했어. 삼촌…… 경찰서 법원 어디서도 떨지 않던 우리였는데 참 우스웠어. 그런데 그 친구와 헤어져 통장을 확인한 우리는 완전 얼어버렸어. 나 같은 경우는 고향 무안에 내려가 논밭을 산다면 수 천마지기를 살 돈이야."

"야! 완수, 너 그때 나한텐 일하고 있던 상점 주인이 중동을 가게 되어서 데리고 가지 못하는 조카를 맡기며 준 돈이라고 했잖아? 왜 그때 거짓말을 했냐?"

"영철이 그 친구가 비밀로 하라고 했어."

"나는 완수 널 믿기 때문에 그때 캐묻지 않았지만 사실 의심 할 수 있는 돈이었어."

"우리도 어마어마한 돈의 출처가 너무 궁금했었는데 우린 영철이의 단짝 친구 송아지의 얘기를 믿었어. 송아지 그 친구는 면회를 오면 우리에게 제 친구 얘기를 했어 아주 돈을 많이 벌어서 살고 있는 친구가 있다고…… 그 친구에게 도움을 받아보자고 한 적이 있었거든."

"너희는 뭐 반찬가게 하냐? 뭐가 그래. 감자. 고구마 땡감 오징어 거기다 우시장 맹맹이 송아지까지?"

"우리 다섯은 서로 이름을 안 불렀어. 하숙집에서 같이 살면서 아파트 현장에 일을 했는데 그중에서 충주에서 왔다는 애가 하나 있었는데 넘 도 참 혀서 우리가 송아지라고 불렀어. 암튼 그 송아지란 애의 단짝 친구가 영철이었어. 송아지 얘기로는 영철이가 길을 가다 우연히 자동차 사고가 있는 현장에서 불붙은 차에 뛰어들어 사람을 하나 구했는데 그 애가 어마어마한 회사 회장님 외아들이었고. 그 회장님은 아들을 구해준 영철에게 말도 못할 큰돈을 주었대."

"……?"

"영철이는 우리에게 그 돈을 나눠주며 단짝친구 송아지에게 주려했는데 받지 않고 우리에게 주라고 부탁해서 주는 거랬어. 영철이 그 친구 얘기로는 송아지가 안동에 어느 부농 댁에 일꾼을 들어가 일하다 주인 눈에 들어 그 댁에 데릴사위가 될 것 같다는 얘기를 들었다고 했어."

"그때 그런 일이……"

"아무튼 우리 넷은 그 돈을 가지고 고향으로 돌아와 농토를 닥치는 대로 사들일 생각들을 했어. 가난에 한이 맺혔던 우리였으니까."

"완수야. 아버지에게는 지금 한 얘기들 비밀로 하자."

"응"

"삼촌은 지금 완수 네 얘기가 너무 놀랍다. 너무 놀라워……"

"우리는 지금 삼촌이 놀라워"

“뭐가?”

“그때 삼촌이 우리한테 농산회사를 설립해서 농토를 사라고 했잖아. 야산을 사서 개발하는 것도……”

“그래 너희들 이제 떼돈 벌었으니 뭐 고문료라도 준다면 사양 않을게. 허허허”

“삼촌 연봉으로 1억?”

“짜식 고구마 한 자루도 아까워 못주는 놈이”

“이제 여유가 좀 생겼거든. 우리 농산회사”

“부채 하나 없이 자산이 천억 도 넘는 부농들이 짜기는……”

“삼촌은…… 농토는 농사를 짓는 땅이지 소유하는 건 아니라며?”

“팔아서 이민이라도 갈래? 소유를 얘기하게”

“세계유람이라도 갈까 하고 삼촌이랑”

“미친 눔. 바닷가가 코앞이라도 회 먹으러 가자고도 안하는 눔이……그런데 완수야?”

“응?”

“여기 익산에 고구마 밭 팔면 시가로 얼마나 될까?”

“여기 익산에 땅만도 이십만 평이 넘으니…… 줄잡아 400억?”

“몇 백 원에 산 땅이 십 만원이 넘으니……”

“여기 익산 땅은 삼촌이 사라고 했잖아. 수리시설이 잘될 거라고 하면서”

“아직도 불만이니? 완수 너 익산시 변두리 땅 못산 거?”

“아냐 삼촌. 이때 것 삼촌 말 들어서 잘못된 거 하나 없어. 지금 하고 있는 농산사업도 다 삼촌 덕분인데. 자전거 리어카에다 고구마 자루를 싣고 읍내 장터에 팔러 다니던 때에 농산물류 사업을 생각

한 삼촌은 참말 천재야 천재"

"뒷걸음치다 쥐 잡은 거겠지"

"말이 나와서 말인데 삼촌 그때 나 그 땅 사놨어"

"뭐?……"

"그때 낭산 지역에다 농토를 사고 나서 여유가 좀 있었어. 삼촌"

"그래……얼마나?"

"5만평"

"큰 돈 인디?"

"그때 시가 2만원 3만원"

"지금은 평당 100만원이 넘을 건데?"

"이젠 돌려주려고. 영철이 그 친구에게"

"왜?"

"언젠가 영철이 그 친구가 찾아오면 팔아서 주려고 했던 거여".

"아주 잘 하는 거다."

"삼촌. 난 이제 다 내던져도 미련 없어. 우리농산 회사만 있으면 돼"

"그래. 완수 네 덕에 고향을 안 떠나고 잘 살아가는 애들이 이곳 익산 땅에만 몇 백 명이 더 되는데. 농작물 계약생산으로 농가에 도움을 주는 농산회사라면 많을수록 좋겠지."

"이제 동생 왕눈이에게 다 넘겨주고 난 무안에서 편히 농사나 지으며 살래"

"임마! 너 애쓴 거 다른 사람들 다 몰라줘도 난 안다. 넌 그만 쉬어도 돼"

"그런데 삼촌 영철이 이 친구 십년 넘게 떠돌이 악사만 한다면서?

취미생활이람 참 고상혀."

"글시…… 두견이가 밤새우는 건…… 배가 고파 우는지 님 이 그리워 그러는지"

"허송세월 할 친구는 아닌데……"

"지금 완수 널 두고 하는 얘기냐?"

"……?"

"임마! 넌 지금 뭘 하는데? 고상한 취미생활이냐? 농산회사 애들 집은 그렇게 잘 지어서 살게 하면서 너 네 집은 왜 맨 날 민속촌 초가삼간이냐? 저 덜덜이 농 작업 트럭은 또 뭐고. 길지 않은 인생 허송세월 하는 건 너도 마찬가지야. 남 말 하지마라."

"삼촌 우리 집 아직 괜찮아. 빗물 새는 데는 아직 없어."

"영철이 그 친구 아직 다리가 안 아파 걸어서 삼천리 유람하고 논다더라. 제 거시기 나온 줄은 모르고 남 궁뎅이 타령은"

오 정식은 완수를 볼 때마다 느끼는 거지만 오늘따라 더 어른스러워 보였다. 제 몸 하나를 가지고서 아등바등하는 인생들이 하나 둘이 아닌 세상이다. 어릴 때 논물보고오라고 집에 어른들이 심부름 시키면 옆집 할아버지네 논물까지 봐주고 오곤 해서 별명이 애늙은이였다. 어른들이 시키지 않아도 알아서 하는 아이"

-한 잔의 커피도 마주앉은 상대가 정겨운 그대라면-

-술 한 잔을 앞에 놓고 얘기를 나누는 그 가 멋있어 보인다면-.

오 정식은 완수와 앉아서 영철을 기다리며 〈오천년을 위한 모임〉이 새삼 소중히 느껴졌다. 최소한 회원들이 모두 자기 몸 하나를 위한 아등바등은 아니니.

"어떤 놈이여! 산적 놈하고 친하게 지낸다는 무안 놈이?"

사무실을 들어서며 박 목수는 탁상에 펼쳐놓은 거래인 명부부터 찾았다.

"아버지……"

"너 왔구나. 그런데 오 과장은 늦게 무슨 일로?"

"……"

"……"

"언년아. 그 무안고구마가 어떤 놈인가 보자."

"이사님…… 여기……"

여직원은 손가락으로 대표 박 완수를 짚어 보였다.

"……?"

7

~ 쓰러진 친구를 두고 ~

~ 나만 뛰면 무엇 하나 ~

~ 슬피 우는 너를 두고 ~

~ 나만 어찌 행복하랴 ~

~ 친구야 인생은 어울려 가는 길 ~

~ 이 세상 끝까지 같이 가자 친구야 ~

~ 이 한세상 살아 갈 때에 ~

~ 너와 내가 살아 갈 때에 ~

~눈물에 젖은 빵 한조각도~

~엎질러진 술 한 잔 도~

~친구야 서러워 마라 서러워마라~

~이 한 밤이 새고 나면~

~내일다시 해는 뜬 다~

~내일다시 해는 뜬 다~

김 홍의 〈내일 다시 해는 뜬다〉 영철은 마지막 연주를 하고 작목 반원들에게 작별 멘트도 잊지 않았다.

"즐거운 시간 감사. 감사 합니다."

"오늘 연주 최고였어요."

"떠돌이 악사님! 자주 와 주세요."

어디를 가도 영철의 색소폰 연주는 여자들에게 인기다. 단 한사람을 위해서도

정성을 다해 연주하는 연주자가 진정한 연주자란다. 여태껏 화려한 무대에서 연주를 해야 힘이 난다는 연주자의 관념을 가지고 살아왔는데 이외로 거리에 연주도 신나는 공연이 된다는 걸 알게 됐다. 그동안 긴 세월 시장에서 공원에서 유원지에서 새로운 만남들이 날마다 새롭고 신났다.

"이 세상에서 제일 행복한 인생을 살고 계시는 여러분. 그 행복이 영원히 이어지길 바라면서 이 떠돌이 악사가 마지막으로 여기 남자 분들에게 거시기에 좋은 약을 좀 팔겠습니다. 거시기에 좋다니까 여자 분들이 더 좋아하셔…… 거시기에 좋은 이건 애들도 다 알아"

"후후후"

"호호호"

"이제 수확한 호박고구마를 저장고에 넣기만 하면 농산회사가 여러분께 대금을 전액 지불한다고 하는데 그 돈! 그 많은 그 돈을 어디다 쓰느냐 그 겁니다. 국내여행은 물론 외국여행도 가고. 멋진 차도 사고. 도박도 하러 다니고……"

"노름 안합니다."

"고스톱도 안 혀요."

"어허…… 참 돈 쓸 줄 모르시네. 짧은 인생 일만하다 죽겠다는 건데?" .

"호호호"

"하하하"

"몸에 좋고 마음에 좋은 약! 돈 안들이고 맨날 먹을 수 있는 약 거시기 약을 팔렸더니 우짠 고스톱?"

"……?"

"다 혀도 도박은 하지 말 어! 바람을 피우면 아내하나나 잃지만 노름 좋아하다간 아내 뿐 여. 친구도 잃어! 친구뿐이 간. 신용도 잃어 건강도 잃고"

"……"

"……"

"그렇치. 돈도 잃지. 쫄딱 망허는거지 뭐. 그런데 이 빌어먹을 이 놈이 말한 그 도박은 그런 도박이 아녀! 고구마 판 그 돈으로 노름을 한다는 거 아녀! 지금 이렇게 고구마 농사 안 짓고 떼돈 버는 주식투자 부동산 투기 하는 거 그런 거를 말하는 거여. 그런 거!"

“……”

“부동산 투기 주식투자로 떼돈을 벌수는 있 것 제. 그런데 까닥하면 쪽 빡 차는 수가 있어. 알거지 되는 거제. 지금 이렇게 비러 먹고 댕기는 이놈처럼. 그러면 워찌 돼?……”

“……?”

“여러분은 지금 문화마을 좋은 집에 살고 있지. 아침에 일어나면 아침 해가 늦잠을 못 자게 깨우고. 고구마 밭은 여러분을 기다려. 하루 종일 이웃들과 들일을 신나게 하고나서 돌아오는 들길엔 저녁노을도 곱게 물들어 있 것 제. 그런데 여러분이 지금 이 자리를 벗어나겠다는 생각의 그 도박으로 이 자리를 잃어버리면……”

“……?”

“그때부턴 아침에 밝게 떠오르는 아침 해도 저녁노을 고운 석양도 여러분의 것이 아녀. 또 나중엔 어떻게 돼?…… 여러분의 아이들은 어떻게 돼?……”

“……?”

“아침엔 변함없이 밝은 해가 떠오르고 저녁의 노을은 날마다 곱게 물들 것 제. 그런데 여러분이 지금 이 자리를 지키지 못하면 그 모든 것 들이 여러분 아이들의 것이 아니라는 거지.”

“……”

“어찌 가만히들 있디야? 거시기에 좋은 약 살 사람 하나 두 없는 겨? 허허 오늘도 또 빈손으로 돌아가는 겨. 빈손으로…… 이 약 장사로 돈 벌긴 틀려 버렸구먼. 오늘은 그만 접구 가야 쓰갓어. 다음에 오면 좀 통 크게 팔아 주슈”

“하하하”

영철은 악기를 챙겨 둘러매고 작목반원들과 작별을 했다. 또 떠나는 길. 길은 멀어도 오늘따라 발걸음이 가벼웠다. 어두운 밤길. 익산으로 가는 4차선 훤한 길을 천천히 걸으며 영철은 무안고구마에게 한없는 고마움을 느꼈다. 왕눈이를 너무 잘 키워줘서 그랬다. 아까 고향농산 사무실에 걸려있던 단체사진. 여행지에서 작목반원들과 찍은 거로 보이는 그 사진 속에 왕눈이는 이제 어디에서도 제몫은 해나갈 의젓한 사회인이 되어있었다. 그때 어린나이의 아이들 셋. 왕눈이 껌투리 막내. 항상 응석부려서 귀염을 독차지하던 막내. 그래도 형 노릇은 하던 제법 의젓했든 왕눈이. 온갖 말썽은 다 벌려서 골치 썩히던 껌투리. 영철은 그 아이들과 지냈던 그때가 지금에 와서 생각하면 가난했지만 정이 넘쳐 살았던 행복한 시간들이었다. 그 때의 〈합동가족〉

한일회담 반대. 굴욕외교 철회. 대학가와 거리에는 거의 날마다 집회와 데모로 조용한날이 없었고 대일청구권으로 몇 십 억 달러 차관으로 또 몇 억 달러 등 그 많은 돈은 국가기간산업에 공업화 정책에 투자되고 집행 되고 있다 했다. 자동차 한 대 생산하지 못하는 나라에서 4차선 고속도로를 만드는 나라는 당시 지식인들에게도 비판을 받았다. 오늘도 그런 어수선한 거리를 걸어 영철은 서울역으로 나갔다. 일본의 기업정보 수집요원들이 일본으로 돌아가기 위해 경부선 열차를 타러 나올 거란 정보를 애들에게 연락 받았다. 반일단체는 당시 많았지만 실질적 행동들은 하지는 않았다 유일하게 영철이가 속한 단체만 은밀히 행동을 하고 있었다. 마산 창원 자유경제지역 공단에 근무하는 애들을 위주로 호텔 숙박업소 친구들. 좀 관심이 있는 애들끼리 너도나도 모여 연락을 하고 일본인들이면 무조건 체크를 했다. 단체명도 없이 그냥 반일감에 놀이삼아 재미로 하는 장난이었다. 그런데 영철이가 서울역에서 왕눈이 껌투리의 도움으로 가로챈 그 일본인들의 문서들을 번역해서 읽어본 애들은 점점 더 반일놀이에 관심이 깊어갔다. 호텔에선 일본인들의 대화를 녹음하고 철도역 고속 터미널에선 회의록을 탈취하기도 했다. 영철이가 맡은 임무는 서울역에서 일본인들 소지품 슬쩍 하기 출입 일본인들 파악해 친구들에게 연락하기 였다. 행동대원은 왕눈이와 껌투리였지만 때론 막내도 끼었다. 대전에서 고아원을 탈출해 떠돌다 대전 역전 애들에게 잡혀 쓰리꾼으로 앵벌이로 지내고 있던 왕눈이와 껌투리 막내. 그 애들이 서울로 도망쳐 올라온 건 지난해 겨울이었다. 늘 처럼 역 대합실을 배회하던 영철은 남루한 옷차림으로 역전을 어리대고 있는 아이들을 붙잡았다.

"임마! 너들 학교 안가고 쨉 쳤지?"

"……"

"너들 여기서 어리대다 나쁜 형아들 한테 잡혀가면 어쩌려고 짜식들……"

"……"

"내가 빵 사줄 테니 먹고 돌아가"

영철은 가까운 곳에 제과점으로 가 아이들이 좋아하는 크림빵을 많이 주문했다. 언뜻 봐도 아이들은 허기져 있었다. 예상대로 아이들은 정신없이 입에다 빵조각을 쑤셔 넣었다. 가난한 사람들이 모여 사는 변두리 달동네에는 아이들이 하나같이 까까머리 검정 광목옷 차림으로 골목길을 몰려다니는데 일명 땅벌이다. 그 아이들은 사대문 안으로는 잘 안 들어온다. 문안 애들의 텃새가 장난이 아니다.

"버스타고 가"

영철은 아이들에게 버스 탈 차비와 토큰을 주머니에서 꺼내주고 다시 대합실로 돌아왔다. 용산에 가면 시외버스를 타고 지방으로 내려 갈 수 가 있다. 호텔 친구들의 연락대로 세미나에 참가했다가 부산으로 내려가는 일본 대학생들이 표를 끊고 있었다. 영철은 007가방을 들고 있는 일본 대학생에게 접근 할 기회를 엿보기 시작했다. 그때 아이들이 옆에 와 섰다.

"형아. 저 치들 돈 없어"

"쪽발이들은 가방에 돈 안 넣어"

"너들…… 안돌아가고 뭐해?"

"형아. 저 가방 임마이포켓 할라고 그러지? 우리가 대시 할게"

"형아는 밖에서 기다려"

"……?"

영철이가 말릴 사이도 없이 녀석들은 작전에 들어갔다. 먼저 세 놈이 장난을 치며 이리저리 뛰다 그중 작은놈이 가방을 든 일본학생에게 부딪치며 앞으로 쓰러졌다. 당황한 그 학생이 가방을 바닥에 잠시 내려놓고 앞에 쓰러진 아이를 일으켰다. 그 순간 한 아이놈이 가방을 집어 들고 혼잡한 사람들 속으로 순식간에 사라지고. 몸을 일으킨 아이는 장난을 계속하는 것처럼 자연스레 사람들을 헤치며 사라졌다. 일본인의 예의바른 행동까지 파악하고 있는 애들이다. 많이 해본 솜씨다. 영철은 대합실을 나와 아이들에게 가방을 받아들고 칭찬대신 아이들에게 꿀밤을 먹였다.

짜식들…… 너들 언제부터야?"

"형아는?"

"나?…… 삼사년"

"그럼 뭐 삐가 삐가네"

"우린 대전 형아들하고 했어."

"대전? 너들 도망친 거?"

"우리 대전 형아들한테 붙잡히면 죽어"

"지금이라도 대전으로 돌아가 형아 들한테 빌면……"

"죽어도 안 가"

"나두"

"여기서 형아 하고 일함 안 돼?"

영철은 그중 작은놈이 팔에 매달리며 그러는 걸 떼어놓고 무서운 얼굴을 지어보였다.

"형아는 무술관 사범이야. 빨리 도망쳐. 맞기 싫으면"

"하나도 안 무서운데 형아는……"

영철은 습득한 가방을 친구들에게 넘기고 아이들을 남산으로 데리고 올라갔다. 고아원에서 도망쳐 나와 대전역에서 치기배 애들하고 지내다 서울로 도망쳐 온 애들의 얘기 속에 학교 얘기는 없었다.

"너들 형아 하고 일 하고 싶으면 너들이 젤 싫어하는 학교 가야 돼. 오늘은 그냥 놀다 형아 집에 가서 자고 내일 대전으로 다시 내려가. 여기 형아들 한테 잘못 걸리면 죽어"

남산타워에 올라가서 신나하는 아이들. 그날 저녁때가 돼서 자장면을 먹이고 신당동 자취집으로 아이들을 데리고 간 영철은 끝내 아이들을 내보내지 못했다. 늦었지만 학교에도 넣었다. 도장에 관장은 어이없어 했다.

"황 사범. 잘난 놈 대가 없는 경호는 이해하겠는데 길거리 애들 보호는 좀 그렇다. 공장 야간경비원 월급 받아서 어떻게 살래?"

"경호원 일 나가면 되요. 곧 선거철 되잖아요."

"도장에서 애들만 가르치겠다며?"

"급하면 담장 넘는다고 하잖아요."

"안 그래도 경호 인력 문의가 많아"

"아주 하산하는 건 아네요. 괜히 내 자리 치워버리면 안돼요."

"황 사범의 무보수도 이제 끝낼 생각이야. 교육생들이 많이 늘었어. 다 황 사범 덕이지만"

"히히~ 우리집 애들 교육비 걱정하시는 거라면 걱정 마세요. 그동안 벌어놓은 거 좀 있어요."

"황 사범 하는 일이 어디 돈 버는 일이야. 그 대단한 놈 경호는 언제까지 할 거야? 지방까지 가서 그 난리래 그 친구는?"

"대학원 논문작성에 필요한 거에는 현장 관찰이 필요하대요. 완전 어용학습이예요. 관장님도 어용교수로 찍혀서 사직 하셨다면서요?"

"잘나보이려면 순종보다 돌출이지. 지금 저 데모에 참가하는 애들은 무언가 하고 있고 정의를 관철하고 있다 생각하고 또 느끼고 있겠지"

도장道場 창문에서 내려다보는 거리는 오늘도 구호소리가 드높다. 관장은 창밖을 내려다보며 말없이 고개만 끄덕였다.

"관장님은 물을 수 없는 죄에 대해서 생각 해보신적 있어요."

"불문不問 죄? 아니 무문無問 죄?"

"일제치하에서 고초를 격은 사람들 많아요. 저의 할머니도 정신대에 끌려가셨다 오셨어요. 그렇게 만든 사람들에게 죄를 물을 수 없는 건 묻지 않는 거가 아니고 물을 수가 없어서라고 하던데요."

"그 시대를 살았던 모두에 책임이야. 조상님들 잘못을 우리는 판단 할 수는 있어도 평가 하고 따질 수는 없어. 그 시대의 현실에 우리가 있지 않아서 사실을 알 수 없는데…… 그 상황에 접해 보지 않고 그때 그 시대 일을 어떻게 우리가 따질 수 있겠어. 우리아버지는 탄광에서 일을 했었는데 돈을 많이 버는 막장에를 늘 들어가셨어. 그날도 아주 친한 친구와 함께 작업을 시작했는데 그만 낙반사고로 굴 안에 갇혀 버린 거야. 그런데 문제는 아버지가 혼자만 빠져 나오신 거야. 아버지는 동네사람들한테 잘못한 사람으로 낙인찍혀 평생을 사셨지. 그 사고현장 상황에 접해보지 않은 사람들은 자기들 나름대로 추측하고 판단해서 아버지를 비난하고 욕했지만 같이 막장일을 했었던 동네 아저씨는 아버지의 행위를 이해 하셨어. 먼지가 자욱한 어둠속에서 헤매는 굴속은 사람을 미치게 만들고 죽는다는 두려움 속에 아무런 이성적 행동도 못하게 된다는 거야. 한일합방이 고종황제가 무능한 결과인지 대신들이 혼미한 당시 국제 정세를 판단하지 못한 탓인지 아니면 동학농민운동이 일본의 개입을 부추긴 결과인지 그것은 그 당시를 살았던 사람들만이 알 수 있겠지."

"동학은 탐관오리 조 병갑 때문에 일어났고 조선왕조 망한 건 열강세력을 불러들여 나라가 개화파 수구파로 갈라져 분열된 탓이라

했어요. 그들이 다 앞날을 위해서 저마다 투쟁했다고 하겠지만요."

"저 거리에 데모하는 아이들도 다 나라를 생각 해. 독재정권도 다 나라의 장래를 위해 한일회담을 하지. 저마다 명분은 있어. 저마다 억지도 있고. 다만 없는 게 있는데 그건 지금 자기들로 인해 나중에 어떤 결과가 파생되는지 그걸 먼저 생각 해 보는 게 없다는 거야."

"관장님은 결국 학생들의 데모를 막으시다가……?"

"절이 싫으면 중이 떠나야지."

"중국의 쥐 잡는 고양이가 검든 희든 상관없다는 그 얘기 왜 우리는 안 될까요?"

"일본 여인들은 패전국 재건을 위할 때 미군들에게 몸을 팔기도 했다고 하지. 우리나라는 가난을 벗어나기 위해 그 추악한 일본 은행돈을 끌어드리고 기술을 전수받기 위해 자유경제구역을 지정해 일본을 다시 끌어들이고 있어. 미래의 세상은 경제가 자존自尊이 될 거야. 가난한 나라는 유엔에서도 뒷자리야. 이웃과는 소 한 마리 가지고도 다투지 않는다는 말 동등同等 할 때 가능하겠지. 황 사범과 황 사범 친구들이 일본이 미워 일본인의 기밀서류를 손에 넣으려 애쓰는 거 알아."

"관장님! 죄송합니다. 상의 안 드린 잘못 백번 천 번 인정 합니다."

"황 사범……"

"넷!"

"거리감 느끼게 하지 마. 황 사범. 나는 황사범과는 친구처럼 형제처럼 터놓고 지내고 있는 게 좋아. 잘하다 무슨 예의"

누구와도 친밀감으로 대하는 영철이다. 예의는 아무래도 어색하다. 영철은 싱겁게 씨익 웃는 걸로 예의를 끝냈다.

"그래서 하는 얘기야. 나의발전은 상대를 미워하면서 성공하기 어렵고 지난 일을 가지고 투쟁해서는 앞날이 없어. 바둑에 지면 복기로 다음 대전을 위하고 대련에 지면 한 수 가르침을 원해서 결국 상대보다 한 수 위의 실력을 쌓아. 분해서 와신상담하면 이겨도 남는 게 없어. 논둑에 풀. 뿌리까지 잡으면 논둑이 무너지지. 황 사범이 앞날을 위해 지난 일을 묻을 줄 알았으면 좋겠어."

"관장님 말씀 가슴에 와 닿습니다. 저의 선친이 늘 저에게 하신 말씀이. '이 나라 안에는 니가 싸울 적이 없다는 거였어요.'"

"황 사범은 하는 일마다 뭔지 모르게 알맹이가 있어. 황 사범 선친께서는 아이에게 어떤 가정교육을 시켰을까 무척 궁금해"

"관장님이 거울을 보시면 답 나올 걸요."

"내가 또 늙은이 소리 했지? 하하하"

8

"어디로 모실까요? 손님"

"아무 대나요. 익산 시내 쪽에 모텔로 갑시다."

영철은 택시를 타자 서늘한 밤공기가 좋아 창을 열었다. 밤벌레

들이 이마에 와 부딪쳤다. 멀리 가로등 불빛에 비치는 들판이 가물가물 멀다. 이렇게 아 늑한 대지의 품. 그 안에서 또 하루를 쉴 수 있다는 건 아무리 생각해도 그 많은 것들의 배려 덕분인가 보다.

"공연 다녀오시나 봅니다."

기사는 아까부터 영철이의 악기케이스에 관심이 많다.

"낭산에서 밤 공연이 있었습니다."

"혼자 다니시나 봅니다."

"자유가 있어 좋습니다…… 혼자 다니면"

"전국투어 하시는 군요. 재미있게 사십니다."

"대한민국 땅은 어디라도 좋습니다. 그게 좋아서. 십년도 넘게 이렇게……"

"허허허. 만담도 잘 하시네요. 사시는 곳은 물으나마나 대한민국이겠어요."

"이 땅에 모텔이 다 제 집입니다. 히히히"

"가족과 떨어져 살아보는 것도 좋아요 때론"

"아니요. 항상 식구들하고 같이 살고 있습니다. 오천만이 다 제 가족입니다. 떨어져 있어 본적이 없습니다. 한시도"

"허허허……?"

기사는 어이없다는 듯 웃고 만다. 택시는 한참을 더 달려 조명이 요란한 모텔 앞에 섰다. 영철은 택시비를 계산하며 괜히 또 싱글댔다.

"히히. 아무리 식구끼리라도 계산은 확실히 해야겠죠."

"허허허. 돈은 남의 것만 떼어먹는 겁니다. 우리는 가족이니……"

"히히히"

영철은 모텔 방에 들어서며 그대로 펄쩍 펄쩍 뛰었다. 혼자가 되어서야 아까부터 참았던 기쁨을 맘껏 즐거워했다. 왕눈이가 잘 커서 좋았고 무안고구마가 살아가면서하는 일들이 너무 고맙고 대단했다.

"내일 아침 해는 더 찬란하겠지…… 지는 해는 더 곱고…… 비가 오면 비가 와서 좋고…… 해가 뜨면 햇살이 좋아"

영철은 옷을 다 벗어 던져버리고 샤워실로 뛰어 들어가 신나게 샤워를 했다. 그리고 신나게 휘파람을 불며 욕실을 나왔는데 기어이 탈은 나고 말았다. 시끄럽게 한다고 숙박객들이 카운터로 연락을 했나보다. 밖에서는 도어를 두드리다 도어폰을 누르다 난리가 났다. 영철은 출입문을 열고 큰소리로 '죄송합니다' 를 연발했다.

"형아!"

"……왕눈아"

뜻밖에도 문밖에는 떼거리로 농산식구들과 오 정식 선배가 와 있었다.

고향농산 문화마을.

"형아. 아침 먹고 또 자"

"아! 잘 잤다."

영철은 잠이 깨서도 더 넓은 거실이 좁다고 이리저리 궁굴리다가 일어났다.

어제 밤 새벽이 다 되어서 돌아간 떼거리님들은 여차하면 오늘 또 몰려 올 기세다. 어제 밤이 집들이 겸 입주 날이란다. 문화마을에 단 하나 남아있던 건물. 왕눈이가 살 집이랬다. 오십 여 호가 넘는 새 건물들의 주택단지다. 마을입구에 큰 건물. 그건 일꾼들 숙소인데 식당도 겸하고 있었다. 외국인 근로자 내국인 근로자들이 함께 사용하고 있다고 했다.

"무슨 주방이 식당주방 보다 크니?"

영철은 간단히 샤워를 하고 식탁에 앉았다. 제법 중국요리 집 주방장이나 같이 차려입고 아침을 차리는 왕눈이를 바라봤다. 널찍한 안반은 중화요리 집을 차리는데도 손색이 없겠다.

"형아가 자장면 먹고 싶으면 아무 때라도 콜"

"왕눈아, 라면 먹고 싶으면 말해라."

"헤헤. 형아…… 계란 하나 더"

"안 돼. 살쪄"

"헤헤헤"

히히히. 그땐 사실 계란이 귀해서……"

"우리도 그때 형아가 우릴 속이는 거 알고 있었어"

"짜식들…… 잡곡밥 먹이느라 임마. 형아가 얼마나 고생한지는 아니?"

"각기병은 쌀밥 때문만은 아닌데……"

"이제 와서 생각하면 그때 너희들에게 돼지고기 많이 못 사먹인 거 정말 잘못"

"형아가 학교 안 갈려 하는 우릴 때린 것도 있잖아"

"그것도 잘못"

"우리가 용돈이 궁해 구걸하는 거 혼내 킨 건?"

"미안. 때린 거"

"우리 그때 도망갈려고 했었어. 형아 미워서"
"막내가 안 간다고 해서 못 갔지?"
"형아가 그걸 어떻게 알아? 설마 막내가……"
"연이 누나가?"
"연이 누나…… 하긴 그때 우린 누나하곤 다 얘기하고 그랬어……"
"커서 형아를 셋이서 달려들어 때려준다고?"
"어……? 그건 누나뿐이 모르는데"
"껌투리가 그때 그러더라. 공부안하고 청계천에서 라디오 만드는 거 배우고 있는 걸 붙들어 오는데. 씩씩대면서 나 커서 형아 때려 줄 거야."
"형아……"
"히히…… 그 쬐끄만 것들이 이렇게들 컸으니……"
"이젠 우리 형아 하고 안 헤어 질 거야. 형아 음악실도 만들어 놨어. 지하에다"
"임마! 나보구 여기서 살라고?"
"형아 살집으로 어제 입주식까지 해 놓고?……"
"뭐야?"
영철은 왕눈이가 열어주는 지하실 문을 열고 지하실로 내려갔다. 적지 않은 넓이의 지하실. 드럼과 전자악기들 앰프시설은 완전 최신제품들이다. 전문가 솜씨다.
"껌투리가 가져와서 꾸몄어. 형아 심심 할 때 연습하고 놀라고"
같이 아침을 먹으며 왕눈이가 저희들의 계획을 애기했다.
"형아는 형아 마음대로 지금처럼 여행 다니다 아무 때고 돌아와 여기서 지내. 이집은 형아 집이야. 형아가 돌아오길 기다리는 집"

"짜식들. 형아가 임마 그렇게 불쌍하니?"

"응……"

"왜?"

"아무것도 가진 게 없잖아"

"그건 그런데…… 그렇다고 형아가 너희들 짐이 되는 건 싫다."

"형아가 정 그러면 좋아. 우리도 생각이 있어"

"……?"

호박고구마 수확은 날씨가 좋아야 한단다. 최상의 상품은 우선 외피가 진분홍색으로 깨끗해야 되고 탈피가 적어야 되며 저장성이 잘되도록 캘 때 깔끔히 관리해야 된다고 했다. 영철은 고구마 수확을 돕는다고 밭에를 나가긴 나갔는데 영 아니였다. 일당 받기가 미안하게 서툴렀다.

일꾼들의 놀림이 장난이 아니다.

"악사님. 반 품값짜리 일꾼이네"

"왕 대표님 형아니까 봐줘"

"베짱이 겨울준비 해야 됩니다. 잘 부탁드립니다. 이 가엾은 인생"

"베짱이가 겨울준비를 다 하네 요새는……"

"우리 집으로 양식 얻으러 오면 그냥은 못보낼 것인디……"

"저 과수댁 봐. 아주 유혹을 해요."

"불원천리不遠千里 마다않고 야밤에 월담 주저 않겠습니다. 이따가 은밀히"

"일 났네. 일 났어. 개미님 베짱이님"

"호호호"

"후후후.

더 넓은 고구마 밭. 작목반원들도 일꾼들도 하나같이 즐거운 마음들이다. 판로에 걱정 없는 작목반들. 충분한 보수를 받는 일꾼들. 작업은 힘들어도 즐거운 웃음이 그치지 않는다. 영철은 오랜만에 그들의 세계 속에 시간 가는 줄을 몰랐다. 쉬는 시간엔 하모니카로 또 그들을 즐겁게 했다. 그러나 그 평화도 오래가지 못했다. 서울에서 관장님이 오고 오 정식 선배도 박 목수와 함께 다시 와 합세했다. 영철은 끌려나오듯 고구마 밭에서 나왔다.

"일꾼 같잖은 일꾼 잠시 빌려 가겼어라. 내일은 돌려 줄 거 고만"

박 목수는 밭둑에 일꾼들 간식거리를 잔뜩 사다 놓고 영철의 등을 떠밀었다. 군산으로 간다며 차를 돌려나가는 박 목수. 영철에게 불만이 많다.

"아주 군산 앞바다에다 처넣을 기세네 박 팀장님?"

"나가 개 무시당하곤 못살지라."

"허허허. 오늘 일 났네 일 났어. 영철이 자넨 왜 도주는 해 가지고……쯧쯧"

"대빵님…… 그래도 그동안 지나온 정이 있는 디……"

"시끄러!"

"황 사범. 오늘 둘 중에 하나야. 물에 안 빠져 죽으면 술에 빠져 죽는 거. 허허허"

관장은 오 정식과 대학 동문이다. 또 〈오천년을 위한 모임〉의 회원이다. 영철이가 그동안 여행 중이라 자주 만날 수 는 없었지만 정기적 모임에서는 항상 만나 많은 얘기를 나누곤 했다. 오늘 관장이 여기를 온 건 오 정식 선배의 생각일 거다. 자기들 세계에 묻혀 살면서도 항상 세상에 관심을 가지고 사는 오천년 회원들이다.

"얘기 들어보니까 황 사범 잘못이 많아. 아무리 떠날 때 작별인사 없이 사라지곤 하는 사람이지만 맡겨 논 애를 키워준 은인한테 고맙다는 인사 한마디는 있어야지"

"관장님. 제가 나중에 찾아와서 애를 데려가겠다는 약속을 했거던요. 그런데 지금 제 처지가……"

"혼자도 살아가기 힘든 막막한 신세다?"

"히히. 절간 없는 땡중요"

"저런…… 쯧쯧. 황 사범하고의 옛정이 있고 하니 당분간 내가 데려다 돌봐주지 뭐. 나중에 절간이라도 하나 장만하면 와서 애를 데려가라고……"

"관장님이 그렇게 해주시면 고맙겠지만 죄송스러워서……"

"시끄러!"

"우리가 박 팀장님 신경 자꾸 긁어대다가는 군산 회 맛을 보기 전에 군산 앞 바닷물 맛을 먼저 볼걸"

박 목수는 난폭하게 차를 몰아 대고 일행은 박 목수의 비위를 계속 긁어댔다. 이 시점에서 진짜 아이를 데려간다고 나섰다간 누구라도 살아서 돌아가긴 힘들 거다. 왕눈이와의 정은 이미 박 목수에게 있어 막내아들 그 이상이다. 요즘 박 목수의 유일한 낙이 왕눈이와 사무실 언년이 보러 다니는 거란다. 오정식은 영철이가 그 옛날 있었던 일들을 끝내 얘기하지 않고 숨겨 박 목수의 마음을 다치지 않게 하는 게 여간 고맙지 않았다. 그렇게 자랑스러운 큰애에게 그런 극한의 상황이 있었다는 걸 박 목수는 아마 상상도 해보지 않았을 거다. 그 어떤 인연으로 만나서 지금 이렇게 모두가 행복한지 모르지만 박 목수에겐 영철이가 더 할 수 없는 은인이었다. 큰아이를 낳아서 잘 키운 건 아버지 박 목수지만 그 아이가 극단에 선택으로 생을 버리려고 하는 걸 막아준 건 우연하다고만 할 수 도 없는 인연의 영철이다. 그 영철을 박 목수는 볼 때 마다 산적 같은 놈이다.

"대빵님. 회 먹는 값은 분빠이 하는 겁니까? 이 산적놈은 빈 털털이라요. 대납 부탁합니다. 염치없지만……"

"농장에서 일해 갚으면 돼 제. 뭔 걱정"

"인정머리 없는 현장에 대빵님 어디 가것소?"

회보다 스끼다시가 더 맛있는 군산에 회는 술꾼들에게 제격이다. 오랜만에 만난 지인들은 술 없이는 대화도 재미도 없다. 늦도록 마시고 놀다 오정식과 박 목수는 돌아갔다. 숙소를 정한 후 영철은 바다 비린내가 정겨운 항구로 나와 관장님과 지난 얘기를 했다. 무술관을 체육관으로 바꿔서 운영 해 온 지도 오래 관장님은 요즘 쉬고 있단다.

"그래. 그 대단한 놈은 잘 있고?"

"서 영묵교수요? 히히. 지금은 내가 만나러 가면 쫓아낼걸요."

"황 사범이 세상에서 집으로 쫓아 보냈다며"

"언젠가는 돌아갈 거 좀 빨리 보냈습니다."

"미인 아내에 빠져 세상은 잊고?……"

"지금 쯤 날 만난 걸 뼈저리게 후회하고 있을 걸요. 그 좋은 세상을 십년 넘게 허송 하였잖아요."

"국회의원 활동한 그 세월?……"

"지독한 악연이라며 날 볼 때마다 죽이고 싶다 했어요"

"서 영묵 그 친구에겐 세상일이 대단할 것도 영광 될 것도 없겠지. 삶에 가치를 느낀다면 몰라도"

"그 친구 경호원으로 살면서 그 친구 맘 알기는 어려웠어요."

"그 대단한 놈 맘 보다 난 황 사범 맘을 더 모르겠어……"

"제가 이렇게 집시인생 하는 거요? 히히. 방랑벽이죠."

"속셈은 있는데 누구에게도 말은 않는다. 그 때도 아이들과 서울역에서 정보수집하며 재미로 한다고 그랬지. 그 정보들이 어디로 갔는지는 말 안했어. 십년이 넘게 세상민심 읽었을 텐데 어디에다 줄고?……"

"히히. 관장님을 속일 수는 없겠어요."

"그동안 황 사범이 알아본 요즘세상 민심은 행복지수 100은 물론 아닐 거고"

"오천만의 불만요. 가진 쪽은 가진 만큼 못가진 자는 없는 만큼 불만이요"

"물론 경제적인 것만은 아닐 테고?"

"관장님. 감 씨를 심으면 왜 감나무가 안 나오고 고염나무가 나오는지 아세요?"

"감나무의 뿌리는 고염나무 아닌가?"

"관장님……"

"말하게"

멀리 강 건너 장항 쪽 강어귀위로 저녁노을이 붉게 물들어 가는 걸 바라보며 영철은 그동안 아무하고도 하지 않은 마음속의 느낌을 애기했다. 그 옛날 김 지한 교수님처럼 관장님은 뜻이 깊었다.

"조선이라는 고염나무 뿌리에 자유대한이라는 감나무를 접부쳐서 자유대한이라는 감나무는 여지껏 잘 자라고 있어요. 우리는 지금 그 감나무를 베어버리려 하고 있잖아요. 감나무는 고염나무에겐 정통성이 없다고 할 수 있어요. 감나무는 감나무일 뿐인데 그걸 따져요. 감나무에 있어 고염나무는 뿌리일 뿐 그이상의 의미는 없어요. 일본제국이 조선왕조를 말살키 위해 만든 대한제국이라서 그렇다면 한국으로만 하면 돼요. 우리가 조선왕조를 계승하기 위해 다시 신 조선왕조를 한반도에 설립하는 건 우리민족의 발전은 아니잖아요. 대한민국이 생겨나지 말았어야 한다면 무엇 때문인가 어떤 것을 위해서인가 분명히 해야 되요. 민족통합이라는 미명美名아래 인간의 기본일 뿐인 자유마저 버리려는 지금의 생각들이 후손을 어떤 상태 하에 살게 할까요?"

"글쎄…… 우리에게 자유통일은 최상이지. 하지만 자유통일은 불가능 해 공산주의든 사회주의든 상관 말고 조선으로의 통합이야. 꼭 통일을 원한다면. 문제는 통일 후 어떤 상태의 사회가 우리 한반도에 전개 되느냐 인데 분명한 건 완전한 통치의 사회가 된다는 거야. 그 사회가 과연 노동자의 파업이나 노조를 인정 할까? 국민들이 권력자에게 개인의 권익을 요구 할 수 있을까? 애국은 애국심 없는 나라 국민들에게 필요해"

"보다 문제는 중국은 조선을 영원히 존속 시키려 할뿐 한국의 자유사회는 어떤 일이 있어도 무시한다는 거죠. 그 옛날의 조선왕조의 계속이요"

"그들에겐 조선뿐이지. 지도자가 백번이 바뀌어도 똑같을 거야"

“그럼 우리의 통일은 자유 한국이 지구상에서 사라진다는 얘기죠”

“우리의 후손은 통일이라는 기쁨에 취한 선조先祖 덕에 그 절대통치사회를 영원히 벗어나지 못 할 거야. 나는 나를 위해 사는 세상과는 영원히 결별하는 거야. 통치자는 노동자를 위한다고 하지만 노동자는 통치자를 위해 필요할 뿐이겠지”

“……”

“행복지수 첫째 둘째 어느 나라도 사회주의는 아냐. 왕조사회도 아니고”

‘우리나라는 지금 위기예요. 선택의 기로에 있는……”

“황 사범은 세계의 정보는 다 알고 있잖아? 그런데 국내정보는?……”

“우리나라 국가부채 국민 개인부채 합하면 3조 달러죠. 중국의 외한보유고와 같아요. 국제유가가 100달러를 넘는 시점도 곧 도래할 수 있어요. 우리의 기업 경쟁력은 더 악화 될 수 있는데 통일비용은 우리를 도산 시킬지도 몰라요”

“향후 경제전망은 국민 모두가 알고 있는 사실이고. 또 다른 문제는?”

“정책인들이 해결 할 대안을 마련하지 않고 관망하죠. 끝없는 투쟁의 사회 언제까지나 계속 될 자기비하 적 역사관. 과거사를 평가하고 심판하느라 밤새우는 사이 미래의 정책들은 실종되고 있어요. 이 땅의 경제인들이 국부國富유출을 무릅쓰고 해외투자를 해요. 이 땅의 경제발전은 지금 정지되고 있어요. 향후 10년 기업경제 활동도 축소 될 수 도 있어요. 개인부채 국가부채 국민은 국가 채무를 갚기 위해 세금을 더 부담하겠죠. 이제 이 땅에 태어나는 아이는 경제적으론 세금부담의 노예 신체적으론 체제 부품의 역할 노예죠.

“우리의 오천년을 위한 모임도 끝인가? 자유대한을 포기하고 조선 한반도를 이룩하면 거기에 는 통치를 따르는 것 외에는 아무것도 허용 안 될 텐데?”

“그 초국가주의에는 통치에 반하는 모든 개인행동이 제거 되요. 거리의 시위는 용서 안하겠죠”

“물에 빠진 아이는 구할 수도 있고 못 구할 수도 있어. 빠지지 않게 하는 게 최상이지. 인간의 기본권일 뿐인 행동의 자유까지 통제하는 사회는 담장 없는 감방이지. 현 조선의 사회 환경은 완전통제 사회야. 우리의 아이들이 그런 사회에 살아야 하는 건 필연은 아냐. 우리가 결정 하는 거지”

“민족통일 염원을 막고 우리 한국만의 자유 한국을 이대로 영원히 지속하자는 그 논리는 현 정치의 비난 대상이에요”

“우리 모임의 뜻은 오천년의 민족 생존이지만 인간으로 살아가는 오천년이야. 우리 속 돼지의 오천년은 아냐. 그런 오천년을 위해 살 생각은 나에겐 없네”

“이민을 생각 합니까?”

“내가 그렇게 비겁해 보였나?”

“죄송합니다. 그 쪽 방법이 모두에게 피해는 안주죠”

“황 사범은?……”

“돼지로 변신 하지는 못 할 거예요”

“그 대단한 놈이 필요하겠지 타개를 위해?”

" 살벌한 세상에 내던져서……"

"그래…… 세력화 되어있는 그 많은 민족 단체들을 감당하기란……"

"관장님. 저는 오천만의 오천년도 한사람의 행복도 똑같이 소중합니다."

"그러면. 아끼는 아이들 앞날은 어떻게 보호하고?…… 그 대단한 놈 하나만 보호 할 생각?……"

"나라가 아무리 미워도 없어져야 한다고 모든 백성이 그러면 나라는 유지 못하죠. 열강列强이 호시탐탐 노리는데 왕조를 둘러엎겠다는 만백성의 외침은 그들에게 정당성을 줄 수 도 있어요. 을사보호조약은 누구에게서 나라를 보호 하겠다는 것이겠어요. 그때 조선에 왕조는 백성에게도 존재가치가 없었어요. 우리〈오천년을 위한 모임〉이 서 영묵교수를 앞세워 이 나라에 오천년을 위하면 그건……"

"민족보다 자유를 선택하는 건 감나무의 존속이지. 고염나무는 과일나무로의 가치가 없어"

"국민이 모두 과일나무로 믿고 있어요."

"속고 있는 거야. 잠시 ……"

"희망이 있을까요?"

"우리가 포기하지 않으면"

"늑대와 야합한 양몰이 개들이 있는 한……어려워요"

"끝가지 대단한 놈만 경호하겠다는 생각이군. 황 사범은…… 고아들을 데려다 키우며 그러던 그때의 황 사범은 대단한 놈 보단 그 아이들을 더 위했는데"

"오래전 그 친구를 국회에 내보내서 죽도록 망가트렸습니다. 이제 간신히 짝 찾아 행복한 친구 그 친구에 인생은 어쩝니까. 우리는 그 친구가 필요해서 이용하겠지만 그 친구는 그 많은 민족단체들에게 만신창이가 될 겁니다."

"우린 아이들을 포기 하는 건데?……"

"무너진 막장 굴속에서 혼자만 살아 나오신 관장님의 선친께서는 당신의 생존을 늘 죄스러워 하셨다 했죠. 우리도 그렇게 살 수 밖에 없어요."

"비겁하다는 생각도 하면서?"

관장님…… 우리의 오천년이 터무니없는 욕심이 아닌가 저는 요즘 반성하고 또 반성해요."

"그럴지도…… 우리가 일등국민이고 우월민족이라 자부할 근거도 지금으론 제시 못하지. 갈라지고 찢어졌는데 다시 민족과 자유 인간화와 비인간화를 얘기하고 있으니"

"문명화냐 미개未開화냐 로 나날을 보내는 우리예요. 자유를 포기하는 우리를 보는 자유국가들이 우리를 얼마나 우습게볼까요?"

"자유진영에서 사회주의 진영으로 간다……?"

"대세大勢가 그렇다면요?"

"조조가 관운장을 흠모한건 뛰어난 무예보다 변절 않는 성품性品이지. 주군을 찾아 가는 길에 오관참장은 그 하나만으로 명장이고 명사名師야. 만약 관우가 주군 유비를 버리고 조조에게 갔다면…… 조조는 관우를 초개草介처럼 여겼을 거야. 우리의 변절은 사회주의 진영에서도 개 무시당하게 돼"

"국가위상 보다는 민족의 위상이 더 자랑스럽다고 한다면요?"

"우리가 아이들 생각은 어쨌든 안한다는 거지"

"……"

"민족주의를 추구하면 상대국도 민족주의를 내세워. 그러면 약소국은 얻는 것보다 잃는 게 많아. 이 시대는 세계적 국제적 인류애적의 시대라고 볼 수 도 있어. 세계 속에 어느 한 나라로 동참해야 돼. 어느 민족으로는 존재감 없어. 중동의 민족주의적 내전들은 더 많은 난민만 발생 시키지. 민족주의를 추구하는 나라는 미래를 위한 생각이 없는 나라야"

"관장님께서 이십년 전 그때 한일회담 반대 시위대를 보며 하신 말씀도 미래를 위한 생각이 없다는 거 였습니다."

"그때는 그래도 꿈이 있었는데…… 그 꼬맹이들 생각나는구먼"

"관장님이 사주시는 아이스하드 먹으러 도장에 나온 건 모르시죠?"

"그놈…… 막내 녀석은 하는 짓 마다 예뻐서 도장 애들이 다 녀석을 못살게 굴었는데"

"지금 대관령에 살고 있습니다. 강릉 대학 교수로 재직하고 있어요."

"교수?…… 그 귀여운 녀석이…… 커서 선생님이 되겠다고 하더니"

"얼마 전 만났는데 사부님 뵙고 싶다 했어요."

"깜둥이는?"

"껌투리는 주문진에서 음악회관 운영하고 있습니다."

"다 잘컸군. 모두 황 사범 덕이야"

"형들을 잘 만난 덕입니다."

“허허허…… 인연이란 생각 할 수 록 재미있어. 황 사범이 그 대단한 놈을 구한 것도 그 보상이 아이들에게 간 것도…… 그 아이들이 황 사범을 만나 같이 살았던 것도. 대체 그때 서회장님에게 받은 돈이 얼마야?”

“비밀로 하시깁니다.”

“무덤까지 가도록 허지”

“서회장님의 예상퇴직금까지 전부를 받았습니다.”

“허!……”

영철의 말에 관장은 입을 다물지 못했다. 당시로는 상상이 안 되는 거금이었다.

영철은 어두워지는 항구를 돌아 나오며 입고 있던 잠바를 관장님 어깨에 걸쳐 드렸다. 해가 진 항구 방파제는 썰렁 했다.

“숙소에다 관장님 좋아하시는 법주 준비하라고 해놨습니다. 그만 돌아가셔요.”

“그래……”

영철은 머릿결이 희끗희끗한 관장님의 모습을 보면서 충주 땅에서 노년을 외롭게 보내신 김 지한교수님을 생각했다. 죽마고우 서회장과 노년을 보낼 수 있어 한없이 행복하다고 하시던 김 교수님이다.

“우리의 말년을 편히 보내게 해주는 자네에게 고맙다고 말은 않겠네. 다만 가족보다 자네가 편한 건 아마도 우리를 알고 이해하는 자네이기 때문일 거야”

“나도 많이 늙었지?……”

“관장님과 이렇게 있으니 돌아가신 김 지한교수님이 생각나요.

홀로 남아 강릉 땅에서 외롭게 지내시는 서회장님도……"
"이 땅에 없어서는 안 될 두 분 이었지."
"곁에서 지켜드리고 싶어요. 혼자 남으신 서회장님……"
"그분들에겐 황 사범이 왜 편한지 아나? 서로 마음이 통해서야"
"경호원에 임무중에는 보호인의 시중을 들어 드리는 것도 있어요. 가족들에게 받기는 불편한 것들도요"
"겸손하게 살아오신 분들이야. 황 사범은 자신을 재미있게 산다고만 생각하지만 난 황 사범이 겸손하게 살고 있는 걸 알아"
"건방진 집시에겐 먹던 막걸리 한잔도 없어요. 겸손은 저에게 살아가는 수단요"
"허허허……허허허"
"히히"
'얼른 들어가자고. 어찌 술 생각이 나지……"
"저~두~요"
주먹을 마주치며 숙소로 돌아온 그들에 앞에는 뜻밖에 손님들이 기다리고 있었다.
"싸부님!"
"사부님 이제 찾아뵙습니다!"
"아니!…… 너희들?"
"사부님 오셨다고 하니까 애들 바로 달려 왔습니다."
왕눈이의 말에 관장은 몰라보게 변한 검투리와 막내를 말없이 끌어안았다. 관장은 곧 커다란 두 덩치에 안겨 눈물을 글썽였다. 가엾다는 생각에 도장에서 다른 교육생 아이들처럼 마구 야단도 못쳤던 아이들이다. 그동안 어떻게 살고 있을까 많이 궁금했던 아이들이다. 이렇게 다들 잘 커서 지금 눈앞에 의젓하게 서있다.

"이눔들아! 뭐하러 거기서 여기까지와?……"

"사부님. 동해서 서해까지는 암것도 아닙니다. 사부님이 우릴 보고 싶어 하시면 태평양을 건너서라도 달려 갈 거야요. 싸부님……"

막내의 응석에 관장은 두 제자를 끌어안고 한참을 떨어질 줄 몰랐다. 숙소에서 관장은 아이들을 양쪽에 앉혀놓고 오랜만에 만남을 기뻐했다.

"사부님. 우린 그때일 아직도 생각해요."

"무슨 생각?……"

"사부님께서 그때 우리를 구해주시지 않으셨으면 우린 지금 어떻게 되었을지 몰라요"

"아하. 그 일? 그래그래. 그때 그 못된놈들……"

"사부님이 그때…… 내 제자를 괴롭히는 놈들은 가만 안둘 거다 이놈들!'

껌투리의 발짓 몸짓에 모두들 한바탕 웃었다.

굴욕협상이든 굴욕외교든 일본의 도움은 절실했다. 농업에 의존해서 살아가고 있는 나라다. 라디오 하나도 만들지 못하는 나라 자전거 하나 제대로 만들어 내지 못하는 국제적으로 낙후된 공업. 60년대의 국가경제는 후진국 중에도 후진국이었다. 6부 장관으로 꾸려가는 정부에는 상공부도 없었다. 내무, 외무. 국방. 농림. 체신부에다 상공부를 추가 하는 과정은 어려웠다. 마산 창원 공단은 유일하게 자유경제 지역으로 조성해서 외국의 기업을 유치하기 시작했다. 거기에 일본의 역할이 대단했다. 그것을 일본의 경제침략으로 규정하고 이 땅의 지식인들은 반발했다. 대일청구권으로 얻은 몇 십억 달러의 자금은 이 땅의 기간산업의 초석이 되었지만 경제보다는 국가 위상이 우선시 되던 해방 후의 사회분위기는 조선말기의 개화파 수구파의 논리와 같은 것이기도 했다. 그 상황에서 학업보다 거리에 뛰쳐나가 시위를 일삼는 수업 생들의 자중을 바란 K대 교수들은 어용교수로 낙인이 찍혔다. 김 지한 교수는 사직을 하고 캠퍼스를 떠난 후배교수들을 만나 가끔 한잔의 술잔을 기울이곤 했다. 오늘은 오전강의만 있어 천교수를 만나보러 일찌감치 교내를 빠져나왔다.

"선생님. 바쁘실 텐데 여기까지……"

"그 선배란 말이 그렇게 어려워?"

"선생님. 올챙이가 개구리 되었다고 두꺼비도 되는 건 아닙니다."

"그래. 체육 도장은 잘 되고 있겠지?"

"입에 풀칠은 하고 있습니다."

"뜻 한 바는?"

"유도 태권도의 학원이 필요 할 것 같아요."

"멀잖아 올림픽 금메달 따오는 선수가 생기겠어."

"올림픽 유치하는 날도 올 거라 기대하고 있습니다."

"천 교수는. 지금 찍힌 거가 억울하다는 얘기?"

"꿈을 가진 애들이 되어야 해요. 정부에서 하는 정책들을 판단하느라 시간낭비 하는 건 후진성을 벗어나지 못하는 우리의 병폐고 개선점입니다."

"행동으로 가면 정부관료로 오인 되겠어."

“우리도장에 행동으로 옮기고 있는 애가 하나 있어요. 누군지는 모르지만 대단한 놈을 하나 경호중인데 앞날에 꼭 필요한 인재라나요. 그 애 에게 필요 할 거라며 각 방면 정보 수집을 해서 모아두고 있습니다.”

“일본 대학생들이 우리나라에 와서 한국을 연구하며 한국의 정보를 수집해 간다는 애긴 들은 적이 있는데 한국 애들이 일본에 가서 일본을 연구하는 건 아직 없는 걸로 알아. 그것도 개인적으론”

“앞날에는 일제치하 같은 사회가 없도록 하겠다는 생각에서 그런다고 합니다. 현제의 반일운동은 무의미 하다고 하면서……”

“어디 애야?”

“지방에서 올라왔다고 했습니다.”

“전공은?”

“독학생입니다.”

“허…… 어떤 아인지 만나보고 싶군.”

“지금 지방에 가 있습니다. 그 대단한 친구 보호하러 간다며 간지 며칠 됐습니다.”

“그 대단한 놈은 뭐하는 놈인데?”

“자세히는 얘길 안하고 그냥 대학원생이라고만 했습니다. 아버지가 꽤 큼지막한 사업체를 가지고 있다는데 지금 그 애는 노동판에서 등록금을 번다는 핑계를 대며 막일을 하고 있다고 했습니다. 혹 다칠까 걱정이 된다고 그러면서 그쪽 공사장에 아는 사람 있으면 부탁 좀 해달라고 해서 알아봤더니 마침 고등학교 후배가 그쪽 건설회사에 있어 얘기 해 줬습니다.”

“그놈도 뭔가 생각은 있는 놈 같군”

"선생님의 제자들은 다 생각이 있습니다. 저만 빼고. 혹 선생님 강의실에 어느 한 녀석인지도 모릅니다. 그 대단한 놈이"

"자네가 교수를 그만둔 건 생각이 없어서라고 해두지"

"선생님의 교양강의 시간에 졸기만 한 저로서 당연한 결과입니다."

"그래도 체육관에서 삼국지는 읽고 있었잖아?"

"단 한번만 읽었습니다."

"누구는 두세 번 읽나?"

"열두 번을 읽었다고 했습니다. 그 독학생은. 그것도 열세 살 나이에"

"그 애가?"

"네. 놀라운 건 도산 선생님 민족애를 이해한다는 겁니다. 요즘아이들은 안 중근의사는 알아도 안창호 선생님은 잘 모르고 있잖습니까."

"그래서 반일감정을 극복했군. 그 애가……"

"과거사를 미래의 나침판으로 여길 줄 아는 건 쉽지 않다고 생각하고 있습니다. 흔히 애들은 감정으로 나날을 지세우기 십상이고 그러다 대다수 혼란에 빠지고 갈 길을 잃게 마련이죠. 우리는 복수를 할 수도 없는 약소국입니다."

"미래의 나침판……"

한낮에 싱그러운 햇살. 눈앞에 높이 솟아있는 남산의 타워를 바라보며 김 지한 교수는 자꾸 미래의 나침판을 되뇌었다. 천 관장의 말뜻은 은연중에 거리의 소란스런 외침들을 나무라고 있었다. 한편으로 생각 해 보면 선대들의 잘못을 말하는 한일회담 반대는 아무래도 의젓한 모습은 아니었다. 반대의 이유가 과거에 우리가 그들에게 억압받았다는 것. 그것뿐이라면 그렇다. 원수와는 겸상도 안하겠다는 것일 뿐 복수를 하기 위해서 하는 반대는 아니기 때문이다. 유태인이 독일과 전쟁을 벌이지 않는 건 실익도 명분도 없기 때문이다. 학살의 원흉은 이미 이 세상에서 사라진지 오래고 지금의 게르만민족은 유대민족에게 있어 타도의 대상도 아니다. 그들은 이제 민족주의가 아닌 국제화속의 세계인이다. 역사의 수레바퀴는 많은 것을 밟고 지나갔다. 수 천 년 역사 속에 인류의 죄악은 많고 많다. 정리하다보면 몇 백배의 죄악이 다시 파생 될 거다.

"사부님! 사부님 큰일 났어요."

응접실로 뛰어드는 어린아이. 소년은 숨이 턱에 차서 컥컥댔다.

"무슨 일이냐 막내야?"

"형들이 붙들렸어요."

"왕눈이 껌투리가? 왜?"

"대전 형아 들이 찾아왔어요."

"뭐야? 너들을 붙잡아다 앵벌이 시켰던 그 녀석들?"

"예. 아주 나쁜 형아들요. 아무데도 못 가게 가둬놓고 말 안 듣는다고 막 때리고 그래요. 형들 붙들려 가면 반은 죽을 거야. 잉잉…… 잉잉……"

"그래그래 알았다. 가보자 이놈들을 혼내줘야 되겠다."

아이의 손에 이끌려 서울역 역내를 빠져나와 뒷골목으로 달려가는 천 관장.

"이 아이는 누군가?"

"그 애 황 사범이 데리고 있는 애들입니다."

"황 사범?"

"황 영철이라고 학교에서 유도선수였다는 데 실력이 대단합니다."

골목길로 접어들자 한 무리의 건달패들과 도장 아이들이 대치하고 있었다. 천 관장은 도장 아이들을 물러서게 하고 앞으로 나섰다.

"이놈들아 데려 갈 테면 이 애도 같이 데리고 가야지. 자. 여기 애들한테 용돈 좀 줘서 보내야 되겠다."

천 관장은 주머니에서 백 원짜리를 한 움큼 꺼내 데리고 온 아이에 손에 쥐어줬다. 그리곤 김 교수에게 손을 내밀었다. 김 교수의 주머니를 턴 천 관장은 깡패들이 붙잡고 있는 아이들을 불러 손에다 차비라며 용돈을 쥐어주고 잘 가라며 손을 흔들었다. 그러나 아이들은 쥐어준 돈을 바닥에 던져버리고 천 관장에게 매달렸다.

"싫어! 안 갈 거야!"

"사부님!"

"그래? 너들이 안 간다면 할 수 없지"

천 관장은 아이들을 김 교수에게 보낸 후 그들을 설득했다. 그러나 순순히 물러설 땡깡패들이 아니다. 곧 좁은 골목길은 난장판으로 변했고 즐비하게 나뒹굴고 있는 무리들 속에 홀로 우뚝 선 호랑이는 표호를 했다

"내 제자들을 건드리는 놈은 누구든 가만 안 둔다! 다시 나타나면…… 없다 없어! 이놈들!"

천 관장의 기세에 겁먹은 땡깡패들은 흩어진 지폐 쪽들을 주섬주섬 주워들고 사라졌다. 대학에서 깡패교수로 소문이 나서 운동장

에서 강의실에서 애들이 까불지를 못 했었다.

"쯧쯧. 천 교수는 아무래도 사부가 제격이야"

"죄송합니다. 선생님……"

"천 교수에게 애들이 붙여준 별명이 한신 장군이랬지? 위험 할 수도 있었네"

"지금 제가 애들을 구해내지 못했으면 더 위험한 일이 나중에 생깁니다. 황 사범이 대전까지 아이들을 구해내러 갈 텐데 그건 전쟁입니다. 황 사범이 아무리 조자룡이라도 다칠 수 있습니다."

"그 애가 천 교수에게 그리도 소중한 존재인가 보네?"

"속이 있어요. 멋도 있고요. 쥐꼬리만큼 타는 월급으로 애들 돌보고 또 쓸대없이 대단한 놈 보호한다며 없는 돈 구해서 다니는 애입니다."

"……"

"그나저나 선생님 돌아가실 버스 비도 없게 만들었습니다. 역 뒷골목에 할머니 순대국집 가서 점심 드시고 가십시오. 외상 밥은 주실 겁니다."

아이들을 진정시키고 도장으로 올려 보낸 천 관장은 점심을 먹으면서 시국이 어지러운 걸 선생님과 같이 사뭇 걱정했다. 시간이 지나야 진정 될 거란 결론은 한결 같았지만. 천 관장은 선생님을 보내고 아이들을 데리고 남산으로 올라갔다. 농촌에서 무작정 상경한 청소년들이 끼리끼리 몰려 앉아 시간을 때우고 있는 곳. 남산은 갈 곳 없는 사람들의 휴식처이기도 했다.

"너희들 라디오 방송국 구경 시켜 줄까?"

"예, 사부님"

"방랑시인 김삿갓 보고 싶어요. 사부님"

"난 남진"

"난 나 훈아"

"이 녀석들. 어른들 유행가를 배우면 못써"

"피……"

"그래 가자"

"사부님 아무나 못 들어가요"

"걱정마라 싸부 제자들이 많이 일하고 있으니까"

"야!"

남산 KBS2 방송국 앞까지 뛰어 내려가는 아이들. 천 관장은 오늘 처음으로 영웅이 되어본다. 방송국 앞. 리라국민하교. 교복을 입은 애들이 우르르 빠져 나왔다. 하교시간이다. 아이들이 부러운 듯 바라본다.

"우리나라에서 제일 시설이 잘 되어있는 학교란다."

"돈 많은 집에 애들만 댕길 수 있는 학교요"

"왕눈이 너 그걸 어떻게 아니?"

"우린 다 알아요 통학버스도 있어요"

"과외 선생님도 있대요"

"저애들은 눈깔사탕도 안 먹고 아이스하드도 안 먹는대"

"그래. 몸에 나쁜 건 안 먹는 단다"

"재들은 난닝구도 나이롱이래"

막내가 앞에 지나가는 아이들의 노란색 교복이 신기한 듯 바라봤다. 검정 물감을 먹인 광목옷을 입고 있는 아이들이다. 전국적으로 아직 초등학교는 교복이 따로 없었다."

"사부님 재들은 왜 도장에 안 나와요?"
"음 그건…… 다칠까봐"
"우린 괜찮은 데"
"저애들은 몸이 약하단다. 너희들처럼 세지 못 해"
"에이"
"너희들처럼 또 마음대로 돌아다니지도 못해. 학교와 집만 오가야 돼"
"……?"
"……?"
"너희들은 좋은 형아가 있어서 자유롭게 놀기도 하고 공부도 하고 북한산 등산도 하고 그러니 얼마나 좋니?"
"에게게. 라면도 못먹게 하고 보리밥만 먹자고 하는 데……"
"씨. 형아는 집에선 가만히 들어 누어서 우리만 시켜요. 연탄불도 갈라 하고 쌀 씻어서 밥도 하라하고"
"새벽에 깨워 목욕탕 가는 거 난 젤 싫어"
"형아 없이 너희들만 집에 있을 땐 누가 시켜?"
"우리가 다 알아서 해요"
"공부는? 숙제는?"
"다 할 수 있어요."
"그렇구나. 난 또 누가 와서 시켜주나 하고 걱정 했는데.
"……"
"너희들도 저 애들처럼 학교에서 집으로 집에서 학교만 가고 하는 생활이 하고 싶니? 사부가 잘 아는 사람이 있는데 아주 부자야. 그 집엔 아이가 없단다. 너희들 중 누가 그 집에 가 살고 싶다면 보내 줄게?"

"……"

"막내가 갈까?"

"싫어요."

"그럼 껌투리?"

고개를 살랑살랑 흔드는 껌투리"

"왕눈이 뿐이구나?"

"한강에 가서 수영도 못하게 하는 집은 안가요"

"에이. 그럼 할 수 없지 너희들 형아 하고 그냥 살아야겠다."

"사부님 얼런 방송국 가요"

"그래. 대한의 어린이는!"

"당당하게!"

"씩씩하게!"

"의젓하게!"

"앞으로! 앞으로!"

"그래. 모두 의젓하게 자랐구나. 이십년이 넘어 너희들을 만나볼 수 있다니……"

"사부님이 그때 사주셔서 먹은 백설탕 뿌린 하얀 찐빵 그 맛은 전 아직까지 못 잊고 있습니다."

"저는 처음 먹어 본 라면이요."

"껌투리는?"

"사부님이 청계천에 같이 가셔서 사주신 주머니 라디오가 제일 생각납니다."

"아 그래. 아마 일제 소니 라디오였지?"

"네. 트랜지스터 7석 라디오였습니다."

"사부님. 껌투리 형 그때 숙제안하고 라디오 뜯고 놀다 형아 한테 압수당했어요,"

"뭐야! 사부가 사준 걸 형아 가 감히 압수를 해? 막내 너 그때 사부한테 왜 말 안 했니? 내가 형아 혼을 내 줄 건데"

"형아가 사부님한테 절대 말하지 말라고 했어요."

"그래. 내 제자를 못살게 굴면 누구든 가만 못 두지. 황 사범 두 손 들고 벌 서야 되겠다."

"넷! 실시"

두 손을 높이 들고 무릎을 꿇는 황 사범. 형아를 따라 같이 벌을 서는 제자들"

"하하하. 사부는 지금 배가 고프다! 벌서는 건 먹고 선다! 실시!"

"하하하"

"하하하하"

천 관장은 제자들을 다시 한 번 끌어안고 기뻐했다.

"그런데 이걸 어떻게 다 먹는담?"

응접실 탁자위에 하나 가득 차려진 음식.

"사부님 드시게 하려고 동해바다에서 금방 잡아 올린 대왕문어입니다."

"대관령 감자떡도 있습니다. 사부님"

막내와 껌투리가 가져온 먹을 것들에 왕눈이가 챙겨온 과일주들은 거의 잔치 상이다. 천 관장은 황 사범의 성공을 기뻐하며 제자들이 권하는 잔을 마다 안했다. 대단한 놈을 끝끝내 보호하였고 또 아이들이 잘 살아가게 했다. 세상을 위했던 아이들의 앞날을 위하든 황사범의 시간들은 최고였다. 떠돌이 인생으로 살아도 황 영철이의 시간들은 하나 무의미 하지 않은 자기성취였다. 왜 모두들 무었을 위한다며 무었을 망쳐놓고 남을 위한다며 남의 앞길을 막아놓는지 모를 일이다. 절대로 자기반성 안하는 자 절대로 나아질리 없고 변하지 않고 그대로면 앞날은 없다고 봐야한다. 노련한 등산인은 잘못 든 등산길을 느끼면 바로 뒤돌아선다. 조난사고는 서투른 초보 등산인들 에게 있는 것 보다 경험 많은 등산인 들의 오기에 더 많이 발생된다고 했다. 자기의 가는 길을 생각하는 사람들에게 어울려 같이 가고 있는 황 사범을 천 관장은 그때도 지금도 좋아 했지만 내색은 하지 않았다.

9

내 세상을 살고 있는가 남의 세상을 살고 있는가 물어본다면 누구나 내 세상을 살고 있노라 말하겠지만 현실은 남의세상을 내가 그들의 뜻을 따라 그들의 세상을 살아가고 있는 경우도 있다. 회사는 직원들에게 회사를 위해 살아가도록 하라고 강요는 안 하지만 그러기를 바란다. 생활이 회사 위주고 삶이 회사일 처리에 우선적이다. 직장인의 일생은 어찌 보면 자유가 절반이상 상실된 채 살아가는 인생이다. 경제적 생활을 보장 해 주는 대가代價도 있지만. 백제일 사장은 오늘도 아침 일찍 일어나 늘 처 럼 정원을 산책하며 오늘의 일들을 생각 했다. 딸아이 수이를 보러 간다면서 미뤄 온지 벌써 며칠 째인지 모른다.

"방해?"

"훼방"

"그만. 여기는 집입니다."

"그래. 이시간은 우리끼리……"

백 사장은 찾아 나온 아내의 어깨를 감싸 안고 정원을 돌아들어 오며 애정의 표현을 잊지 않았다. 수목원을 방불케 하는 더 넓은 정원이다. 그 넓은 숲속에서 숲속의 주인인 공주를 사랑하느라 오늘도 잠시 회사일은 잊는다.

"대단한 사람 위해 오늘아침 메뉴는 전복죽"

"가엾은 님은 오늘도 격무?……"

"오전회의. 마치는 대로 아버지 보러…… 주문진에"

"걱정하실 걸 또"

"방문금지는 어차피 안 푸실 건데 뭐"

"먼저 번 처럼 십분 만남이라도 불평 안하기"

"회사 일에나 신경 써라 는 아버지 뜻을 잘 따르는 수제자님께선 오늘도 동행 못 하겠다?"

"둘 다 갔다간 뼈도 못 추릴 걸"

"아버지의 가족관 위에 기업관은 아마도 숙명일 거야. 그건 수제자의 또 다른 운명 일 테고"

"그래…… 우리의 존재가 불가불不可不이지"

협력사 합쳐 딸린 식구가 백여만이란다. 벌통속의 벌들은 여왕벌을 위주로 일사분란하게 움직인다. 하나의 벌통 무리 속에 여왕벌이 없어지면 그 벌들은 혼란 속에 지리멸멸 사라질 테고 여왕벌이 둘이면 분봉分蜂을 하게 될 거란다. 어느 쪽도 기업경영에는 치명적이란다. 식구들의 생계를 책임지지 못하는 기업인은 존재하고 있는 게 악이고. 〈최선을 다 하려면 기업인은 가족의 단란한 행복 따위는 아예 걷어치워야 한다.〉 백제일 사장이 서 회장의 후계자로 발탁되면서 들은 훈계다. 백제일 사장은 당시 공장장으로 서회장의 초대를 받고 방문한 회장님 댁에서 영미를 앞에 두고 난감해서 답을 못했다.

'싫으면 할 수 없지. 나중에 혼자 사장에서 대표까지 다 돼야지'

기업경영에 뜻이 없는 아들은 떠나고 기업경영 수업중인 딸아이는 가정을 꾸리는데 관심조차 없어 강제 집행적 결혼이었다. 제짝은 제가 구하는데 적극 찬성이지만 아예 안 하는 데는 찬성 못한다는 부모마음에 서 회장 이었다.

"바보처럼 왜 가만있어. 대단한 뚝심의 남자가?"

"좋아서……"

"백제일 선배 이건 아니지"

"영미 넌 사실 매력 있어. 영미 네가 회장님 딸이 아니었으면 내가 벌써 붙잡으러 뛰었을 걸"

"내가 선배를 좋아하기는 어려운데"

"알아. 그 성훈이 친구도 있었고……"

"사춘기 시절. 사랑배우기 할 때"

"많은 노력 못 해. 널 위해서. 아버지의 바램 에 더 충실해야 돼"

"재미없겠다."

"내가 할 수 있는 건 최선을 다 한다는 것 뿐. 다만 너를 잃으면 난 많이 외로워하며 살겠지."
"지금 선배는 최고의 선택을 안 하는 거야."
"최초의 선택을 하는 거"
"영철이 그 친구와 색소폰 배우러 다니면서 여자애들 만나러 다니는 거 다 아는데. 선배 지금 숨기기 해"
"아쉽지만 그것도 끝이지 뭐. 그것 말고도 나에겐 결격사유는 더 많아"
"선배의 가치는 최고의 능력뿐인데. 왜 난 아버지에게 효도를 하고 싶어지지…… 내가 왜 이럴까……"
"고마워. 영미의 시간들이 지루하지 않게 할게"
백여만의 회사 식구들을 위하여서 이루어지는 서회장의 판단들이다. 그 아래서 애정 만들기는 자기들만의 선택이다. 피할 수 없는 그때의 그 선택으로 어쩔 수 없이 헤쳐 온 나날들은 이제 자신들의 딸아이에게 선택을 강요해야 하는 처지가 되어버렸다."

"나에겐 자네가 있어 최고로 이루어 왔지만 자네는 지금 후계구도를 어떻게 준비하고 있나?"
"인재들을 많이 양성하고 있습니다."
며칠 전 찾지 말라는 서 회장을 찾아서 백제일 사장은 주문진으로 내려갔다. 회사 경영 상황을 브리핑 했으나 서 회장은 안락의자에 눈을 감고 듣기만 했다. 한참을 듣던 서 회장은 손을 들어 막고 후계구도 상황만 물었다.
"구심점求心點은?"
"수이가 예편을 안 하겠다고 합니다."

"대책은?……"

"시간을 가지고 세우겠습니다."

"다른 길은?"

"많은 인재 중에 리더를 뽑아서 세우는 것과 팀을 꾸리는 것입니다."

"수이는 경영수업이 안됐어…… 원하지도 않고…… 영묵 이와 같아. 제외시키게"

"안전을 택하도록 하겠습니다."

"변화하는 건 많아. 선도적先導的이 아니면 견실성이지. 자네를 보면 걱정거리 다 없어져. 나를 찾는 건 시간낭비야…… 나에겐 그만 완전한 휴식을 주게나"

"알겠습니다. 아버지"

"나를 조금도 염두에 두지 말고…… 나에겐 찾아와주는 손녀도 있고 곁에서 늘 얘기상대 되어주는 손녀가 있어. 이보다 더한 복은 없을 거야. 이곳엔 나를 귀찮게 하는 것도 하나 없다네. 천국이야 천국"

"형님 너무하네. 얼굴도 못보고 또 출근 하라고?"

"오빠는 당신을 편하게 해 주려고 하는 거"

아침 식탁에서 며칠째 얼굴을 안보여주는 처남 서영묵이다. 처남이라지만 전공 다른 대학 친구다. 꽤나 친했지만 모른 척 지내는 건 어제오늘 일이 아니다.

"어떤 놈이야? 함부로 교수를 찾고 그러는 놈이"

한참 만에 이층에서 내려오는 영묵. 아직도 신혼이다. 애정표현엔 시도 때도 없다. 안기듯 같이 내려오는 각시 진이는 민망해 빠지려 하지만 안 된다.

"보는 눈이 한둘이요? 좀 떨어져요. 형님"

"남 잃어버린 청춘 찾고 있는 데. 좀 눈 감아 주지"

"앞날이 아직 창창 입니다."

"허송세월한 지난날이 더 많아"

"솔로의 날들이 이제와 그렇게 아깝습니까?"

"대단히……아까워. 아침 드셨으면 그만들 가보시죠. 공장장님"

"알겠습니다. 대리님"

'아마 둘은 죽을 때 까지 그 공장장 대리 할 거야."

"영미 넌 안가고 뭐하니?"

"오빠 언제까지 할 거야. 그 신혼놀이?"

"죽을 때 까지. 왜?"

"집안에서만 해요.

"알겠습니다. 회장님"

"올케언니 어쩌다 반 불출 남자에게 붓 들였을까?"

"온 불출을 찾다 없어서 그냥 반 불출이라도 잡았어요. 애기 씨"

"후후후 신랑각시가 쿵 짝 이네"

"영미 너 오늘 주문진 가는데 내 각시도 모셔라. 올케가 아버지도 우리 딸 지나도 다 보고 싶을 거야"

"오빠 지금 그거 말 돼? 당랑 혼자 보내는 거?"

"아버지가 날 귀찮아하시니……"

"어휴…… 저런 아들 살려 줬다고 아버진 당신 재산을 다 줘 버렸으니 참……"

"애기 씨. 오빠 오늘 강의 시간 빼곡……"
"올케. 오빠의 마음 반으로 만족 하세요. 무슨 남자들이 하나같이 한눈을 팔고들 사니 어쩝니까."
"마음까지 외박하는 남자들은 아니겠죠?"
"대문나선 내 남자요? 둥지 떠난 꿩 병아리예요. 우리 신경 끄고 살아요. 올케"
"대단한 분들은 그만 나가서 신나시지"
영묵은 여동생과 매제를 쫓아내고 아침 식탁에 진이와 마주앉아 다시 오붓한 시간을 가졌다. 웃음을 참으며 시중을 들고 있던 주방식구들이 금방 자리를 비켜줬다. 진이가 하고 싶어 하는 주방일은 주말에나 가능했다. 오늘 같은 평일은 아쉽지만 주방에 들어가지 못한다. 사장이 빗자루를 들면 청소하는 아줌마가 짐 싼다는 농담이 여기에도 있었다. 정원사도 청소아줌마도 주방아줌마도 자기 일을 한다. 누구의 지시를 받지 않고 알아서 하는 집이다. 진이는 때로 한가한 시간 지하 음악실에서 모두와 커피타임을 가진다. 음악도 함께. 진이가 온 후로 이집에 사람들은 지루한 줄을 모른다.
-이 하루가 지루하면 노래를 불러보고 이 인생이 지루할까 걱정되면 악기라도 하나 배워두라. 혼자도 잘 논다면 그것도 철학이다-
오늘도 진이는 서재에서 남편의 집필 논문 교정을 보다가 음악실로 내려갔다. 오전 일과가 끝나면 잠시 휴식시간의 커피타임. 바깥의 세상얘기도 저마다의 가정 사 얘기도 그냥 재미있다. 일곱 명의 가정家丁인들은 진이의 위로공연 시간을 기다린다.
"도와주시느라 오늘도 고생 많으셨어요."
"사모思慕께서도 수고 하셨습니다."

"오늘은 어떤 곡을 들려드릴까요?"
"김용임의 부초 같은 인생요"
"좋은 노래죠. 같이 불러요 모두"

~내 인생 고달 프다 울어본다고~
~누가 내 맘 알리요~
~어차피 내가 택한 길이 아니냐~
~웃으면서 살아가 보자~
~천년을 살 리 요 몇 백 년을 살다가리 요~
~세상은 가만있는데 우리만 변화 는 구려~
~아~아~부초 같은 우리네 인생~
~아~아~우리네 인생.~

누구나 한껏 행복을 느끼며 살수는 없다. 진이는 때로 천안에서 마스터 영철오빠와 공연하며 지내던 그때가 참 즐거웠다는 걸 느끼곤 했다. 모두와 어울려 음악의 시간을 가진다는 건 삶에 의미는 어떻던 어울림의 행복감이 좋았었다. 지금은 소식도 없는 인연의 사람. 가족이 아니면서 가족처럼 지켜주던 그 나날들. 이제 와서 생각 해 보면 애초에 영철오빠는 이성異性의 사람이 아닌 인성人性의 사람이었다. 딸아이 지나는 그렇게 예뻐하면서 자신에겐 끝끝내 눈길조차 주지 않던 위장의 연인戀人. 그 속을 아무래도 알 길 이 없다. 진이는 모두가 즐거워하는 시간을 아끼며 기타연주로 색소폰 연주로 연로하신 노인勞人들을 위했다.

"사모께서는 가수로 나가야되는데……"

"목청이 타고나셨어. 이 미자처럼"
"하루만 안 들어도 허전 혀 제"
"저는 여러분이 있어 행복해요. 날마다"
"가인歌人은 말도 참 예쁘게 해"
"우리 교수님 신의 축복을 받으셨어. 그동안 독신주의 하시느라 노회장님 을 그리도 속 태우시더니"
"효도가 따로 있는 기 아녀"
"후훗 감사해요. 이번에도 주문진 내려가면 맛있는 해물 사다드리겠습니다."
"그나저나 우리 노회장님은 언제나 뵐 수 있을까나"
"오늘 우리도 무작정 따라 내려갈까?"
"아들도 사위도 못 오게 하시는데……"
"제가 오늘 내려가면 한 번 더 여쭤봐 드릴게요. 여러분께서 섭섭해 하시지는 마세요. 아들에 대해서는 아무말씀 없으셔도 여러분의 안부는 꼭 물어 보십니다."
"세상에…… 세상에……"
급기야 모두들 울먹이는 가인家人들. 진이도 덩달아 눈시울이 뜨거워져 고개를 돌렸다. 어린 시절부터 이집에서 일하기 시작 했었다는 노 할머니는 지나온 날들을 새댁인 진이에게 얘기 해 주며 울먹이기도 하신다. 말썽을 피우고 다니는 어린 아들을 친구인 선생님 댁으로 쫓아내신 거. 나중에 그 아들이 회사에 일을 배우다 그만둔 거. 교통사고로 죽을 뻔 한 거. 좋아하는 여자애 집으로 데려와 지내다 어떤 이유로 떠나자 한동안 방황했던 거. 어떤 못된 친구의 꾐에 빠져 정치한다며 허송세월 했던 거를 재미있게 얘기해

줬다. 진이는 노 할머니의 얘기를 들으며 속으로 많이 웃었다. 그 못된 놈이 바로 영철오빠였다.

"올케는 혼자 기타치고 있을 때 참말 멋있어. 여자인 나도 반하곤 하는 걸"

시원한 동해바다 해변도로. 서 영미 회장은 잠시나마 휴식이 즐겁다. 마냥 의젓해야 하는 일상에서 벗어나면 가족들과는 하나 거리낌이 없다 때론 철없는 소녀같이 굴기도 한다.

"올케언니도 영철이 그 친구 좋아 했죠? 나도 한때 많이 좋아 했어요."

"……"

"다 좋아 했어요. 아버지 까지도 그 친구를 좋아해서 곁에 두려고 했어요."

"마음이 다 딴 데가 있는 사람이었어요. 언제나……"

"남자들은 다 그렇죠. 성취감을 위해 사는 동물들……"

"애기씨는 때론 재벌가 대단한 여회장님이 아니고…… 남자들이 좋아하는 따뜻한 여인 같아"

"후후후. 올케는 내가 왜 매력 하나 없는 괴물로 생각됐을까?"

"드라마에서 늘 접하든 선입관 때문이겠죠."

"후후 도도하게 권위만 세우는 나쁜 여자?"

"일상에서나 잠자리에서나 남자들이 제일 역겨워하는 악녀"

"침대에서 까지?"

"귀여운 여인은 아닐 거라는……"

"맥주홀 여사장은 골나도 애교덩어리?"

"그런데 애기 씨…… 진짜 오빠는 안 그래요. 귀여워요."

"올케 완전 빠졌네"

"난 오빠를 처음 만나서 키스하고 싶어 혼났어. 마스터 영철오빠가 눈치 채고 우릴 사무실에 가두는 바람에 끝없이 한없이 했지만.

"뭘……?"

"애정표현"

"순진한 우리오빤 그냥 당했을 테고?"

"나중엔 안 떨어져 혼났지만"

"완전 벽계수 황진이 한 테 농락된 그런 거?……흐흐흐"

"그때 오빠가 재벌가 아들인 걸 알았으면 그 기분 싸악 사라졌을 걸요"

"괴물이니까?"

"기피인종"

철지난 해수욕장 모래톱. 진이는 거리감이라곤 하나 없는 시누이 영미와 커피 잔을 부딪치며 깔깔거렸다. 둘이만 있을 때는 늘 그랬다. 소풍 나온 애들처럼"

"아! 이 맛있는 자연의 냄새"

"바다의 향기"

동해안의 가을해변은 맑고 푸르다. 고기배도 어망들의 어지러움도 없는 한적한 포구. 다 잊고 그리움에 젖어 있으려면 소녀처럼 추억 속에도 가 본다. 철없는 아이가 되어서 해변을 찾는 소녀들처럼.

"진이는 아직도 처음 같은 느낌?"

"아직은……영미는?"

"가끔은 그냥…… 좋을 때 많이 즐겨. 후후후"

"오늘 외박? 아버지 좀 귀찮게 하면서 회관에서 오랜만에 공연도 하고?"

"영미는 또 오빠한테 맞아 죽을 일 한번 벌이는 거지?"

"영묵 씨 가끔은 외로워 봐야 돼. 후훗"

"노회장님은 또 불평 꽤나 하실 거야. 미운 딸 말 안 듣는 다고. 후후후"

"덩달아 미운 며느리 되겠습니다. 히히히"

"진이 그렇게 좀 웃지 마. 영철이 그 나쁜 놈처럼"

오랜만에 자유시간. 영미는 문밖에도 못 나가는 여왕벌 신세를 맘껏 불평했다. 진이는 끼도 발산 못하고 지내는 나날을 투정하고. 그렇게 해변에서 시간을 보내다 늦게 주문진에 도착했다."

"약돌아. 그 애들 쫓아 보내 거라"

찾아 온 식구들을 안 보겠다고 방문도 열지 못하게 하는 노老 회장. 회관으로 숙소를 옮겨 살고 계신지도 한참이다. 껌투리는 회관 옥상에 유리 집을 지어놓고 노회장이 종일 바다와 하늘을 볼 수 있게 했다. 노 회장 은 유리온실 같은 유리 집 응접실에서 약돌 이와 바둑을 두다 심심하면 방파제도 나가며 지낸다. 그럴 땐 약돌이가 휠체어를 밀었다. 노회장이 편해 해서다.

"할아버지 이상해. 가족사진은 자꾸 들고 보시면서"

지나의 말에 문밖의 모두는 서로 얼굴만 쳐다봤다. 출입문만 쳐다보며 한참을 그러다 모두들 회관 사무실로 내려왔다. 회관 홀 무대에서 드럼을 치고 있던 다정이가 내려온 그들을 보고 하트를 그려 보인다."

"머리 좀 쓰세요. 머리"

"……?"

"할아버지께서는 손자도 안보고 싶으세요. 하면……"

"다정아…… 난 아직……"

"에이 우선 거짓말 하는 거래요. 나중에 기압 받으면 되요."

"어이 그. 역시 안 다정"

"아랫배에다 수건 한 장 집어넣고요 소꿉장난 하드래요. 드라마에 한 장면처럼"

"이러다가 어디서 애기 하나 훔쳐 와야 되겠네."

맛있는 저녁을 먹고 모두 회관으로 모여 오랜만에 주문진에 밤을 보내게 됐다. 고대하던 며느리의 임신소식을 접한 노 회장은 기쁜 마음에 하룻밤 쉬어가라고까지 하며 즐거워했다. 드럼을 곧잘 치는 다정 이와 엄마를 닮아 노래를 잘 부르는 지나의 라이브 공연을 관람하며 노 회장은 잡은 며느리의 손을 놓히 않았다.

"아가야…… 고맙다. 아가……"

"곁에 있어드리지 못해 죄송해요, 아버지"

"내 욕심은 너희들을 잠시라도 붙들어 두고 싶지만 너희들이 지금 낭비 할 시간이 어디 있겠니? 그리고…… 네가 부탁한 식솔들 다음번엔 한번 오게 해라"

"아버지…… 그분들 너무 좋아 하실 거예요."

"너의 어머니가 하였던 거 그거 잊지 말고…… 한 솥에 밥을 먹는 건 죽는 날 까지 인연이다."

"잊지 않고 있어요. 아버지"

추석이나 설 때면 시장 보라고 주는 일명 떡값. 시어머니께서는 생전에 단 한번도 거른 적이 없다고 했다. 집안 일꾼들 모두 한자리에 불러 모아 일일이 손에 봉투를 쥐어주며 일일이 안고서 등을 토닥여 줬단다.

"지나가 노래를 참 잘한다. 난 요즘 저 녀석의 재롱 때문에 심심한 줄 모른다."

"아버지 차별하시네. 친손녀 외손녀"

"못된 딸아. 여군 장교가 할아버지까지 챙기냐? 수이가 휴가 때 오면 우린 서로 많이많이 미워하기 한다."

"아버지. 수이 예편 시켜야 하겠어요."

"할아버지 지키라고? 못난 생각만……"

"보고 싶으시면서……"

"아가야. 네 노래 소리를 언제까지 들을 수 있을는지……"

"아버지는 아직 청춘이세요."

"내 친구들은 벌써 다 떠났다. 난…… 오래 살았지…… 아가야?"

"네……"

"인생은 살아보니 만남으로 좋고 헤어짐으로 그리워하고 그러면서 살아가게 되더구나. 우리의 인연이 너무 고맙다."

하나 거리감 못 느끼는 노회장. 진이는 무대로 올라가 추억에 옛 노래 흘러간 노래들을 불렀다. 특히 남 인수에 애수의 소야곡과 청춘고백을 좋아하시는 노회장님이라 그걸 기타를 치며 불렀다. 객석에 손님들도 회관 식구들도 진이가 노래를 부르면 조용해진다.

"들어도 들어도 지루하질 않아"

하루 일을 끝내고 한자리에 모여 한 잔의 술로 피로를 푸는 옛날의 사랑방 같은 회관에 라이브. 거주인 들도 외지인들도 조용한 휴식이 있어 좋다 진이는 약돌이에게 고맙다는 인사를 하며 노회장의 몸 상태를 체크하는 대로 바로바로 연락 해주길 부탁했다. 영미는 연緣 없는 노인을 그리도 지극히 돌보아주는 주문진 친지들에게 고마움을 어떻게든 표하려 하지만 얘기도 못 꺼내게 했다. 그들은 잠시도 잊을 수 없는 은인 영철이의 바램이 어떤 것인 줄 알기에 주문진 식구들은 다른 것은 아예 상관을 못 시키게 했다. 옥이는 그날그날 배에서 금방 내린 해물들을 가져온다고 했다. 식당에 예쁜이 사장은 그것을 최고의 요리로 만들고.

"아버지는 완전 왕이네."

"궁전 없는……"

"최고의 궁전에 사시는 왕 일 거예요"

"건강이 걱정되는데 왕진은 거부하십니다."

"팀장이 얘기 안하는 거 있으면?……"

"커턴 한 장 사이에서 모시는 왕의 숨소리가 어떤지는 말 못합니다. 왕의 금언 령이 추상같으셔서"

"불편한 거……?"

"품위를 좀 잃으셔도 되는데 목욕실은 꼭 혼자 사용 하십니다."

약돌 이 팀장은 안타까운 표정을 짓는다. 그 누구도 가까이 하지 않고 노년을 조용히 보내시겠다는 아버지다. 영미는 약돌 이 팀장의 보살핌도 마다하는 아버지에게 바둑친구로 곁에 두라고 사정사정을 했었다. 그러나 소용이 없었다. 나중에는 약돌 이가 자신의 연인 영철이의 부탁이라고 하자 허락을 했다. 영미는 아버지의 그 마음을 알 수 없었다. 약돌이에겐 경호 팀장으론 최고의 대우를 해주지만 약돌 이는 또 특별히 대우 받는 걸 거부했다. 맡은 임무가 자신에겐 최고의 시간들이 될 거라고 했다. 아버지는 약돌이가 자신에 다시없는 절친 김 교수의 애제자 천관장의 여동생인 걸 알고 계신다.

10

"오늘은 특별한 내기바둑 해요 회장님"

"내기바둑? 질 걸 뻔히 알면서……"

"오늘은 천만 원 내기 말고 약속 지키기 내기요."

"왜? 용돈 떨어 졌니?"

주머니에서 천 원 권 몇 장을 꺼내주는 노회장. 약돌이는 고개를 저으며 미리적어 둔 쪽지를 바둑통 밑에 집어넣고 시작을 했다.

"미리 알면 재미가 없으니까 이긴 쪽이 꺼내 보깁니다. 진 쪽은 무조건 따르기만 하면 됩니다."

"허허허. 옷 벗기 내기라면 난 걱정 없다. 이길 거니까."

"다람쥐도 나무에서 떨어지고 쇠오리도 논물에 빠진다 했어요. 오늘 까딱하면 회장님 망신 당하셔요. 잘 두세요."

"안 되겠다 그거 무슨 내긴지 보고 하자."

"안됩니다."

"허허……"

바둑은 늘 서두는 하수가 먼저 불리하게 돌아간다.

"고수는 둘 자리 못 둬서 지고 하수는 안 둬도 될 자리 둬서 진다. 팀장은 접바둑 언제 면 할고?"

"끝까지 갑니다."

바둑판에 고개를 쳐 박는 하수를 맘껏 조롱하며 노 회장은 멀리 한결같이 그 자리를 지키는 수평선을 바라봤다. 때때로 생각나곤 하는 사람. 가슴 싸하게 자꾸 그리운 모습. 충주호에서 낚시를 하며 외로운 세월을 같이 보내다 떠난 절친 김 지한교수. 처음 만나기 전부터 벌써 인연이 시작되고 있었던 아이 황 영철. 하나는 아들을 사람으로 키워준 친구고 또 하나는 아들을 끝까지 지켜주고 있는 애다. 또 자신을 이렇게도 편하게 마지막을 보낼 수 있도록 해주고 있는 아이. 황 영철 반장. 떠나도 언젠가는 돌아오곤 하던 아이. 이번엔 왠지 안돌아 올 것 같은 예감이 들어 많이 불안한 터다.

"무슨 생각을 그리 하십니까. 대마大馬 죽습니다."

"허허. 내가 대마 죽이는 바둑을 두고 있다고?……"

노 회장은 얼른 대마를 수습하고 다시 수평선에 눈을 둔 체 생각을 이어갔다.

김 교수는 황 반장이 누구하고도 결혼을 안 할 거라고 했다. 이미 세상과 결혼을 해버린 아이가 어느 여인인들 책임지려 하겠는가 하는 거다 무책임을 용서 못하는 아이가 자신의 무책임을 용서 하겠는가 하는 그 얘기였다. 아들 영묵이가 교통사고를 목격한 택시 기사는 그 높은 낭떠러지기를 날아가듯 뛰어내려 사고 운전자를 구하는 사람이 사람으로 안 보였었다고 했다. 죽을 작정을 했다면 모를까 그런 무모한 행동은 할 수 는 없을 거라고 했다. 단 몇 초만

늦었어도 사고자는 흔적조차 없이 다 날아가 버렸을 거라는 당시에 상황. 김 교수는 그렇게도 자기 일에 철저하고 세상일에 열심인 아이는 처음 본다고 했다. 일본의 그 단호한 가미가제 같다고 했다.

"……안 오기를 바라야 하는지……"

"무슨 말씀이세요?"

"팀장은 황반장이 올 거 같나?"

"와도 또 금방 가 버릴걸요."

"한번은 봐야 되는데……"

"연락 하겠습니다. 껌투리 사장이 형아 있는데 며칠 전에 다녀왔다고 합니다. 황 반장은 수시로 회장님 안부를 걱정하는 연락을 합니다."

"아니야 그냥 둬……"

"그러나 바둑은 지셨습니다."

"내가 왜 이런 실수를?……"

"영철이 그 애 생각하다 지금 회장님께선 전 재산 다 날리시고 망신은 다 하시게 생기셨습니다. 잠깐 실수는 평생을 간다고 누가 그러셨는데……헤헤"

약돌이는 바둑통 밑에 쪽지를 꺼내들고 회심이 미소를 지었다. 품위를 생명처럼 끝까지 지키시려는 노회장님. 왜 좀 자세 좀 흐트러지시면 안되는지.

"그럼 읽겠습니다. 진 쪽은 입은 옷을 다 벗고 욕실에서 이긴 쪽의 때밀이를 받는다."

"헉!"

"제가 질줄 알았는데 이겨서 죄송합니다."

"이일을……"

"죄송합니다."

"내 몸에 늙은이 냄새가 많이 나서 그러는 걸 어쩌나? 그래 내가 졌다."

"그럼 시작하겠습니다."

약돌이는 노 회장을 부축해 욕실로 들어갔다. 그리곤 자신도 옷을 벗기 시작했다.

"팀장아…… 너는 왜?"

"이긴 자의 배려입니다. 저에게 벗은 몸을 보이시기를 그렇게 싫어하시니 어쩝니까?"

놀라서 눈을 감아버리는 노인 앞에 약돌이는 아름다운 여인의 모습을 보였다.

"……"

살아오며 수많은 사람들. 그들을 위해 평생을 살아온 사람이다. 그 어떤 귀한 대접도 위함도 받고 지내야 마땅하련만 지금 이렇게 불편한 말년을 보내시고 계신다. 주치의의 체크도 거부하고 없는 듯이 살아가고 있는 노 회장이다 약돌 이는 날마다 혈압계로 체온계로 노 회장님의 몸 상태를 체크 하지만 잠자리에서 고르지 않은 호흡이 점점 심해짐을 느낀다.

"회장님 몸은 아직 청년이십니다."

"팀장아……"

약돌이는 하루에 한 번씩은 따듯한 반신욕을 한다는 약속을 받아내고 목욕을 끝냈다. 목욕 후 식당에 내려와 커피를 마시며 약돌이는 회관 식구들과 노 화장님의 발전을 축하했다. 옛날사람에겐 좀 낯선 자연적 현대생활.

"할아버지 내일은 제가 목욕 시켜드릴게요."

지나가 매달리며 재롱을 떨자 노 회장은 행복감에 웃음을 참지 못한다.

"그래 예쁜 우리 지나. 엄마 아빠는 버리고 여기서 할아버지랑 살자."

"콜. 지나는 오래오래 할아버지와 살겠어요."

11

낙동강은 그 길이가 칠백리라고 한다. 유역의 평야가 전국에서 가장 많은 지역 경상도 땅. 상류지역 태백 봉화 쪽은 산세가 좋고 중류 쪽 안동 상주 구미 칠곡 지역은 분지가 강변으로 넓게 자리 잡아 다양한 곡물과 과채류가 생산된다고 했다. 욕심 많은 땡감이 그 70년대 헐값으로 낙동강 강변에 땅을 무작정 사들였는데 지금은 그 재산 가치가 몇 천억이 될 런지도 모른다고 했다.

"형아. 상주 형아는 야산을 많이 가지고 있어서 과일 생산단지를 조성했어. 어마어마한 면적이야."

"네가 판매 해 주느라 고생이 많겠다."

"배나 사과는 우리 농산에서 위탁판매 해주고 있어. 전국적으로 과잉생산 상태야 과일은"
"여기 익산에 호박고구마는 특별이네?"
"응 계약재배는 농가에다 안정적인 수입을 보장하기 때문에 농산회사로는 농가에다 특혜를 준다고도 할 수 있어. 일반 작목반 보다 우리 농산 작목반들은 농가수입이 안정적이야."
"농가당 순수입이 꽤 되겠는데?"
"총매출 1억에 년 평균수입 오천만원"
"금방 부자들 되겠구나."
"저축들 많이들 했다고 그랬어."
"십년이 넘게 농사를 지었으니. 그런데 왕눈아 농산물 물류사업은 누구의 생각이었는지 엄청 궁금했는데 혹 무안 형아?"
"아냐 형아. 오 정식 고문님"
"그래?……"
"모든 시스템이 고문님 생각"
"경영학 선배라 다르구나. 이제 무안 형아가 물러나고 왕눈이가 대표를 맡으면 더 바쁘겠다.
"농산 작목반들의 여가 수입을 위해 유리온실을 지을 생각이야. 겨울의 양채류 과채류를 다 생산하는 고수익 영농이야. 지금 해남에서 하고 있는 중인데 백화점에 겨울 채소 납품을 하면 수익성이 아주 좋아"
"자본은 넉넉하고?"
"정부의 지원사업도 있고 농협대출도 가능해"
"좋은 생각"
농산 사무실. 왕눈이는 리드의 소질이 있다. 그 어린 날 동생들을 데리고 등하교 길에서 자신만만했든 맏형이었다. 자산규모가 천억에 가깝다는 농산회사를 꾸려가는 건 쉬운 게 아니다. 능력이 제일의 자산이라면 자신감은 제이의 자산이다.

“왕눈이 오빠. 날 두고 형아 하고 사귀는 겨?”

과일을 내오며 언년이가 다정한 둘을 불만스러워 했다.

“응. 형아 하곤 잘 땐 다 벗고 자”

“어머! 야하게……”

까르륵 얼굴을 붉히며 달아나는 언년이.

“왕눈이 너 오늘밤에 확인 들어가야겠다. 설마 너 거시기는 아니것지”

“형아……”

“왜?”

“이번 축제 때 껌투리 올 건데 약돌 이 누나 오라고 하면 않되?”

“왜? 약돌이 사범한테 아직도 배울게 있니?”

“형아 무술관에서 부터 약돌이 누나와 사귀었잖아. 그……”

“임마! 그건 그냥 연애질이지. 우리에겐 그 골치 아픈 사랑 같은 거 없어.”

“우리가 그때 다 봤는데 탈의실에서 키스하는 거. 캠핑 가서 물고기 잡는다며 둘이 나가서 안고 노는 거”

“짜식들 홰방이란 홰방은 다 논 놈들이……”

“사부님한테 들켜서 도망가고 안 들어 와서 또 난리 나고”

“임마. 그땐 누나가 관장님 진짜 누이동생인 줄 누가 알았니”

“히히히. 형아 우린 그때 참 재미있었는데”

“그래. 연이누나 가고 나서 밥도 안 먹고 밤새 훌쩍대는 너들 달래느라 내가 애먹던 것도 생각난다."
"히히. 우리 그때 형아 버리고 누나 찾아 갈 생각도 했는데"
"이런 놈들하고 내가 살았어요. 이런 놈들하고……"
영철은 그때처럼 개구진 장난질을 시작했다. 왕눈이는 형아에 공격에 맞서보나 금방 항복이다. 도장에서는 물론 집에서도 셋이서 덤벼도 안 되는 개구진 장난질이다. 영철은 바닥에다 왕눈이를 엎어놓고 깔고 앉았다 그러곤 한참 골려주다 언년이를 보고 눈을 찡긋했다.
"우리 왕눈이 아침 해줄 사람 어디 없나?"
"저요!"
"우리왕눈이 속옷 빨아 줄 언년이 하나 구해야 것 는데……"
"저요"
"우리 왕눈이 애기 키워줄 사람은 어디 없을까……요?"
"저……요.
"형아는 나 보 구 얼라를 데리고 살라하냐?"
"……"
"……"

횡하고 사무실을 나가버리는 왕눈이. 그러고 보니 왕눈이 나이가 마흔이 넘었다. 언년이는 갓 스물일곱. 영철은 언년이에게 왕눈이가 지금 하고 있는 생활이 생각보다 힘든 걸 들었다. 그 많은 농산물 납품 건. 배달 건. 계약업무 판매 업무를 손수 다 챙기느라 밤을 새울 때도 많다고 했다.
"대표님은 나가면 며칠 만에 들어올 때가 많고 들어와도 사무실 숙소에서 먹고 자고 해요."

"왜? 문화마을에 집이 있는데"

"그 집은 형아 집이라고 그랬는데"

"짜식. 내가 언제 저한테 집 장만해 달라고 했나"

"그동안 대표님이 형아 얘기 많이 해 줬어요. 언젠가 꼭 찾아 올 거라며 집도 잘 꾸며놓는다 그랬어요."

"언년아?"

"아이참. 형아는…… 내 이름은 언년이가 아니고 이슬이예요. 한이슬"

"이사님이 언년이라고 해서……"

"후후후. 언년이 는 여자애란 뜻이요. 큰 애기와 같은 뜻"

"그래. 이슬이. 이제 왕눈이가 대표가 된다는데. 이 농산회사 대표가 되면 옆에서 도와 줄 사람이 있어야 할 거야……"

"대표님요? 새 대표님은 결혼 못해요."

"이슬아. 그건 또 무슨 소리니? 왕눈이가 진짜 무슨 문제 있니?

"아이참. 사장님 연봉이 얼만지 아세요? 0원요. 그 뿐이게요. 벌어 논 돈도 하나 없어요."

"……?"

"그런 사람에게 어떤 애가 시집 온 다요."

"회사가 있잖니?"

"농산회사요? 농산회사는 법인회사예요. 개인소유가 않돼요."

"그런데 정당한 급여가 없어?"

"없는 게 아니고 급여를 따로 쓰는 곳이 있어요."

"꽤 많을 텐데…… 어디다 그 돈을 다 쓴 담?"

"비밀이예요. 아무한테도 못 밝혀요."

"형아에게도?"

"대표님이 허락해도 못 밝히는 것도 있어요. 회사 입출금 내역이요."

"딴살림 차릴 놈은 아닌데 왕눈이는……"

"이번에 대표가 되면 처리 할 계획서가 있는데 형아가 보고 좀 말려주세요. 사장님이 이상한 계획을 세우고 있어요."

영철은 이슬이가 펴놓은 장기계획서를 찬찬히 살펴봤다. 계획서라고 할 수도 없었다. 농산회사를 팔아먹겠다는 거다.

"땅을 다 팔겠다고! 저 큰 땅덩어리를?"

"매매 대금이 500억이 넘을 걸요."

"이슬아 아무래도 이 녀석이 한몫 챙겨서 달아날 생각 같다."

"설마요."

"그럼?……"

"……후훗"

"어디에다 예쁜 여자애 하나 숨겨두고?……"

"아이. 장난 마시고 좀 잘 알아보세요. 우리농산 식구들 몇 백 명의 생활이 달려 있어요."

"그래. 그런데 이슬이는…… 우리 왕눈이를 못 믿나?"

"다 믿어요. 다"

"그럼 뭐 걱정 할 거 없네. 우리 괜한 걱정 말고 셋이서 시내 나가서 맛있는 점심이나 먹고 오자. 형아는 이슬이 맛있는 점심 사 주고 싶다."

"어쩜 태평한건 둘이 똑 같담"

"히히. 그 형에 그 아우?"

"혹 그 땅을 팔아서 형아 에게 주려고 그러는 거는 아닐까요?"
"나한테 준다고?"
"네"
"왜?"
"큰 대표님이 그러시는데 여기 익산 땅은 모두 오래전 형아가 준 돈으로 사둔거래요. 새 대표님이 이제 와서 그걸 알고 형아 한 테 돌려주려나 봐요."
"야! 그거 잘됐다. 형아는 이제 떼돈 생기겠네"
"그만 장난치시고요"
"그러니까 배고픈데 그만 점심 먹으러 가자 구 요. 얄미운 제수 씨. 히히"
"형아 안 할 거예요. 이제 우리 대표님 빈털터리 빗쟁이 될거야. 씨"
"뭐가 있긴 있네. 회사 경리장부도 꽁꽁 숨기는 이유가"
"어휴……내가 못살아……요"
아무리 힘들고 어려워도 서로가 믿으면 아무문제가 없다. 영철은 왕눈이와 이슬이를 데리고 시내로 나가 전통시장을 돌아보고 맛있는 점심을 먹으며 둘을 많이 골려줬다. 일에 파묻혀 사느라 외식한 번 해본 적이 없다는 애들이다.
"짜식들. 좀 재미있게 살아라"
"형아 하고 놀러나 다니면서 살면 좋겠다."
"형아. 왕눈이 오빠 하는 거 좀 보세요. 이슬이가 좋아 하겠어요. 어디?"

12

"진짜라니까요. 시내 부동산 하는 친구가 그랬다니까요. 내놓으면 땅값이 얼마나 나가나 새 대표가 문의를 했다고 했어요.

"그럴 리가……"

밭에서 고구마 수확이 한창 바쁜데 작목반원들이 한쪽에 모여앉아 웅성 거렸다. 점심을 준비해서 나온 박 목수는 그것을 보고 게으름 핀다고 야단을 쳤다.

"선배님. 아무리 바빠도 좀 쉬어가면서 하게 잔소리 좀 그만 해요"

"서리라도 맞으면 한해농사 다 망하는 거여. 고구마 축제도 하루 이틀로 줄여야 것어. 이렇게 정신들을 못 차리니"

같이 도와주러 온 오 정식은 시원한 음료와 물을 나눠주며 박 목수의 그 변하지 않는 현장의 그 급한 성격을 말렸다. 그러나 작목반원들의 얘기에 오정식도 그만 할 말을 잃었다. 얘기를 들은 박 목수만 쓸데없는 데 신경을 쓴다며 그냥 작목반원들만 나무랐다.

"고문님. 새 대표님이 왜 땅을 처분 하겠다고 땅값을 타진했을까요?"

"그러게…… 나도 잘 모르겠는데"

"갑자기 그럴 이유라도 있는 건 아닙니까?"

"자네들이 경작하고 있는 농지를 분양 받고 싶어 한다는 걸 새 대표가 알았나보지"

"-고문님 말씀대로 그러하면 좋겠지만……"

"아마 그럴 거야"

"시세보다 높은 가격에 사겠다는 부동산 업자들이 벌 때 같이 덤빌 거라고 했습니다. 고문님. 우리 농산 땅은 야산을 겸하고 있어 큰 공장부지로의 가치도 있다고 해요."

"허허허 자네들이 사서 팔면 금방 부자 되겠어"

"고문님. 좀 알아봐 주십시오. 일이 손에 안 잡힙니다."

"이 사람들아. 그렇게 새 대표를 못 믿나?"

"……"

"무작정 도시에 나갔다가 돈도 못 벌고 고생하는 자네들을 불러들여 좋은 집도 지어주고 땅도 줘서 살게 해준 농산 회사야. 이제 와서 자네들을 그냥 모른 척 버리겠나?"

"고문님. 저…… 이상한 소문이 들립니다."

"……?"

"지금 와 있는 새 대표 형이란 분이 우리 농산회사 실질적 주인이라는데요"

"그분이 팔아 달라고 할 수도 있습니다."

점심을 먹을 생각도 작업준비를 할 생각도 않고 불안해하는 작목반원들. 성격 급한 박 목수 결국 버럭 화를 냈다.

"아. 이 사람들아! 은행은 고객이 잠시 맡겨둔 돈 고객이 찾으러 오면 내주는 게 당연하제. 뭐가 문제여? 우리가 그동안 이용했으면 고마운 줄이나 알어"

"그래. 이사님 말대로 우리는 새 대표가 어떤 결정을 하던 수용할뿐 개입 할 수는 없다네"

"……"

"……"

"자네들은 농산회사로 인해 여직 것 안정된 농산물 판매 수입을 얻어 잘 살아왔네. 새 대표는 앞으로도 작목반원들을 위해 최대한 일 할 결세. 걱정들 말고 얼른 작업들 준비하게. 농산회사는 자네들을 위해 있는 거 아닌가? 그러니 자네들 작목반원들도 농산회사를 위해야지. 딴 생각 말고"

오 정식 고문은 차근차근히 갑작스런 농산회사 상황에 대해 설명하며 동요하고 있는 작목반원들을 달랬다. 농산회사가 소유한 이십여 만평. 그 땅을 호박고구마 생산농가 백 여 호가 임대하여서 농사를 짓고 있다. 만약 매도를 하여도 작목반원들에게 우선권이 있다. 허나 농가당 오천평의 땅이 분양 된다 하여도 문제는 간단치만은 않다. 작목반원들 모두가 매입자금을 확보하고 있다고 볼 수는 없다. 농업계 은행에서 담보 대출을 받아야 하는데 그것은 농가에 엄청난 큰 부담이다. 자칫 농산물 가격 폭락사태라도 장기간 이어지면 원금 분할 상환금과 이자 부담으로 땅을 통째로 날릴 수 도 있다. 농지 매입가 5억의 금리만 하여도 년 간 일천만원을 상회한다. 원금 분할금도 년 이천만원이다. 어쩌면 최악에 상황을 맞을 수도 있다.

"고문님은 우리가 농산회사를 위해야한다고 하시는데 우리는 농산회사가 어떻게 돌아가고 있는지도 잘 모르고 있습니다. 년 간 수익이 얼만지 그동안 얼마만큼 자산을 불렸는지 또 대표님 연봉은 얼만지 그것도 안 밝히고 있어요."

"수입지출 내역서는 물론 사업계획서도 못 밝힌다고 해요"

"그것 참. 자네들한테는 참 나쁜 농산회사군. 빨리 없어져야 되겠어"

"……?"

"……?"

"그만하고. 오늘 작업 끝나고 나서 모두 사무실로 가서 알아보면 되제. 사무실 식구들도 시내 갔다니까 이따 새 대표 돌아오면 만나 따져보자고"

박 목수가 작업을 독려하여서 때 아닌 상황은 가까스로 수습은 되었지만 문제는 어찌됐든 벌어졌다. 오 정식 고문은 박 목수와 고구마 밭을 돌아 나오며 세월과 함께 변화된 사람들의 마음을 느꼈다. 그 삶의 자체가 어려웠던 60년대와 70년대. 한해 거리로 찾아오는 가뭄과 홍수는 사람들의 마음까지 지치게 했다. 저주받은 땅이라고까지 하든 호남지방의 혹독한 가뭄. 적미병까지 몰고 온 끝없는 장마비. 나물죽도 보리개떡도 있는 집의 얘기다. 없는 집에서는 밀기울 호박범벅도 아껴 먹었다. 아이들의 앞날이 걱정스럽기만 한 부모님들은 아이들이 고향을 떠나 살기를 바랐다. 그리고 돌아오지 않기를 바라면서 떠나보냈다. 먹고살기 좋은 충청도로 경기도로 대나무 광주리장수 할머니를 통해 어린딸아이를 시집보내는 건 사실상 버리는 거와 같았다. 그 와중에 좋아하던 동네 언년이를 잃어버리고 서울로 돈 벌겠다며 고향을 떠났던 완수. 집을 떠난 후 소식도 없든 완수가 찾아왔다.

"삼촌. 나한테 자기 동생을 맡기면서 외국으로 나간 친구가 하나 있는데 처분한 재산을 나에게 맡겼어. 꽤 많은 돈이야"

"그 친구는 언제 돌아올 건데?"

"몇 십 년 후에나 올 것 같아"

"그렇다면 땅을 사둬. 나중에 재산을 불려준 너한테 고맙다 할 거야."

"여기 무안에 농토를 구입한다면 일천 마지기는 살 걸"

"뭐야? 일천마지기면 억댄데?"

"우리 마을 앞들에 논이 한 평에 300원이야. 몇 십 만평은 살 수 있어"

"너 한국은행 털어왔냐?"

"삼촌 나 떨려서 이돈 못가지고 있어. 내가 가지고 있는 이 큰돈 아무도 몰라 삼촌한테만 얘기 하는 거야. 우리 동네서는 대학 나온 삼촌이나 큰돈 굴릴 줄 알지 누가 알겠어"

"그래…… 그럼 내가 일하고 있는 익산에 야산이나 밭을 사. 지금은 논이 더 값나가지만 앞으론 밭 값이 괜찮을 거야 그곳에다 땅을 산다면 같은 돈으로 더 많은 토지를 장만 할 수 있을 거야."

"삼촌이 나중에 관리하는 것도 해주고"

그렇게 하여 지금의 고향농산 물류회사를 설립해 운영하고 있는 거다. 이제 완수가 물러나고 친구가 키워주기를 부탁한 친구의 동생 왕눈이가 대표를 맡아 꾸려가게 되었다. 왕눈이는 왜 이제와 여태껏 해오던 그 일을 접으려 할까. 완수가 해오던 그 일은 농촌에 청년들이 자기처럼 무작정 도시로 나가 헤매지 않고 고향에 자리 잡을 수 있게 해주는 것이다. 앞으로도 계속.

"단 한명의 애라도 좋습니다. 나와 같은 처지에 놓이지 않을 수 있다면"

전 대표 완수의 간절한 소망. 전 대표의 그 뜻을 알고 있을 새 대표 왕눈이의 계획표는 작목반원들에게 있어 사실상 생명줄의 척

도였다. 작목반원들은 작업이 끝나자 우르르 농산 사무실로 몰려갔다. 새 대표를 만나 현 사태에 대한 설명을 들어야하는 절박한 마음. 그런 사정도 까맣게 모른 체 히 히득거리며 사무실로 돌아온 세 사람은 뜻밖에 상황에 당황했다.

“선배님 무슨 일입니까?”

“우린 지금 철천지원수를 기다리고 있다네. 자넨 오늘 죽은 목숨이야”

“히히 죽는 거야 어디 한두 번 죽습니까. 죽어도 이유는 알아야죠”

“여기 모인 농장 사람들은 지금 이 농산회사 통째로 처분해 가려는 자넬 죽이고 싶다네”

“아하! 그것 때문입니까? 그럼 죽기 전에 얼른 이거나 구어 먹어야 되겠는데요.”

태평하게 시장 봐 온 삼겹살 고기상자를 들어 보이는 영철.

“선배님 오늘저녁 메뉴는 삼겹살 구이로 합시다. 고구마 수확하시느라 고생하신 작목반 여러분을 위해 새 대표님이 크게 한턱 쏘신다고 하시면서 돼지 한 마리를 통째로 사오셨습니다.”

“이 산적 놈! 농산회사야 원래 지깐 놈 꺼니 팔아가든 걷어가든 상관없지만 우리 왕눈이는 안 되여 안 돼! 이제 와서 못 데려 가. 어림없다”

상황파악이 안 되는 박 목수 까지 덤비고. 농산사무실은 어수선하게 되어갔다.

“박 이사님 그래서 제가 뭐랬습니까. 이런 사태 일어날 줄 알고 미리 슬그머니 떠나는 사람 왜 다시 붙들어 들여서 이 난리를 피웁니까?"

작은아들 앞을 가로막고 영철을 떠밀어내는 박 목수. 그제서야 사태를 파악한 왕눈이. 작목반원들을 진정시키고 자초지종 해명을 시작했다.

"우리 고향농산회사가 소유한 땅 팔려고 부동산에 내 논 적 없습니다. 제가 농산 땅 시가時價를 알아본 것 때문에 그러시나 본데 그것은 작목반 여러분들이 만약 자기가 경작하고 있는 땅을 자기가 구입하려고 하면 얼마만 큼의 자금이 필요할까 그것을 타진해 본 것입니다. 혹 지금이라도 분양 해 드리면 구입 하실 분 계십니까?"

"……"

"……"

"제가 새 대표로 취임하면서 곧바로 이러한 혼란을 일으켜 죄송합니다. 요즘 고구마 수확하시느라 정신 없는데 이렇게 걱정을 끼쳐드려서 참말 죄송합니다."

"잘 알겠네. 새 대표를 우리가 오해해서 부끄럽네. 그런데 대표는 왜 작목반원들에게 토지를 분양 할 생각을 했나?"

"고문님…… 설명하긴 좀 곤란합니다."

"괜찮아. 우리는 새 대표가 아직 어려서 어린생각을 했다고 보진 않네. 말 해보게. 어떤 얘기든"

"저의 어린생각으로 생각 하십시오. 별것도 아닌 것입니다. 제가 거래처 직원들과 시내 커피숍에서 커피를 나누다 옆 테이블에 어린 학생들이 하는 얘기를 우연히 들었습니다. 흙 수저 금 수저 가 주된 논제였습니다. 모든 게 부모의 능력으로 결정되는 자기들의 인생이라는…… 뭐 그런 아무것도 아닌 흔한 얘기들입니다. 지금 우리 농산 작목반원들 여러분의 자녀들이 부모님들을 자랑스럽게 생각하려면 작목반 여러분은 적으나마 자기소유의 땅이 있으면 좋겠다는 뭐 그런 생각을 잠깐 해 봤습니다. 저는 원래 흙 수저도 못되는 고아여서 그런 생각조차 못해봐서 잘 모르지만 아무튼 아이들은 잘사는 부모를 더 좋아하는 구나 그걸 느꼈습니다. 죄송합니다. 대표로서 너무 경솔 했습니다. 이런 어리석은 일을 만든 건 대표로서 제가 아직 부족한 것입니다. 반성합니다."

"……"

"……"

정중히 사과한 왕눈이는 야외조리장으로 삼겹살 구이 준비를 하러 나갔다. 작목반원들만 난망한 처지가 되었다. 형들로서 어른들로서 경솔한 행동을 보인 거다.

"뭐여! 우리 작은놈 못되게 본기여? 어른스럽지 못하긴 쯧 쯧"

"됐어. 그리고 우리에게 원수 같은 그 사람 박이사도 나도 전부터 잘 알고 있던 사람이야. 대표를 어릴 때 키워준 형이지. 지금 이십년이 넘어 만나 저렇게 좋아들 하고 있는데…… 우리가 좀 과했어"

오 고문의 말에 작목반원들은 그만 할 말을 잃고 서로 얼굴만 쳐다봤다.

"우리 이슬이 보기가 다 민망 해 뿌네"

"대표님은 자나 깨나 우리들 생각만 해요. 얼른 나가셔서 대표님과 삼겹살 구우세요. 대표님이 좋아 하시게"

"그래. 다들 나가자구. 그런데 이슬아 이건 뭐냐?"

오 정식 고문은 사무실 탁자위에 펼쳐져 있는 도면을 들고 살펴봤다.

"유리온실 가설계도면요"

"유리온실? 우리 유리온실 짓는다니?"

"대표님이 계획하고 있어요. 우리 작목반원들 농한기에 부수입 올리게 할 수 있다고 했어요"

"허…… 그런데 자금이 만만찮게 들 건데?"

"자금은 준비 되어 있어요. 20억"

"대출을 받았나?"

"후후 자금 출처는 비밀요"

"재무 대차표가 어디 있을 건데……"

"아이참. 대표님이 절대 비밀로 하랬어요. 절대 못 밝힙니다.

"나는 농산회사 고문이야. 알아야 할 권리가 있음"

"안되는데……"

"그럼 입출금 내역서 제출 요구한다. 우리 작목반은"

"밝히면 안 되는데……"

"그럼 대표를 소환 할까?"

"아이 알았습니다. 고문님. 전 대표님과 새 대표님의 연봉 10년 치입니다. 년 1억의 연봉 10년 치 10억. 두 분의 것 합하여 20억입니다."

"이슬아. 대표들이 그동안 이슬만 먹고 살았다고?…… 우리가 그걸 믿으라고?

"대표님들의 활동비 월 일백만원. 대표님의 도로 휴게소 식사 영수증은 건당 오천 원. 짜리뿐입니다. 사무실의 냉장고에는 삼천 원 짜리 휴대용 도시락이 전부입니다. 너무하세요. 고문님…… 이런 걸 다 알려고 하시다니……"

울먹이며 말을 이어가지 못하는 이슬이. 오 정식 고문은 그만 손을 들었다.

"그만. 미안하다. 우리가 우리 예쁜 이슬이 맘을 모르고……"

"대표님 형아 도 너무 미워하지 마세요. 멋진 사람이에요. 오늘 같이 시장 보면서 시장 분들이 우리는 몰라도 대표님 형아는 다 알고 계셨어요. 시장 분들은 하나같이 떠돌이 악사 황돌이를 좋아했어요. 시장바닥에서 색소폰으로 즉석 연주를 하면 다들 신나 하구요. 아까 그분한테 우리는 세상에서 제일 나쁜 모습을 보였어요.

"이슬아. 우리 반성 또 반성"

13

무안 가는 길

15번 서해안 고속도로는 호남고속도로가 4차선으로 되었어도 꼭 필요하다고 했다. 60년대 국토 개발이 시작되면서 벌써 15번의 고유번호를 받아가지고 있든 서해안 고속도로다.

"대빵님. 이 길은 변산반도로 가는 길 아닙니까?"

"이 길은 아무나 아는 지방도도 아닌 소로 길인데 자네가 어찌 아나?"

"선배님. 영철이 이 친구가 전국을 걸어서 해맨지가 십년입니다. 무안에 우리 고향 동네도 찾아 갈 수 있을걸요."

"참 내. 그놈의 버스비 아껴서 집 한 채는 샀것다."

"그렇게 아낀 거 다 먹어버렸습니다. 이쪽의 해물칼국수 정말 맛있습니다. 영광의 굴비정식에 젓갈 들어간 깍두기도요."

"이사람 굶어죽진 안것어. 먹는 거 밝히는 거 보니"

"선배님. 무안고구마는 나중에 가서 만나고 여기 변산반도에서 1박 합시다."

"안돼야. 우리 완수 눈 빠지게 기다릴 기야"

"오선배님. 낚시하기 좋은 날씹니다."

"일단은 가세. 완수가 점심 해놓고 기다릴 거야."

차는 새만금 방파제 길을 시원하게 달렸다. 아직은 안 밖이 바다다. 땅이 좁은 나라여서 바다를 메워 국토확장을 할 필요가 있다고 한다. 서 영묵은 땅에 논리에서 인간이 자연을 마음대로 할 수는 있겠지만 자연은 그대로가 아름답지 인간이 꾸며서 만든 건 영원히 아름답지 못 할 거라 했다. 인간이 꾸며 논 구조물들이 몇 백 년 후에 어떤 추한 몰골로 후손에게 남겨지게 될지 생각해 보면 그렇다고 했다. 차가 해변가 적벽을 지나면서 변산반도의 아름다운 해변풍경이 펼쳐졌다. 동해의 영덕엔 푸른바다가 있고 서해는 변산반도의 해변이 있다.

"선배님. 우리나라의 적벽은 작지만 운치가 있어요."

"영철이의 연주가 곁들이면 금상첨하겠어?"

"선배님. 또 왜곡하십니다. 소동파의 시나 어울릴 풍경입니다."

"곡학曲學으로 넘치는 세상인데 뭘"

"우리 아이들 정말 큰일입니다. 자기비하自己卑下를 자꾸 하다 보면 정체성整體性을 잃게 될 거예요."

"어쩌겠나. 우리의 모든 건 전부가 잘못 된 거라고 하니…… 너도 나도 이 나라 없어져야 하는 데는 아무 거부감 없는 세상이 돼 버렸어. 자유대한은 청산 대상일 뿐. 소중히 가꾸어 나갈 마음을 아이들에게 심어주지 않아. 이민 가는 걸 요즘아이들은 천민에서 귀족이 되는 거로 생각 한다지"

"일제는 조선인을 하등민족이라 했다는데 그건 민도民度가 낮다는 얘기 아닙니까. 우리의 애국과 효도사상 도덕관은 어느 민족보다 월등하다고 자부할 수 있습니다. 의도적 왜곡이었어요."

"일본인은 외국에다 토지 매입한 것을 자랑스러워한다지. 우리는 국부유출이라 하고. 일본인이 외국에 확보하고 있는 자산의 추정치는 몇 조 달러가 아닐 거야. 민족이란 끝까지 하나라는 관념이 있어야 민족이고. 민족이란 모든 사람들이 서로 사랑하는 마음이 있을 때 얘기야. 전체적이 아닐 때 민도가 낮다고 볼 수 있는 거고"

"사실은 아닙니까? 우리 해외동포가 가진 재산 우리국가의 자산은 아닙니다."

"영원한 일본인이라는 일본인과 한국을 떠나면 한국인이 아니라는 한국인의 차이겠지"

선배님 얘기 듣고 보니 그런데요. 일본인들은 자기들의 지난날이 잘못되었다고 하는 걸 못 봤어요. 중국인들도 자기들 역사를 비하하지는 않아요."

"우리는 나중에 지구상에서 없어져야할 민족이라고 자기 비하를 할지도 몰라. 아버지가 살아온 모든 거 죄악으로 치부하는 교육이 곡학曲學이 아니라고 지식층 언론들 모두 하나같이 주창主唱하는 세상이야. 내가 국토 건설 일꾼으로 살아온 지난날들 나의 보람된 지난날이지만 삽자루 한번 잡아 본적 없는 그들이 나를 죽일 놈이라고 하네."

"……"

"우리 자유대한에 건국을 한 모든 사람들 잘사는 나라 위해 애쓴 모든 사람들 다 죽일 놈들이지 김일성의 민족관념으로 봐서는"

"선배님 그 쪽의 민족관은 우리의 존재도 역겹죠."

"그들은 아무리 독재를 해도 괜찮고 우리는 조금만 해도 용서가 안 되지. 우리는 그때 건국도 건설도 개발도 아무것도 하지 않았어야 했을까?"

"그땐 아이들을 위해서 한 일인데……"

"내 생애는 익산농지 정리 사업의 공구 장으로 중동의 현장소장으로 참 가치 있는 일생이라 뿌듯했었는데 요즘 와서 헛산 거라는 생각이 들어 좀 씁쓸해"

"……"

"그 옛날 군사 독제시절 하나회나 끼리끼리만 뭉쳐 조직화된 일명 평생 동지는 애초에 잘못이었어. 평생 동지에 속하지 않은 국민은 또 다른 세력이야. 나라를 통째로 갈라놓는 건 지금도 마찬가지야. 자기들의 역사를 무가치한 것으로 만들어 버리는 교육에 건국 자체도 건국 이후에 모든 것도 다 잘못 된 것으로 결론지어 아이들에게 가르치면 아이들이 향할 곳은 어디야? 유일한 게 통일 그 하나뿐이지. 통일을 하면 천국이 이루어진다고 하는 거. 국가에 모든 문제점이 다 해결 될 거란 기대감. 인권도 자유도 통일을 위해서는 다 희생되어야 마땅하다고 하는 거"

"……"

"감옥에 살아도 인생이고 거리에 살아도 인생이란 건 맞는 얘기겠지. 영철이 자네는 지금 마음대로 이 땅 어디에서 아무하고나 어울려 색소폰을 불며 즐겁게 지내고 있어. 만약 자네가 어느 농장에 작업인부로 평생을 살다 끝나도 자네의 일생인데 자네는 어떨지?"

"제가 그것이 싫어 이민을 가면 선배님은 배신자라고 하실 겁니까?"

"집나간 새끼라고 하지는 않겠어."

변산반도의 풍경은 절벽 아래로 길게 이어진 해변의 백사장이다. 박 목수는 영철에게 관광코스를 안내하며 유원지를 이곳저곳 들렀다. 영광 함평을 거쳐 무안이다. 그들의 도착을 기다리고 있던 완수는 금방까지도 밭에서 알하고 온 모습이다. 흙 묻은 작업복을 입고 있다.

"귀찮은 식객도 하나 끼어 왔습니다."

"우리에겐 세상에서 제일귀한 손님이세요."

점심상이 거의 잔치 상이다. 완수의 아내는 초면에 손님 손을 잡고 놓을 줄을 모른다.

"우리 왕눈이 도련님. 형아를…… 그동안 얼마나 기다렸는지…… 모릅니다."

"우리 왕눈이 잘 키워준 인사를 여직 못한 것 많이 잘못 했습니다."

잃어버린 언년이를 찾아와서 살고 있다는 무안고구마다. 영원히 가슴에 한을 품고 서로 그리워하며 살고 말았을 서글픈 인생을 구제해준 고마운 사람이라며 무안고구마의 아내는 영철이의 손을 잡고 말을 잇지 못했다. 충청도와 강원도의 접경 제천 땅의 화전민

농가에서 맏며느리로 살기를 반년 남편이 산판山坂에서 벌목작업 중 나무에 깔려 세상을 떠난 후 청상과부로 사는 것을 광주리장수 할머니를 대동하고 찾아온 사람. 꿈에서도 잊지 못할 첫사랑. 완수. 외롭고 서러울 땐 앞개울 웅덩이에 빠져 죽으려 나간 적이 한두 번이 아니었었다는 열아홉 소녀. 점심을 먹고 난 후 영철은 원두막에서 동네 아낙들을 즐겁게 해준다며 하모니카를 불어주다 아낙들에게 완수 아내의 지난 얘기를 들었다.

"고향집을 찾아왔으면 될 걸……"

"돌아올 생각은 말라는 아버지의 엄명이 무서웠어요."

"요즘아이들이 그 얘기를 들으면 동화책에나 있는 얘기라 하겠어요.

"썰렁 개그나 되겠어요. 남 피맺힌 고통은 웃기는 얘기지요."

"지금의 행복한 모습 감사 합니다."

모두를 웃겨주고 즐겁게 해 줄 수 있다는 게 언제나 신나는 떠돌이악사 영철이지만 이 순간만은 가슴이 미어지는 슬픔이 다시 느껴짐을 어쩔 수 없었다. 그 옛날 고향을 떠나 이국땅에서 그 말 못할 고초를 겪으신 열여섯 어린나이 소녀. 그 소녀는 고향땅에서 살면서는 얼마나 행복 했을까. 영철은 할머니의 모습을 떠올려 봤다. 그때 어른들은 무었을 잘못하여 그러한 고통을 아이들에게 주었을까. 돌아오지도 못하고 낯선 정글 속에서 쓸쓸히 사라져간 소녀들. 그들의 일생도 그냥 잊혀져 갈 뿐 지금 우리가 우리의 아이들을 또 그렇게 만들고 있는 건 아닌지.

"영철이 친구. 이거 적지만 받게"

돌아오는 길. 무안고구마는 조그만 한 손가방을 내밀었다.

"히히. 여비라면 죄끔이라도 기꺼이 받겠음"

"이 손가방 생각나나? 이십 여 년 전 친구가 나에게 줬던 거"

"나에겐 손가방이 필요치 않는데…… 떠돌이 인생이라."

"그것으로 도박이나 여자를 만나러 다니며 탕진 할 시는 나를 만나야 할 거네."

"단단히 복수를 하는군. 그런데 나에게 여자를 만나지 말라고? 이 친구야. 난 그런 약속 못하네."

영철은 무안고구마가 건네는 손가방을 도로 던져주며 차에 올랐다. 보나마나 적잖은 액수라는 걸 알 수 있었다. 무언지 알고 있는 오 정식은 서로 던져주는 가방을 주워들었다."

"뭐 서로 안 가지겠다면 농산에 왕눈이 용돈이나 하라고 갖다 줘야겠다. 완수 너 올 농사 잘 거둬서 내년엔 집 좀 새로 지어라. 어디 쥐 굴 같아서 살겠니?"

오 정식은 가방을 열어보지도 않고 중얼댔다.

"……400억이면 농산회사 하나 더 만들 수 있으려나……"

전국 어디에나 연례행사로 치러지는 축제. 익산지역 호박고구마 축제도 농가의 사기를 높여주는 한편 판촉 활동도 겸한다고 했다. 농산 작목반원들도 일반 농가 작목반원들과 함께 전야제를 준비하느라 하루 종일 분주히 움직였다. 농산에서 지원하는 축제 이벤트는 올해도 껌투리가 맡아서 치르게 됐다. 영철은 다정이와 함께 깜짝 출연을 하러온 지나를 데리고 읍내 전통시장을 구경시켜주며 오랜만에 즐거운 시간을 보냈다.

"아빠는 인기 연예인이다. 알아보는 사람들이 많아."

"아빠 알바는 날로 번창하고 있음"

"지나도 아빠 따라다니면 좋겠다. 용돈도 벌고"

"집에서는 쫓겨나는 거지. 탈선한 중학생은 반 죽는 거지"

"아빠가 있는데 뭔 걱정"

"지나야"

"응……?"

"지나가 할아버지 곁에 있어줘서 다행. 할아버지는 지나가 있어 너무너무 행복하시겠죠?

"할아버지는 왜 엄마 아빠보다 지나를 좋아 하실까요?"

"손녀는 예쁘지요. 아들 며느리는……그냥 귀찮으시겠지."

"정답"

"나도 할아버지 됨 지나가 곁에 있어 줄 까요?"

"헤헤헤. 고민해 보겠어요."

"아빠는 지나 때문에 산다."

"거짓말"

"참말"

"아빠……"

"음?"

"아빠 첫사랑은 언제 찾을 수 있대?"

"왜?"

"엄마가 그러는데 아빠는 아빠를 좋아하는 여인들 다 버리고 첫사랑만 찾아다닌대.

"음. 가슴 두근대는 아빠의 첫사랑…… 글쎄. 내가 그랬나……"

"아빠는 죽을 때까지 첫사랑만 찾아다닐 건가봐."

"정답"

“아빠에 그 첫사랑. 아마 미인 일거야. 엄마처럼 예뻐?”

“더 예뻐”

“치!……”

“지나처럼 아주 귀엽게 생겼어. 작고 예쁘고”

“헤헤헤”

팔에 매달려 마냥 즐거운 아이. 엄마아빠가 신혼생활 하는데 혹이 안 된다고. 할아버지 외롭다고. 서울에서 다니던 학교까지 옮겨 강릉으로 내려와 지내고 있는 아이다.

“아빠?……”

“음”

“아빠하고 강릉에서 살았으면 좋겠다. 할아버지랑 같이”

“엄마 아빠는 어쩌고?”

“지나가 없이도 두 분은 행복 할 걸요.”

“고민해 보겠습니다. 나의 첫사랑들의 바램이라면……”

“지나는 아빠가 있어서 살지요”

“짜식”

“헤헤”

“그만 돌아가자. 전야제 준비 해야지.”

“다정이는 잘 하는데 난 아직 서툴러. 아빠”

“축제는 음악회가 아니랍니다. 잘 놀면 되지요. 우리 딸”

식구들끼리만 모여서 즐기는 전야제. 주민들도 고구마 농가들도 한마음으로 즐거운 시간을 보낸다. 익산의 호박고구마 축제는 사실상 지역 축제다. 작으면서도 알찬 지역의 축제는 농산물 홍보 효

과와 판매를 겸하지만 농가의 단합대회도 되고 있다. 하루의 들일을 끝내고 축제장으로 모여드는 지역 주민들. 다정이의 깜찍한 드럼연주와 지나의 키보드연주는 축제가 시작도 되기 전부터 참가인들을 즐겁게 했다.

"우리 딸 잘하네"

보고 싶어 하는 박 목수를 만나러 내려온 서 영묵 교수. 지나의 연주에 신났다. 진이는 남편의 오버에 민망해 하고"

"멀쩡한 사람 이제 보니 온 불출이여"

박 목수는 서 영묵 교수의 방문에 덩달아서 신났다. 오 정식은 관중석에서 지역인사들에게 서 영묵 교수를 인사시키며 신나고. 실제 서영묵이를 만나 본 모든 사람들은 이외로 소탈한 서영묵이의 모습에 하나같이 놀라워한다. 길거리에서 만나서 아무하고나 대화를 나눌 수 있는 평범한 사람이 그 오래전 국회에서 홀로 자기법안을 가지고 국민을 상대로 지식층을 상대로 법안관철을 위해 대차게 싸웠다는 게 믿어지지 않아서였다. 〈미래적이지 않은 법안은 국가의 사망을 촉발 할 수 도 있다.〉

몇 년 후와 몇 십 년 후는 같은 애기다. 〈백년 후를 생각지 않는 법안들을 국회가 다룬다면 그 나라는 십년도 유지할 수 없을 것이다.〉는 당시 국회의원 서 영묵의 정치철학이었다.

"짚신장수 도랭이 장수가 어쩌구 하던 장난꾸러기가 국회를 나갈 줄 알았으면 그때 잘해 줬을 건데"

"그때는 사실 저에게 잊지 못할 행복한 시간들이었습니다. 팀장님"

"초년 고생은 밑천?"

"그때 팀장님에게 배운게 많았습니다. 특히 큰소리치기……"

'못된 거 만 봐가지고……"

"팀장님의 사시는 모습 좋습니다."

"나 같은 초개는 그냥 살지 생각 없이"

"농자農者는 영원한 진생眞生입니다. 저 같은 허생虛生도 알고 있습니다."

"목수는 할 일이 없어도 그냥 놀면 놀았지. 채마전은 안 나가는 긴데"

"팀장님 자제분들 최곱니다. 아버지를 안 닮아서"

"이런 멀쩡한 사람"

"하하하하"

"허허허허"

먹자거리의 먹기. 놀자 거리의 놀기. 전야제는 야경 속에서가 제멋이다. 공연준비에 바쁜 영철과 진이는 내버려둔 체 박 목수는 오정식과 서 영묵을 데리고 잠시나마 옛날로 돌아가 놀았다.

14

"약돌아……"

"네. 회장님"

목욕을 하고 나온 서 회장은 바둑돌 준비를 하는 약돌이를 옆에 불러 앉혔다. 오늘따라 싱겁게 웃는 모습이 많아진 노인. 약돌이는 그런 서 회장의 동향을 서 영미 회장에게 좀 전에 보고한 터다.

"내가 떠나기 전에는 애들한테……"

"시키신 대로 하겠습니다."

"곧 겨울이 오겠구나"

"대관령에는 벌써 단풍이 들었습니다."

사방이 탁 트인 유리 집. 연곡해안의 정경이 한눈에 들어오는 빌딩 옥탑 집. 회전의자를 돌리면 백두대간 산맥위에 하늘이 더 높다. 서 회장은 바다를 바라보며 잠시 회상에 잠긴다.

"이렇게 앉아서 세상을 바라보고 있으면 세월이 보이지……"

"예……"

"어린 날 냇가에서 송사리 잡든 때…… 곱돌가루 곱게 빻아서 구루무 만들며 화장품 공장 꿈을 키우던 대학 때……"

"예……"

"세계가 무역전쟁을 시작하며 불황은 깊어져 회사를 떠나는 식구들…… 난 홀로 외로웠지"

"예……"

"약돌이 팀장…… 사람은 살면서 크게 살기도하고 작게 살기도 해. 다만 살면서 사람답겐 못 살더라도 죽은 듯이 살아가서는 안 되겠지……"

"예……"

"황 반장이 나한테 한 얘기야."

"예……"

"황 반장이 처음 입사를 했을 때 하도 당돌해 보여서 내 곁에 있어달라고 부탁을 했었어. 그랬더니 그놈이 그러는 거야. -회장님은 크게 사시고 저는 작게 삽니다. 회장님 곁에서 죽은 듯이 사는 건 못 하겠습니다-"

"……"

'그놈 말대로 누구나 제멋대로 살 수 있는 인생이지. 무작정 여행을 떠나 보기도 하고. 아무하고나 어울려 재미있게 놀고…… 허허허. 그러고 보니 내 인생 이제와 생각해보면 별거 아니었어.……"

"회장님은 세상누구보다 많은 일 하셨습니다. 왜 회장님은 당신께서 대단하다고 느끼시지 않으십니까."

"대단한 건 죽을 사람 살린 의사가 대단하지. 불속에서 죽을 사람 구해 낸 소방관이 대단하고. 오늘 낼 하는 노인네 보살펴 주는 자네 같은 사람이대단하고……"

"아닙니다. 이렇게 회장님 곁에 있는 이 시간들 저의 인생 최고의 시간들 입니다."

"허허허……"

"회장님. 사랑합니다."

"고마워……정말 고맙네"

한동안 말없이 먼 수평선을 바라보며 생각에 잠기는 서 회장. 요며칠 식사를 제대로 못하시고 있다."

"나 좀 눕고 싶은데……"

"네"

침대에 누워 눈을 감고 있는 서 회장. 약돌이는 침대로 올라가 무릎에 노인을 안아 올렸다. 무릎을 베고 누워 평온한 노 회장. 그의 일생의 모습이 다 그 얼굴에 있는 것 같았다.

"약돌이 팀장……"

"예……"

"고맙네. 곁에 있어줘서……"

"예…… 회장님. 내일도 모래도 그 말씀해 주세요."

"……"

"회장님?"

"천 팀장……"

"예. 회장님"

"황 반장을 떠나지는 말고……"

"예"

"기다리지도 말고……"

"예. 회장님……"

"저녁노을이…… 곱구먼"

눈을 감은 채 깊은 숨을 몰아쉬는 노 회장.

~ 운다고 옛사랑이 오리오만은 ~

~ 눈물로 달래보는 구슬픈 이 밤 ~

~ 고요히 창을 열고 별빛을 보면 ~

~ 그 누가 불어주나 휘 파람 소리~

진이의 옛 노래와 영철이의 색소폰 반주는 듣는 이의 가슴을 울린다. 전야제는 밤이 깊어서도 끝날 줄을 몰랐다. 멋진 반주가 있는 라이브. 작목반원들의 18번 노래로 춤으로 밤은 깊어갔다. 껌투리가 주문진 집으로부터 연락을 받은 건 축제가 한참 분위기를 띄우고 있을 때였다. 약돌이로 부터 연락을 접한 서 영묵 교수는 무대로 올라가려는 왕눈이를 제지했다.

"끝나면 알리게"

15

"지한이 이 친구가 기다리고 있을 거야."

"아버지……"

"……"

-일생一生은 시간時間이 아니다. 단 한순간이라도 하고 싶은 걸 하며 살았느냐 하는 거다.

서회장이 마지막으로 아들에게 남긴 말. 조문弔問은 마음속으로.

일체의 장례의식 없이 노老 회장은 조용히 그의 마지막 장章을 거두었다. 회사 식구들을 챙기지 못했다는 걸 못내 아쉬워하며 노년을 조용히 보내셨던 은퇴한 기업가. 단 한 명의 직원도 해직 시킬 수 없다며 버텨온 가족적 기업은 무차별적 저임금 양산체제의 해외 기업들의 도전에 견딜 수 없었다. 예상된 상황이었다. 최악의 환경을 가지고서 최강의 대비를 하지 않은 결과結果는 극악極惡의 환경에 처處하게 되는 것. 그것 또한 순리順理다.

절친인 김 지한 교수의 충고를 항상 염두에 두고 경영한 탓에 파산적인 극한의 위기는 면했지만 국제적 보호무역은 거의 세계를 뒤집어 놓고 있었다. 고유가 고 관세는 치명적이었다. 경제는 때로 이론상으로 설명 할 수 없는 상황狀況에 접어들기도 한다. 자연적이던 인위적이던 그러한 사태가 발생했을 때 대처를 못하는 국가는 국가적 고난苦難에 직면 할 수도 있다. 그러한 불황의 상황에서도 대비할 필요가 없는 국가도 있는 반면 만반의 대비에도 대처對處가 안 되는 국가도 있다는 엄연한 사실이다. 미래적 국가경영을 하지 않은 국가일수록 그러한 상항에서 위기를 맞는다. 홍수에 대비해 옥상에 보트를 비치備置한 겁쟁이를 멍청이라고 하는 건 후진적 사고思考다. 구조대를 구조해야하는 상황은 없을 거라고 단정斷定하는 건 운명運命을 믿는 자의 자유일 뿐. 아버지 생전에 그 바람대로 절친 김 지한교수님 곁으로 아버지를 모시고 나서 영묵은 모두에게 고맙다는 인사를 했다. 주문진에 식구들도 충주에 연이도 그동안에 시간들을 고이 간직한다며 유족들을 위로 했다. 집으로 돌아오는 길. 영묵은 눈을 감고 어린 날에 아버지와 김 교수님의 사이를 오가며 지내던 날들을 떠올려 봤다. 낳아준 아버지와 키워준 아버지였다. 어린 날 두 분을 따라 등산을 가면 그날은 신나는 날이다. 지쳐서 힘들어하면 두 분은 교대로 업어주셨다.

"영묵이는 커서 뭐가 될래?"

"대통령"

"왜?"

"제일 높으니까."

"공부를 잘해서 아는 게 많아야 하는데 대통령은?"

"나…… 꼴등인데"

"그럼 젤 낮은 쫄병 해야 하겠다."

"싫어! 대장 할래"

"그럼 선생님 댁에 가 살아야 하겠다. 우리 영묵이?"

"알았어. 아빠"

"그런데 어쩌누. 우리영묵이 선생님 댁에 가 살면 숙제도 꼭 해야 하고 성적이 꼴등이면 금방 쫓겨날 건데?"

"일등할거야!"

설악산 대청봉에서 백담사로 하산하는 수렴동 계곡에서 대통령이 된다는 각오로 선생님 댁으로 들어 갈 작정을 했을 때 어른들은 웃어넘겼지만 영묵은 중학교에 들어가면서 선생님 댁으로 가 선생님의 아들이 됐다 아이가 없이 살고계신 선생님 댁에서 영묵은 왕자가 됐다. 그렇게 꿈을 키우며 학업을 마치고 나서 영묵은 아버지를 찾아갔다.

"아버지 저 회사일 배우겠습니다."

"왜?"

"아버지를 도와드려야 할 것 같아서요."

"왜?"

"아버지가 힘들어 하시니까요."

대학원까지 마친 후 열의가 아닌 의무감으로 입사한 회사. 적응도 경영수업도 못 한 채 회사를 나와 방황한 나날들. 그 방황에서 벗어나게 해준 건 영철이었다. 할 수 있는 일을 하지 못하고 소심하게 물러나고 해야 할 일을 하지도 않고 세상 탓만 하는 허상虛像들이 많았던 80년대. 그 허상들을 국회로 나가게 만든 영철이의 그 정보情報들. 영묵은 키워준 은사 김 교수님은 영철이를 여간 대견해 하시는 게 아니었다. 상심한 아버지는 아들처럼 여기든 영철이을 대신 곁에 두고 싶어 하셨다. 그러나 영철은 떠났다. 떠난 후 한동안 소식 없던 그가 경영일선에서 물러난 아버지와 퇴직하신 김 교수님을 모시고 충주호에 인접한 한적한 시골마을로 갔다. 그 후로 영철의 보살핌을 받으며 편안한 노후를 보내셨던 두 분. 두 분은 세상과의 인연은 아예 끊으셨다. 그 누구의 방문도 거절하신 체.

16

'세상에 태어난 건 신에 축복이라고 한다. 내가 그 축복을 누리고 죽는 건 세상이 나를 그리도 돌보아 준 덕이겠지' 더 크게 더 많은 일을 하고 떠난 서 회장은 먼저 떠난 지인志人김 교수의 옆으로 갔다. 아무것도 남기지 말아주길 바랐던 김 지한 교수. 서 회장은 남은 모두에게 간절히 당부 했다. 마음속에서도 지워 주기를'

서 영미 회장은 그 오랫동안 두 분을 보살펴 준 충주의 연이에게 고마운 인사를 하고 주문진으로 돌아와 안 예쁜 여사의 정성에 대한 보답을 하려고 했다.

"세상에서 젤 훌륭한 분을 잠시나마 모시고 있었던 건 우리의 큰 복이었어요. 우리가 지금 이렇게 행복하게 살고 있는 건 다 어르신의 덕분이죠."

안 예쁜 여사도 옥이도 오징어도 그간에 인연을 고마워 할뿐. 서 영미 회장의 호의에는 손을 저었다. 경호 팀장 약돌 이는 휴가 후 회사복귀를 명령 받았다. 영철은 임무완수를 외치는 약돌 이를 안아주며 위로했다.

"따뜻하고 정겹던 시간들이었어. 어떻게 잊어야 될지 모르겠어."

"애써야 할 이유도 없잖아?"

"대장은 어쩔 건데?"

"난 죽을 때 까지 마음속에 안고 간다. 두 분……"

"회장님이 많이 보고 싶어 하셨어."

"너와 함께 곁에서 모시고 지냈으면 하고 생각한 건 하루에도 몇 번이었어. 방파제에 모시고 나가 우리가 낚시를 하고 있는 걸 보면 얼마나 즐거워하실까. 설악산에 가 설악동 소나무 숲길을 모시고 다니면서 신선대를 바라볼 수 있게 해드리면 우리는 또 얼마나 즐거울까. 저녁노을 지는 해변 백사장에다 모셔놓고 옛 노래를 연주해드리고 있을 때면 너는 담요를 가져다 따뜻이 감싸드리고 노래를 불러드리겠지.

"그런데 왜? 그걸 왜 안 한 거야? 나쁜 놈아!"

"……"

"회장님에겐 시간이 없다는 걸 알고 있으면서……"

"그래…… 시간이 없다는 거 맞아. 그런데 약돌아?"

"뭐?……"

"회장님은 내가 옆에 있으면 마음이 편치 않으셔. '일하는 놈은 걸으면서도 자면서도 일 생각을 해야 돼. 지금 뭘 하고 있어' 하실 거야. 아들이 찾아오는 걸 바라시지만 그 시간에 강의실을 비우는 걸 용서 못하시는 회장님이야. 회사 일을 두고 한가하게 애비나 찾아오는 딸 사위가 혼나고 쫓겨 가는 건 당연한 거야."
"대장은 그냥 떠돌이 연주가면서 뭘?……"
"젊은 놈이 노는 꼴을 못 봐요."
"회장님이?"
"약돌이가"
"죽여 버릴 거야."
"끝 사랑이지 뭐. 그러면……"
사랑은 대상이 없다. 나무든 돌이든 세상이든 여인의 벗은 몸이든. 영철은 약돌이의 마음을 위로하고 또 위로했다. 모두가 제자리로 돌아간 뒤 약돌 이의 휴가를 위해 잠시 세상을 잊었다.

우리는 세상은 모르고 살아.

그냥 하고 싶은 대로 하고 살아. 그렇게 살아도 누가

뭐라 안하니까.

새 사랑

1

경상도는 낙동강을 중심으로 형성 되었다고도 할 수 있다. 소백산맥 산림지대 북부 쪽 봉화 영주 문경 상주는 낙동강 상류지역이다. 산림과 분지가 조화를 이루어서 살기 좋은 환경이라고 한다. 문경에 사과. 상주 배는 단맛이 있고 풍기 인삼은 품질이 좋기로 유명하단다. 영철은 안동에 정 윤정님을 만나보러 가는 길에 상주를 들렀다. 상주 재래시장에는 먹거리 장터도 있다.

"오라방 이거 얼마만이여?"

"야! 이거 맹순이 아녀?"

전국 어디에나 다 있는 재래시장의 공연장. 영철은 장돌뱅이 엿장수 팀을 만났다. 이 지역 5일장을 누비고 다니는 맹순이는 떠돌이 악사 황돌이를 만나는 날이 생일날이다. 매상을 올려주는 출연자이기 때문이기도 하지만 아예 대놓고 영철을 좋아했다.

"짝꿍은 어다 두고 맨 날 혼자여?"

"황진이가 날 버리고 시집 간지가 언젠 디"

"지랄. 내 그럴 줄 알았어. 기집은 내박치면 끝장이여. 볼 장 다 본 거니께 인자 나 하구 잘 혀 봐."

"안디여. 또 하나 물었어. 젊은 걸루"

"지랄 염병허고 자빠졌네. 아직 정 안 들었으면 찢어져. 내가 더 잘 챙길 탱께"

"뭘 챙겨?"

"암씨롱……"

"안디여…… 맹순이 니 신랑은 어떡허구?"

"엠병. 구실도 못하는 쓸대도 없는 물건 가져다 반납하면 디여"

"일 났네, 일 났어"

"구경꾼이 많이 몰려들어야 엿이 잘 팔린다. 영철이의 하모니카 색소폰 연주는 구경꾼을 불러 모으고 맹순이는 신난다. 때로는 라이브로 만담으로 지루하지 않은 시간들. 악보 없이 어떤 곡이던 막 힘없이 연주 하는 영철이의 연주로 하루의 시간은 짧다.

"오라방 오늘은 나 보러 온 거제?"

"아녀. 상주 땅에 옛날부터 알고 지내던 친구가 하나 있어 땡감이라고. 그 눔 만나볼까 하구 왔어"

"잘난 놈이여?"

"죽일 놈이지. 상주 낙동강변의 땅이란 땅은 다 사가지고 떵떵거리며 살면서 옛 친구 자장면 한 그릇 사기 싫어 안 나타나는 꼼새여"

"그눔 하는 꼬라지 보니 나중에 삼대를 빌어먹을 눔이네. 걱정 말더라고. 쭈그러진 오라방 순대는 이 맹순이가 삼겹살로 꽉 채워 줄 탱께"

"목도 마른 디?"

"염병 허네. 그러다 별거 다 찾건 네"

"말은 못 혀. 알아서 혀"

장날의 점심시간은 순대국이 제격이다. 국밥집도 자장면집도 풍요로운 가을철에는 손님들로 넘친다. 상주는 넓은 들녘에 자리 잡은 농촌 도시라고 할 수 도 있다. 사과를 따서 내면 사과 돈 햇벼를 수확하여 미곡처리장에 내면 벼 돈 또 조금씩 고추 참깨 콩을 시장으로 가지고 나오면 시장 볼 돈은 생긴다. 농촌의 풍요는 농산물 가격에도 좌우된다. 대농은 덜하겠지만 소농들은 풍년 속에 많은 수확도 중요하지만 산지가격의 폭락은 치명적이다. 헐값에 처분하는 농산물로 한해 농사 헛일하는 경우도 있다고 했다. 상주의 고향농산 회사는 각 농가와 계약생산을 하고 있어 왕눈이가 사과 배 수확 철이 되면 이곳 상주에 와 지낸다고 했다.

"그런데 어떤 놈이 날 찾아? 마 어떤 자슥이고?"

점심을 먹으러 갈 준비를 하고 있는데 덩치 하나가 엿판을 엎을 기세로 구경꾼들을 비집고 나왔다

"어떤 자슥이여 상주땡감을 함부로 찾는 기?"

구경꾼들은 황소 같은 덩치에 놀라고 시장바닥이 떠나가도록 왈왈대는 소리에 놀란다. 맹순이가 금방 자질어진다. 맹순이 신랑은 구석에서 움츠려들고. 맹순이 신랑은 신체 장애인이다. 건설 현장에서 다쳤단다.

"어떤 눔에 문뎅이가 이리 시끄럽노? 남의 장판에 와서?"

영철의 더 큰 덩치가 앞으로 나서자 구경꾼들이 숨을 죽인다.

"……"

"……"

잠시 눈싸움과 함께 한 덩어리로 붙어 용을 써는 둘.

"이제서 날 찾아?"

"놀다보니 그리 돼었어"

"뭘 알아보러 왔노?"

"아주 쫄딱 망한 건 아니겠지?"

"여자 얘기 또 한 번 해보지. 친구"

"내가 못 믿은 거 미안혀. 땡감"

울컥해서 더 말을 잇지 못하는 땡감이다. 성격이 너무 감정적이어서 혹여 무슨 일이 생길까 염려되어 아이들을 땡감에게만 맡기지 않았었다. 도박 아니면 여자를 만나 그 적지 않은 돈을 탕진하고 말 것 같아서 모두에게 경고 한 얘기는 사실 땡감에게 한 얘기였다.

"오늘 장사 그만 접어. 깍쟁이 아줌마"

"……?"

"여기 남은 엿 얼마치나 돼?"

"다 팔고 쬐끔 인데……"

"얼마?"

"한…… 십 만원 쯤 될까?"

"여기 삼 십 만원"

"어머! 어머. 회장님……"

"구경꾼들 한테 서비스 좀 하지. 오늘은?"

"그려. 그려…… 회장님 오빠"

구경꾼들에게 신이 나서 엿 봉다리를 돌리는 맹순이. 영철은 짐을 챙겨들고 땡감을 따라 시장을 나왔다. 시장 앞 큰길가에 건물 앞에서 땡감은 싱겁게 씨익 웃었다.

"우리 사무실"

"새 건물인데"

"왕눈이 사무실 만들어 줄려고 지었는데 너무 커"

"오층 건물에…… 건평이 몇 백 평은 되겠어?"

"왕눈이 꺼"

"왕눈이에게 암말 못 들었는데……"

"짜식. 누가 봐도 화물차 기사지 농산회사 대표야 어디"

"재벌 다 됐군. 땡감"

"이제 갚아야지. 우린 친구가 뭐하는지 다 알아. 우리도움이 필요하면 아무 때라도 말만 해. 자금? 몇 천억? 인력? 몇 만 명? 우린 친구를 위해서는 어떤 것도 할 수 있어"

"이 친구야. 무슨 기업체 하나 세운다고 하겠다. 누가 들으면"

"이 땅에 어느 곳 시장사람들이 황돌이 친구를 모르겠나. 친구가 세상인심을 얻어서 뭘 할 건데? 친구가 지금 선교 활동 다니나?"

"당찮아. 떠돌이 인생 내 좋아서 하는 거고. 이 땅을 다 내 것처럼 가져 볼 라 고 미친 짓 하고 있어. 오늘은 내가 여기 상주에 있으니 여기가 다 내 땅이지 흐흐흐"

"자고 가는 모텔마다 자기 집구석이고? 그라지 말거라 내 다 안다. 우리한테 애들 떠맡기고 중동으로 돈 벌러 간다 한 친구가 왜 그랬는지도 알고. 지금 왜 청춘이 다가도록 놀고 있는지 다 안다. 너도나도 다 조용필이가 될라고 하믄 작곡은 누가하고 작사는 누가 하노. 친구가 하는 일이 오늘도 아니고 내일도 아닌 거 다 안다. 우릴 멍청이로 보진 말그라"

2

낙동강 강변. 강변식당에서 매운탕을 시켜놓고 땡감은 영철에게 많은 얘기를 했다. 무안고구마에 대해서 대관령 감자에 대해서. 주문진 오징어에게서는 주문진에서의 일들을 전해 듣고 있었다는 걸.

"우리는 세상은 모르고 살아. 그냥 하고 싶은 대로 하고 살아. 그렇게 살아도 누가 뭐라 안하니까. 송아지로 인해 우리는 영철이 친구의 도움을 받았어. 한 평 몇 백 원으로 사둔 땅 지금은 몇 십 만원이야. 우린 모두 땅 부자가 됐지. 우린 송아지를 잊지 않아. 우린 스스로를 부끄럽게 하지는 않을 거야. 우릴 위해 머슴살이를 한 송아지 정훈이야. 선 세경으로 받은 정훈이의 그 돈으로 우린 하숙비를 갚았어. 정훈이가 그렇게 해주지 않았으면 우리는 하숙비를 갚기 위해 나쁜 길로 갔을지도 몰라. 만약 그렇게 되었다면 우리는 지금 어디에 있을까?"

"……"

"지금도 감방을 하숙집 삼고 들락거리고 있겠지. 우리가 지금 천억대의 땅 부자지만 우린 아직도 그 옛날의 그 생활로 살아. 아파트 공사장을 전전하고 살던 그 때처럼"

"이 친구 보게. 오랜만에 만난 친구에게 점심 값 내라 하는 거?"

"친구 주머니엔 버스비도 넉넉하지 않을 걸?"

"히히히"

"하하하하"

만나는 사람마다 반가워하며 호탕하게 껄껄대는 땡감. 상주 땅에 지역유지로 손색이 없다. 식당 안에서도 밖에서도 모두가 호감이다. 식당을 나온 땡감은 강변길을 달리며 영철에게 여러 곳을 안내했다. 강물을 퍼 올려 도수로導水路로 보내 수리안전답을 기한 논들 스프링클러 시설이 되어있는 밭. 과수원들.

"저기 과수원들은 우리 왕눈이 고향농산회사와 계약 생산하는 농장들"

"저 야산이 전부면 그 농가들만 해도 한 동네가 되겠군?"

"저 배 농장에서 일하는 새내기 농사꾼들 수백 명은 돼. 우리가 방금 지나온 강변들 논농사도 그들이 짓고 있어"

"대지주 노릇 하느라 바빴겠어"

"한동안 정신 없었지. 임대료 받은 거 탕진하느라"

"왕 노릇 꽤나 하고 다녔것어"

"또 여자여?"

"아니면 노름이겠지. 세계 일주 여행도 좋고"

"내 하든 거 그럼 인제 둘이서 한번 해볼끼라?"

"예쁜 애들 하고……?"

"이런 날라리 같으니라고. 가더라도 허락은 받고 가야지"

도로에 인접한 큰 건물들이 있는 곳으로 들어가며 땡감이 히득거렸다. 작업장 건물과 저온시설 창고들이 크고 작게 많다. 배 수확이 한창인 농장에도 선별 장에도 많은 사람들이 일을 하고 있다.

"왕눈이 형아?"

기다리고 있던 땡감 아내가 작업장에서 나와 영철을 반겼다.

"영철입니다. 처음 뵙습니다."

"난 땡감 마누라 양 기순 이라 예. 이제야 만나 예"

남편을 작업장으로 쫓아버리고 손을 내미는 여장부. 나긋나긋한 여인의 모습 같은 건 아예 없다. 거친 손에 거친 말투. 손아귀가 아프도록 힘차게 잡고 흔드는 양 기순 이다.

"대관령 감자가 욕심 낼만 허 예"

"……?"

"정이가 기다리고 있는 건 알우?"

"아하! 그걸 어떻게?"

"우리 떨어져 살아도 한 집안 아이라 예. 얼마 전 주문진에 일도 다 알고 있십니더. 많이많이 슬퍼하세요. 많이…… 아버지 같은 분이셨다는데"

"요즘 고아 된 마음으로 살고 있습니다."

"오호대장 황충이가 주군을 잃었으니……"

"황충이? 그건…… 우리관장님이 날 찾을 때 부르는 별명인데……"

"익산 오 정식 고문님이 영철님을 그렇게 불러 예"

"오 정식 선배가 여기까지 옵니까?"

"우리 농장 꼴통 코치님 아입니꺼"

"야. 땡감 친구가 헛나가지 않은 이유가 있었군……"

"우리 아부지 기다리고 계셔 예"

마을로 들어가며 땡감 아내는 시아버님께서 모든 사실을 다 알고 있으니 숨길 건 없다고 했다. 어떤 사람인지 꼭 만나보고 싶다고 하시는 시아버님이 그동안 영철을 많이 기다리셨다고 한다.

"많이 반가워 하실꺼라 예"

“어디서 각설이패가 한 눔 왔나 카믄 어쩝니까?”

“아버지께서도 소문 들어서 다 알고 기십니더. 떠돌이 악사 황돌이가 얼마나 유명한지. 얼마 전에 정선에서 있었던 그 멍청이 사건도 다 아십니더.

“아이고야…… 그 서장님. 그렇기 부탁했는데……”

“잘 웃지 않는 아버지가 그 얘기 듣고는 한참을 허허거려셨습니더. 기분 한번 잘못 냈다가. 아까운 돈 일억을 봉사활동 하고난 빈털터리가 점심 값이 없어서 구경꾼들한테 밥을 얻어먹었다고요?”

마을은 배나무 과수원들로 둘러싸여 아득하다. 땡감의 집은 오래된 기와집으로 지붕 기와 장 틈으로 와송이 자라고 있다.

“우리 집 꼴통 이름은 모르지 예?”

“땡감이 이름이 다 있습니까?”

“농담 하시지 말고 예. 어르신 앞에서 별명 부르는 망나니 짓은 안 돼 예. 막동이. 막동이 친구라고 해 예.”

“으하하하. 하하하. 땡감이 막동 이 녀석이었네. 막동이”

“아버지요. 황 영철이 왔습니다.”

“……”

영철은 대청마루에 엉거주춤 서서 기다렸다. 그러나 한참을 기다려도 방문은 열리지 않았다.

“어르신이 저를 안 기다리신 거 같습니다. 들어오라는 말씀도 없으시니?”

“지금 옷 갈아입고 계십니다. 곧 나오실 깁니 더”

“손님도 아닌데……”

방문을 열고 나오는 두루마기 노인.

"먼 길 오시는데 마중을 못 나갔습니다."

엎드려 큰절로 인사를 차리는 어르신. 영철은 얼른 맞절을 하며 당황했다.

"이렇게 현인賢人을 만나 뵙습니다."

"아이고. 어르신 마……막동이 친굽니다."

"현인에 대한 말씀 애들 통해 많이 들었습니다."

"어르신……"

우스꽝스러운 광경이 우습기도 할 텐데 옆에서 정색을 하고서 방석을 가져다 권하는 땡감아내다.

"술상 봐 오겠습니더. 아버지"

영철은 좌불안석으로 한참을 노인과 문답을 나누다 술상을 마주하고서야 평정을 찾았다.

"젊은이가 어떤 일을 하는지는 알고 있네. 좋은 생각들이여"

"제가 할 줄 아는 거라곤 나팔 불며 장돌뱅이 하는 것 말곤 없습니다. 어르신"

"익산에 오 선생이 오천년 모임을 얘기해서 알고 있네. 다는 잘 모르지만 젊은이 생각은 현명 허네. 훌륭해. 장자방은 서둘질 않았어."

"철없는 아이들 생각입니다 어르신"

따듯한 정종으로 한잔 두잔 영철이 진땀을 빼고 자리를 물러나오자 땡감아내가 물수건을 건넨다.

"본 게임도 아직 안 들어갔는데 헉헉 댑니까?"

"어르신 가르침 또 받으라고요? 난 못합니다. 못해"

"오늘밤은 조용히 사랑방에서 주무실 생각 하셔 예. 밖에는 못 나갑니더"

"클럽 가서 놀아야 되는데……"

"알바는 마을에서 해 예. 아버지 찾으시면 금방 뵐 수 있게"

"상주에서 첫날밤인데 회관마당에서 동네공연 하라고요?"

"회관마당 넓어 예. 판 벌리는 건 걱정 마 예"

"상주에 첫날밤을 동네 어르신들과……"

"둘이서 바람피러 가고 싶어 그래 예?"

"아니……그건 아니고요"

"후후후. 여자처럼 내숭은 떠실까 예"

"시내에서 술 한 잔 하고 올까 했습니다. 땡감 만나 보고나니 너무 좋습니다. 그냥 둘이 올나이트 하면서……"

"오늘밤은 안 돼 예.

손님은 아니지만 귀손貴孫 이란다. 영철은 저녁식사 후 회관마당에서 마을사람들을 즐겁게 했다. 주머니가 불룩하게 팁도 챙기고 공연 멘트도 날리면서 서글픔을 잠시나마 잊었다. 이미 정해진 이별의 아픔이지만 김 지한 교수님에 이어 서회장님까지 떠나시고 난 자리는 너무 허했다. 같이 지낸 휴가 내내 마음을 추스르지 못하던 약돌이는 나중에 울먹거리기까지 했다.

"난 그분에게 아무 것도 해드리지 못했다 뭐"

"아무것도 원하지도 바라지도 않으시니……"

"자기는 떠날 때 누가 곁에 있어 줄까?……"

"첫사랑……?아니 참사랑……? 새 사랑?……"

"난 막幕사랑 이니…… 뭐 기다리기는 할게"

"떠날 때는 함께 있으면 좋을 텐데"
"아무 때나 와도 돼. 자기를 버리진 않는다고 회장님과 약속했어."
"기다리진 마. 지루하게 보내지도 말고"
"혼자서도 잘 놀아 난. 너 없어도 나쁜 놈아"
"미안. 미안……"

백두대간이 북쪽을 둘러막아 감나무가 잘 자란다는 상주 땅. 상주 곶감은 영동 곶감과 함께 예전부터 유명했단다. 왕눈이는 상주 지역 특산물 상주 배 상주 곶감은 물론 문경에 사과 안동 마 까지 다 계약생산을 하고 있다 했다. 다음날 영철은 땡감의 농장을 둘러봤다. 낙동강 강변농장들은 규모가 대단했다. 옛날로 본다면 천석꾼 만석꾼이다.

"대지주大地主 놈에 패악悖惡질 안 봐도 비디오지. 임대 농들이 남도 아닐 긴데"
"임대료도 못내는 농사짓는 놈들까지 안고는 못간데이. 쌔빠지게 농사지면서 허덕거릴라 면 진작 때려치워야지 뭐 할라고……"
"꽤 많이 모았겠는데?"
"뭐여? 그 돈 쓰러 가자능기라?"
"안농장장 한테 내가 허락은 받았지. 오늘은 우리 둘이 맘껏 놀다가 오라고 했어"
"어디 가서?"
"클럽"
"한잔 허게?"

"바람도 피고……"

"할일은 하고 가야지. 가더라도"

땡감은 농장을 벗어나 강기슭 산속으로 차를 몰았다. 산속이라지만 전원주택이 조성된 아늑한 계곡이다.

"어떤 지주 놈이 돈 벌어다 쓰는 데라"

"집 장사 까지?"

"패악질이 별거라. 나중에 관속에 담아 갈 것도 아닌데"

동화책에나 있을 그림 같은 집들. 규모가 보통이 아니다. 현장 사무실에서 조감도를 펴놓고 직원들에게 공사 지시를 하고난 땡감이 또 한 번 싱겁게 웃었다.

"농장 애들이 살집. 무안고구마가 만든 익산에 문화마을 보다 좀 늦게 시작해서 아직 입주를 못 했어. 여기서 우리 같이 돈 좀 써 볼기라?"

"노예촌을 만들어요. 추장놀이 할라고"

"추장은 오 정식 고문이 하고. 난 바람이나 피우러 다님 돼"

"내가 이런 눔한테 애들을 안 맡기기를 잘했지"

"왕눈이 하고 오 고문 온다고 했어. 오거던 클럽 가서 한잔 하자고"

"안농장장 님도 같이?"

"그 사람 완전 빠졌던데. 품바한테. 어제 밤 동네 라이브에서 동네 아지매들 아주 죽여 준기라. 이제 봤더니……"

"내 가족모임엔 재미없어 안 갈란다. 치와삐라 마"

3

어디에서 살아도 산다는 건 다 거기서 거기란다. 땡감은 농장일 하랴 지역 모임 참석하랴 정신없이 바쁜 중에도 영철을 위해 시간을 내서 클럽을 같이 다녔다. 어디에도 있는 업소고 어느 곳에서도 접하는 밑바닥의 삶이다. 최상에 삶을 사는 계층이 있고 최악의 환경에서 하루하루를 버티어 나가는 극빈極貧층이 있다. 영철은 업소에서 받는 공연비를 업소 종업원들에게 썼다. 등록금을 위한 알바생도 있고 아이를 키우는 싱글 맘도 있다. 땡감은 대책 없는 영철이의 기행奇行을 보고 혀를 찾다.

"관속에 넣어 갈 건 어디 남기것나?"

"보관 할 주머니도 없다"

"참 편이도 산다"

"내사 마…… 돈 떨어지면 걸으면 되고 날 어두워지면 아무데나 드가서 자면 되제. 땡감 니처럼 부도날 걱정은 안 코 내 산다."

"속편해서 속병은 안 걸리 것 데이"

상주에서 보내는 나날은 거의 째지는 날들이었다. 어디를 가도 땡감만 곁에 있으면 칙사勅使 대접이다. 몽룡이가 있어 방자는 뽐낸다고 군수와 이장이 따로 없었다.

"길가다 잠시 들린 주막에서 마신 농膿곡주가 나그네를 망忘가게 하네. 날 새기 전에 떠나야 것어"

"날 이자삐리면 알제?"

"다시 오나 봐라. 노자 돈도 안 챙기 주는 놈을 또 찾아?"

영철의 작별인사를 받으며 두루마기 노인께서는 아쉬워했다.

"근간에 또 찾아뵙겠습니다."

"그럴 것 까진 없네."

언덕위에 원두막. 한잔의 이별주. 멀리 보이는 백두대간 산맥이 높다.

"저기 보이는 곳이 문경새재라네. 저곳에서 6.25사변 때 큰 전투가 있었어. 인민군 몇 개 사단병력하고 국군 연대병력이 전투를 치렀지. 자네들이 태어나지도 않았을 때지만"

"네에……"

"요즘은 그때 동란을 강대국들이 일으킨 전쟁이라고 한다지?"

"예 어르신. 우리나라의 분단은 그들의 작품이라고도 합니다."

"쯧쯧…… 그때 북은 공산정권으로 한마음 이였는데 남은 좌익과 우익의 두마음 이였어. 남쪽엔 박 헌영의 남로당이 따로 세력화되어있었는데 북쪽 공산정권과 합치려 했던 거야. 말은 통일이지만 한반도에 공산정권의 나라를 세우겠다는 거야. 우리 자유대한은 그걸 막고 자유대한의 나라로 남겠다는 거고"

"……"

"자유대한은 그때나 지금이나 자칫 한눈팔면 꺼지는 등불 같은 거라네. 저 문경의 굴 머리 전투에서 국군이 싸우지 않고 후퇴를 했다면 자유대한은 사라질 수도 있었다고 하지. 인민군 주력부대가 며칠만 더 빨리 낙동강 방어선에 갔다면 부산까지 점령 할 수도 있었을 거야. 이곳에서 국군이 연대병력으로 인민군 3개 사단 주력부대를 몇 날이나 막은 건 자유대한을 지킨 거네. 그때는 남쪽이 남로당 천지였네. 부산이 인민군에게 점령되었다면 자유대한은 할 수 없이 해외에 망명정부를 세웠겠지. 자네들이 더 잘 알겠지만 우리의 해방은 미일전쟁으로 미국이 이겨서 시켜준 해방이야. 우리는 그것을 다시 남북으로 갈라서 싸우다 미군 유엔군 합쳐 5 만 명 가까이 희생시키고 자유대한을 지켰어. 왜 우리의 잘못은 감추고 엉뚱하게 귀중한 생명까지 바쳐 지켜준 그들에게 책임을 돌리나?"

"……"

"자네들의 오천년이 자유사회든 공산사회든 남의 탓은 하지 말도록 하게"

"어르신 가르침 우리들이 새겨듣겠습니다."

4

안동은 하회마을이 있다. 하회 마을에는 예전부터 탈춤이 있었다고 한다. 상민常民들의 해학이 있고 낭만이 있는 하회 탈놀이다. 또 안동에는 도산서원이 있다. 유교의 고장 안동이 그래서 교육도시이기도 하고. 근래엔 농, 축산업이 발달된 농촌도시기도 하다. 근대화가 물결치든 70년대에는 안동댐 임하댐이 관광코스로 유명했었다. 영철은 안동시장에서 한나절 시간을 보내고 봉화로 가는 35번국도 퇴계로로 나왔다. 도산서원과 청량산을 가는 길. 그 길은 와룡면을 지나간다. 정 윤정님이 조용히 살아가고 있는 곳이다.

"꼭 그래야하는 이유를 알려하면 안 되겠어 예?"
"나중에 몇 십 년이 지난 후에나 아십시오."
"내가 사임하는 게 국가 위상을 지키는 것이 된다면 나의 통치의 잘못이 있다는 건데?"
"아무잘못이 없습니다. 대통령님"
"그런데 영철님은 무작정 무조건을 말하고 있지 않습니까?"
"님께서는 나라를 위한 통치만 하셨습니다. 국민을 위한 정치를 안 하셨습니다. 그 하나입니다."
"농사꾼은 씨앗을 베고 죽을지언정 그 씨앗으로 굶고 있는 식구들의 저녁 밥상을 차리진 않아요."
"저승을 알아보려면 죽어봐야 그 저승의 세상을 알 수 있습니다. 앞 냇가 개천 물은 천년만년을 낮은 곳으로만 흐릅니다. 다만 송사리는 올라갔다 내려갔다 마음대로 합니다. 사회는 기본이 있고 인간은 인본人本이 있다고 하는데 절대 황제 진시황의 진나라도 망했고 로마도 영원하지는 못했습니다. 대통령님의 나라사랑이 곧 국민 사랑인 것 다 알고 있습니다. 모르는 건 대통령님이 국민들이 자기 자신도 위하지 않고 사는 마음은 알 길이 없다는 것입니다."
"……?"
"선우 영 관장님. 기록에서 좀 빼고 넘어 갑시다."
말없이 고개만 살래살래 흔드는 기록관 선우 영. 영철은 별실을 나오며 영에게 싱겁게 웃었다."
"나중에 혹여 만나게 되면 매력 없는 두 여인들이라고 했던 거 사과 하겠소."

영철은 정문 경호실에다 방문신청을 해놓고 안동 댐으로 나왔다. 십 여 년이 더 지난 지금에 찾아뵙는 윤정님의 하루 또 하루들은 어떤 모습이었을까? 영철은 이렇게 저렇게 짐작은 해 보지만 딱히 잡히는 건 없었다. 저녁노을 속에서 하루일과를 끝내고 커피를 한 잔 든 체 등받이 의자에 길게 기대어 옛 추억에 잠기곤 하는 그런 모습? 그 어린 날에 있었던 정훈이란 머슴애 생각도 하면서……

영철은 댐 둘래 길을 천천히 걸으며 지난날을 생각 해 봤다. 서 영묵을 국회로 보내고 정 윤정 신참 국회의원이 대선을 나서는 걸 적극 위했든 오천년의 모임이 성과를 이루었던 아니었든 역사의 한 페이지는 씌어졌다. 정 윤정의 정치는 자유대한의 위상을 한층 더 높이었다고 평가하기도 하고 한편에선 비 민족적의 국가관을 성토하기도 했다. 80년대의 군사정권은 평생동지 외의 평생동맹자들을 양산했다. 사회 어느 분야를 막론하고 그들은 한마음으로 파고들었다. 그들이 대중인기 영합을 꾀한다면 막을 방법이 없을 거다. 통일의 신기루. 민족의 환상. 노동자편에서 하는 정치. 국가는 수호대상이 아닌 요리대상이다. 인간사회의 마지막 보루堡壘 자유사회는 명색이 퇴색 되어갔다. 세계최악의 비인권사회로 가는 민족주의적 국가경영은 가장 현명한 인사들의 논리아래 발전을 거듭 할 거다. 결과는 통치를 위한 통치가 인정되는 사회. 자국에 독재는 절대인정 못하고 그들의 세계최악의 비인도적 철권통치는 선망하는 사람들. 그들의 다수는 아이들을 미국이나 캐나다에 이민 보내놓고 있다. 일반 서민의 아이들만 일생을 노예로 살게 되는 절대 권력자들의 치하. 일제치하의 투쟁은 명분이 있지만 국내 복권復權투쟁은 명분이 없다. 영국의 과거 영주 통치는 신발에 발을 맞추어야 했단다. 자유국가는 국민이 정권을 창출하지만 사회주의국가는 정권이 정권을 창출한다. 수백만 명을 학살해도 국가통치를 위한 것일 때는 국가는 정당성을 가진다. 개인은 국가를 위한 임무에서 한 치라도 소홀함이 있다면 즉시 처벌되는 왕권치하와 다름없는 사회주의다. 왕을 숭배하지 않는 백성은 목을 베거나 노예로 전환됨이 극히 당연하다.

"이사람 황 반장 아녀?"

"박사님!"

영철은 산책길을 걷고 있던 노부부와 마주치자 깜짝 놀랐다. 한성연구소 이한박사님 부부다.

"여행 다니시는 걸 알았으면 제가 안내 해드릴 건데……"

"이사람. 연락처도 없는 사람이"

"아 참. 죄송합니다. 자유여행을 하다 보니 마음까지 자유롭고 싶은 마음에 그만, 앞으론 폰을 휴대하도록 하겠습니다."

"개뿔이 좀 자란 뒤에?"

"하하하"

"허허허"

"황반장님은 여전해요."

송관장이 반가워하며 손을 내밀었다. 문화계에서 활동이 왕성한 송 관장이다. 남편 이한박사는 경제연구소 소장이라 사회활동이 없는 반면 송 관장은 문화계 저명인사다.

"관장님 먼저 번 장례식장에서는 인사도 못 드렸습니다."

"멋진 경호 팀장님의 관심을 끌 수 있는 여인은 못 돼서…… 후훗"

"미술관엔 그림보다 관장님 모습을 보러간다고 하는 친구가 있었습니다."

"약돌이요?"

"네"

"노회장님을 곁에서 끝까지 지켜준 친구요? 좋은 친구를 가졌어요. 황반장은 잘 어울리는 두 사람 재미있게 지내요 후훗"

송 관장은 다 알고 있다는 듯 의미 있게 웃었다.

"참. 경호팀장님 친구 분에 그림 아직 그대로 전시 중입니다."

"아 정훈이의 그림요? 그만 임의 처리 하십시오."

"서 영묵교수가 소장한다고 내달라고 하지만 아직은 줄 수 없어요. 순수한 느낌이 좋다는 관람인들의 평이 많아서요."

정훈이의 그림들. 〈인생〉이라는 주재로 그린 정훈이의 그 여러 장의 그림들은 하나같이 색감이 없다. 허허벌판에 달랑 개미 한 마리. 어둠 짙어지는 석양 속에 가로수들이 길게 늘어선 길. 그 황토길 길가에는 들국화 한 송이만 덩그러니 외롭다. 약돌이는 그 그림들을 보고 와서 그림은 못보고 인생을 보고 왔다고 했다. 외로움을 느끼지 않으면서 어찌 인생을 안다고 하겠느냐고 하면서.

"두 분. 따로 할 얘기들 있을 건데……"

송 관장은 주변 공원에서 그림 그리고 있는 애들한테 가 보겠다고 갔다. 이한 박사는 둘래 길에 물들어가는 은행잎을 바라다보며 말이 없다. 일상적인 말 외에는 그 어떤 말도 하지 않는 연구실 사람들이다. 말이 경제 연구소지 정보실이다. 국가 정보실 쪽은 때로 일 터진 뒤에나 알아보는 일반적 수준에도 못 벗어난 상태란다. 최신정보와 극비정보까지 접하는 연구소 사람들은 밖에 나오면 또 정반대로 바보가 된다. 일상적 시장정보가 얼토당토않게 돌아가고 있어서다.

"첫사랑은 아직도 짝사랑인가?"

"아마 영원히요."

"자네들은 대단해. 특히 자네는……"

"아마도 새 사랑은 끝 사랑이 될 것 같아요."

"다 포기하는 데 자네들이라고 어쩌겠어"

"비겁하죠. 비겁자의 종말은 비참하다는 거 너도 알고 나도 알지만 목적지는 다 온 거 같아요."

"이번엔 서 영묵 교수를 재물로 내 놓겠다는 자네들의 생각은?"

"우리 오천년은 많은 인재를 죽이고 또 죽이겠죠. 가능하다면……"

"황 반장…… 황 반장은 아이들이 있다면 지금 어쩔 텐가?"

"이민을 얘기 하시는 겁니까?"

"우리 애들은 지금 호주에 이민 가서 살고 있네. 그 애들이 어릴 때 그곳에 가 공부하고 그곳에 살게 된 건 다 나의 생각이었어. 오만 년도 걱정 안하고 살 수 있는 곳이라고 판단 해서지"

"지도층에 모든 분들의 공통된 생각들일 겁니다."

"내가 한 일 중에 가장 못 한 거지만. 지금 와서 생각하면 참 다행스러워. 그 애들이 최소한 오천년을 걱정하진 않아도 되니. 안 그래?"

"난민보단 이민이 나을 거란 말씀이시죠?"

"이순신도 왕권을 위해서는 제거대상이었어 민족주의의 통일론엔 지식인도 지성인도 필요 없어 왕권에 절대복종 하는 자 만 필요하지. 우리 아이들이 이 땅에 있었다면 통일 후도 내 맘대로 세상을 꿈꾸는 멍청한 아이들 중 하나가 되어있을 거야. 난 그런 꼴을 못 보네"

"지금아이들이 자기비하 자기부정을 하게 된 건 우리가 잘못 가르친 탓입니다. 아이들 판단력이 없는 것 까지 우리의 잘못이라고 하면 우린 더 이상의 미래를 위해서 할 일이 없어요"

"가진 자유도 내팽개치는 애들이야. 이제 오천년을 자유 없이 살겠지. 흙수저 금수저 따지는 애들은 아이들에게 빈수저도 남기지 못할 걸"

"박사님은 경제연구소 자료 누설 안 하시겠죠?"

"자네들도 안하고 있잖은가?"

"우리가 잘하고 있는 걸 까요?"

"나는 이렇게 여행이나 다니고 황 반장은 전국 시장이나 찾아서 많은 사람들 즐겁게 해주면 되겠지. 우리는 그냥 은퇴한 임원들로 가자고……"

"우리나라의 국가부채와 기업부채. 개인부채 수조 달러가 국가위기로 발전할 위험이 있다는 건 다 알아요."

"우리 연구소는 모르고 있던…… 사실"

"가만두어도 망하는 집구석 망한다는 소문을 내서 뭐하느냐 하는 거겠죠"

"자네는 거기다가 음악잔치나 벌이고 다니면서 아무 일도 없다고 하지"

"박사님 따라 여행 다니고 싶습니다."

"아내가 좋아 할 거야"

"최고의 경호와 최상의 안내를 제공 할 수 있습니다."

"때론 라이브 연주까지 서비스 해 줄 테고?"

"수고비는 최적의 임금이죠"

"허허허"

"서제에서 기다리고 계십니다."

영철이가 이한박사님 부부와 헤어져 윤정님의 생가를 찾았을 땐 늦은 오후가 되어서였다. 경호실에서 간단한 소지품 조사를 받고 접견실로 들어갔다. 경호실에서는 마을사람이 아닌 외부인으로는 접견이 처음이라고 했다. 과수원 일도 밭농사도 마을사람들과 함께하며 지내신다는 윤정님. 전 대통령이라는 칭호는 아예 거부 되었다. 그 옛날의 꿈 많은 소녀로 돌아가서 그냥 옛날처럼 한 농부의 딸로 살아간단다. 그냥 한 사람의 보통 주민으로. 영철은 접견실의자에 앉아서 주인이 나오기를 기다렸다. 그 옛날 그대로 하나 변한 게 없다. 대선 후보 때 경호원으로 들락거렸던 응접실이다. 영철은 무릎에 올라앉는 고양이를 쓰다듬어주며 정훈이를 생각 해봤다. 연인의 마음과 우정의 마음은 뭐가 다를까. 가슴속에 아픔으로 남아 아직도 지워지지 않는 그리움. 그 그리움들.

"매력 없는 두 여인이 못된 남자를 뵙습니다."

"윤정님!……"

영철은 선우 영과 함께 한복을 차려입고 나타난 윤정님을 멍하니 쳐다봤다. 장난스럽게 한 바퀴 돌아서 다시 포즈를 잡는 두 여인.

"어느 별에서 오신 선녀님들이신지…… 너무 아름답습니다. 두 분"

"그러면……?"

"그때 했던 말 사과드립니다. 이렇게……"

영철은 두 여인 앞으로 가서 두 여인이 차례로 내미는 손등에 입을 맞췄다.

"경호팀장님……"

"죄송합니다. 이제야 찾아뵙는 거"

"우리는 잊혀진 여인들"

"행복하시기만 바라고 있었습니다."

"경호팀장 덕에……"

"이제 와서 그때 일을 어떻게 사죄 드려야 할지"

"후후후 미운 팀장님을 어떻게 할까요?"

선우 영이 분위기가 울먹해지려 하자 웃으면서 영철이의 팔짱을 끼고 한바퀴 돌았다

"매력 없는 경호팀장님이지만 기다렸어요."

"기록관 선우 영이 함께 있을 줄은 몰랐습니다."

"매력 없는 여인들에게 나중 사과 하겠다 한 거 그거는 우리가 같이 있으란 거 아니었나요?"

"다 들켰네"

차를 마시며 영철은 외로운 두 여인을 위로했다. 절대 행복한 모습을 보여서는 안 되는 운둔의 여인들. 이 땅에는 이제 정적政敵의 꼴을 못 보는 극한 대결의 시대로 접어들었다. 국가 위상도 대외對外 입지立地도 상관없이 국가 치부恥部까지 마구 들추어내고 있다.

-정권욕은 악마도 수용 한다-

조선왕조 오백년에 당파黨派는 전란戰亂에도 유일한 불사신不死身이었다고 했다. 임진왜란을 당해서도 동인 서인의 반목과 모함은

끝나지 않았고 세도가들은 백성의 고초를 돌보기전에 무리의 기반 다지기에만 급급했다고 했다. 오늘에도 변함없는 정적 죽이기는 이 땅의 끝을 보기라도 할 모양이다. 이 땅에서 이 나라는 없어져야 한다는 지식인들이 거부를 당하지 않는다.

해방 후 50년은 역사에서 지워버리고 2000년 이후부터 우리의 역사는 새로 씌어져야 한단다. 국가 기관보다 더 커진 시민단체 민주단체 사회단체 노동단체의 힘은 어느 시점에서 결정적 역할을 할 수 있다. 땔감이 없다고 성황당 고목나무 가지 꺾어다 군불을 집히진 않는다. 어떤 일이 있어도 손대지 않는다는 마을사람 모두의 약속이 있기 때문이다. 국가는 마르지 않는 샘이 아니다. 아무리 짓밟아도 넘어트려도 괜찮은 오뚝이도 아니다. 동구 밖 우물물은 너도 퍼먹고 나도 퍼먹지만 그것은 바가지로 퍼먹을 때의 얘기다. 양수기로 다투어 퍼 가면 샘은 말라버린다. 가만히 두고 서로가 위하는 것의 〈나라.〉 그것은 약속이다. 너희들이 가지고 우리가 가지고 너희들도 흔들고 우리도 흔들고 너희들 맘대로 우리들 맘대로. 마구 굴리며 멋대로 가지고 놀아도 되는 장남감이 아니다.

- 추장이 없는 부족은 타부족의 노예가 된다. 추장을 죽인 부족은 타 부족이 또 살려두지 않는다고도 한다.

-마을의 논밭을 적셔줄 보洑를 막은 마을에 잔치가 벌어졌다. 더 이상의 어려움이 사라진 마을엔 이제 잔치판만이 남았다. 서로를 위할 필요도 서로가 힘을 모을 필요도 없다. 배부른 사냥개는 사냥할 생각도 없다-

목민서牧民書에는 경계警戒 할 심리心理로 김매러 가지 않는 부자집 아들의 행동을 질책한다. 망가亡家의 시작은 게으름이고 돌보지 않음이다. 오늘의 세태世態를 누구보다 걱정스러워 하고 있을 님이다.

"팀장님의 그동안이 많이 궁금한데?……"

탁자에 턱을 고이고 앉아서 영은 눈을 반짝인다. 냉정한 대통령의 기록관으로 싸늘한 눈빛만 기억하고 있던 영철이었다. 아주 호기심 많은 소녀 같은 영의 모습이 낯설다.

"영 하고 친해지고 싶은데?……"

"말 놀까……요?"

"이제 사무적이지 않아도 되잖아. 영?"

"영철오빠……"

"일 났네. 일 났어. 나그네가 하루 밤 신세를 지려는 외딴 농가에는 선녀 같은 두 여인이 살고 있고……"

"봄. 봄. 요? 개나리요? 아님 메밀꽃 필 무렵요?"

"마당쇠는 더 좋고"

"저 눈은 감겨 버릴까봐?"

영은 카메라를 손짓하며 눈을 찡끗했다. 둘의 장난을 바라보며 미소만 짓는 님 아직도 야인의 삶이 허락되지 않는 현실. 그는 그 언제 편안한 여인으로 돌아가나.

"영철오빠……"

"영. 이제 막나가네. 나 이제 경호팀장에서 동네오빠로 쭈구러 드는 거?"

"야인으로 돌아 온 지도 오래. 언니는 첫사랑의 추억에 젖어 사는 행복한 여인. 거기다 이제 그 첫사랑의 둘도 없는 친구가 찾아와서 얼마나 좋을까. 나 선우 영은 추억도 친구도 없이 지내고 있는 외로운 여자"

"영이 이제야 사람으로 보이네."

"여자로는?……"

"선녀로……"

"오빠는 나무꾼?"

대통령 기록관은 숨 쉬는 기계라고 했다. 어떠한 제재도 받지 않고 조정을 받지도 않는 기록관. 선우 영은 퇴직 후 감시 대상의 님을 이젠 보살피는 집사가 되었다.

"영은 이 오빠가 과수원에서 사과 따는 일꾼 하는 거 좋다?"

"절대 환영. 언니 트랙터 운전 하는 거 힘든데……"

"좋아! 오늘밤은 마을 회관에서 라이브 콘서트 다. 매력 있는 두 소녀를 위해"

"준비 하겠습니다. 마을 사람들 오래 기다리지 않게 퍼뜩 나오세요."

거추장스럽다는 듯 한복을 획 벗어던지고 밖으로 뛰어나가는 선우 영.

"영이 없으면 안될 것 같아 님"

"응…… 최고의 집사"

"참 긴 시간 이었는데……"

"영철오빠 없었다면?……"

둘이 되자 자연스레 옛날처럼 예의를 치워버렸다. 뜻이 통하는 아주 좋은 친구다.

"많이 미안. 우린 오천년의 목적달성만 위하느라 님의 인생을 희생 시킨 거였어……"

"내 선택 후회 한 적은 없어. 영철오빠. 그때 군사軍師님의 기우基憂는 이제 알 것 같아. 교과서만 읽은 사람은 선생자격도 없다는 그 말"

응접실 창밖으로 노을 지는 하늘에 눈을 준 체 생각에 잠기는 윤정. 어떤 인연이었던 여지 껏에 과정은 필연이었다. 정훈오빠가 열차에서 아버지를 만난 건 우연이었다고 할 수 있다 하지만 정훈오빠로 인해 자신이 세상으로 나간 건 우연만은 아니었다. 영철이라는 한 선인先人을 만나게 된 건 필연必然이었다.

5

"정훈오빠…… 나 대학 합격 선물?"

"윤정이 넌 뭐가 갖고 싶니? 만년필?"

"치! 내가 맨날 중딩인가"

"그럼 뭐?"

"축하연……"

"연주? 알았어. 내 하모니카 불어줄게"

"아이참 축하연회"

"봐라봐라. 애가 이젠 술까지 먹겠대"

"꼭 안아주며 뽀뽀 해 주는 거. 헤헤헤"

"임마! 그 기 연애지 연회니?"

“오빠……”

저녁을 먹고 사랑채 대청마루로 나와 윤정이는 언제나처럼 또 장난이다. 정훈은 어두운 하늘에 별을 바라보며 윤정이에게 또 꿀밤을 하나 먹였다. 해동비가 오려는지 서쪽하늘이 컴컴하게 짙어오고 있다.

“니 춥겠다. 그만 들어 가”

“안 춥게 안아줘. 안 그러면 얘기……”

닦아와 무릎을 베고 누워 같이 하늘을 쳐다보며 또 윤정은 눈을 깜박인다.

“이젠 오빠의 지난날 얘기 해줄게 없어”

“그럼 오빠 친구들 얘기라도”

“친구들?…… 음…… 내친구중에 아주 나쁜 놈이 하나 있긴 있는데. 그놈 얘기 해 줄까.”

“응”

“학교가면 계집애들 꽁무니나 따라 댕기는 땡칠이”

“멋쟁이”

“집에 오면 소 몰고 나가서 소꼴은 안 베고 소타고 놀기”

“진짜멋쟁이”

“중학교 마치고 서울로 도망쳐서 소매치기 대장 하는 아주 나쁜 놈”

“못된 놈……”

“나중에 경호 대장 한다고 무술을 배운대나 뭐한대나. 그런데 윤정아?”

“응?……”

"너 꼭 커서 국회의원 해야겠니?"
"난 언니처럼 선생은 안 할 거야"
"국회의원 돼서 안동을 위해 일 할라고?"
"우리나라를 위해 일 할 거야. 잔다르크 처럼"
"완전 영웅심이군. 과연 윤정이가 재목인지 아닌지 시험을 보겠습니다."
"네. 인생 선배님"
"국민성이 뛰어난 나라 둘을 뽑는다. 미국, 중국, 일본, 한국, 조선?"
"일본, 미국"
"이 순신 장군이 선조대왕에게 핍박받은 이유는?"
"당파싸움 모함 때문에"
"6,25 동란은 누구 때문에?"
"북한 공산군이 쳐들어 와서"
"정치가가되면 뭘 할 까요?"
"여성의 권익을 위해 일함"
"윤정이는 삼국지를 몇 번 읽었나요?"
"두 번 만화책으로"
"사면초가는?"
"포위당한 초나라 군사들에겐 사방에서 고향생각 나게 하는 초나라 노래가 들림"
"윤정이는 100점 만점에 10점"
"오빠! 뭐야? 나 낙제 한 거야?"
"국민성의 기준은 충성심인가? 애국심인가? 예의바름인가?"

"……?"

"이순신장군은 당시 왕이었던 선조대왕이 자신보다 더 백성들에게 칭송을 받는 장군이 싫었고 같이 왜군을 물리치던 명나라 장수의 조선장수 견제가 있어서가 아닐까 생각됨"

"……"

"6,25 동족 전쟁은 북쪽에 조선 공산당을 불러들이는 남쪽 한국에 공산주의 남로당이 통일을 원한 것이 원인. 삼국지는 중국에 역사지만 정치가는 알고 있어야함 우리의 역사가 당파 싸움 만 있었다면 왜 그런가를 먼저 알아봐야 함"

"오빠는 농고생이 그런 역사를 어떻게 그리 잘 안 데?"

"바보야 난 지금 내 친구 얘기를 하고 있는 거야"

"그 친구는 중학교만 다녔다면서 그런 걸 어떻게 알아?"

"아무래도 윤정이는 아버지 도와 과수원에서 일이나 해야겠다. 상상력이 너무 없어. 여학생이라 그렇겠지?……"

"오빠! 또 여성 무시하기지? 잉……"

"이 철없는 아이야. 내 친구 그 못된 놈은 13살에 삼국지 초한지를 읽었고 100인에 정치가 100인에 기업가를 이해하고 있었어. 그 녀석이 하는 얘기는 나중에 선생님들이 똑같이 가르쳐 주셨어. 늘"

"오빠…… 나 오빠의 그 못된 친구 만나게 해 줘"

"왜?"

"난 제갈량이 필요 해"

발딱 일어나 눈을 말똥거리는 윤정"

"유비가 삼고초려 하듯 할 태센데?"

"이름이 뭐야 오빠?"

"이름? 못 된 놈……"
"아이 오빠야. 입학 선물?…… 멋있는 애 선물 해 줘"

"그 못된 놈 영철님이 그때 국회의원 서 영묵을 찾아가 보라고 했을 때 내가 대학 이년 때 인데……"
"정훈이 그 짜식은 왜 윤정님이 그때 날 찾아오게 만들었는지…… 데릴사위가 소원인 부모님을 위해 둘이서 사랑놀이나 하다가 뭐…… 잘못되면…… 낳아서 키우면 되고"
"위로 안 해도 됩니다. 못된 님"
정훈이도 서 영묵이도 다 잃은 윤정님이다. 그냥 다른 애들처럼 사랑놀이나 하며 즐거운 청춘. 신나는 인생. 하였으면 얼마나 좋았을까.
"나한테 얘기 해 줄 거?……"
"이제 그만 세상은 잊으시지 님……"
"아이들 앞날이……"
"……"
누구나 느끼는 위기감이다. 열차가 탈선 할 것 같다는 걱정을 하면서 가는 승객들이다. 〈오천년을 위한 모임〉의 사무장은 최근의 해외정보들을 가지고 며칠 전 찾아왔다.
"고문님. 대만서 보내온 정세政勢 관입니다. 대만 대학교수들의 견해見解라고 봐도 될 것 같아요."
"많이들 걱정이지?"
"모두들 시간이 많지 않다는 생각들입니다."
시간이 많이 남지 않은 생각으로 산다는 건 미련이 남아있다는 것도 된다. 영철은 사무장이 건넨 서류들을 보고나서 곧바로 소각했다. 세상은 안 그래도 복잡하고 혼란스럽다. 하나에 사건을 두고 정반대의 판단을 하는 지성인들이다. 상식적常識的으론 절대 불가능한 결론. 그것은 곡 학曲學의 결과인지도 모른다.

〈상략〉

가장 비겁한자 과거에 도전하고, 못난 놈 현실에 도전한다고 한다. 그래서 용기 있는 자 만이 미래에 도전 한다고 할 수 있다. 중국은 하나다. 그래서 대만과 중국은 하나의 민족이고 결국 통합해야 한다. 다만 체제가 동일 할 때다. 그때가 언제가 될지는 모르지만 의도적으로 추진하지는 않는다는 게 대만의 입장立場이다. 중화인민공화국은 공화국으로 대만은 민주국가로 현재 원만한 양안 관계를 유지하고 있다. 정통성을 놓고 대립 하고 있지만 누구도 중요시하여 문제를 일으키지는 않는다. 백해무익百害無益하기 때문이다. 그러는 우리에 반해 한국과 조선은 끝없이 국력 소모를 하고 있다. 흡수통일을 위해서라고 한다. 공산 사회와 자유민주 국가가 연방체제로 민족 통합을 한다는 건데 그것은 늑대집단과 동네 개들이 한 종種이라서 한 무리로 살아가겠다는 거와 같이 순진하기 짝이 없는 발상이고 웃기는 얘기다.

늑대는 리더가 있는 집단의 무리고 동네 개들은 멋대로 짖어대는 개체적個體的무리다. 사냥을 할 때 동네 개들은 방해만 될 뿐 하나 도움이 안 된다. 자칫 전체무리에 혼란을 초래 할 위험성만 있다. 한국의 민족관이 아무리 체제를 우선한다고 하지만 상황狀況을 직시 못하는 오류誤謬가 다분하고 오판誤判의 결과를 초래할 수 있다.

사회주의는 스스로의 변화만이 가능할 뿐 그 어떤 것으로도 변화시킬 수 없다. 거기에다 주변상황이다. 중국과 러시아를 두고 홀로 변화는 불가능하다. 10억 이상의 인구를 가진 국가의 국가운영은 통치에 효율성이다. 더구나 각 지방에 소수민족을 두고 있는 중국은 자유민주주의로의 변혁은 무지無智의 도박이다. 종교국인 인도처럼 인종분쟁이 없다면 가능한 얘기다.

조선에 있어 절대적으로 의지해야하는 중국은 조선 국가의 생명줄이다. 조선이 자유체제로의 변화를 꾀 할 때 중국의 개입이 없을 거라는 바램은 한국의 희망사항일 뿐이다. 거대한 인구의 나라는 경제적으로든 정치적으로든 주변의 급변을 용납하지 않는다. 필요한 모든 조치를 서슴없이 단행한다고 봐야한다.

머지않은 앞날에 한국의 무작정無酌定의 민족통합이 주변국에 미치는 영향을 예상하면 극히 우려된다. 단적端的으로 한국의 사회주의 귀속은 결국 대만에 대한 중화인민공화국의 하나의 중국으로의 통합 압박으로도 이어진다는 우려다.

통제의 사회는 대만국민에 있어 최악의 상황이고 절대 용납되어서도 안 되는 거부의 체제다. 한국도 그것을 강조하여 왔다. 동족전쟁까지 치루며 지켜온 자유주의 체제 한국이 지금에 와서 돌연한 체제변혁을 꾀하는 걸 보면 지난날 조선말기의 세태世態가 연상된다.

지난 역사 속에 조선은 왜倭의 명나라 침공을 막지 못했고 구한말엔 일본의 식민지배 시작의 야망을 막지 못해 만주사변은 물론 지나사변 대동아 전쟁으로까지 이어졌다. 현재의 한국은 중국의 영향권에 자국을 들 게 하고 조선의 지배를 받을 수도 있다. 그 모든 원인은 하나같이 국민의 분열이다. 한말 친일인사들의 보신保身적 행태와 조정대신들의 반목과 관리들의 부패로 민심이 이반 된 결과물은 결국 민란이었고 민란이 계속되는 나라는 외침을 막을 능력이 없다.

백년이 가능한 힘의 평화고 십년도 보장이 안 되는 굴종평화다. 한반도 통일은 사회주의 통일뿐인 것을 세계는 다 알고 있다. 일본 패망 후 중국은 국민당과 공산당이 치열한 다툼을 벌였지만 공산당을 제압하지 못했다. 자율은 통제만큼 효율적이지 못하다. 한국과 조선에 연방통일론은 늑대와 동네 개들의 합동사냥과 같다고도 볼 수 있다. 잘 조직화된 늑대무리에게 제멋대로의 동네 개들은 동화同化 될 뿐이다. 한국은 동양에서는 유일하게 실패할 나라가 될 가망성이 높다. 한국경제는 대외對外 의존적 체계體系다. 자유세계는 사회가 불안정한 국가에는 투자를 꺼린다. 아무리 탄탄한 기업도 투자은행과의 거래가 불가능 하게 되면 오래 못 버틴다. 무역이 없는 농수산업 국가로의 한국은 이천만 인의 국민이 살아가기도 어렵다. 국가 인구 오천만인에 나라 한국의 정치가 한 가정을 이끌어가는 가장家長만큼도 신중하지 못함을 우리는 보는 것 같다.

〈하략〉

"그때 서 영묵 선배가 멋있어 보였던 건 도전 정신이었어."

"약간의 애정도?……"

"후후후"

"앙큼한 문하생"

"그 때 그 산행이 생각나. 못된 오빠의 작품?"

"그때 님이 속리산 등산하는 김 지한 교수님 찾아가겠다고 했을 때는 나도 좀 놀랐어. 또 밖에서는 학생들을 잘 만나지 않는 교수님이라서"

"군사軍師의 코치가 있어서 가능 했잖아"

"군사?…… 내가 왜 그랬을까 그때"

영철은 윤정님을 따라 석양이 짙어오는 먼 하늘을 바라보며 오직 도전하는 젊음을 자랑스러워했던 그때를 떠올려 봤다.

6

속리산 산행길. 소풍이라도 가는 기분으로 들떠있는 윤정이를 태우고 영철은 영묵이 와 아침 일찍 서울을 출발했다. 산행 때는 늘 새벽에 출발하는 서회장님과 김 교수님이다. 경부고속도를 벗어나 청주에서 보은으로 가는 국도 길은 시간이 많이 소요된다. 뒷좌석에서 저들이 뭐 엠티라도 가는 애들이라도 되는 것처럼 끽끽거리고 노는 철없는 의원議員과 문하생門下生.

"잘하면 윤정이 국회의원 되기 전에 가정의원 부터 되겠다. 선배 너무 좋아 하지 마. 바람둥이야."

"군사軍師의 말 정답"

"내가 노는 꼴을 못 봐요"

"연애는 의원議員 퇴임退任 후 하세요. 형님"

"짜식이 사사건건. 영철이 너 그럼 내 청춘 책임져라."

"여자는 남자의 야망을 꺽을 수 있다."

"군사? 남자야말로 여자의 야망을 꺽지, 예?"

"사랑과 야망은 선택하는 인생의 상품이기도해. 다가지려하면 다쳐요 철없는 문하생"

속리산 입구 주차장에서 영철은 배낭을 둘러매는 서 영묵의원에게 가 둘러맨 가방을 벗겨 차안으로 던져버렸다.

"윤정이 혼자 가서. 매표소 입구에 기다리는 교수님 만나. 서 영묵의원은 일이 있어서 오늘 못 오고 문하생이 대신 왔다고 해. 오늘 오빠하고 선배는 갈 데가 있어"

"혼자가면…… 교수님 얼굴도 모르는데?……"

"능력껏 타게 하도록 문하생. 서울로 돌아오는 것도 능력껏. 우리는 돌아감"

영철은 윤정이를 떼어놓고 속리산을 나왔다. 영묵이가 문하생을 걱정스러워 했다.

'애가 당돌하긴 해도 아직 순진해서……"

"능력 테스트. 만약에 두 분과 헤어져 혼자 서울로 돌아오면 끝이야. 다 때려치우고 안동 집으로 내려가야지 뭐. 내려가 농사나 짓고 살아야지"

"짜식이 안동의 인물이 되겠어."

"이 땅의 인물"

"뭐야. 대선을 목적으로?"

"교수님의 그 -젊은이여 미래에 도전하라- 가 생활 모토래"

"대학에 문제아가 하나 더 생기겠어"

"나한테 군사軍師가 돼 달라고 해. 형님 생각엔 윤정이 제가 싹인가?"

"앨빈 토플러의 제삼에 충격을 이해하고 있는 거 보면 생각은 있는 애"

"성훈형이나 형님보다 한수 위가 될 거야"

"과연 오늘 선생님의 수제자가 될 수 있을까?"

"태산을 움직일 능력자 보다 삽 들고 산전山田 뙤기 밭 파 일구는 농부가 더 낫습니다. 의원님"

"청년이여 행동하라?"

"윤정이는 잘 할 겁니다 형님"

"그래 잘 할 거야. 그런데 우린 이제 뭘 하지?"

"진이 보러가야죠."

"사랑과 야망이야. 다 가지려하면 다친다며."

"영웅도 여자에겐 맘 약해진다더니……"

윤정은 홀로 떨어져 매표소로 갔다. 등산객보다는 관광객이 많은 때라 윤정은 금방 교수님을 찾을 수 있었다. 교수님은 친구 한 분과 같이 기다리고 있었다. 한성그룹 서회장님이다 서 영묵 선배의 부친이시다. 두 분은 일반 등산객들이 갖추기 어려운 등산장비를 갖추고 있었다.

"교수님. 서 영묵 의원님 기다리시죠?"

"그러네만?……"

"저는 의원님에 문하생 정 윤정입니다. 의원님이 국회에 일이 갑자기 생겨서 못 오시게 됐습니다. 괜찮으시다면 제가 두 분을 모시고 산행을 하겠습니다."

“우리가 학생을 모셔야 할 것 같은데?”

“회장님이시죠? 뵙게 되어서 기뻐 예”

따뜻이 환영해 주는 두 분. 윤정은 오리五里 숲을 걸으며 신났다. 두 분에게는 그렇게 사랑스러운 아들이고 제자인 영묵선배여서 그의 문하생도 귀여움을 받는 것 같았다.

“두 분 등산장비는 유럽의 유명 제품 이예요. 히말리아 등산장비죠. 2000년 후에는 우리나라 모든 등산인들이 국산제품으로 그런 수준에 등산복을 입을 수 있을 거라고 봐요”

“아주 희망적이야”

“국제화國際化에 발맞추는 사회를 만들 우리가 있어 예”

“서 영묵의원에게서 배운다면 정치일 텐데. 정치학과?”

“경제학과 예. s대 이학년입니다.”

“허허…… 미래엔 경제학도들이 정차를?……”

“교수님. 2000년 이후의 세계는 국가의 경제력과 인권보장이 잘된 사회가 국가위상이 될 거라고 봐 예. 그 인권사회의 절대적인 뒷받침이 경제죠”

“귀군들의 민주화 운동이 인권사회를 만들겠지”

“군사정권도 민주화도 시대적 소산所産예. 미래시대는 모성적母性的 사회죠. 아이들이 살아 갈 환경을 만들어 가는 정치요.”

“……”

윤정은 듣기만 하는 두 분에게 평소에 하고 있던 생각들을 얘기하며 신나했다. 두 분은 법주사에 이르자 잠시 걸음을 멈춘다.

“윤정이는 속리俗離가 무슨 뜻인지 알고 있나?”

“속세를 떠나서 잠시 떠나있고 싶은 심사心思죠?”

"그래. 우리는 오늘 잠시 세상을 잊고 속리산을 왔지"

"어마! 난…… 몰라…… 예"

"허허허. 괜찮아. 국회의원 문하생이 귀염만 떠는 것도 안 어울리지"

"사랑해요 회장님"

"허허허. 허허허"

" 아들 녀석이 귀여우면 아들의 문하생도 귀엽지. 못된 사람"

"교수님. 저는 오늘 교수님의 미래학이 저의 숙제 예"

"결국 본심이 들어나는 군"

"후후후. 교수님은 저의 길라잡이 예"

"그래. 문장대로 가는 등산로는 걱정 말고 따라오게. 윤정군"

"네! 열심히 따라가겠습니다."

"허허. 아무래도 오늘 산행은 속리俗離 가 아니라 속리俗裡야. 김교수"

문장대로 오르는 등산로는 막바지가 고비다. 돌계단을 팔짝거리며 윤정은 체력을 뽐냈다

"윤정이는 체력이 가히 운동선수군?"

"생활력입니다. 저에겐 이렇게 맨몸으로 등산하는 건 산책입니다. 주말에 집에 내려가면 저는 지개에다 거름을 한 짐씩 지고 오르막 비탈 밭에 거름을 냅니다. 아버지가 하는 과수원 일을 거드는 일이지 예. 저는 그렇게 힘들어도 주렁주렁 달려있는 사과를 보면 또 힘이 절로 납니다."

"오호. 오빠들은 뭘 하기에 윤정이가 그 연약한 몸으로?"

"오빠가 하나 있었는데…… 떠나고 말았어 예"

"그래…… 요즘은 농촌에서 도시로 무작정 상경이 많다지"

"돌아오지 않으려고 아주 먼 곳으로 예. 우리 농촌에 필연必然이지 예"

"……?"

"……?"

"교수님께서는 2000년 이후를 위해 미래학을 연구하시지만 예 20년 전에는 교수님 같은 분이 안계셨어 예. 60년대 70년대 노력은 2000년 후를 가능한 사회로 만들겠지만 예. 지금은 그 필연의 고난苦難들이 우리를 많이 아프게 해 예. 태어났다는 죄로 살아가야 한다는 숙명으로 우리 친구들은 농촌을 떠나 도시로 나가 식모살이도 하고 생계비도 안 되는 임금을 받으면서 공단에 공순이가 되지 예. 2000년 후에 시대에서는 그런 일이 더 이상 계속되지 않도록 할 거라 예"

"귀군貴君에 생각 놀랍군"

"저에겐 교수님의 미래학과 회장님의 획기적인 발전적 기업관이 너무 멋있어 예. 최고예요. 저는 두 분을 제일第一로 사랑해요."

"허허허. 우리는 지금 귀여운 여학생 윤정이와 등산을 하고 있는 줄 알았는데?……"

숨이 턱에 차는 막바지 계단 앞에 잠시 쉬면서 두 분은 윤정이가 하는 얘기들을 웃음 지으며 들어줬다. 서 회장은 아들의 문하생이라 보통은 아닐 거라고 짐작은 했지만 어린아이가 보통이 아니어서 놀라워했다. 김 교수는 아이한테 관심이 많다. 그놈의 제자들 사랑. 그 나머지 조금이라도 아껴 집에서 외로울 아내에게 준다면 얼마나 좋을까. 아이가 없어 더 외로워하시는 김 교수의 아내다.

영묵이나 영미가 늘 찾아가서 놀다오곤 하지만 남편과의 시간들이 너무 없단다."

"귀군은 생각이 진취적進取的이야. 모든 면에?"

"- 젊은이여 미래에 도전하라 - 는 교수님의 가르침입니다. 그래서 저는 미래를 항상 생각 해 예"

"음 좋은 자세야"

"교수님. 그동안에 군사독제의 폐해는 대단하다고 할 수 있어 예. 이제 민주화의 대가代價는 그이상의 대가對價를 지불해야 할 거라 봐 예. 직선제 성취는 민주화의 승리지만 민주화된 정치는 표를 얻기 위해 온갖 선심정책을 다 동원 할 테고 정권을 위한 정책들은 미래를 포기한 현실위주 정치를 하겠지 예. 교수님의 미래학은 선거 때 표를 얻지 못해 예"

"오호!…… 귀군에 그 예상들은 놀랍군"

"저에겐 군사軍師가 있어 예. 세계의 정보를 다 가져다 주고 변화하는 내일을 알려줘요"

"국회의원 출마를 위한 준비?"

"대선大選입니다."

"허!……"

"……우린 지금 멀 잖은 장래 대통령과 등산을 하고 있는 건가?"

"후후후. 아이들의 꿈이요"

"밉지 않은 꿈이야. 오늘 등산은 윤정이 때문에 힘 드는 줄도 모르고 정상에 올랐군"

문장대 정상에서 사방으로 펼쳐진 산맥을 바라보다 김 교수가 북쪽을 가리켰다. 산봉오리가 끝없이 펼쳐진 산맥들 위로 늦가을 하늘이 푸르다.

"백두대간이야. 한반도의 뼈대라고 하지. 윤정군은 정상에서 무슨 생각을 할까? 우리는 지나온 세월을 떠오려 보곤 한다네"

"저는 앞날에 하고 싶은 일들을 생각해봅니다."

"그래…… 정치학도라면 생각하는 시간이 많아야지. 윤정군은 정치가들의 금기禁忌가 있는데 알고 있나?"

"종교와 노동자 여성이지 예. 잘못 건드리면 낭패를 보게 됩니다."

"삼대 호기呼氣라면?"

"지역감성 대중인기에 영합. 또 언론장악으로 봅니다."

"윤정군은 어떤 쪽을 선택할까?"

"삼류정치를 하지는 않겠습니다. 세계가 부러워하는 인권사회 예"

"그런 사회를 위한 뒷받침이라면?"

"안정된 경제생활입니다."

"안정적인 경제생활을 위해서는?"

"국가경제의 기반이 되는 기업인들의 힘이 절대적입니다. 기업가들을 최고로 우대하는 정치풍토는 미래사회에 있어 세계적 추세가 가 될 거예요. 기업은 바로 국력이죠."

"군인이 정치를 하면 기업체를 조달청으로 보고 법관이 정치를 하면 기업을 윤리관이라곤 하나 없는 장사꾼으로 취급한다고 하지. 윤정군 같은 경제학도들의 미래가 기대되는군."

"미래적이지 않은 정치를 펴면 국가의 미래는 없어 예. 교수님의 미래학은 우리에 길라잡이입니다."

윤정이의 호기심은 끝이 없고 김 교수의 제자사랑은 다함이 없다. 서회장의 불평으로 정상에서 내려와 김밥 도시락을 펼쳐놓고 서야 일상日常으로 돌아왔다. 서 회장님은 윤정이의 얘기들을 웃음으로 대해줬다. 그 많은 어려움에 직면 할 아이들의 도전이다. 아직 그런 것들을 알지 못하는 어린마음들이 앞으로 얼마나 많은 상처를 입을는지.

"등산은 신체적 건강에 좋고 정신 건강에도 도움이 된다고 해. 앞으로 윤정이도 산행을 많이 하도록 해"

"두 분과 같이 다니고 싶어 예"

"동문들과 어울려야 많은 걸 얻지"

"선지先知와 동지同知를 다 가지고 싶어 예"

"과욕過慾은 과오過誤를 범하게도 해. 순리적 여유餘裕는 실패도 없지"

"회장님은 첨단 과학적 기업관을 가지셨다고 하시는데 제조업 위주의 우리나라 공업사회의 기틀을 한 단계 끌어 올리시는 거죠?"

"일류정치 하下에 일류기업도 가능하겠지. 이제 우리는 이 맛있는 김밥을 먹고 하산하면 다시 그 생활 속으로 돌아가야 해. 아직은 이렇게 좋은 자연속의 시간들 아닌가? 저 신비스러운 바위산들이야. 바라보면서 인생을 즐기자고"

"멋쟁이 회장님이시다. 소년의 감성感性을 가지신……"

"누군가 그랬지. 인생은 청춘과 함께 사라진다고. 윤정이도 신나는 인생을 만들어 가도록해. 우리처럼 허송 하지 말고"

"회장님 멋있는 모습 최고예요"

"고맙군. 그런데 오늘 난 참 기분이 좋다네. 윤정이를 아이로 가지신 분은 누구신가 좋으시겠어"

"우리아버지께서는 영묵선배가 최고에 일꾼이래요. 저에겐 늘 일꾼도 못될 놈이라고 하시면서"

"문하생門下生 집을 방문해서 또 어르신들을 놀라시게 한 건 아니고?"

"선배님 농사일 하느라 고생만 했어 예"

"허허허. 열심히들 해봐. 너희들 세상이니까.

"회장님. 사랑해 예"

"나도 너희들 사랑한다."

"영철오빠는 일꾼일까? 놀 꾼일까?"

"말썽꾼"

"아니라고는 못할 거야. 군사軍師는 맘 내키면 나를 위해 뛰다가 금방 맘 변해서 그만 접으라고 하고"

"세상은 수시로 변화하고 민심民心은 때에 따라 돌변하지. 약삭빠른 고양이는 생쥐를 잡고 미련 맞은 고양이 발에 체인다고 하잖아"

"군사의 그날 작전으로 난 두 분에 마음을 얻을 수 있었지만 두 분은 나의 군사가 영철오빠라는 걸 이미 알고 계셨어. 영묵선배의 운전기사가 두 분의 귀둥이라니……"

"그때 님의 열렬한 국가 애정愛情이 국민을 감동시켜서 님이 오늘에 평온한 사회를 이루었다고 봐. 님은 이제 그만 편안한 일상의 인생을 가지도록 하시죠"

"군사軍師의 위생衛生은?"

"위국爲國도 위민爲民도 따지고 보면 모성母性의 아이사랑이야. 현재의 정치가 후손이 극복 할 기회까지 저버리지는 않을 거라고 봐."

"……"

영철은 응접실 한 쪽에 걸려있는 그림아래 문구를 바라보며 님의 걱정스러운 마음을 위로했다."

'인생은 사는 거지 연명은 아니다'

정훈이의 그림과 글이다. 동화 같은 느낌을 주는 풍경 속에 마을. 빨갛게 익어가는 사과들. 그 나무아래 골목길에서 뛰어노는 아이들이 즐겁다.

'인생. 그거 참 좋은 거다. 소풍逍風 가는 거야'

일제치하에서 남양南洋군도로 끌려갔다 구사일생으로 살아서 돌아온 동네 할아버지의 고생苦生했든 얘기를 정훈이와 같이 들은 적이 있었다. 마당에다 모깃불을 피워놓고 곰방대에 봉초를 담아 맛있게 피워대던 할아버지.

"얼마나 더운지 땀에 젖은 바지적삼이 맨 날 물에 빠졌다 나온 것처럼 젖어서 지낸 거야. 몸에서는 곰팡이 냄새가 나고 먹는 건 쉰 냄새가 풀풀 나는 주먹밥에 소금반찬이고……"

"……"

"……"

"아침에 막사에서 모여 잘 때 젤로 생각나는 기 집에서 하던 목욕이란다. 겨울엔 가마솥에 물을 데워서 바가지로 푹푹 끼얹고 하던 목욕. 또 여름엔 냇가에 나가 달밤에 차가운 냇물에 몸을 담구든 기 그렇게 생각났단다. 다 견딜 수 있는데 먼지투성이로 그냥 잠자리에 드는 기 그리 싫었다."

"거긴 냇가도 없대 할아버지?"

"폭격이 무서워 깜깜한 밤중에 닦는 비행장이란다. 냇가가 있어도 밀림이 우거져 찾을 수도 없고 일본 군인들이 무서워 못가. 그러다가 도망치는 줄 알고 그놈들이 쏜 총에 맞아 죽은 사람도 있었단다."

"일본은 나빠"

"그래 나빠!"

"지금 너희들은 참 좋은 세상에 사는 거 데이. 징용의 보국報國대가 없는 세상은 천국이다. 암 천국이고말고"

소풍 나온 아이처럼 즐겁게 살다 간 아이. 정훈이는 때로 그 할아버지 얘기를 했다. '우리가 살아가는 게 뭐 어때? 우린 마음대로 살잖아? 우리는 그 할아버지처럼 붙들려가 중노동하며 사는 것도 아닌데……' 누구도 뭐라고 하지 않는 세상. 그 세상은 자유세상이다. 그런데 왜 〈오천년을 위한 모임〉의 사무장은 그런 걱정들을 하는지……

"지금 우리의 대한이란 아이는 천애天涯의 고아가 되고 있어요. 부모에게도 이웃에게도 버림받은 아이는 멀잖아 그 생을 마감 하겠죠. 키울만한 놈이 못된다고 버려진 아이. 이웃들은 구박이나 할 겁니다."

"후손은 다만 극복 할 뿐이야."

"지옥의 문은 어리석은 자者들에게만 열려있다고 합니다. 세계인류가 다 거부하는 왕권사회와 예속隷屬체제를 우리만 유일하게 선호하고 있어요."

"……"

"자유대한을 우리 손으로 지구상에서 영원히 지우는 우리의 교육이고 우리의 정책입니다. 정 윤정 대통령의 미래적 기본基本정책들도 서 영묵의원에 자연사회적 인본주의人本主義사상思想도 민족주의 단체들의 환상의 통일론에 다 묻혀버리고 말겁니다. 이제 그 무지막지한 왕권의 통제 아래 우리의 아이들은 영원히 구속 되겠죠."

"우리가 아무것도 하지 않으면 역사에 죄인이 될까?"

"이제 우리의 자유대한이라는 아이를 구원 할 이웃은 없겠죠. 지난날 해방은 우리민족에겐 횡재였어요. 우리민족의 독립관이 대단하였기 때문이기도 하지만 아무도 우리의 독립을 방해하지 않아서 가능 했어요. 그런데 우리는 스스로 민족을 저버렸어요. 자유사회와 공산사회의 분단 체제는 민족보다 우선시 되어서라고 볼 수 있어요. 이제 민족통합을 위해 어느 한 체제를 버리려고 하는 건데 오천만 국민이 다 원한다고 해도 저는 동의 못합니다. 그 이유는 그들이 원하는 건 오천만의 민족이 아닌 자유대한의 땅이기 때문입니다."

"……"

"6, 25동란 때 있었던 그 일을 상기想起 해 보면 그렇습니다. 인민군은 후퇴하면서 남쪽 협력자들을 국군으로부터 보호하기 위해 데리고 갈 수밖에 없었는데 그들은 원주 신림 땅의 중앙선 철로 또아리굴에서 협력자들을 모조리 사살하고 떠났다고 했어요. 휴전 후 그곳 근동近洞주민들은 그 굴속에 죽은 수 천구에 시체를 꺼내는데 몇 개월이 더 걸렸다고 했어요. 그들 대부분이 남로 당원이었다고 하는데 그것을 본다면 그들에겐 목적만 있을 뿐 배려는 없다고 볼 수 있어요. 그들이 그렇게도 민족을 위한다면 자유대한을 가만히 내버려 두면 돼요. 해방 후 우리는 한번도 조선을 향해 도발을 한적이 없고 위협 하지도 않았어요. 그들이 자유대한을 향한 수천 번에 도발이 민족애라고 우기는 건 강간을 사랑이라고 우기는 것과 다를 것 없어요."

"……"

"민족애란 건 그들에게 없어요. 동, 서독이 갈라져서 다툴 때 지휘관이 발포명령을 하니까 양쪽 병사들이 총을 버리고 달려가 마주 껴안고 울었다고 했어요."

"……"

"진보進步란 자유사상보다 발전한 사상을 진보라고 해요. 공산사회로 왕권체제로 가는 건 퇴보退步죠. 우리나라는 지금 퇴보사상의 천국입니다. 속담에 장난치다 아兒 밴다는 속담이 있습니다. 장난으로라도 자유대한의 존재를 비하卑下하면 안되요. 세계 어느 나라도 아이들을 교육하며 너의 존재를 부끄러워하라고 가르치진 않아요."

7

~ 동동구르무 한통만 사면 온 동네가 곱던 어머니 ~
~ 지금은 잊혀진 추억에 이름 어머님의 동동구르무 ~
~ 바람이 문풍지에 울고가는 밤이면 내 언 손을 호호불면서 ~
~ 눈시울 적시며 서러웠던 어머니 아~아~ 동동 구루무 ~

〈방어진에 동동구루무〉

조용한 와룡마을의 한밤을 시끌시끌하게 하는 떠돌이 악사. 특유에 걸쭉한 입담으로 피리연주로 동네 어르신들을 즐겁게 하면서 적잖은 팁도 챙긴다.

"어무이들 예날 생각나시지요? 박물장수들의 추억의 동동 구루무"

"그럼"

"어제 같은 디……"

추억의 동동구루무는 당시 박물장수들의 필수 상품이었다. 참빗 얼레빗 장미분 등. 보따리장수들은 삽짝 밖의 출입이 어려운 새댁들에게 인기였다. 어쩌다 모여서 장에라도 갈 때는 뒷마루에 모여 앉아 화장을 하며 깔깔대든 어머니들. 아이들은 어머니들의 야릇한 애기들을 알아듣지도 못하면서 괜히 뛰어다니며 덩달아 즐거워했다. 비록 검정고무신 한 켤레 얻어 신는 것이 최고의 행복이었지만 어머니들이 장에 가시는 날은 기대에 차서 온 동네를 떼거리로 몰려다니며 장에서 돌아오시는 어머니를 기다렸다.

"어무이들. 보리개떡 있지요. 저는요 세상에서 제일 맛있는 게 보리개떡인 줄 알고 자랐습니다. 어머니께서 구장댁에 가셔서 보리방아 찧어주시고 얻어 오신 보리쌀 가루로 만들어 주시던 그 보리개떡요. 저는 한 조각의 그 보리개떡을 아끼며 먹곤 했습니다. 제 키가 이렇게 큰 건 아무래도 어머니가 보리개떡을 많이 먹게 해 주신 덕 아닌가 늘 생각 합니다."

"……?"

"우리 어무이가 이렇게 튼튼하게 키워 논 일꾼입니다. 데려다 일꾼으로 써실 어무이 어디 안계십니까? 논일도 밭일도 과수원일도 다 잘합니다. 덤으로 일하면서 노래도 잘 합니다."

~ 우리 집에 골빈낭군은 고기잡일 갔는데 ~

~ 바람아 강풍아 석달 열흘만 불어라 ~

~ 니가 죽고 내가 살며는 열녀가 되느냐 ~

~ 한강물 깊은 물에 가 콱 빠져나 죽잔다 ~

"데려다 마당쇠로 써먹으면 딱이것다야?"

"잘도 놀아댄다. 청춘과수댁들 바람나것어……"

"장작도 잘 팹니다."

"새경은 따블이다. 우리 집 과수원에 오거라."

"멕여만 주시면 됩니다."

"재워주는 건?……"

"괜찮다면 여기 노인정에서 자겠습니다."

"아따 그 눔! 이건 계약금이다."

"여기도 있다."

다투어 만원 짜리를 주머니에 넣어주는 어르신들.

"사랑합니다. 어무이요."

괴춤에 넣어뒀던 할매들에 비상금이 영철의 바지주머니로 들어가고 또 들어가고 회관마당 라이브는 밤늦도록 계속됐다. 〈짝사랑〉〈청춘고백〉〈흑산도 아가씨〉〈동백아가씨〉 등. 영철의 흥겨운 색소폰 반주에 맞춰서 박수를 치며 노래를 부르는 할매들. 하모니카를 불땐 옛 생각을 하시는 가 소매로 눈시울을 닦기도 한다. 선우 영도 할매들과 어울려 같이 춤을 덩실덩실 추며 분위기를 이끌었다. 윤정님은 아이들과 한 켠에 서서 영철의 놀이를 미소를 진체 바라봤다.

~아침에 우는 새는 배가고파 울고요~

~저녁에 우는 새는 님 그리워 운대요~

~뒷동산에 딱따구리는 생구녕도 잘 파는데~

~우리 집에 저 멍텅구리는 뚫린 구녕도 못 뚫나~

-아리랑 아리랑 아라리요 아리랑 고개로 넘어간다.

무서리가 내리면서 과수원 사과들은 빨갛게 윤기를 더해가고 앞들에 벼이삭들은 가을바람에 금빛 파도를 쳤다. 영철은 선우 영과 과수원에서 사과를 따며 많은 얘기를 나누었다. 대통령직을 사임하고 고향으로 내려와 예전처럼 농사를 지으며 살아가고 있는 윤정 님을 곁에서 지키며 지내 온 영이다. 기록관은 감시였지만 집사는 보호다.

"언니가 영철오빠 온 후로 많이 밝아져서 다행……"

"어? 이젠 막나가네 영?……"

"선생님은 영원한 선생님이지만 대장은 제대하면 소주 친구지 뭐"

"언니도 이젠 장바구니 들고 시장 보러가는 여인이 될 뿐이다?"

"연인도 될 수 있는 여인"

"왜 이렇게 초라해 보일까 두 여인이?"

"영철오빠가 함께하면 신나겠는데……"

"그건 애들의 작업 멘트?"

"언니는 남자답지 않은 남자와는 대화도 안 해. 영철오빠는 유일하게 우리 숙소에서 커피를 마신거야."

"내가 아버지 같은 남자라서?"

"참 내. 돌아다니며 그 많은 여인들에게 그리움 남길 남정男丁이"

"나에게 점심 사준 거 아까워들 하면서?"

"언니가 내일 시장 가는데 임시 경호원 해줘"

"맛있는 점심 사준다면?"

"점심에 목숨 거는 머슴애 후후후"

"영 하고는 저녁도 먹을 수 있는 머슴애"

"그렇게 작업 안 들어와도 내가 유혹하고 싶은 남자야 오빠는"

"히히히. 그 얘기 오십년 만에 내가 듣는 신나는 얘기"

"거짓말"

안동에 전통시장은 시내에 있다 옛날부터 있었던 그 자리에. 외곽에 농산물 시장은 소비자들이 이용하기 불편해 시내에 상설시장을 이용한다. 영철은 경호원들에게 경호원 표식을 하나 달래서 붙이고 선우 영과 윤정님을 위한 시장보기를 했다. 시장을 보기보다는 만나는 사람들과 인사하기에 더 바쁜 윤정 님. 사람들과 만남이 좋아서 시장을 자주 찾는다고 했다.

"찜닭 먹고 싶다. 영철오빠?"

"아무래도 오늘 할매들한테 받은 용돈 다 달아나게 생겼네."

"돌아가신 우리 엄마 친구 분이 하시는 식당"

식당골목 한켠에 허름한 작은 식당으로 안내하는 윤정 님. 백발의 할매는 윤정이가 반가워 어쩔 줄 을 모른다."

"우리 딸 어서 와라. 어이 그, 우리 이쁜 딸"

"우리엄마 많이 힘드시지?"

"힘들긴 우리 딸이 있는데."

"엄마가 만들어 주는 찜닭 먹고 싶어서 왔어"

"그래. 우리 딸 요즘 사과 따느라 많이 힘들겠다."

"엄마. 이 사람은 내가 전에 일 할 때 나를 지켜줬던 선배"

"그래…… 아쉬운 대로 일꾼으론 쓸 만 하겠다."

"……?"

영철을 찬찬히 살펴보는 할매, 윤정이가 기겁을 한다.

"아이참. 엄마 과수원 일꾼이 아니고 나라일꾼"

"예전에 니가 데려왔던 그 국회에 일꾼은 어디 과수원 일꾼이었냐 국회의원이었지. 그때 니 아버지가 과수원 일을 무지막지하게 시켰잖아. 그 잘 생긴 일꾼 요즘은 텔레비전에 자주 나오더라."

"아. 그 선배. 서 영묵 선배야. 지금 대학에서 애들 가르치는 교수님이야 엄마"

"이그, 쯧쯧……우리 딸 윤정이가 나라의 큰 일꾼 대통령을 했으면 뭐하냐. 다 소용없다. 다 일없어. 여자는 그냥 위해주는 남자 하나 있으면 그만이다. 니 엄마가 그리도 아까워했던 그 옛날 일꾼. 정훈이라고 했던가. 그 애 만한 일꾼은 없겠지 만은…… 자고로 여자에겐 남자가 있어야 헌다."

"후후후. 엄마 난 남자복은 정말 없어 예?"

"어디 평생일꾼 될 놈 하나 찾아야 할긴데…… 쯧"

다시 한 번 영철을 살펴보는 할매. 영이 미소를 지으며 보다가 영철의 옆구리를 쿡 찔렀다.

"제3의 후보로 낙점"

"또 그중에서 제일 못난 놈"

"윤정이 니가 데리고 와 밥 먹는 놈은 정훈이 놈 말고는 이눔이 처음인 거 같다."

안동찜닭은 맵지는 않으면서 얼큰하다. 특유에 양념 맛이란다. 소주를 한잔 곁들이면 제격이다. 술꾼이 아니라도 술이 땡기는 음식. 안동 찜닭. 윤정은 소주잔을 기울이며 즐거워했다. 할매는 지난얘기를 들려주며 한결 밝아진 윤정이를 흐뭇해했다.

"그날 밤 너 거 아버지가 열차에서 만났다면서 데리고 온 아이. 그 아이는 참 착했다. 선 새경을 준다며 나한테 있는 돈을 다 달래서 그 아이 손에 쥐어주고 난 너 거 아버지는 아이를 보내고 걱정하는 나한테 그러셨다."

"그냥 준기여"

"그 많은 돈을?"

"인연이면 나중에 찾아오겠지"

"윤정이 커면 데릴사위 할라고?"

"아들이 돼 준다는 바람에 그만……"

"일꾼으로?…… 아들로?…… 아무래도 데릴사위가 낫겠다."

"내가 욕심 낼 놈은 아닌 거 같은데……"

"무슨 소리. 정 선달 데릴사위 되는 놈이야말로 땡 잡은 건 데?"

"……"

"윤정이 너 거 아부지가 젤 신나는 세상이었다. 정훈이 그 애 하고 살았던 그 몇 년이"

"……"

"난 아직도 그 애의 싹싹한 모습이 생각난다. 너 거 엄마하고 장에 나오면 일꾼이 아니고 아들이였지. 너 거 엄마를 다 부러워했어."

"……"

"그 애는 어디가도 밉상이 아니니 지금 어디선가 잘 살고 있겠지만…… 참 아까운 애였는데"

"아이참. 엄마 그 오빠 첫사랑 찾아가서 잘 살고 있어. 아주 잘 살아 지금"

"그럼 됐다. 윤정이 니 하고는 인연이 아닌 걸 어쩌겠냐"

한숨으로 옛날 얘기를 마무리하며 할매는 윤정이를 다독였다.

"그런데 가만히 보고 있으니까 젊은이는 낯이 많이 익는데?……"

"아 그 건 제가 영화에 나오는 임꺽정이를 많이 닮아서 그럴 겁니다."

"엉……그런가?"

"어무이요? 난 안 이뻐요? 하나도……"

"이쁘긴. 소도둑같이 생겨가지고. 우리 윤정이 지켜주는 데는 쓰겄다."

"저 이렇게 막 생겼어도 나팔도 잘 불어요. 어무이요."

"아니…… 인저 봤더니 그 떠돌이 나팔쟁이 아녀?"

맛있는 점심을 먹고 영철은 영 과 함께 하회마을로 갔다. 나들이 나온 윤정 님이다. 좀 더 밖에서 시간을 보내게 해줄 생각이었다. 영이 조용한 시간을 위해 탈을 빌려왔다. 경호원들은 두루마기를 입혀 위장했다. 때로 불필요한 경호지만 경호는 경호원들의 권리다. 영철은 탈춤 공연장을 지나다 무대로 올라갔다. 할배탈의 영철이 할매탈의 윤정을 불러 올렸다. 각시탈의 영이 할배탈의 피리소리에 맞추어 덩실덩실 춤을 추었다. 〈초혼〉 민지의 노래다. 소월의 시. 가슴을 울리는 영철의 애절한 연주는 구경꾼들을 불러 모았다.

"봐라봐라 저 귀신도 안 물어 갈 영감택이. 저렇게 밤낮으로 피리나 불어대고 노니 집구석 꼴이 될 리가 있나?"

"망할놈의 할망구 말하는 뺀대 좀 봐라. 내 무슨 죄로 칠십 평생을 뼈 뿌라지게 일혀서 집구석 챙겼구만은 나 보구 놀아대기만 했단다."

"집구석은 타작마당에 오줌 누고 그거 챙길 새도 없이 뿍아치는데 주막에 틀어박혀 니나노 놀자판 벌인 기 누고?"

"염병할. 먼데서 찾아온 친구들이여. 서독광부 같이 갔다 온 친구들 하고 술 한 잔 한기여. 이 정신머리 백리는 나간 할망구야. 우리는 나중에 새끼들 밥 안 굶게 할라고 뒈지게 일 했구먼"

"밥만 먹고 사는 세상이 아녀. 이 정신 오백년 더 나간 영감택이야. 손주새끼들에게 금수저 물리주려면 서독광부 백번은 더 갔다 와야 혀"

"봐라봐라 이 엠병 할 할망구. 청춘 때는 당신 하나 땜에 산다 카더니 이젠 새끼들 땜에 살어야? 내가 이 나이에 손주새끼들 땜에

서독 광부를 또 가야?"

"그라면 저렇게 내삐리 둘 끼나?"

"그라면 어쩌라고? 아! 학교서는 할배들 잘못으로 집구석 꼴이 이 지경이 되부렀다 가르치제. 애비란 놈은 정신이 나가도 삼천리는 나가 자빠져서 땅이고 집이고 돈이고 몽땅 첩년한테 넘겨주지 못해 안달이 나서 지금 저러고 있제. 에미라는 물건은 지 새끼들 위해 전답 지킬 생각은 않고 있는 돈 없는 돈 다 챙겨 외국여행이나 나다니고 있는데. 나보고 어쩌라고. 이 개 판 난 집구석을 나보고 어쩌라고?"

"그렇다고 손주새끼들 버릴끼나? 이 죽 먹는 것도 아까운 영감택이야"

"아 할배 말은 콧등으로도 듣지 않는 새끼들이여. 이 할배는 그래도 흙수저는 물리 줬구만. 그런데 지들은 흙수저 전에 비렁뱅이 깡통이나 안 물리 주면 다행일 기다"

"그렇다고 보고만 있을 기나? 새끼들 일이 남의 일이나? 이 못난 영감택이야"

"내도 이젠 모르겠다. 험한 꼴 보기 전에 내 얼렁 죽어야지. 다 꼴 보기 싫다마. 이놈의 꼴 보기 싫은 세상. 노래라도 있어 그래도 내 산다."

할배탈은 다시 피리를 불기 시작했다. 〈옹해야〉 〈아리랑 〉 타령은 시간이 갈수록 신나고 구경꾼들은 점점 더 모여들었다. 무대에서 무대 아래서 덩실덩실 구경꾼들의 춤판도 벌어졌다.

~ 어스렁 달밤에 깨구락지 우는소리 ~

~ 시집못간 노쳐녀 둘이가 안달이났구나 ~

~안달이 났구나~

"뭐락카나!

"이 영감택이 오늘 죽었다."

연주가 끝나기 무섭게 할매탈과 각시탈이 할배탈에게 달려들었다. 나뒹거러진 할배탈이 가까스로 일어나 앉아 두 손을 모아 싹싹 빌었다. 실갱이 속에 탈들은 벗겨지고 무대는 곧 난리가 났다.

"대통령님!'

"반가워요. 대통령님!'

아이들도 어른들도 윤정 님과 손을 마주치며 예고 없던 만남에 어쩔 줄을 몰라 했다. 무대 아래로 끌려내려 온 영철만 온갖 수모를 다 당했다. 전 대통령을 놀려먹은 죄 죽어 마땅했다. 먹던 아이스크림의 세례. 먹던 과자봉지 세례에 영철의 옷은 엉망으로 얼룩졌다. 윤정 님과 영은 깔깔대며 고소해 하고 경호원들은 수습에 애를 먹었다.

"이젠 조용한 데이트는 틀렸고……"

"은밀한 데이트를 원하셨나요?'

"천만에요. 매력적인 두 여인들 즐겁게 해 주려다 맞아죽을 뻔 했습니다."

"후후후. 경호대장이 남자로 보인 죄"

깔깔대는 두 여인과 냇가 옆 주막에서 동동주를 마시며 영철은 물수건을 얻어 더렵혀진 옷을 대충 수습했다.

"님은 국가 위상을 위해 조금만 드시죠?'

"나를 억압하지 마세요. 못된 놈……"

"그 못된 놈은 나의 영원한 닉네임입니다. 어릴 때부터 나에겐 항상 따라다닌 내 이름이나 같은 못된 놈. 우리 고향에서는 내 이름은 몰라도 못된 놈은 다 알아요."

 찹쌀 동동주 한잔에 금방 흔들리는 님. 영철은 냇가에 솔밭으로 윤정 님을 데려가 쉬게 했다. 구름 한 점 없는 가을하늘 아래 버드나무 숲이 그림같이 정겹다. 영철은 윤정 님에게 자신이 못된 놈이 된 그 어린 날의 사건을 얘기 해줬다. 영은 경호원들과 놀러나 온 아이들을 데리고 놀며 윤정 님이 편히 쉬도록 해줬다. 윤정은 벤치에 편안히 기대앉아 영철이가 하는 어린 날의 얘기를 재미있어 했다.

 여름도 다가고 초가을 콩잎이 노오랗게 물들어가는 초가을. 학교서 돌아오며 영철은 정훈이와 뗏목을 만들어 띄울 생각으로 영진이랑 동원이를 꼬득였다. 멀리 백운계곡에서 흘러 내려오는 마을 앞 삼탄천은 지난번 홍수로 물이 제법 많이 불어났다. 뗏목을 띄우기 딱 좋다.

"정훈이 넌 톱하고 도끼 영진이 너들은 새끼줄 챙겨. 난 대나무 준비 할게"

"좋아. 우리 뗏목 타고 남한강까지 내려가 보자."

"야! 우리 그러지 말고 이참에 한강까지 가 보자."

 소심쟁이 영진이 까지 들떠서 삿대 젓는 흉내를 내자 따라오든 연이와 수이가 눈치를 채고 끼어들었다.

"오빠들 또 콩때기 하려고 쏙딱이는 거지?"

"초등생들은 빠져라"

"집에가 일러바친다. 우리 안 끼워주면"

"그러기만 해."

"씨……"

"까불면 죽을 줄 알아"

골치 아픈 동생들이 끼어들면 일을 벌여보지도 못하고 게임아웃이다. 그렇게 개구쟁이들은 철저한 보안 속에 준비를 해서 이튿 날 냇가 모래 벌 얕은 물에서 뗏목을 역었다. 뗏목 등걸은 밭둑에 베어놓은 나무들을 잘라서 끌고 오고 가로 목은 동원이네 헛간에서 서까래로 쓸려고 장만해둔 나무들을 몰래 꺼내 와서 썼다.

"오빠들 콩때기 한다더니 뗏목놀이야?"

"어휴. 저것들……"

개구쟁이들은 다 역은 뗏목을 냇물 안으로 밀어 넣다말고 난감해졌다. 기어이 끼어드는 동생들 때문이다 정훈이가 누이동생 숙이와 연이를 쫓아보려 했지만 어림없다.

"너들 데리고 물놀이 했다간 우리 맞아죽어"

"우리도 같이 갈래"

"너희들은 안 돼. 위험하단 말야"

호기심 많은 연이와 떼쟁이 숙이를 떼어내지 못하고 그들은 동생들과 함께 뗏목놀이를 시작했다. 뗏목은 물살을 타고 빠르게 내려갔다.

"와! 빠르다 오빠"

"우리 한강까지 갈 작정이었는데 너들 때문에 남한강 까지만 가야겠다."

"우리도 한강 가보고 싶다. 오빠야"

"알았어. 대신 너들 노래 불러"

"응. 뱃놀이 타령"

~ 어기여어차 어기여차 뱃놀이 가잔다 ~

~ 만경창파에 배띄워 놓고 ~

~ 어기여차 뱃놀이 가잔다 ~

뗏목이 여울목을 지나며 좀 흔들리자 연이와 숙이가 노래를 부르다 말고 바닥에 납작 엎드렸다.

"엄마야!"

"오빠야!"

오빠들은 뗏목이 출렁이면 신나고 연이와 숙이는 자지러졌다. 냇가 옆 밭에서 일하던 어른들이 걱정스럽게 쳐다봤다.

"야! 이눔들아. 너들 그러다 목계나루까지 떠내려가겠다."

"그만 놀고 나와"

뗏목은 남한강이 가까워질수록 천천히 내려갔다. 조금만 더 내려가면 곧 남한강이다. 강폭이 넓어지면서 여유로워진 뗏목놀이는 동생들 골려주기로 물장난치기로 신났다. 그사이 마른 나무 등걸들이 물을 먹으며 뗏목이 조금씩 물속으로 가라앉았다. 처음엔 신발을 적시다 물결에 따라 발등까지 젖었다.

"큰일났다. 이러다 가라앉겠다."

"밖으로 나가자"

겁이 많은 영진이와 동원이가 삿대를 마구 저어대며 허둥댔다. 영철은 태연히 삿대질을 하며 겁먹은 동생들만 골렸다.

"우리가 여기 물속에 빠져죽으면 뭐가되는지 아나? 몽달귀신 된다."

"오빠야! 난 몰라. 난 몰라"

정훈이에게 가 매달리는 연이. 숙이는 영진이를 붙잡고 발을 동동 구른다. 동원이는 코앞에 강둑을 가물가물하다는 듯 바라봤다. 여차하면 헤엄쳐서 나가기라도 할 태세다. 헤엄을 못 치는 정훈이는 걱정스레 뗏목에 상태를 살피기만 했다.

"안돼겠다. 누구하나 내려야겠다. 우리가 너무 무거운가 봐."

영철이가 허둥대며 그러자 다들 쫄아서 금방 죽을상을 했다. 물 먹은 나무 등걸은 처음엔 물에 잠기지만 아주 가라앉지는 않는다. 이대로 목계나루까지 가는 데는 아무문제가 없다. 영철은 일부러 자꾸 허둥거렸다. 정훈이에게 매달려 어쩔 줄을 몰라 하는 연이를 골려주고 싶었다. 짜식들이 요즘 와서 같이 숙제 한다며 몰래 만나고 한다. 중학생이 되면서 학교에서 여자애들이 많이 따르는 정훈이다. 연이는 그런 정훈이 오빠가 불안해 숙이와 논다는 핑계로 맨날 정훈이네 집에 가서 산다.

"나하고 동원이는 헤엄쳐서 나갈게. 우리 둘이 내리면 뗏목은 괜찮을 거야. 너희들끼리 뗏목놀이 하고 와"

"오빠가 없으면 어떡해?"

"그럼 우리 다 물귀신 될래?"

"어떡해? 엉-엉"

"오빠야"

숙이는 이번엔 영철이에게 매달려서 간절한 눈빛으로 올려다봤다. 학교에서 읍내 애들의 괴롭힘이 있을 땐 어느새 달려와 혼 내켜서 마음 놓고 다닐 수 있게 해주고 어쩌다 숙제를 못해 쩔쩔 매고 있으면 금방 문제를 풀어서 답을 내주곤 하는 영철오빠다. 그런 오빠가 불안해하는 건 처음 본다. 정말 큰일이 난 거다.

"오빠야. 우리 어떡해?……어떡해?"

"히히히…… 우리가 물에 빠져죽으면…… 이렇게 히히히……"

영철이가 귀신흉내를 내자 동생들이 금방 숨넘어가는 소리로 엄마만 찾았다. 그때 정훈이가 갑자기 옷을 입은 체 물에 뛰어 들었다. 아무리 헤엄을 잘 쳐도 흐르는 강물에서는 옷 입은 체로 헤엄을 치면 물살에 떠내려간다. 헤엄도 잘못치는 정훈이가 뗏목에 있는 모두가 걱정되어서 그러는지 물에 뛰어든 거다. 그러자 신기하게도 한사람의 무게가 줄었다고 뗏목이 약간 솟아올랐다. 영철은 진짜 큰일이 난 걸 직감했다. 저대로 두면 정훈이는 금방 힘이 빠져 물속으로 빨려 들어 갈 거다.

"너들 그대로 가만있어!"

"영철은 대나무 장대를 하나 허우적대는 정훈이에게 얼른 던져주고 옷을 벗었다. 영철이가 팬티까지 다 벗자 연이와 숙이가 얼굴을 감쌌다. 벗은 알몸으로 물에 뛰어든 영철이는 장대끝을 잡고 강둑으로 헤엄쳐 갔다. 다행이도 정훈이가 장대를 붙잡고 있어서 쉽게 물가로 나갈 수 있었다. 영철은 기진맥진해서 정신을 못차리는 정훈이를 둑으로 끌어 올려놓고 뗏목에 아이들에게 소리를 쳤다.

"새끼줄에다 고무신을 묶어서 이리 던져!"

만약을 위해 남은 새끼줄을 뗏목에 실고 오기를 잘한 거다. 영진이가 던진 새끼줄에 매달린 신발은 강둑까지는 어림도 없었다. 영철은 다시 헤엄을 쳐서 새끼줄을 건져 올렸다. 그사이 정훈이가 정신을 차리고 새끼줄을 잡고 같이 당겼다.

"안 돼 그렇게 세게 잡아당기면. 끊어져! 아래로 내려가면서 조금씩 당겨야 돼"

뗏목이 떠내려가고 있는 상태에서 아래쪽으로 먼저 내려가서 조금씩 당겨야 새끼줄이 안 끊어진다. 한참동안 실랑이를 해서 강둑으로 뗏목을 끌어내고 둘은 쓰러졌다.

"오빠야!"

"정훈오빠……"

정훈이에게 가 매달리는 연이와 숙이. 영철은 동원이가 건네는 옷을 챙겨 입으며 가쁜 숨을 몰아쉬었다.

"너들 전부 다. 오늘 일은 없었던 걸로 해. 알았지?"

그러나 마을 앞길에 자전거를 타고 가정방문 가던 선생님이 다 보고 있었다. 가정방문 중이었던 연이의 단임 선생님은 다음날 아침 조회 때 어제 있었던 뗏목사건을 전교생들에게 알렸다. 위험한 장난을 하지 말라는 훈계와 함께. 다행이도 선생님은 아이들이 겪은 위기는 모르고 있었다. 그냥 어린 중학생들과 초등학생들이 물놀이를 하고 논 건 줄 알고 있었다. 그 바람에 동네 어른들이 소문을 듣고 다 알게 되었고 영철이는 또 못된 놈이 되었다. 그러나 일은 그날 학교를 다녀온 뒤 크게 벌어졌다. 시내 고등학교에 다니고 있는 성훈 형이 뗏목사건을 소문 들어서 알게 되자 막 바로 집으로 와서 동구 밖에다 동생들을 집합시켰다.

"우리 오늘 다 죽었다."

"또 먼저마냥 형이 야구방망이로 기합 주는 거 아닐까?"

겁 많은 영진이는 미리부터 엉덩이를 어루만지며 기가 팍 죽는다.

평소에는 다정하기만 한 동네 형 성훈 형이다. 이번엔 화가 단단히 났다. 동생들을 보는 길로 일단 눈을 부라렸다.

"너들! 잘못은 알고 있겠지?"

"네! 알고 있습니다."

"좋아. 그럼 동원이 너 부터 말해봐. 뭘 잘못했니?"

"잘못인 줄 알면서 뗏목 놀이에 끼었어요."

"영진이는?"

"어른들에게 허락을 안 받고 뗏목을 만들었어요."

"그래. 영진이 니 말이 정답이다."

"정훈이 넌?"

"여동생들 태운 거 잘못이야 형. 잘못했어."

"짜식 알기는 아는구나. 그럼 영철이 넌?"

"마른 나무 등걸로 뗏목을 역을 땐 이중으로 역어야 안전한 걸 모르고 했어 형"

"그래? 너들이 잘못한 건 다 안다니 됐다. 엎드려 뻗쳐!"

"아이 형……"

"형. 다시는 안 그럴게"

"실시!"

"아이구야……"

"그래. 잘못인 줄 알면서 못된 놈들이 꼬득인다고 넘어 가냐? 엉"

영진이와 동원이가 먼저 엉덩짝을 팍팍 얻어맞았다.

"그래 임마! 정훈이 넌 동생들 물에 빠지면 안 되는 건 알면서 니가 물에 빠지면 안 되는 건 모르냐. 이 바보 같은 놈아! 넌 맞고 또 맞아야 돼"

"아이 아프잖아!"

"그리고 이번에도 영철이 너 때문에 이 난리가 난거잖아? 너도 한

대 더 맞아야 돼"

팍팍. 참을성 많은 영철이는 맞고도 꿈쩍 안 한다.

"또 한 번 이런 일 벌리면 다 죽을 줄 알아. 일어나서 돌아간다. 영철이 넌 남고"

"형…… 영철이 너무 혼 내키지 마. 잘못은 내가 한 거야."

"임마! 정훈이 너 집에 가면 아버지한테 야단맞을 거다. 까불지 말고 싹싹 빌어"

성훈 형은 둘이 남게 되자 말없이 주머니에서 하모니카를 하나 꺼내서 내밀었다.

"형이 친구에게 선물 받은 건데…… 형은 하모니카를 별로 안 좋아 하잖아"

"형…… 이거 일제야."

"좋으니?"

"이거 얼마나 갖고 싶었는데……"

"영철이 넌 악기에 소질이 있어. 열심히 해 봐"

"고마워 형"

좋아서 금방 유행가를 불어보는 영철. 그러는 영철이를 성훈 형은 말없이 바라봤다. 동네 사람들이 다 못된 놈이라고 해도 성훈 형은 영철이에게 언제나 다정했다.

"그런데 영철아?"

"응?"

"너 여동생들 앞에서 옷을 다 벗었다며?"

"형…… 정훈이가 물에 빠지니까 아무것도 안보이잖아. 그래서 그만……"

"짜식! 니가 옷을 안 벗었으면 너들 둘 다 죽었어. 다른 애들도 그렇고"

"히히. 그땐 몰랐는데 창피해서 죽겠어 형"

"니 여자 친구들 다 달아나기 생겼다."

"히히히 . 괜찮아 형. 난 여자애들하고 노는 거 보다 이렇게 하모니카 불면서 노는 게 더 좋아"

"짜식……"

어깨를 토닥여 주는 형에게 영철은 싱겁게 웃어보였다.

"못된 놈 맞네. 영철오빠"

"윤정 님……아무리 둘이 있다고 해도?……"

"꼭 그 격식이 필요 해? 경호팀장"

"아까 장난 좀 쳤다가 나 맞아죽을 뻔 했잖아요?"

"영철오빠는 나에게 유비에게 조자룡이고 유방에게 장자방이야. 영철오빠 없었다면 내가 어떻게 영묵 선배를 만나고 또 하고 싶은 그 일들을 할 수 있었겠어?"

"……"

"나에게만 엄격한 거는 알아. 영철오빠?"

"우리가 아주 평범하게 살았다면 참 좋았을 텐데…… 정훈이와 윤정이가 농사짓고 사는데 이 못된 놈이 가끔 들러서……"

"훼방 놓고. 또 물에도 빠쳐서 골리고?"

"내 특기가 남 다정한 꼴을 못 보는 거 히히히"

"영철오빠에겐 그 징그러운 첫사랑도 없고?……"

"내 못된 짓에 가장 못된 짓은 그때 윤정 님에게 사임을 종용 한 거?……"

"물에 빠진 나를 건져 주느라고…… 그랬다는 거 이젠 아네요. 못된 놈의 영철 님"

"아직도 죽일 놈?"

"난 아직도 궁금해. 영철오빠는 그 상황들을 그때 어떻게 미리 알았을까?"

"……"

"다 옛날 일인데 뭐. 이제라도 말 해주면……"

"맛있는 저녁을 먹을 수 있다?"

"한잔의 사과주도"

"님은 이제와 왜 알고 싶을까?"

"장난으로 물에 빠지게 하는 건 영철오빠의 특기니까 혹시……?"

"장난은 장난이 맞는데…… 누군가에……"

8

"너희들은 둘이 만나면 그리도 좋으면서 왜 맨날 따로야?"

"오빠. 우리의 사생활"

"그래. 못난 놈끼리 멋대로 살아라. 멋대로. 멋대가리 없는 놈들"

"끝없는 연애 중"

서회장님의 장례식이 끝나고 헤어지며 천 관장은 영철과 시국애기를 나누다 누이동생 약돌이를 또 쪼아댔다. 천 관장으로서는 누이동생 약돌이가 결혼도 않고 혼자 살아가는 게 속 터져서 그러지만 약돌이도 영철도 가정을 꾸리는 거에는 아예 관심이 없었다.

"한 달 휴가를 얻었다면서?"

"대표님의 특별 보너스"

"집에 와서 좀 쉬어. 또 여행 간다고 싸돌아다니지 말고"

"글세…… 영철오빠가 안 붙잡으면"

"황 사범이 널? 네가 잡겠지"

"곧 여행 떠날 거야. 영철오빠 이 시간부터 내 경호원. 얘기는 빨리 끝내세요."

자리를 비켜주는 누이동생에게 천 관장은 몰래 한숨을 쉰다. 그렇게 말렸지만 황 사범을 포기 않는 누이동생. 주먹질로 된다면 벌써 해결 났을 거다.

"그래 황 사범은 아직도 불가不可의 그 생각 변함없나?"

"늑대와 결탁한 양몰이 개들이 있는 한요."

"늑대 소굴로 양떼를 몰아가는 양몰이 개들이라?…… 주인은 그걸 까맣게 모를 테고?"

"자만自慢은 로마도 망하게 한다고 했어요"

"그래. 자유대한을 지킨다는 보수保守는 전폭적 국민의 지지에 정신이 나가서 그랬을 거야. 분열하여 자기들 세력을 구축하다 국민들의 외면을 받아 몰락했지. 그 덕에 민족주의 통일 세력은 나라를 통째 장악하고"

"국민들의 애국심은 80년대 군정軍政인사들에 의해 절반이 사라졌고 나머지 남아있던 애국세력마저 이제 민족통일 세력의 반反

경제정책으로 마저 사라질 거예요. 조선은 우리에게 경제적 이익을 주지 못해요. 또 국민의 호감을 얻기 위한 정치는 정권에 유지는 가능하지만 10년을 못가서 파탄 나게 될 거라 봐요. 그것을 알고 있을 그들이 대변혁을 하려 할 거고요."

"통일을 하고 만다? 자유를 버리고?"

"대한이라는 나라는 잘못된 국가라고 초등학교에서도 가르치고 있어요. 사랑할 가치도 없는 나라요. 전 국민이 조선으로 되어야 정상적 나라가 된다고 외치는 그들을 나무라는 어른들도 이젠 없어요. 몇 십만의 보이지 않는 실체도 없는 그들에게 자유대한은 멋대로 농락되고 마음대로 부서집니다. 국가는 3조 달러를 넘나드는 부채로 금융위기를 맞을 수밖에 없는데 날만 새면 통일만 노래하죠. 통일 비용은 하나 준비 안 된 빚쟁이가 부자처럼 허세를 부린다는 건 그들도 알고 우리도 알아요. 세계가 다 알고요. 오천만의 국민들이 오천년을 살아 갈 정책은 어디에도 없어요. 서 영묵이라는 한 인간을 죽여서 보존 가능한 자유대한은 아닐 겁니다. 정 윤정 대통령이 이루어 놓은 자유대한의 보존정책은 전 국민의 공감을 얻어서 보수保守를 확고하게 했는데 그것이 자기들의 실력인양 착각하고 정윤정대통령을 재물로 세력을 키우겠다며 보수가 분열한 거 아닙니까? 통일론자들과 야합하는 추악한 양다리 정치인들이요. 중국인들이 가장 경멸하는 배신행위죠."

"오천년의 모임은 놀라워. 그 상황을 미리 예측하고 대통령을 사임 시켰다면. 만약 그때 정 윤정 대통령이 사임하지 않았다면 그들은 대통령 등에다 칼을 꽂았을 거야."

"우리의 정보는 그 이상의 예측도 하고 있습니다."

"물어도 노코멘트?……"

"다들 아이들을 이민 보낸다는 데…… 관장님은?"

"대답이군."

"형님 약돌이가 기다립니다."

"내가 왜 형님이냐? 못된 놈아"

"우리를 가만두니까요."

"그때 둘이 도망갔을 때 죽여 놨어야 하는데……"

"히히히. 아직은 인권이 존재 합니다. 관장님"

"임마! 관장님 소리 좀 그만해"

"넷! 형님"

소나무가지 사이로 저녁노을이 물들고 있다. 세상을 다 쓸어가 버린 대홍수 뒤에도 다음날 아침엔 더 싱그럽게 파란하늘을 내보인다. 그럴 때의 땅위에 인간들 삶은 소나기에 휩쓸린 개미집이나 마찬가지다. 윤정 은 먼 하늘에 눈을 준 체 편안히 벤치에 기대고 앉아 영묵선배의 자연론을 생각해 봤다.

태양은 언제나 수시로 자기 변화를 한다. 그럴 때 지구는 타들어 갈 수도 얼음으로 덥힐 수 도 있다. 그래도 인간들은 태양도 지구도 자기들만을 위해 있는 거라고 믿기도 한다. 어느 때는 식물은 열매를 맺지 않기도 한다. 사람들은 하늘이 인간세상을 버렸다고 원망을 하고 하늘을 다시는 믿지 않을 거라고 마음에 원한을 쌓기도 한다. 하늘이나 땅은 인간만을 위한 것이라고 하지 않는 사람에게도 베풀고 인간을 위해 있는 거라고 하는 사람들도 보살핀다. 수

천 년. 수 만년 동안을. 그래왔다. 미래에도 그럴 거 다 라고 한다. 인간이니까

〈서영묵의 영원한 땅에서〉

"난 발갛게 물들어가는 저녁노을이 참 좋아. 영철오빠는?……"

"정훈이가 그린 그림에는 늘 하늘이 있었어. 그런 하늘이……"

"그리워……"

"첫사랑은 그리움이 있어 첫사랑이겠지……"

"영철오빠 하모니카 불어줄래?"

"어떤 곡?"

"매기에 추억. 옛날에…… 금잔디……"

윤정은 벤치에 편안히 기대어 영철이가 불어주는 하모니카 소리를 눈을 지그시 감은 체 가만히 들었다. 철없이 날뛰던 그 때. 뽐내며 다니던 그때. 정훈오빠는 너무 좋았고 나중에 영철오빠는 그렇게 미더웠다. 여권신장을 위한 투사를 자처하며 국회에 나가 입법에 관여 해 보겠다는 포부를 가지고 시작한 정치 초년생. 서 영묵 국회의원의 미래학에 매료되어 김 지한 교수님을 찾아가 교수님의 연구실에서 살다싶이 한 대학시절. 국회의원이 되어 촉망되는 정치인으로 인정을 받아 대선에 출마 하면서 그 많은 지성인들의 도움을 받은 거. 모두 영철오빠에 보살핌이 있어서 가능 했다.

"못된 오빠…… 고마워……"

"저녁 때 다 됐는데 고마우면 오빠 맛있는 밥이나 사주러 가세요. 님"

"못된 오빠가 없었다면 난 지금 쯤 한없이…… 후회하고 있을 거

야."

"맥 빠진 소리 그만하고 새 사랑이나 찾아보시지 님?"

"못된 오빠는 빼고?"

"내 첫사랑은 떠났고……"

"버린 건 아니고?"

"어디 새 사랑 없나…… 한번 찾아 나서볼까……"

"못된 놈 맞네…… 아주 못됐어."

눈을 감은 그대로 회상에 잠겨서 편하고 편한 모습으로 석양이 짙어지는 강변 솔밭의 벤치에서 일어날 줄을 모르는 윤정. 그러나 그 시간들도 근처에 놀던 아이들이 몰려오는 바람에 오래가지 못했다. 아이들은 영철이의 하모니카 소리를 듣고 우르르 몰려들었다. 영철은 남자아이들에 이끌려 강변으로 나가고 윤정은 여자아이들에게 둘러싸였다.

"대통령님…… 남자친구예요?"

"아니…… 나를 지켜주는 친구."

"하모니카도 불어주고 그러는 멋있는 친구가 있네. 대통령님은"

"좋겠다. 대통령님은……"

"그런데…… 나를 두고 떠날 거야. 금방……"

"못 가게 붙잡으세요?"

"좋아한다고 말 하세요."

"아마……소용없을 거야."

"왜요?

"저 친구는…… 나보다 너희들을 더 좋아 하니까."

"우리를요?

"어마야 웃긴다. 호호호"

"호호호"

"호호호"

까르르 웃음을 터트리는 소녀들. 아이들의 맑은 웃음이 강변 솔밭 멀리 멀리 울려 퍼졌다. 노을이 고운 하늘에는 둥지로 돌아가는 백로 떼들의 울음소리가 요란하다.